PROCURANDO
JANE

Heather Marshall

PROCURANDO
JANE

Uma carta perdida. Uma vida de perdas e segredos.
Uma rede secreta de mulheres lutando pelo direito de decidir.

Tradução
LÍGIA AZEVEDO

paralela

Copyright © 2022 by Heather Marshall Inc.

A Editora Paralela é uma divisão da Editora Schwarcz S.A.

Grafia atualizada segundo o Acordo Ortográfico da Língua Portuguesa de 1990, que entrou em vigor no Brasil em 2009.

TÍTULO ORIGINAL Looking for Jane
CAPA E ILUSTRAÇÃO DE CAPA Estúdio Insólito
PREPARAÇÃO Adriane Piscitelli
REVISÃO Adriana Bairrada e Márcia Moura

Dados Internacionais de Catalogação na Publicação (CIP)
(Câmara Brasileira do Livro, SP, Brasil)

Marshall, Heather
    Procurando Jane / Heather Marshall ; tradução Lígia
Azevedo. — 1ª ed. — São Paulo : Paralela, 2022.

    Título original: Looking for Jane.
    ISBN 978-85-8439-254-4

    1. Ficção norte-americana I. Título.

22-97510   CDD-813

Índice para catálogo sistemático:
1. Ficção : Literatura norte-americana 813

Aline Graziele Benitez – Bibliotecária – CRB-1/3129

[2022]
Todos os direitos desta edição reservados à
EDITORA SCHWARCZ S.A.
Rua Bandeira Paulista, 702, cj. 32
04532-002 — São Paulo — SP
Telefone: (11) 3707-3500
www.editoraparalela.com.br
atendimentoaoleitor@editoraparalela.com.br

*Para R, uma criança muito querida por
uma mãe muito desejosa de tê-la.*

2010

Era um dia perfeitamente normal quando uma carta absolutamente extraordinária foi entregue na caixa de correio errada.

As caixas eram idênticas, posicionadas lado a lado, feitas do mesmo metal barato e fino, agora enferrujado de leve perto das dobradiças. Estavam parafusadas à parede de tijolos marrons ao lado da porta da loja, a porta cujo sino soava alegremente — ou de modo irritante, dependendo do ponto de vista — sempre que um cliente entrava ou saía.

A caixa de correio do Antiquário e Sebo Thompson ficava à esquerda, com um número um marcado num adesivo dourado já descascando. A caixa de correio do apartamento acima da loja ficava à direita e tinha o mesmo adesivo, só que com o número dois. A diferença era mínima, na verdade, e, no entanto, fez uma enorme diferença para Nancy Mitchell, que morava no apartamento de cima e não soube da carta que não havia recebido.

O endereço no campo do destinatário não especificava se a carta deveria ir para o número um ou para o número dois do antigo prédio da College Street, assim o envelope foi depositado sem qualquer cerimônia na caixa de correio da loja. O carteiro prosseguiu em sua rota apressada sem nem pensar duas vezes.

A carta teve que aguardar por três horas — esmagada entre um cartão-postal do filho da gerente da loja, que no momento viajava pela França, e os folhetos publicitários da sexta-feira —, até que a proprietária a levou para dentro ao voltar da pausa para um cigarro. Ela jogou toda a pilha de correspondência na caixa de entrada, onde depois seria separada — e então extraviada — por algum funcionário descuidado.

Seu conteúdo só seria descoberto dali a sete anos. E a carta mudaria a vida de três mulheres para sempre.

PARTE I

1

ANGELA

TORONTO, JANEIRO DE 2017

Angela Creighton está atrasada para o trabalho.

Ela ficou acordada até tarde ontem, e hoje de manhã se levanta com uma enxaqueca na hora errada. Tomando cuidado para não perturbar o descanso da esposa na manhã de domingo, ela segue na ponta dos pés até a cozinha, onde toma um analgésico com um copo de suco de laranja, tosta um bagel e o lambuza com muito cream cheese sabor alho. Segurando seu café da manhã entre os dentes, como um cachorro, ela bota um chapéu e amarra o cintinho do casaco xadrez, depois fecha a porta do apartamento sem fazer barulho e corre escada abaixo, uma vez que o prédio não tem elevador.

Chegando à calçada, Angela corre até o ponto de ônibus, mastigando o bagel e tirando os óculos escuros da bolsa. Ela normalmente gostaria de um dia de sol assim, já que eles são raros e espaçados no inverno. Mas seu rosto se contrai diante da luz e sua cabeça lateja de dor, assim como seus olhos.

Ontem à noite, ela foi à casa de sua amiga Jenn, para a reunião mensal do clube do livro, que, como acontece com muitas reuniões de clube do livro, tinha se transformado em um clube do vinho nos últimos seis meses. Agora, elas bebiam pinot grigio barato demais, comendo frios e queijos com um desespero que sugeria que estavam no corredor da morte e que aquela seria sua última refeição. Às vezes, também falavam sobre o livro que haviam lido.

Angela não tinha participado de nenhuma atividade que envolvesse vinho nos últimos meses, mas se permitiu isso ontem. Era o único ponto positivo, ainda que mínimo e patético, de ter sofrido um aborto espontâneo, e ela desfrutou disso de maneira espetacular. Angela e Tina vão começar outra rodada do tratamento de fertilidade assim que o corpo dela estiver recuperado o bastante para poderem tentar de novo, por isso ela imaginou que seria melhor aproveitar para beber nesse meio-tempo. É o segundo aborto espontâneo que ela sofre em um ano, e parece haver cada vez mais em jogo quando uma inseminação ou a própria gravidez não dão certo. Um fluxo constante de álcool ajuda os obstáculos a parecerem um pouco menores, ainda que por um breve período.

O ônibus encosta no meio-fio e Angela sobe, coloca a ficha na fenda de metal e encontra um assento livre perto da porta dos fundos. A loja da qual é gerente — o Antiquário e Sebo Thompson — fica a menos de dez quarteirões a oeste, e ela desce do ônibus na calçada molhada alguns pontos depois.

A entrada da loja fica a centímetros do meio-fio da movimentada calçada da College Street, e Angela precisa ficar grudada na porta para se manter fora do caminho dos pedestres enquanto se atrapalha com as chaves. Ela empurra a velha porta de madeira empenada com o quadril e entra, depois a fecha atrás de si.

Angela gosta do lugar. É uma mistura peculiar de loja, lar de muitos livros usados que entram e saem pelas portas regularmente, e coleção heterogênea de antiguidades que parecem não ter nenhuma saída. Cheira a lustra-móveis, café e livros velhos, este último um cheiro ao mesmo tempo insalubre e extremamente agradável. Não é um espaço grande — tem o tamanho de um apartamento modesto. Há um pequeno depósito atrás do caixa, onde ficam várias caixas empoeiradas e negligenciadas, além de uma cafeteira barata que Angela levou em sua primeira semana no emprego.

Ela sente seu humor melhorar um pouquinho ao sentir o cheiro do ambiente, que agora lhe é familiar. Sempre adorou livros, e ela e Tina têm um gosto eclético para decoração, de modo que a extravagância das antiguidades tem tudo a ver com ela. Sempre há algum tesouro escondido a ser encontrado ali.

Angela acende a luz, vai até a velha escrivaninha que usam como balcão de vendas e desliza sua bolsa para baixo com o pé. Ela liga o computador — de longe o que há de mais tecnológico na loja —, depois vai para o depósito, fazer um bule de café impiedosamente forte de torra escura. Quando estava grávida, só bebia descafeinado, decidida a acreditar que o efeito placebo do café podia ser atingido caso aproveitasse o máximo dele. Hoje, no entanto, com uma pontada amarga no coração, ela faz um bule grande de café normal.

Com a caneca lascada na mão, Angela procura se esquecer daquilo e dá início às tarefas regulares de fazer o inventário e verificar o prazo das reservas. Ela não consegue imaginar como a loja se manteve viva por tanto tempo, sobretudo considerando o preço dos imóveis na cidade. O pequeno apartamento sobre a loja foi alugado para que se obtivesse uma renda extra, o que na verdade não era necessário, porque a proprietária da loja era a tia de Angela, Jo (que havia se casado com um homem de família rica e nem precisava trabalhar). Embora ela pudesse vender o lugar por uma fortuna em questão de dias, Angela desconfia que a tia manteve a loja em funcionamento só para ter algo sobre o que falar com suas amigas imaculadamente vestidas durante a manicure semanal.

Antes de começar na Thompson, Angela tinha passado por vários tipos de comércio, mais recentemente trabalhando para um gerente nervoso em uma loja de sapatos superfaturados. Embora não possa provar, Angela desconfia de que foi "dispensada devido a uma queda nas vendas" quando seu chefe descobriu que ela estava grávida, várias semanas antes do momento certo. Ele tinha cinquenta e poucos anos, era conservador e beirava a homofobia. Ela tinha quase certeza de que ele era do tipo que acreditava que a licença-maternidade não era nada além de um grande inconveniente para o empregador. Angela havia contado sobre sua gravidez a uma colega depois de esgotar suas desculpas para suas idas frequentes ao banheiro para vomitar, e tinha certeza de que ela havia dado com a língua nos dentes.

Então, quando se viu desempregada aos trinta e cinco anos, depois de ter passado por um tratamento de fertilidade caro, Angela usou sua rede de contatos para conseguir um trabalho — *qualquer* trabalho — que permitisse a ela e a Tina conseguir pagar o aluguel e ainda construir um ninho para o futuro membro da família. No último Dia de Ação de Graças com os parentes, tia Jo, com um gesto da mão magnificamente adornada de joias, ofereceu a Angela o cargo de gerente de sua loja, para que ela própria pudesse "finalmente começar a transição para a aposentadoria". Embora sua experiência com antiguidades fosse na melhor das hipóteses insignificante, Angela não estava em posição de recusar a oferta, e sabia que Jo nunca demitiria sua própria sobrinha por estar grávida. A tia lhe entregou as chaves da loja três dias depois.

Aos domingos, Angela é a única a ir para a loja, mas em geral esse é um dia morto, sobretudo nos meses de outono e inverno, quando o turismo cai a números glaciais. Depois de terminar o inventário, ela passa à tarefa de devolver os objetos reservados e não retirados. Essa é uma das tarefas mais frustrantes da lista de Angela. Em oitenta por cento das vezes, o móvel é reservado por um desses autointitulados "caçadores de antiguidades" iniciantes vindos de fora da cidade para acompanhar amigos ricos num passeio de compras. Eles tremem de satisfação a cada possível compra, então pedem para reservar o item com a promessa de retornarem com um caminhão de tamanho apropriado no qual levarão embora o objeto da caçada ao tesouro daquele sábado. E, quase toda vez, o tal comprador se esquiva das ligações de Angela tempo o bastante para ela desfazer a reserva, poupando o suposto comprador da vergonha de ter que admitir que a compra não passou de mera fantasia. Esse processo significa que Angela passa uma boa parte de suas manhãs de domingo retirando etiquetas de reserva cor-de-rosa dos itens e os devolvendo a seu confortável lugar num dos cantos da loja, onde aguardarão a insinuação da próxima quase-compra, como crianças órfãs cuja idade segue avançando.

O primeiro item da lista é uma cômoda pequena, de três gavetas. Angela sabe bem qual é, e vai para o fundo da loja. Ao chegar perto, nota o pedaço de papel rosa-choque que indica uma reserva, colado na parte da frente da gaveta de cima. Ela arranca o papel, fazendo a cômoda balançar e a gaveta se abrir um pouco.

"Ah, merda. Ai!"

Angela derrama café na mão. Ela lambe e dá uma olhada na gaveta entreaberta, vislumbrando um objeto branco curioso em meio à escuridão lá dentro. Ela olha em volta, à procura de um lugar seguro onde deixar a caneca. Usa o papelzinho rosa de porta-copo e deixa o café sobre uma estante próxima, depois abre a gaveta de vez.

Neste exato momento, o sino da porta toca, sinalizando o primeiro cliente do dia. Ligeiramente intrigada, Angela fecha a gaveta e volta para a frente da loja, passando por cima e contornando com cuidado os livros empilhados ao acaso.

"Olá!", ela cumprimenta.

"Olá", diz uma adolescente com cabelo castanho e ombros curvados.

"Posso te ajudar com alguma coisa?", Angela pergunta, ajeitando a echarpe sobre os ombros. Uma corrente de ar frio entrou junto com a menina, o que irrita Angela, embora ela saiba que isso não é justo. Ela só quer voltar à cômoda.

"Não, obrigada. Estou só dando uma olhada."

"Claro", Angela diz. "Me avise se precisar de alguma coisa."

A menina abre um sorriso fraco e volta a olhar para a estante de livros mais próxima. É a recusa mais educada possível, que Angela recebe como uma dispensa bem-vinda. Ela volta à cômoda e abre a primeira gaveta.

Ao chegar lá, Angela tira uma caixa pesada de mármore e a coloca com cuidado sobre o piso desgastado de madeira. Foi a pedra branca que chamou a sua atenção. Quase todas as antiguidades da loja são feitas de algum tipo de madeira. O resto é em sua maioria de latão ou de prata: molduras manchadas com arabescos vitorianos rebuscados, espelhos de mão que trazem à mente penteados elaborados sob toucas de renda da época da Regência, e colheres de chá de coleção, com as bordas desbotadas e brasões de armas intricados.

Angela não viu nada de mármore desde que começou a trabalhar na Thompson, e esta é uma bela pedra cor de marfim com toques de um cinza cintilante que algum caçador de antiguidades poderia ter interesse em comprar. Abandona o café frio e leva a caixa até a frente da loja. Dá uma olhada para ver como está a única cliente, depois se senta numa banqueta e abre o fecho dourado da caixa.

Dentro, há uma pilha do que parece ser apenas papéis velhos, mas depois de tirar a primeira folha da frente, ela percebe a letra cursiva elegante na parte da frente do envelope que vem a seguir.

Cartas. Uma pilha de cartas. Angela pega uma a uma, contando-as: são cinco. Todas velhas, a julgar pela aparência. *Não chega a ser surpresa*, ela pensa, considerando que se trata de um antiquário. Além do fato de que ninguém mais manda cartas. Essa prática ultrapassada, mas que já foi tão popular, só permanece ativa graças a velhinhas teimosas que usam perfume demais.

Ela ergue uma das cartas contra a luz que entra pela vitrine da loja. Ao contrário das outras, que estão abertas e parecem em sua maioria conter extratos bancários, esta continua fechada. A borda da aba do envelope está ligeiramente ondulada, como se a cola tivesse sido molhada em excesso ao fechá-lo. O selo parece moderno. A letra cursiva inclinada no canto superior esquerdo do envelope indica o remente: sra. Frances Mitchell. O destinatário é Nancy Mitchell, e Angela sente um friozinho na barriga ao ler o endereço do antiquário.

A caligrafia parece um pouco trêmula, embora dê para dizer que, no passado, devia ter sido linda e graciosa.

BAM!

Seu coração salta até a garganta. Angela levanta o rosto e vê que a menina de cabelo castanho pede desculpas, já se agachando para pegar um livro grande do chão. Angela consegue abrir um sorrisinho para ela, com os batimentos cardíacos ainda acelerados, mas a menina logo se despede com um aceno, murmura "obrigada" e sai pela porta, fazendo o sino soar e deixando o ar frio entrar de novo.

Aliviada por estar sozinha mais uma vez, Angela passa os dedos pela beirada da aba do envelope, avaliando a situação. A data estampada em tinta vermelha no alto do envelope diz que a carta foi postada em 2010. No entanto, não foi aberta. Para quem era? Será que a carta simplesmente se desviara de seu destino original? Não, o endereço da loja está na frente do envelope, com aquele nome misterioso, Nancy Mitchell.

A carta foi enviada para *este* endereço.

Angela sabe que teoricamente é crime abrir a correspondência de outra pessoa, mas sua curiosidade supera o seu código moral. Ela pega o abridor de cartas de latão do pote de vidro manchado de tinta que eles usam como porta-caneta e desliza a ponta sob o canto da aba do envelope, que se abre com um ruído agradável. Ela tira a carta de dentro e a desdobra com as pontas dos dedos, como se evitasse deixar impressões digitais que pudessem incriminá-la. O papel é grosso e tem uma leve textura. Caro. Comprado por alguém que escrevia muitas cartas e se dava ao trabalho de garantir que tivessem valor.

Intrigada, Angela começa a ler por baixo da franja, os olhos indo para baixo e para cima no papel.

Querida Nancy,

É minha intenção que esta carta chegue a você depois da minha morte. Instruí meu advogado, o sr. Klein, a enviá-la logo depois. Sinto muito por isso, mas tenho minhas razões, e gostaria de garantir que você estivesse ciente de certos fatos relativos à sua própria história.

Nancy, eu te amei tanto quanto uma mãe pode amar sua filha. Fiz o melhor que pude, fui a melhor mãe que pude. Porém, minha querida, sou humana, e portanto imperfeita.

Não tenho como lhe dizer isso de outra maneira que não simplesmente escrevendo as palavras: seu pai e eu não somos seus pais biológicos. Adotamos você quando ainda era bebê.

Tentamos engravidar por anos, rezamos diariamente, e com afinco, para que Deus nos mandasse uma criança, mas não era para ser. Assim, procuramos uma menininha para adotar, e o médico de família nos recomendou o Lar Santa Inês para Mães Solteiras, em Toronto.

Você nasceu na data em que comemoramos seu aniversário mesmo, 25 de abril de 1961. Disseram-nos que seus pais biológicos eram um casal jovem, adolescentes, que não tinham se casado e acabaram se perdendo na vida. Disseram-nos que não tinham dinheiro e não podiam arcar com a sua criação. Disseram-nos que sua mãe entregou você para adoção por vontade própria, com o coração pesado e a esperança de que você tivesse um futuro melhor do que ela, tão jovem e tão pobre, poderia lhe proporcionar. A história dela partiu nosso coração, mas agradecemos a Deus por sua abnegação e por nos dar um presente tão precioso. O sofrimento dela possibilitou a nossa felicidade.

Criamos e amamos você como se fosse nossa. O padre e a diretora do Santa Inês nos aconselharam a nunca contar a você, a agir como se você fosse a filha que Deus nos deu, porque assim seria mais fácil para você. Seguimos o conselho deles. Acreditamos que eles sabiam o que era melhor. Mas não se passou nem um dia sem que eu questionasse essa decisão.

Quando trouxemos você para casa, encontrei um par de sapatinhos amarelos enfiados no meio do cobertor em que você veio. Imaginei que sua mãe biológica os tivesse mandado como um ato de benevolência, mas eu não su-

portaria usá-los, por isso os guardei em segurança, em uma gaveta. Eu tinha medo de que, caso contasse a respeito dela, você me visse de um jeito diferente, e não podia deixar de pensar em como ela devia estar sentindo sua falta terrivelmente. Tentei me livrar da culpa acendendo uma vela na igreja e rezando por ela todos os anos, no dia do seu aniversário.

Mas é aqui, minha querida... é aqui que devo implorar, de todo o coração, com toda a minha alma, que me perdoe.

Pouco depois do seu casamento, seu pai e eu descobrimos que você não foi dada para adoção por vontade própria e decisão pessoal, como nos disseram. Mentiram para nós, Nancy. E nós, por nosso turno, mentimos para você.

Saiu uma notícia no jornal sobre algumas meninas que haviam buscado refúgio no Santa Inês, mas tinham sido forçadas a abrir mão de seus filhos, em virtude de ameaças ou de coisa pior. O lar foi fechado pouco depois de você nascer. As pessoas que dirigiam o lugar nos pareciam boas. Queríamos tanto uma filha que acreditamos nelas. Não tínhamos motivos para não acreditar. Não sabíamos de nada. Depois dessa notícia, procurei na gaveta e encontrei um bilhete enfiado dentro de um dos sapatinhos. Você pode ler por si mesma, meu bem.

Seu pai não quis que eu te contasse, mesmo depois. Ele morreu, e mesmo assim não contei a você. Não tenho nenhuma outra desculpa além de covardia. Sinto muito, Nancy. Se aprendi alguma coisa com tudo isso foi não guardar segredos. Eles infeccionam como feridas e levam ainda mais tempo para se curar depois que o estrago foi feito. É algo permanente e incapacitante, e quero mais do que isso para você.

O nome da sua mãe era Margaret Roberts. Ela era muito mais jovem que eu quando lhe deu à luz, então talvez ainda esteja viva. Eu gostaria que você a procurasse, que encontrasse consolo na minha morte no reencontro com sua outra mãe, como eu a chamava mentalmente esse tempo todo. Quero que você siga em frente, e espero que não guarde ressentimento de seu pai ou de mim.

Eu te amei com todas as minhas forças, minha querida. Por isso, sei como deve ter sido difícil para sua outra mãe, para Margaret. Desde que li o bilhete dela, venho rezando todos os dias para que ela possa me perdoar. Criei a filha dela, a minha filha — a nossa filha — com carinho. Mas imagino que Deus vá acertar nossas contas como julgar adequado. Está tudo nas mãos Dele agora.

Por favor, perdoe-me, minha querida. Rezo para que voltemos a nos encontrar um dia, daqui a muito tempo.

Mamãe

Angela coloca a carta sobre a escrivaninha e pega uma caixa de lenços para enxugar as lágrimas que se acumulam em seus olhos.

"Minha nossa."

Ela pensa em sua própria família, na mulher que chama de mãe, e na mulher que lhe deu à luz, Sheila, e que finalmente conheceu, há cinco anos. Ter passado a vida toda sem saber que foi adotada é um conceito estranho e devastador. Seu coração sofre por essas três mulheres: Nancy, a filha, Frances, a mãe que carregou o peso desse segredo por tanto tempo só para que sua confissão se extraviasse, e Margaret Roberts, que escreveu um bilhete e o escondeu com a bebê que foi forçada a entregar para adoção...

O bilhete.

"Cadê?", Angela pergunta para a loja vazia. Ela olha na escrivaninha, depois se inclina para procurar no chão. Quando sacode o envelope, um pedacinho de papel cai e flutua até a mesa, como confete. Está amarelado e um pouco franzido. Uma borda está chamuscada, como se ele quase tivesse sido queimado em algum momento.

Angela lê o curto bilhete escrito à mão. São só duas frases, mas ela se demora nas últimas palavras, com a vista embaçando.

Ela o relê diversas vezes, antes de colocá-lo sobre a carta. Precisa de conselhos. Pega o celular e o segura na mão enquanto tenta decidir para quem ligar primeiro. Depois de uma rápida busca na agenda, clica no nome e leva o aparelho ao ouvido, enquanto enxuga uma lágrima que resta em sua bochecha.

"Mãe? Oi, sou eu. Tem um minuto para conversar?"

2

EVELYN

TORONTO, OUTUBRO DE 1960

Quando Evelyn Taylor chega ao Lar Santa Inês para Mães Solteiras, a primeira coisa em que pensa é que vai ter sorte se sair de lá viva.

Parece um castelo abandonado, cujos residentes há muito tempo encaixotaram qualquer alegria que alguma vez já sentiram e entregaram a chave para os ratos e para a hera que espalha. Talvez tivesse sido um belo solar no passado, com a fachada às vezes curva, às vezes angulosa das janelas do andar de cima e o exterior de tijolos marrom-escuros, cercado por árvores exuberantes. Mas quando seu pai estaciona diante da casa, Evelyn olha para cima e vislumbra um par de olhos claros que a observa de uma das janelas superiores. Duas mãos emergem de trás da cortina e tiram a menina dali. Evelyn pisca, e os vultos já não estão mais lá. Ela se pergunta por um momento se não foi apenas imaginação. O clima no lugar é ameaçador, e o medo penetra suas entranhas antes mesmo que ela abra a porta do carro para sair.

O pai permanece em seu lugar, olhando determinado à meia distância para algum ponto no capô do carro. Ela se pergunta o que se passa em sua cabeça. Ele pigarreia.

"Bem, adeus então", o homem diz, sem olhar nos olhos da filha.

Evelyn leva a mão à maçaneta. Passa para a calçada, abre o porta--malas e pega sua bagagem. O pai não se oferece para ajudar. Ele nem sequer desligou o motor do carro.

Depois que Evelyn fecha a porta, há uma breve pausa antes que ela ouça a marcha engrenando e o carro se afastando do meio-fio. Ela observa o para-choque limpo e brilhante do sedã desaparecer na esquina, a nuca do pai visível sobre o apoio de cabeça bege do banco.

De pé, do lado de fora da casa, usando sapatos de fivela e salto baixo, Evelyn é incapaz de se mover enquanto sua mente processa aos poucos sua nova realidade. A mãe fez uma ligação, o padre Richard foi tomar um chá na casa deles e a decisão de enviá-la ao Santa Inês já estava tomada antes mesmo de ele pedir uma segunda xícara.

De um lado, ela é grata por estar fora do alcance dos olhares tortos da mãe, por ter um pouco de espaço para respirar enquanto espera o bebê. De outro, seu coração está partido, e ela está horrorizada de ter que vir para este lugar, e com medo do que a espera do outro lado da porta de madeira pesada com a aldraba de latão. Ninguém lhe disse o que esperar. Ela sente como se tivesse sido pega por um furacão, tal qual Dorothy em *O mágico de Oz*, e deixada em um lugar estranho, a quilômetros de distância de casa. Tudo parece de cabeça para baixo. Distorcido e errado.

Ela sente os olhos dos vizinhos em sua nuca, imagina os rostos rosados e intrometidos pressionados contra o vidro da sala de estar, espiando a nova moradora, com sua desgraça à vista de todos.

Sabe que não é a primeira e não será a última. Talvez a essa altura os vizinhos não se importem mais. Talvez tenham se cansado do espetáculo das jovens grávidas anos atrás, muito antes de Evelyn sair do carro do pai para a calçada desgastada da Riverdale Avenue. Por um breve momento, ela considera fugir, mas então se vira, com um ar de resignação tensa, na direção dos degraus da porta da frente.

Evelyn pega a aldraba pesada e bate na madeira polida três vezes antes de deixá-la cair com um baque surdo e um rangido. Ela aguarda. O vento sacode as folhas marrons das árvores ao lado da varanda. O ar está denso e eletrizado com a aproximação de uma tempestade de outono, e nuvens escuras são visíveis sobre os telhados e as chaminés das velhas casas geminadas.

Ouvem-se ruídos abafados dentro da casa, depois uma porta se fechando e uma mulher chamando. Outra responde, com a voz mais grossa que a da anterior. Os passos se aproximam do outro lado, e o estômago de Evelyn se revira. Ela endireita bem os ombros e ergue o queixo ao ouvir a tranca se abrindo.

A primeira coisa que vê são os olhos de uma mulher sob o hábito que cobre a maior parte de sua testa. São cinza, frios, como o céu de tempestade a oeste, e parecem ainda menos convidativos. A freira abre a porta por completo e fica ali, com as mãos na cintura. Tem um pano de prato preso ao cinto, ao lado de um rosário e do que Evelyn desconfia, tensa, que possa ser um chicote. Um crucifixo brilha em seu peito.

"Você é Evelyn Taylor." Não é uma pergunta. "Muito bem, entre e vamos dar uma boa olhada em você."

Ela se afasta da porta e Evelyn entra. Os olhos frios da freira fazem com que a jovem leve uma mão à barriga, por puro instinto, mas ela se arrepende do gesto na mesma hora.

"Não vá se comportar como a pobre ovelha desgarrada. Foi você quem se meteu nessa confusão, e seu bebê também." Ela aponta com a cabeça para a barriga ainda não aparente de Evelyn. "E ninguém aqui tem tempo ou intenção de sentir pena de você."

Evelyn tira a mão da barriga.

"Então, vamos para a sala. Sou a irmã Mary Teresa. Diretora do Santa Inês."

A freira passa pela porta ao fim do corredor de entrada, e Evelyn a segue como um cãozinho obediente. Ao passar pela arcada, nota o lindo vitral acima, e o crucifixo pendurado na parede ao lado. A sala é simples, com papel de parede amarelo florido. É fim de tarde, mas as luzes já estão todas acesas. O janelão da frente está fechado por cortinas marrons pesadas, e Evelyn tem que lutar contra a vontade de voltar correndo até a porta da frente para tomar ar fresco.

"Sente-se, por favor", a irmã Teresa diz, indicando uma poltrona antiga, estilo rainha Ana, diante de um sofá Chesterfield com encosto duro.

Algo em seu tom faz com que Evelyn interprete o que disse como uma ordem, mais do que um convite. A jovem se senta na beirada da poltrona e faz menção de se recostar.

"Mantenha a postura, srta. Taylor. A postura é importantíssima na apresentação física de uma jovem dama, especialmente se estiver grávida."

Evelyn se endireita e expressa seu desconforto em um suspiro. *E o que é que essa virgem de carteirinha sabe sobre gravidez?*

"Muito bem", a irmã Teresa diz, indo direto à questão. "Como você foi se engravidar?"

Aparentemente, ela sabe ainda menos do que eu imaginava... "Eu não me engravidei", Evelyn começa. "Não dá para engravidar so..."

"Perdão, srta. Taylor, mas deve saber desde já que não toleramos insolência por aqui."

Evelyn assente. "Desculpe, irmã Teresa."

"Muito bem. Agora, como você acabou grávida?"

A irmã Teresa tem uma prancheta sobre as pernas e olha para Evelyn por cima dos óculos de armação metálica, o lápis pairando no ar, ansiosamente. No breve intervalo que se segue, Evelyn nota que a casa está em silêncio. Esperava barulho, risadas ou conversas, panelas e frigideiras batendo na cozinha.

"Srta. Taylor?"

Evelyn pensa em suas noites com Leo, e sua garganta se fecha. Ainda sente o peso dele sobre ela, a pressão de seu corpo enquanto ele sussurrava que a amava, que ia ficar tudo bem, porque os dois logo iam se casar. Ela não achava que podia engravidar com tanta facilidade.

"Não usamos proteção", ela consegue murmurar, com o rosto ardendo.

A irmã Teresa anota isso. "Você conhecia o pai?"

"Sim."

Ela tica algum quadradinho em sua lista. "Há quanto tempo você o conhecia? Quantas vezes saíram juntos? Estavam em um relacionamento estável?"

"Ele era meu noivo. Íamos nos casar."

"Foi sua primeira relação sexual?", a irmã Teresa pergunta.

Evelyn reprime as lembranças. "Sim."

"Você disse que ele 'era' seu noivo? O suposto pai tem algum interesse na criança?"

"Desculpe, como?"

"O suposto pai", a irmã Teresa diz, levantando os olhos da prancheta. "O homem que você diz ser o pai."

Daria na mesma se a freira tivesse se esticado por cima da mesa de centro e dado um tapa na cara de Evelyn.

"Não é suposto. Não há nenhuma dúvida."

"Chamamos todos os pais assim."

"Ele *é* o pai. Estávamos apaixonados e íamos nos casar, como eu disse."

"E o que aconteceu?"

Evelyn hesita. "Ele morreu... Ele... teve um ataque cardíaco e morreu." As palavras têm gosto de vinagre.

A irmã Teresa franze os lábios. "Sinto muito em ouvir isso. Embora eu tenha certeza de que você foi informada de que as relações sexuais durante o noivado também constituem relações sexuais fora do casamento, srta. Taylor."

Evelyn pisca, tentando segurar lágrimas quentes. A freira volta à prancheta.

"Muito bem. Tenho mais algumas perguntas antes de lhe mostrar seu quarto. Seu pai e sua mãe estão vivos? Se não me engano, foi sua mãe quem ligou para fazer os acertos necessários para que ficasse conosco."

"Sim, estão ambos vivos."

Ela faz outro tique na lista. "Irmãos?"

"Um."

"Casado? Mais velho ou mais novo?"

"Mais velho e casado."

"Você tem amigas?"

"Sim, acho que sim. Algumas meninas da época da escola."

"Nenhuma delas sabe da sua condição?"

"Não."

"E o seu irmão?"

"Ele sabe. A esposa dele também. E eu estava pensando se..."

"Muito bem." A irmã Teresa volta a olhar para Evelyn. "Dada sua situação, esperamos que esteja preparada para dar a criança para adoção. Temos uma lista de casais que esperam adotar um bebê nos próximos meses. Casais adoráveis. Pessoas de fé, bem de vida, em situação estável. Pessoas decentes." A freira se demora na última palavra. "Você entregará o bebê ao final da gravidez." Ela tica um último item na lista.

Surpresa, Evelyn permanece em silêncio, com a mente acelerada, o pânico começando a se instalar em seu peito, ameaçando dominá-la. Não consegue respirar direito. Por que não tem nenhuma janela aberta?

"Isso é... digo, é exigido que eu entregue o bebê? Não falei com meus pais a esse respeito antes de vir. Isso não estava nos planos."

A irmã Teresa volta seus olhos frios para ela, por cima dos óculos. "Planos? O *plano*, srta. Taylor, é que você aguarde a gravidez e dê à luz em um ambiente discreto e controlado, para poder retornar à sua família com a reputação praticamente intacta. Os benefícios disso para você devem ser óbvios. O benefício para nós é, em troca, termos a oportunidade de entregar bebês saudáveis a casais merecedores, que buscam a adoção."

"Mas o bebê... meu bebê... foi concebido com amor. Isso deve significar alguma coisa. Eu ia me casar com o pai dele. Eu o amava." A voz de Evelyn falha. "Eu o perdi. Devo perder o bebê também?"

"Essas são as regras", a irmã Teresa prossegue, firme, como se Evelyn não tivesse ouvido direito. Então ela repassa a política da casa em um monólogo bem treinado. "Aqui dentro você só pode usar o primeiro nome. *Somente* o primeiro nome. Não tenho como enfatizar isso o bastante. Nossas meninas e suas famílias valorizam a discrição enquanto elas estão abrigadas aqui. Você sem dúvida sabe que a maior parte das famílias sente muita vergonha do apuro em que suas filhas se encontram, por isso lhes prometemos tanta privacidade quanto possível. Cuide da própria vida e não faça perguntas. Não é permitido falar sobre sua vida em casa, sua família, amigas, experiências anteriores ou qualquer outro detalhe com colegas de quarto ou quaisquer outras internas. Cada uma de vocês está aqui por um motivo. Guarde-o para si mesma."

"Não se pode deixar esta casa sem permissão expressa, tampouco se aproximar das janelas ou abrir as cortinas. Não temos telefone aqui. Você pode escrever cartas para seus entes queridos, mas não para o suposto pai, embora, no seu caso, é claro, essa regra não tenha sentido. Vistoriamos toda a correspondência que entra e sai, em nome de nossa própria privacidade e segurança. Você obedecerá a todas as irmãs que trabalham conosco, e ao padre Leclerc. Também assistirá à missa aqui, na sala de estar, todo domingo de manhã. E terá aulas para aprender as habilidades necessárias para ser uma boa esposa e dona de casa depois que tiver se emendado, incluindo culinária, costura, limpeza, tricô e estudos religiosos, claro. Depois que der à luz, vai passar a um quarto pós-parto. Depois que o médico concordar que está pronta para trabalhar, permanecerá aqui por três meses, para pagar sua dívida, e só então será devolvida aos cuidados dos seus pais. Essa é uma prática-padrão em todos os lares como o nosso."

Três meses?

Evelyn cerra as mãos em punho sobre as pernas, enquanto a irmã Teresa termina seu pronunciamento e se levanta.

"Agora vamos, srta. Taylor. Ou melhor, Evelyn. Essa é a última vez que usará seu sobrenome por um bom tempo. O jantar já está quase pronto, cumprimos um horário rígido. Pegue sua mala e levarei você ao seu quarto. No momento, vai dividi-lo com outras duas moças: Louise e Anne. Outra moça, Margaret, deve chegar amanhã."

Evelyn se força a se levantar da poltrona.

"Sim, irmã Teresa", a freira insiste que ela diga.

Evelyn baixa os olhos para a alça de sua mala. "Sim, irmã Teresa."

3

NANCY

TORONTO, VERÃO DE 1979

Nancy Mitchell calça as galochas vermelhas e veste um casaco de chuva no saguão de entrada da casa dos pais, sentindo um friozinho na barriga. Não gosta de mentir para a mãe, mas precisa encerrar a discussão para encontrar sua prima Clara.

"Já estamos atrasadas pra festa da Susan, mãe", Nancy diz. "Tenho que ir."

A mãe solta o ar com irritação. "Não acho apropriado duas meninas irem sozinhas a uma festa no meio da noite."

Nancy tenta ignorar os comentários da mãe. Frances Mitchell nasceu e foi criada na Inglaterra. Quando tinha catorze anos, os pais a enviaram com as irmãs para o Canadá, mas ela permaneceu profundamente ligada aos valores culturais de decoro e decência pelo resto da vida. É isso que a guia. É o que torna a vida estável e previsível. Um conjunto de regras a seguir.

"Não somos meninas, mãe. Já temos idade pra votar, lembra?"

"E onde é essa festa? Você ainda não disse."

"Ah, deixe a menina, Frances", a avó grita da cadeira de espaldar fixo próxima à janela da sala de estar.

"Mas eu me preocupo", Frances diz.

"Sim, mas ser mãe é viver sempre com algum nível, ainda que baixo, de medo crônico, e isso mesmo nos melhores tempos, querida. Você sabe. E, além disso, uma mulher tem o direito de guardar alguns segredos, não acha?"

Frances olha feio para a mãe e vai para a cozinha com raiva. Alguns segundos depois, um cheiro de produto de limpeza preenche o ar. Sempre que discute com a filha, Frances alivia a frustração vestindo luvas de borracha e esfregando a cozinha até quase descascar toda a fórmica.

A discussão desta noite — de novo — foi motivada pela necessidade de independência de Nancy. O fato de ela ter decidido sair da casa dos pais mesmo estudando numa universidade local fez Frances se agarrar a ela ainda com mais vontade que o normal. E Nancy já não tem paciência para isso.

Ela dá um beijo na bochecha fina e seca da avó. "Obrigada, vovó. Espero que esteja se sentindo melhor. Te vejo amanhã de manhã."

Vestindo o capuz gigante da jaqueta de chuva, Nancy fecha a porta atrás de si com mais força do que pretendia e sai para a noite chuvosa. Ela sabe que não fez nada para evitar a discussão, mas passou o dia com os nervos à flor da pele, justamente porque havia marcado de encontrar Clara.

Ao contrário da mãe, Nancy não costuma se importar quando precisa contornar as regras — ou, se preciso for, quebrá-las —, mas sair às escondidas para encontrar alguém que faz abortos ilegais não está exatamente dentro de sua zona de conforto.

Ela concordou com isso sem pensar direito, uma semana antes, e suas dúvidas só aumentaram desde então. Clara ligou na quarta à noite e implorou a Nancy — as palavras cada vez entrecortadas por soluços de choro conforme o pânico crescia — para acompanhá-la durante um procedimento de aborto. Tinha ouvido falar de um homem que fazia isso por oitocentos dólares, e ninguém precisava ficar sabendo, disse.

"O Anthony sabe?", Nancy perguntou a ela. O namorado de Clara parecia napalm: grudava no que quer que visse e queimava tudo em seu caminho.

"Não, claro que não. Ele não ia deixar. Você sabe disso."

Era exatamente a resposta que Nancy esperava. Ela suspirou e baixou a voz. "Você *tem certeza* do que vai fazer, Clara?"

"Tenho!", Clara choramingou. "Meus pais vão me matar. Não tenho escolha. É a única opção, Nancy."

"Mas, digo, dá para confiar nesse cara? A gente ouve histórias horríveis... E se ele for um charlatão?"

"Acho que não. A amiga de uma menina que trabalha comigo na lanchonete já foi nele, e ficou tudo bem. Foi assim que fiquei sabendo dele. Ele trabalha na região leste da cidade."

"Tem..." Nancy se odiou por perguntar. "Alguma outra pessoa poderia ir com você?" Ela prendeu o fôlego enquanto esperava a resposta, enrolando o fio do telefone no indicador.

"Não", Clara disse. "Preciso de você. Preciso de uma mulher comigo, e você sempre foi como uma irmã pra mim." Era um pouco exagerado. "Não posso fazer isso sozinha. Me ajuda, *por favor*."

Agora Nancy está esperando sob o brilho enevoado do poste de luz do lado de fora da estação Ossington, às nove da noite, em uma sexta-feira chuvosa de agosto. Não consegue enxergar muita coisa por causa da chuva, mas uma silhueta diminuta surge na escuridão, e ela desconfia — devido aos ombros curvados e ao passo acelerado — tratar-se de Clara. Nancy ergue uma mão e a figura se apressa em sua direção. Seus olhos estão arregalados e a cor azul-acinzentada deles se destaca em contraste com sua pele pálida. Clara enlaça com os braços molhados o pescoço de Nancy, e nota que ela está tremendo.

"Procure se acalmar, Clara", Nancy diz se afastando. "Vai terminar logo."

As duas entram na estação de metrô, passando as fichas na catraca de metal, que com um tinido e depois outro aterrissam sobre centenas de outras fichas dos passageiros do dia. Em geral, Nancy gosta de ouvir esse som. É o som que indica que está *indo a algum lugar*. Visitar os amigos, passear no St. Lawrence Market no sábado à tarde. Ela adora andar pela cidade e ir entrando nas lojas, nas galerias ou nos cafés quando tem vontade, descobrindo novos e peculiares detalhes, pérolas escondidas dentro dos limites da cidade de que tanto gosta. Mas, esta noite, o som da ficha caindo parece ecoar pelas paredes da estação de metrô tranquila com uma magnitude assustadora.

Elas descem a escada depressa rumo à plataforma, sentindo o cheiro do metrô: de alguma forma ao mesmo tempo úmido e empoeirado, com lufadas pungentes de lixo apodrecendo e urina. Os outros passageiros olham para o túnel escuro, ansiosos e impacientes, à espera da luz distante do trem e do golpe de vento que antecede sua chegada. Nancy e Clara afinal embarcam e se sentam diante das portas.

Nancy nota que a prima tem o olhar fixo em um assento vazio do outro lado. Seu rosto está pálido e ela usa uma correntinha de ouro com um pingente de cruz. Nancy não conhece ninguém que tenha feito um aborto. Ou, pelo menos, pensa surpresa, não ficou sabendo de ninguém que tenha feito. Ela não sabe muito bem o que esperar, o que a deixa nervosa. É o tipo de pessoa que se sente mais confortável com todas as informações, para o bem ou para o mal. Mas, esta noite, parece que ela e Clara estão tateando às cegas, com uma noção de direção muito vaga.

Depois de várias estações, Clara olha para o mapa na parede acima das portas, se levanta e pigarreia. É um som baixo, como se ela fosse uma criança. Nancy se levanta também e o trem para.

Na rua, do lado de fora da estação, Clara tira um pedaço de papel amassado do bolso e aperta os olhos para ele, à luz do poste.

"Acho que é por aqui", ela murmura.

Elas viram à direita, em uma rua lateral que as faz adentrar cada vez mais um bairro bastante feio. Quanto mais ruas desertas encontram, mais nervosa Nancy fica. As casas, bem pouco familiares, se apinham umas contra as outras e parecem subjugá-las. Depois de dez minutos de caminhada, tendo errado o caminho e precisado voltar duas vezes, elas chegam ao endereço. É um prédio de três andares, com a tinta descascando e os beirais curvados. Uma porta de tela enferrujada pende das dobradiças. As luzes do último andar estão acesas, mas o térreo permanece escuro. Uma luz amarela mal é visível através das cortinas do porão.

"Ele disse para entrar pela lateral", Clara explica, mas não se move. Parece confusa, como se não tivesse certeza de por que está no meio de uma rua desconhecida em uma noite de chuva.

Nancy passa a língua nos lábios secos. "Clara... A gente... você ainda quer fazer isso?"

Uma parte esmagadora dela torce para que a prima diga que não, que mudou de ideia, que elas podem ir para casa, que vão dar outro jeito. Em vez disso, Clara confirma com a cabeça. "Sim."

Nancy engole o nó amargo que tem na garganta e segue Clara pela passagem entre as casas. A escuridão toma conta de tudo, e o chão está molhado.

Clara bate na porta dos fundos. Uma luz se acende do outro lado do vidro, e elas ouvem uma série de fechaduras sendo abertas, então um homem aparece na fresta da porta. Tem uma barba áspera castanho--avermelhada, usa óculos redondos e está com o rosto ligeiramente suado. Ele olha para Clara e depois para Nancy, atrás dela.

"Qual de vocês me ligou?", ele pergunta.

"Eu", Clara diz.

"Trouxe os oitocentos dólares?"

"Sim."

"Me deixa ver, menina."

Clara abre o zíper do casaco e tira um maço de notas de vinte dólares de um bolso interno. Nancy cerra os dentes. Sabe que Clara vem economizando as gorjetas da lanchonete para a faculdade. Vai ter que começar a pegar turnos duplos para compensar a perda.

"Certo", o homem diz. "Entrem. Depressa."

Ele abre bem a porta e Clara entra. Nancy hesita por um momento antes de segui-la. Está arrependida de sua decisão, mas não vai abandonar Clara agora que chegaram. Como é a mais velha, sente-se responsável pela prima. O homem as conduz por uma escada estreita até o porão. A umidade e o frio parecem aumentar a cada passo. Quando eles chegam a um quartinho nos fundos, o estômago de Nancy se revira com o que vê.

No meio do cômodo há o que parece ser uma velha mesa de jantar de madeira, coberta com lençóis e cobertores, e um travesseiro pequeno e fino em uma ponta. Os lençóis são pretos. Nancy se dá conta, com um sobressalto, de que é provável que estejam manchados de sangue de todas as mulheres que já se deitaram à mesa. A visão lhe traz à mente o cortinado negro de um velório.

Há uma banqueta ao pé da mesa, ao lado de um carrinho de metal que parece ter sido encontrado na lixeira de um hospital: parece ser usado para fins médicos, mas está enferrujado e tem uma roda faltando. No canto, há uma mesinha com uma garrafa grande de álcool isopropílico, um cesto de lixo, instrumentos metálicos, toalhas e um rádio, que parece totalmente deslocado. São os instrumentos que chamam a atenção de Clara, e sua cabeça começa a tremer.

O homem fecha a porta. "Muito bem. Pode tirar a calça e a calcinha e subir na cama."

Nancy pula ao barulho da fechadura. Ela sente o coração batendo fora de controle. O homem ainda não lhes disse como se chama. "Clara...", Nancy começa a dizer.

"Está tudo bem", Clara sussurra, e faz como ele manda. O primeiro instinto de Nancy é ficar olhando para a parede, para dar certa privacidade a Clara, mas qual seria o sentido? O cômodo é pequeno e não há nada com que ela possa se cobrir. Não haverá qualquer dignidade naquela experiência, e, a julgar pelo rosto de Clara, ela está tão determinada a interromper a gravidez que não vai se importar com algo tão insignificante quanto sua dignidade.

"Beba isto." O homem passa uma garrafa a Clara. Não tem rótulo, mas Nancy espera que seja alguma bebida alcoólica, para entorpecer a dor. Clara dá três grandes goles e se engasga, enojada. Escorre um pouco por seu queixo, e Nancy se aproxima para limpar. O cheiro é estranho.

"É um coquetel que eu mesmo fiz", o homem diz, com um meio sorriso. "Faz bem para os nervos, em momentos assim. Ou pelo menos as mulheres parecem gostar."

Clara fecha os olhos, mas lágrimas escorrem pelos cantos e caem em seu cabelo loiro. Seu lábio inferior treme. O medo desce pela espinha de Nancy. Ela nem consegue imaginar como a prima se sente. Então pega sua mão e a aperta com força, mas Clara não retribui.

Na mesa do canto, o homem passa álcool nos instrumentos — lâminas, bisturis, uma espécie de vareta comprida e outros —, depois se acomoda na banqueta ao fim da mesa principal e dispõe tudo no carrinho ao seu lado. Ele veste um par de luvas cirúrgicas azuis e ajeita os punhos com um estalo. Então Nancy se dá conta: do que está prestes a acontecer com o corpo de Clara, das coisas que talvez veja, ouça e cheire.

"Estou aqui, tá?", Nancy murmura no ouvido de Clara, afastando seu cabelo úmido da testa. Clara está semiconsciente, por causa do que quer que o homem tenha lhe dado para beber.

"Fale para ela morder isso", o homem diz a Nancy, passando-lhe um cinto velho. O vômito sobe pela garganta de Nancy, mas ela o segura. Há dezenas de marcas de dentes em toda a extensão do couro marrom.

"Jesus Cristo", Nancy murmura.

"Ele não vai ajudar você aqui, querida."

Nancy ignora o homem. "Clara, morda isto. Vai." Com dificuldade, ela coloca o cinto entre os dentes de Clara, que finalmente o morde. "Estou aqui. Você vai ficar bem."

O homem pega um dos instrumentos e olha entre as pernas de Clara. Nancy ouve o metal batendo. O cheiro de álcool queima suas narinas. O homem pigarreia, então liga o rádio e deixa o volume no máximo.

Nancy dá outro pulo, já com os nervos à flor da pele. "O que é isso?", ela grita por cima da música.

"Confie em mim!", ele grita para as pernas abertas de Clara. "Não é a minha primeira vez, meu bem!"

Nancy leva menos de um minuto para entender o volume do rádio. Os olhos de Clara se abrem e de sua boca sai um grito que poderia despertar os mortos. Sua mão, até então frouxa, aperta a de Nancy.

"Segura a garota!", o homem grita para Nancy. "Ela não pode se mexer!"

Enojada consigo mesma e com o homem na mesma medida, Nancy segura o peito de Clara com a mão livre, enquanto "Sweet and Innocent", na voz de Donny Osmond, explode dos pequenos alto-falantes.

Da rua, tudo o que os vizinhos ouvem é o ritmo animado, a letra açucarada do cantor jovenzinho. A música que Nancy vai associar a essa noite pelo resto da vida. A música que vai fazê-la querer acertar o rádio do carro com um martelo e ir embora da festa de uma amiga duas horas antes do previsto.

Os gritos de Clara prosseguem e as lágrimas escorrem por suas têmporas, ensopando a fronha preta sob o cabelo loiro, enquanto Donny canta sua balada para uma menina que era jovem demais.

As portas do metrô se fecham e o trem começa a se mover, levando as jovens de volta e para longe dos horrores do porão úmido. Clara deixa escapar um soluço de choro, seguido por um leve choramingo.

"Ah, Clara", Nancy diz. "Agora acabou. Vai ficar tudo bem."

"Obrigada, Nancy."

Clara descansa a cabeça no ombro da prima. Nancy, sem jeito, tira o braço que está entre as duas e o passa pelos ombros de Clara, em um meio abraço. As duas ficam assim ao longo de várias estações, balançando ao ritmo do trem. É quase meia-noite agora, e o vagão segue vazio, o que é uma bênção.

Quando estão a duas estações de Ossington, Nancy cutuca Clara delicadamente. "Estamos quase chegando."

Clara não responde. Nancy sente a cabeça dela pesada em seu ombro.

"Próxima estação, Ossington. Estação Ossington", uma voz monótona anuncia pelos alto-falantes.

"Clara", Nancy repete. "Vamos lá. Levanta."

Não há resposta.

"Clara?"

Nancy inclina a cabeça, para ver melhor o rosto de Clara.

Está terrivelmente pálido, e seus lábios estão azuis.

"Clara!" Nancy sacode os ombros da prima, sentindo seu coração martelando na garganta. Os olhos de Clara se entreabrem, e ela murmura algo que Nancy não consegue entender. "Vamos. Levanta. Precisamos te levar pra casa *agora*."

"Chegada a Ossington. Estação Ossington."

O trem começa a desacelerar. Nancy passa um braço por baixo dos bracinhos de Clara e a levanta. Ela é tão pequena que nem é tão difícil. Enquanto coloca a prima de pé, Nancy consegue ver direito o assento. Por baixo da jaqueta de chuva, ela começa a suar frio.

O assento está tão manchado de sangue que o tecido brilha.

"Ah, merda! Ah, Jesus. *Merda!*"

A cabeça de Clara oscila sobre o pescoço como a de uma boneca. Quando as portas do metrô se abrem, Nancy arrasta a prima para fora do trem. Elas conseguem passar à plataforma vazia bem quando o sinal de portas fechando soa. O trem deixa a estação, fazendo o cabelo de Nancy esvoaçar enquanto pega velocidade. Clara geme de novo.

"Clara!" Nancy está ofegante. "Clara, preciso que você me ajude a te levar lá pra cima. Preciso que ande. *Por favor!*"

Clara pisca, com as pálpebras pesadas, e balbucia algo que Nancy não consegue ouvir. Mas ela levanta as pernas, devagar e sem força, o bastante para ajudar Nancy a levá-las escada acima. A estação está vazia. Não tem ninguém nem na bilheteria.

Nancy atravessa as portas e sai para a rua, ainda arrastando Clara consigo, como uma oficial médica tirando um corpo do campo de batalha. Parou de chover, e o ar está úmido e cheira à lama. Ela segue para o farol na Bloor Street, a um quarteirão de distância.

Depois do que parece uma eternidade, Nancy vê um táxi se aproximando.

"Táxi!", ela grita, agitando a mão no ar. O carro para à sua frente. Nancy tem dificuldade para abrir a porta com uma mão, enquanto segura Clara do outro lado. Ela quase joga a prima no banco, depois entra também.

"Pro hospital mais próximo", Nancy grita para o motorista.

"Pode ser o St. Joe? Acho que é o mais próximo." Ele encontra os olhos de Nancy no retrovisor. "Ei, ela não parece nada bem, é melhor ela não..."

"Só dirige!", Nancy grita para ele.

O motorista balança a cabeça e sai com o carro, sem dar seta.

No banco de trás, Nancy dá uma sacudidela em Clara, depois um tapa na cara tão forte quanto consegue sem machucá-la. "Clara, fica comigo. Só fica comigo. Fica comigo."

Nancy nunca ficou sozinha numa sala de espera de hospital. Esperou com a mãe nas várias vezes em que a avó ficou doente nos últimos tempos, mas ficar sozinha numa sala de espera com a mãe ou o pai é algo totalmente diferente. Significa que há alguém mais velho e mais sábio com quem o médico vai poder falar, alguém que vai lhe buscar uma xícara de chá e dizer que tudo vai ficar bem. Enquanto bate as galochas no chão e rói as unhas até o talo, Nancy se sente mais adulta do que nunca. Ela é a responsável por alguém. É com *ela* que o médico vai falar.

Nancy chegou no pronto-socorro com Clara semiconsciente, dependurada em seu ombro e com sangue pingando no piso branco. Nancy manteve a boca fechada tanto quanto possível com a enfermeira da triagem. Sua mãe — uma mulher com uma etiqueta impecável, que trouxe consigo da Inglaterra como se fosse uma mala pesada quando imigrou para o Canadá — sempre a ensinou a ser reservada, recitando para ela sua frase preferida à exaustão: "Sua vida não é da conta de mais ninguém". Por que Nancy chegou às portas do hospital com Clara semiconsciente e sangrando não é da conta de ninguém. O trabalho da equipe é cuidar da paciente. Por outro lado, não se trata de um ataque cardíaco inocente ou de um acidente de carro infeliz. A situação de Clara é resultado de um procedimento ilegal. Ao pensar nas possíveis implicações disso, Nancy sente o coração martelando na altura das amídalas.

Ela baixa os olhos e nota as manchas de sangue na panturrilha do jeans. Vai ter que lavar a calça na banheira quando chegar, antes que os pais vejam. Torce para que a mãe não esteja esperando acordada. No momento seguinte, Nancy sente um frio na barriga quando o médico irrompe pelas portas vaivém. Ele é alto, tem a cabeça raspada e um rosto tempestuoso.

"Você! Garota!", o homem berra em direção a Nancy. A meia dúzia de pessoas na sala de espera ergue os olhos, ligeiramente assustada.

"Si-sim?", Nancy diz.

"Venha comigo", ele ordena, com um gesto imperioso, e ela o segue através da porta vaivém para as entranhas do pronto-socorro, um lugar aonde só se vai se você ou alguém que ama está encrencado. O que, aparentemente, é o caso de Clara.

"Você vai ter que falar sobre o que aconteceu com sua amiga", o médico diz. "Mal disse uma palavra quando a enfermeira da triagem perguntou o que havia de errado. Só falou que ela estava sangrando muito. Na verdade, trata-se de uma hemorragia. Bem feia." Ele cruza os braços. "Desembucha."

Nancy fica tentada a falar, de verdade. A condição de Clara é séria, mas isso não é nada comparado aos problemas que vai ter que enfrentar se Nancy confessar que Clara passou por um aborto ilegal.

"Ela... ela vai ficar bem?" Nancy responde à pergunta do médico com outra pergunta.

"Acho que sim. Mas por pouco. Preciso saber exatamente o que está acontecendo, para poder tratar sua amiga direito. Ela está inconsciente e não consegue nos contar nada. Está passando por uma transfusão. Perdeu muito sangue. *Muito* mesmo."

"Então ela vai sobreviver?"

Ele balança a cabeça, e por um momento Nancy teme pelo pior. Uma onda de frio penetra suas veias antes que ela se dê conta de que o médico se refere ao comportamento das duas, e não ao destino de Clara. "Vai, sim."

"Certo. Obrigada." *Graças a Deus.*

"Mas quer saber o que eu acho?" O homem dá um passo para mais perto de Nancy. Cheira a álcool isopropílico e loção pós-barba. "Acho que ela teve um probleminha e vocês decidiram cuidar pessoalmente dele. Foi isso que aconteceu?"

Nancy congela, lutando contra os arrepios que sente que estão vindo. "Não."

"Não?"

"Não. Não sei do que está falando."

"Sou médico há bastante tempo", ele diz, "e sabe de uma coisa? Quando recebemos garotas com hemorragia, é porque tentaram fazer um aborto e perfuraram um órgão. Esse tipo de coisa não mata só os bebês, mata as mulheres também. Por isso é ilegal."

Nancy sente a raiva extravasando de seu corpo. "Não tentamos fazer um aborto."

Era uma *meia verdade*.

"Bom, eu acho que vocês tentaram."

Ele olha para ela, e os dois se veem em um impasse. Nancy não vai dizer mais nada, e o médico sabe disso.

"Meu plantão está acabando, mas é melhor você estar preparada para responder às perguntas da médica que vai entrar no meu lugar. Posso adiantar uma coisa: se ela desconfiar da mesma coisa que eu, vai ligar para a polícia antes de considerar a possibilidade de dar alta para a sua amiga. Quero ver você tentar mentir para a *polícia*, daí vai ver no que vai dar." Ele aponta para uma salinha à esquerda de Nancy. "Senta ali", ele ordena. "E espera minha colega vir falar com você."

Nancy nem pensa em discutir. Ela entra na sala, acomoda-se na cadeira e espera. O pânico total que sentiu quando viu todo aquele sangue no assento do metrô mais ou menos se dissipou depois que levaram Clara para o pronto-socorro, mas agora está de volta. Ela balança o pé sem parar.

Nancy olha para a parede da sala de exame. O relógio indica quase uma da manhã. Não é à toa que seus olhos ardem. Nancy fica observando os ponteiros se movendo conforme os minutos passam, sabendo que vai chegar muito depois do horário combinado e ter que encarar as consequências mais tarde.

Está tudo silencioso. Ela só consegue ouvir alguns médicos e enfermeiras se falando, uma risadinha de vez em quando, aparelhos bipando à distância. Nancy se recosta na cadeira de plástico e fecha os olhos.

Vinte minutos depois, uma médica aparece à porta, com o rosto sério. Deve ter uns cinquenta anos, tem a testa larga e o cabelo castanho grisalho preso para trás, em um coque baixo.

"Olá. Senhorita...?"

"Nancy. Meu nome é Nancy."

"Certo. Sou a dra. Gladstone, Nancy."

"Hum, oi", a jovem diz se levantando. "Como está a Clara? O outro médico disse que..." Sua voz morre no ar.

A dra. Gladstone olha por cima do ombro dela, depois entra na sala de vez e fecha a porta. Nancy recua um passo, incerta quanto ao que está acontecendo.

"Temos quase certeza de que sabemos o que aconteceu aqui", a dra. Gladstone diz. "Meu colega desconfia de certas coisas. Certas coisas ilegais."

"Não sei do que está falando", Nancy diz. Ela não planeja responder às perguntas da médica.

"Sua amiga tem sorte de estar viva." A dra. Gladstone faz uma pausa e volta a falar, com a voz mais baixa: "Me ouça com atenção, Nancy. Não quero que você diga nada específico. Mas, se estou no caminho certo, preciso que me dê alguma indicação disso, para poder tratar sua amiga da melhor maneira. Pode fazer isso por mim? Não tenho motivo para chamar a polícia. Sei que meu colega fez essa ameaça, mas eu não trabalho assim. Preciso que confie em mim".

Há um longo intervalo, que ocupa o espaço reduzido que há entre as duas. Então Nancy confirma com a cabeça e coça o nariz.

"Certo. Obrigada. É tudo o que preciso saber. Vou registrar como interrupção involuntária. Aborto espontâneo", ela acrescenta, diante da expressão vazia de Nancy. "Vou dar uma olhada no útero, para me certificar de que todo o tecido foi removido e de que ela não vai ter uma infecção."

Nancy solta o ar, devagar. "Obrigada", ela diz, sincera.

"Mas preciso te dizer uma coisa", a dra. Gladstone comenta, baixo. Nancy se inclina para mais perto dela. "Se você, uma amiga ou qualquer outra menina próxima engravidar sem querer, é melhor passar num consultório médico e perguntar pela *Jane*."

As sobrancelhas de Nancy se franzem. "Jane?"

"Jane. Dê uma procurada, pergunte por Jane, e uma hora vai chegar aonde precisa."

"Mas eu não..."

"É só dizer que está procurando Jane."

A dra. Gladstone dá meia-volta e abre a porta, então segue para a claridade do corredor do pronto-socorro. Seu jaleco branco some de vista, deixando Nancy sozinha na sala de exame.

4

EVELYN

FIM DO OUTONO DE 1960

Evelyn acorda de repente, com um gemido agudo vindo do quarto do outro lado do corredor.

É o começo do dia. Aquele momento antes do amanhecer em que há uma luz azul-acinzentada e tudo está em silêncio, em que o mundo espera a cortina subir, em que os seres da noite — animais noturnos, criminosos, ladrões — retornam à escuridão de seus covis antes que o sol surja no horizonte.

Evelyn sonhava com sua própria cama. A cama na casa dos pais, com armação e cabeceira de pinheiro trabalhado, colchão confortável, travesseiros de pena de ganso. Os lençóis de flanela macios que a mãe colocava no inverno, para ficar mais quentinho. As paredes do quarto forradas de papel de parede texturizado, o tapete cor-de-rosa e grosso sob seus pés quando ela saía da cama toda manhã. Muito diferente deste lugar, o Santa Inês, em que Evelyn pisa com os dedos congelados nos chinelos ásperos de sola fina, apertados demais para ela.

Evelyn fica deitada de lado na cama e puxa os lençóis e cobertores finos para proteger o corpo do frio. No entanto, não importa o quanto tente, seus pés, seus ombros ou seus cotovelos ficam expostos ao ar gelado do quarto que divide com outras três meninas. Todas mulheres "desgraçadas", todas jovens. Todas esperando educadamente em uma fila, supostamente para ser redimidas.

Na cama ao seu lado, Margaret se mexe. Não anda dormindo bem. Embora seja contra as regras da casa, ela e Evelyn ficaram amigas nas últimas semanas.

Margaret chegou um dia depois de Evelyn, tendo aparecido à porta enquanto Evelyn ainda passava suas coisas da mala para a pequena cômoda aos pés da cama.

"Pode me chamar de Maggie", Margaret disse, depois que Evelyn se apresentou. "Há quanto tempo está aqui?"

"Cheguei ontem à noite. Foi a irmã Teresa que recebeu você?"

"Isso. As regras são rígidas. É esse o uniforme da prisão?", Maggie perguntou, com um vestido cinza, reto e sem graça na mão.

Todas as "internas", como a irmã Teresa as chama, recebem os mesmos vestidos para o dia e as mesmas camisolas para a noite. O termo reflete o clima severo, punitivo e militarista que a freira imprimiu ao lugar. As meninas são mantidas ocupadas, cozinhando, limpando, polindo sapatos e lavando a roupa recebida dos vizinhos para subsidiar a conservação do Lar. Elas podem ir ao jardim dos fundos, mas só em horários pré-programados e sob supervisão rigorosa. Espera-se que no Santa Inês o anonimato seja preservado. As meninas não têm permissão para conversar livremente. Ninguém usa o sobrenome. Ninguém pode falar sobre como engravidou. A única coisa que todas sussurram, sua obsessão, é a data estimada de parto de cada uma. É a primeira coisa que perguntam às recém-chegadas.

Maggie deve dar à luz duas semanas depois de Evelyn, em abril, de modo que estão juntas nisso. Evelyn passa por tudo um pouquinho antes de Maggie, acertando as coisas e abrindo o caminho para ambas. As meninas não contam com mães ou irmãs mais velhas para servir de guia durante a gravidez, e as freiras certamente não podem — ou não querem — desempenhar esse papel. O médico que vem ver as meninas nunca responde às suas perguntas. Ele ignora as pacientes e fala diretamente com a irmã Teresa, como se a gravidez fosse um experimento científico muito interessante que está acompanhando, tal qual fases do crescimento de um fungo. Assim, com essa escassez de informações, as meninas se voltam umas às outras atrás de apoio, muito embora nunca estejam longe dos olhos vigilantes da irmã Teresa, que elas chamam de Cão de Guarda. Porque, afinal de contas, o Santa Inês é um lugar onde tudo é mantido em segredo.

Outro gemido chega do corredor, e Maggie abre os olhos. Seu braço fino descansa de forma protetora sobre a curvatura de sua minúscula barriga, que está começando a despontar. "Ouviu isso?", ela sussurra.

Evelyn faz que sim. "Foi o que me acordou. Acho que é Emma."

"Ela me disse na semana passada, na cozinha, que queria mudar de ideia quanto à adoção, mas..." Maggie deixa a frase morrer no ar. Evelyn balança a cabeça. As duas sabem que mudar de ideia não é uma opção no Santa Inês. "Tem chorado bastante de manhã. Acho que ela não tem ninguém no quarto com quem... você sabe, que nem a gente." Maggie oferece um sorriso fraco a Evelyn.

As duas se olham por um momento, em uma conversa silenciosa. O choro de Emma para uma hora, seu eco se perdendo no papel de parede desbotado do corredor. As paredes do Lar absorveram anos e anos de choro angustiado. Súplicas e preces sussurradas.

Evelyn treme tanto que seus dentes começam a bater. "Está tão frio. Parece até inverno."

"Eu sei. Vem aqui." Maggie faz um gesto para que Evelyn se junte a ela na cama, encolhendo-se tanto quanto possível no colchão estreito. Dez centímetros, se tanto.

Evelyn joga seu cobertor patético sobre a amiga antes de se deitar na cama com ela. Maggie reprime uma risada enquanto a outra se ajeita. Depois de um minuto tentando, as duas encontram uma boa posição, e Maggie enterra a cabeça no pescoço de Evelyn.

"Semana passada, perguntei à irmã Agatha se ela não conseguia arranjar mais alguns cobertores. Ela disse que ia tentar, mas que os quartos estão todos cheios, por isso não tem muita coisa sobrando", Maggie comenta, com um suspiro.

O Lar é atendido por três freiras, que moram ali também, além da irmã Teresa e do padre Leclerc. Elas desempenham seu trabalho e cumprem ordens da irmã Teresa com uma determinação silenciosa. A irmã Mary Agatha é paciente com as meninas como nenhum outro membro da administração. Ela é baixa, de aparência sem graça e pálida; ao vê-la, Evelyn pensa num camundongo. Também é bondosa de verdade, fazendo um contrapeso bem-vindo à agressividade maliciosa da irmã Teresa. A irmã Agatha é a única que chama as meninas de "senhoritas", além de ser doce com os bebês. Evelyn acha que é uma pena que ela tenha decidido virar freira, porque daria uma babá maravilhosa.

"Ei, qual é o seu sobrenome, Evelyn?", Maggie sussurra sob o queixo da outra, interrompendo seus pensamentos.

"Taylor", Evelyn diz, e a confissão proibida a deixa agitada por dentro. "E o seu?"

"Roberts. Prazer, srta. Taylor."

Evelyn sorri. "Prazer, srta. Roberts."

As duas ficam em silêncio por um tempo, enquanto se esquentam.

"O que você quer fazer depois que sair daqui?", Maggie pergunta.

Depois é algo em que Evelyn tem pensado bastante a respeito ultimamente. Ela hesita, sem saber como a amiga vai reagir à sua resposta.

"Eu, hum... andei pensando em fazer faculdade. Talvez medicina."

Maggie se surpreende, e Evelyn se preocupa que as outras meninas no quarto possam acordar, o que não acontece. "Sério? É um sonho grandioso. O que te fez pensar nisso?"

Evelyn mastiga a parte interna da bochecha. "Faz muito tempo que venho pensando nisso. Sempre dizem aos meninos da família que eles podem fazer e ser o que quiserem, não é? Mas nós, meninas, temos que nos casar ou ser professoras solteironas pelo resto da vida." Ela sente o corpo de Maggie estremecer com uma risada. "É verdade!"

"Sei que é", Maggie diz. "Minha mãe é igualzinha."

"Como não vou mais me casar, pensei... se tenho a chance, posso almejar mais que isso."

"Que tipo de médica você seria? Existem tipos diferentes, não é?"

"Hum-hum. Pensei em ser do tipo que lida com ossos."

"Ossos?"

"Sei lá." Evelyn dá de ombros, pensando em como articular melhor o que isso significa para ela. "Acho que eu gostaria de conseguir consertar coisas quebradas. Ou então eu poderia me concentrar no coração dos pacientes. Tentar salvar pessoas como meu pobre Leo."

Maggie olha para Evelyn. "Você devia fazer isso. Devia mesmo."

Evelyn sorri. "Talvez eu faça, srta. Roberts." Ela dá um beijo na testa de Maggie. "Talvez eu faça mesmo."

"Dra. Evelyn Taylor", Maggie diz, devagar. "Soa bem, não acha?"

Maggie acaba pegando no sono, mas a mente de Evelyn está ocupada demais agora para dormir. Não vai demorar muito para que o dia comece. Assim como no dia anterior, elas vão fazer suas preces no salão, depois vão tomar o café da manhã na sala de jantar. A cada manhã, um terço das meninas faz o café para todas, com a ajuda de algumas freiras. Depois, elas tricotam, costuram e fazem outras tarefas tediosas. Aí vem o almoço, que é preparado por outro terço das meninas. As tardes são dedicadas à limpeza e às tarefas do lar. O jantar é preparado pelo último terço das meninas, e depois elas têm tempo para ler a Bíblia ou qualquer outra coisa da mísera coleção de livros na estante, até as dez em ponto. Todos os momentos de todos os dias são programados minuto a minuto.

Evelyn volta os olhos castanhos para o teto branco, com manchas escuras de umidade, depois para as outras meninas, que ainda estão dormindo. Ao fim de cada cama há uma cômoda pequena para as coisas de sua ocupante, mas elas não têm espelhos ou quaisquer outras amenidades, que não são permitidos nem nos quartos nem no banheiro coletivo. A irmã Teresa diz que elas devem focar suas energias e atenção para dentro de si — para os bebês crescendo — e para fora de si — rezando para serem absolvidas dos pecados que as deixaram em sua situação lamentável. Embora saiba como cada uma das meninas engravidou, por causa da reunião inicial que teve com cada uma, a Cão de Guarda ainda as trata como se todas tivessem escolhido pecar, como amantes sedutoras responsáveis por seu próprio infortúnio, que deveriam se considerar sortudas por a Igreja permitir que morassem em suas dependências durante a gravidez.

Apesar das regras em contrário, a maioria das meninas conversa sobre como engravidou. Afinal, elas não têm muito mais o que falar.

Louise, de quinze anos, que dorme na cama em frente a Evelyn, engravidou de um amigo do irmão, sete anos mais velho que ela e cheio de belas promessas que evaporaram no instante em que ouviu a palavra "grávida". E Anne, que dorme perto da janela, teve que vender o próprio corpo devido ao desespero financeiro quando seu marido a abandonou e foi para o outro lado do país com sua secretária.

Algumas semanas atrás, Maggie confidenciou a Evelyn que havia sugerido aos pais que durante a gravidez visitasse uma tia na Escócia, onde daria o bebê para adoção. Ela contou a Evelyn que achou que seria mais fácil colocar um oceano entre si e qualquer tentação de encontrar a criança depois, só que sua mãe não deixou, sem dar nenhuma explicação. Maggie não contou a Evelyn exatamente como ficou grávida, mas Evelyn tem suas suspeitas.

Ela mesma não havia contado sobre sua própria gravidez a ninguém além de Maggie, para quem disse a verdade: que nem sabia que estava grávida quando Leo sofreu o ataque cardíaco. *Uma bomba-relógio*, os médicos haviam dito em tons sussurrados enquanto Evelyn desabava na cadeira de madeira da sala de espera do hospital. Um defeito à espera. *Puro azar*, murmuraram.

Evelyn enterrou o noivo entorpecida pelo luto, jogando um buquê de rosas brancas sobre o caixão que descia em vez de carregá-lo em sua entrada na igreja no dia do casamento. Ela nem sabia o que seria de sua vida quando se deu conta de que sua menstruação não havia descido aquele mês. Ainda estava usando um vestido preto de luto e envolta no sofrimento quando foi levada à porta do Santa Inês, sem qualquer resistência.

Deveria ter protestado, deveria ter se recusado a ir, pensa agora. Mas onde isso a teria deixado? Na rua, com o bebê? Boas moças não devem engravidar antes do casamento, mas caso isso aconteça devem fazer "a coisa certa para todo mundo" — uma frase que ouviu a mãe recitar pelo menos dez vezes — e dar o bebê para a adoção. Simples assim.

Mas certamente não parece a coisa certa para Evelyn, porque o bebê é tudo o que lhe resta de Leo. Ela quer ficar com ele, mas seus pais não vão deixar. Foram bastante claros quando decidiram que ela iria para o Santa Inês. Em nenhum momento perguntaram a Evelyn o que *ela* queria. O bebê está crescendo dentro dela, que não tem voz ativa em seu destino. Será que pode sequer se considerar uma mãe?

A única lágrima que tremulava no canto de seu olho cai, quente contra a bochecha fria, e é rapidamente absorvida pelo travesseiro fino. Evelyn respira fundo e solta o ar devagar, tentando exalar os pensamentos sombrios no ar frio do quarto, mas eles pairam sobre ela e Maggie, juntas na cama estreita. Não consegue fugir deles. São parte de sua punição, da penitência que as meninas pagam em suas celas num canto esquecido da cidade. Não há sonhos aqui, não há luz. A escuridão vai perdurar. No caso de algumas delas, por meses. No caso de outras, anos. Outras ainda nunca voltarão a ver a luz.

São meninas em desgraça. E todas vão pagar para se redimir.

5

ANGELA

JANEIRO DE 2017

À porta de seu apartamento, Angela sente o aroma de alho e cebola dançando ao sabor do som abafado de um jazz tranquilo. Tina já começou a fazer o jantar. Como sempre, o alho picadinho vai para a frigideira antes mesmo que tenham decidido o que fazer, e Angela sabe que uma taça de vinho deve estar esperando por ela na mesa lateral da sala, servida por Tina. Sorrindo, Angela vira a chave na fechadura e abre a porta.

É um apartamento de bom tamanho para o centro de Toronto: tem o quarto do casal e dois cômodos menores, além de uma área ampla que serve de sala de jantar e de estar, uma cozinha comprida e estreita e um banheiro sem janela. Elas guardam suas coisas no armário da entrada e no guarda-roupa do tamanho de uma cabine telefônica que têm no quarto, além do que conseguirem enfiar debaixo da cama e da pia da cozinha. Tina mora nesse apartamento há doze anos e Angela, há seis, de modo que tiveram bastante tempo para personalizá-lo. As paredes têm cores fortes e ousadas — azul-petróleo, vermelho, amarelo, verde —, tornando o lugar um paraíso onde hibernar durante os meses duros do inverno, quando tudo, desde a paisagem urbana até as roupas e o céu nublado, é de um cinza desesperador. Tapetes multicoloridos suavizam seus passos sobre o piso de taco, que range, e arandelas de ferro fundido aquecem os cômodos com seu brilho suave.

Angela fecha a porta atrás de si, joga as chaves em uma tigela de vidro sobre o aparador de madeira e pendura o casaco no armário. Ela troca as botas de inverno molhadas por chinelos, pendura a bolsa em um gancho, pega o envelope do fundo dela, depois avança pelo corredor, rumo à sala.

"Oiê!", Tina cumprimenta. O vapor se espalha a partir da cozinha, e o rosto dela aparece na janela de passagem que dá para a sala, vermelho de calor. "Estou fazendo macarrão. Seu vinho está na mesinha."

Angela dá um beijo na boca da esposa através do passa-pratos. "Eu sabia que tinha me casado com você por um motivo."

Tina sorri. "Meu macarrão?"

"É."

"Bom, fico feliz de não ter desperdiçado minha beleza, meu charme e minha educação exaustiva tentando atrair uma companhia."

Angela ri e a beija de novo.

"Vá se sentar. Só preciso ferver o molho mais um pouco."

"Obrigada, Ti?"

"O que é isso?" Tina aponta com a cabeça para o envelope na mão de Angela.

"Queria falar com você sobre isso, na verdade. Mas espero você terminar aqui."

"Está tudo bem?" Tina franze a testa instantaneamente, sob o cabelo loiro e curto.

Angela faz que sim com a cabeça. "Não tem nada a ver comigo, não se preocupe. Só queria seu conselho."

"Ah, tá. Beleza." Os músculos do rosto de Tina relaxam. As duas andam um pouco preocupadas desde que perderam o bebê. Investiram dezoito meses e dezenas de milhares de dólares só para ver seu sonho de ter uma família escapar repetidamente por entre seus dedos. Nenhuma delas aguenta mais notícias ruins por enquanto.

"Acabo aqui em um segundo." Tina volta para a nuvem de fumaça.

Angela vai até o sofá de três lugares e se joga no seu lugar, a uma ponta. O gato preto delas, Grizzly, aparece em um canto da mesa de centro. É do tamanho de um guaxinim grande, mas pula no colo dela com toda agilidade.

"Oi, Grizz." Angela acaricia seu pelo fofo distraidamente enquanto as vozes de Ella Fitzgerald e Louis Armstrong cantando em harmonia brotam da vitrola no aparador.

Ela pega o envelope e desliza a carta para fora e para dentro, pensando. No ônibus, voltando para casa, começou a ter dúvidas quanto a ter aberto a correspondência e a levado da loja. O que é besteira, claro. Para começar, não *pertencia* à loja em si. Talvez ela não devesse ter aberto, mas fazia muito tempo que a carta havia sido postada, e estava claramente esquecida. Não estava fazendo um favor à remetente, Nancy Mitchell, em abri-la? Se não o tivesse feito, talvez a carta nunca tivesse sido descoberta, e a mulher nunca saberia que foi adotada. Angela deixa o envelope na almofada do sofá ao seu lado e pega a taça de vinho. Ela toma um gole e faz uma careta. É o vinho de mentirinha que vinha bebendo por desespero desde que haviam começado o tratamento de fertilidade. Tina sai da cozinha, segurando sua própria taça.

"Imaginei que, depois de ontem à noite, você ia querer voltar a beber esse troço", Tina diz, indicando a taça de Angela.

"É, talvez seja melhor."

"Qual é o gosto, aliás? É basicamente suco de uva?"

Angela olha para o líquido tinto, refletindo. "Tem mais gosto de vinho que de suco de uva, e tem mais gosto de vinagre que de vinho."

Tina ri e se senta na outra ponta do sofá. As duas estão sentadas de frente uma para a outra, com os joelhos dobrados à frente, as pontas dos chinelos combinando se tocando.

"Como foi seu dia?", Angela pergunta, enrolando.

Tina toma um gole de seu merlot de verdade. Angela sente o aroma e seu estômago se revira. "Bom. Nada de mais. Limpei a casa, fiz compras. Me preparei para as aulas de amanhã. E na loja? Foi tranquilo como todo domingo?"

Angela olha para sua taça e dá um belo gole, torcendo para que as palavras certas venham à tona. "Na verdade, não."

"Então conta."

Angela não sabe bem como começar, e acaba confessando. "Encontrei uma carta que deve ter se perdido em algum momento e nunca foi entregue à destinatária. O mais estranho é que estava endereçada à loja. Bom", ela se corrige, "na verdade tinha o *endereço* da loja, mas era para uma mulher chamada Nancy Mitchell."

"É essa?", Tina pergunta, apontando para o envelope entre elas. "Você abriu?"

"Abri. Eu sei. Estou me sentindo mal por isso. Mas foi postada em 2010, e estava em uma caixa dentro de uma gaveta que ninguém abria havia anos. Tia Jo nunca se deu ao trabalho de organizar o lugar. A carta nunca seria encontrada."

"E o que diz a carta?"

Angela olha para a esposa de maneira significativa, por cima dos joelhos. "É bem importante. Não que seja longa, mas o conteúdo... é de partir o coração."

"O que diz?", Tina volta a perguntar.

Angela tira a carta e o bilhete do envelope. Passa ambos a Tina, então pega sua taça de vinho e toma outro gole enquanto Ella e Louis entram no refrão de "Our Love is Here to Stay". Alguns segundos depois, Angela ouve o barulho da água no fogo.

"Você pode...?"

"Eu ponho o macarrão para cozinhar", Angela fala ao mesmo tempo. Tina sorri, e ela vai para a cozinha. Quando volta, um minuto depois, Tina já acabou de ler.

"Que carta..."

"Eu sei. A mãe biológica dessa Nancy teve a bebê em uma dessas casas de amparo que abriram depois da guerra, para mulheres solteiras, sabe? Era a Igreja católica, o Exército da Salvação e esse tipo de organização quem administrava. Fiz uma busca rápida hoje. É parte de nossa história, e eu mal sabia a respeito. Eram lugares péssimos."

"Coitada."

"É."

Tina faz uma pausa. "E agora?"

"É sobre isso que eu queria falar com você. Parece que o último desejo da mãe era que a filha fosse atrás da mãe biológica. Acho que tenho que encontrar essa tal de Nancy e entregar a ela a carta e o bilhete. Essa mulher precisa saber. Fiz as contas, e a mãe biológica pode ainda estar viva."

Tina fica em silêncio por um momento. Angela tem problemas com o silêncio: sempre sente que precisa preencher o vazio.

"Liguei pra minha mãe logo depois que abri a carta. Fiquei bem abalada."

"Imagino. Você deve ter se identificado com ela."

Angela confirma com a cabeça. "Pois é. Me identifiquei mesmo. Minha mãe acha que, se a mãe biológica queria que Nancy soubesse da adoção, devo ir atrás dela. Ela sabe o quanto senti que precisava conhecer Sheila, e o quanto isso me afetou ao crescer. E acabou dando tudo certo, né?"

Tina solta um suspiro. "Pode ser, mas, sinceramente, Ange, acho que você não deveria fazer nada."

Angela congela. "Como assim?"

"É uma confissão *importantíssima*, como você falou."

"Pois é! Por isso preciso encontrar Nancy."

"E que bem isso vai fazer? E se ela não quiser essa informação? Você vai tirar o chão dela. Vai ser o maior choque."

Angela volta a apoiar a taça e puxa os joelhos para junto do peito, segurando a carta contra o corpo. Sente-se traída pela reação de Tina, embora não saiba direito o motivo. Um nó se forma em sua garganta. "Mas por que ela não deveria saber? Tem ideia do que é ter sido adotada e não conhecer sua mãe biológica?"

Tina toca o braço dela com delicadeza. "É claro que não, meu bem. Não posso nem fingir que sei como é. Mas se essa Nancy não sabe, então não precisa saber. Não acho que caiba a você decidir se ela vai receber essa informação ou não. Cabia à mãe contar a ela, mas a carta não foi entregue. Não quero dizer que talvez tenha sido obra do destino, mas..." Ela dá de ombros. "Talvez seja melhor que Nancy não tenha recebido a carta. A mãe morreu em paz, achando que a filha ia receber sua confissão e ir atrás da mãe biológica. Mas, como a carta não foi entregue, a vida de Nancy não foi virada de cabeça para baixo por essas informações."

"O que você quer dizer com isso?"

"Quero dizer que talvez seja melhor assim. Talvez você deva deixar essa história de lado. Se for atrás de Nancy, pode acabar se metendo na maior confusão."

Angela sente que precisa se defender. Tina leciona estudos feministas na universidade e ainda está engrenando na carreira. Ela é do tipo racional, que toma decisões baseadas em provas e fatos, e não é tão ligada ao seu lado emocional quanto Angela. É parte do que torna as duas uma boa combinação, o modo como se completam, mas isso também quer dizer que às vezes há embates.

"Acho que..." Angela toma outro gole do vinho de mentirinha, querendo que fosse de verdade. "Amo *muito* minha mãe, mas, antes de conhecer Sheila, parecia que havia um pedaço enorme de mim faltando. Como se houvesse um buraco na minha identidade que nada além dela poderia preencher. Era como se eu fosse um quebra-cabeça incompleto e nem soubesse como era a peça que me faltava, sabe? Depois que conheci Sheila..."

O alarme toca na cozinha.

"Desculpa, meu bem, mas o macarrão está pronto." Tina aperta o joelho de Angela, já se levantando do sofá.

"É sério, Ti?"

"Se passar do tempo, vai ficar uma merda. Só um segundo." Tina corre para a cozinha. Ouve-se o bater de panelas, depois a água do macarrão sendo escorrida. "Vem comer", ela chama.

Angela tira Grizzly do colo e conta até dez para se acalmar. Ela passa à sala de jantar e coloca mais vinho de mentirinha na taça. Tina aparece pouco depois, com dois pratos fumegantes de tagliatelle caseiro com molho marinara.

"Saúde", Tina diz.

Angela brinda com pouca vontade, ainda pensando na relutância da esposa. Mas como Tina poderia entender? O silêncio perdura por alguns minutos, enquanto elas devoram o jantar, e Angela deixa seus pensamentos marinando.

"O lance é que agora tenho uma perspectiva diferente do que tinha antes em relação a isso", ela diz.

Tina deixa o garfo de lado. "Por causa da gravidez?" Sua expressão parece fraquejar um pouco quando ela diz isso.

Angela toma um gole da bebida para tentar segurar as lágrimas, que fazem seus olhos arderem. "Já sinto como se fosse mãe, Ti. Independente de... qualquer outra coisa. E não consigo aceitar que Nancy não saiba, quando tanto sua mãe biológica quanto sua mãe afetiva queriam que ela soubesse de onde veio."

Tina olha nos olhos de Angela, por entre as velas no meio da mesa. O disco continua tocando baixo ao fundo.

"E essa Margaret, a mãe biológica", Angela continua. "Sei que não é a mesma coisa, mas a filha foi tirada dela à força. Se coloca no lugar dela por um segundo. Nós duas sabemos sobre a sensação de perder a *possibilidade* de um filho. Como é exaustivo tentar ser mãe. Sheila me entregou para adoção por vontade própria, por motivos que faziam muito sentido para ela. Mas ser forçada a entregar seu filho é..." Angela procura uma palavra adequada e acaba balançando a cabeça. "Inacreditavelmente cruel, acho. Não posso não fazer nada."

Angela continua comendo, por respeito aos esforços de Tina para preparar a refeição, mas seu apetite evaporou. Ela sente o olhar de Tina na sua testa.

"Tá. Entendi", Tina diz, gentil. "Faça o que quiser fazer, amor. Eu só queria bancar a advogada do diabo, sabe? Acho que tem outro lado da questão que você pode não estar considerando porque está sendo um pouco... tendenciosa, acho que essa é a palavra. Não está vendo as coisas com clareza. Nem todo mundo faria o mesmo que você. Nem todo filho adotado quer conhecer os pais biológicos. E os que conhecem nem sempre encontram o que esperavam. Nem todos são como Sheila, sabe? É isso que eu penso." Tina afasta a cadeira da mesa, vai até Angela e lhe dá um beijo no alto da cabeça. "Sério, faça o que quiser fazer, Ange. Eu te amo e vou te apoiar independentemente do que decidir, tá?"

Angela suspira, evitando olhar para Tina, então assente.

Tina aperta o ombro dela e retira o prato e os talheres de Angela, pondo-os sobre os seus. "Vou fazer um pouco de bicicleta ergométrica, se você não se importa. Pra compensar um pouco o macarrão."

"Tá bom."

Há certa tensão entre as duas agora.

"O que você vai fazer?"

"Ah..." Angela hesita. "Acho que vou terminar esse suposto vinho e relaxar um pouco. Talvez ler um livro."

"Tá bom. Te amo."

"Também te amo."

Tina vai em direção à cozinha, enquanto Angela pega o celular da bolsa. Ela se joga no sofá, abre o Facebook e passa pela falação vazia e pelos anúncios direcionados em seu feed, parando de vez em quando para curtir um post. Já não usa tanto as redes sociais. O fluxo incessante de anúncios de gravidez e fotos de bebê despertam sua raiva. Ela sabe que é injusto se sentir assim, que deveria ficar feliz por seus amigos estarem expandindo a família, mas às vezes — como agora — a generosidade de espírito que gostaria de sentir é vencida por uma inveja amarga.

Quando ouve a porta do quarto em que fica a bicicleta se fechar e depois o *bipe-bipe-bipe* de Tina ligando o aparelho, Angela vai para o corredor, passa pela porta fechada atrás da qual sua esposa começou a malhar e entra no terceiro quarto.

Está escuro e fresco lá dentro. Um leve cheiro de tinta persiste, misturando-se ao odor de madeira dos móveis novos. Angela só entra ali de vez em quando, em geral quando Tina não está em casa, ou quando está no banho. Ela viu a expressão no rosto da esposa quando Tina a pegou sentada na cadeira de balanço, abraçada a um ursinho de pelúcia, como se fosse um bebê.

Angela vai até a cômoda, liga a luminária e apoia sua taça ao lado. A lâmpada lança um brilho dourado sobre a extensão do quarto do bebê, enquanto ela se senta na almofada nova da cadeira de balanço. Ela olha para as ripas brancas do berço, à sua esquerda, para os cobertorzinhos bem dobrados na lateral, em um arco-íris de tons pastel. Há um móbile pendurado no teto, pedaços de feltro em forma de elefantes e girafas suspensos no ar. O trocador ao lado do berço já está estocado com uma pomada contra assaduras fechada e cueiros de flanela novinhos. Elas montaram o quarto do bebê no ano passado, quando estavam radiantes com o aparente sucesso da primeira rodada de tratamentos de fertilidade. Agora o lugar parece falso e frio, um palco para uma peça que Angela teme que nunca será produzida.

Ela respira profundamente, ouve as rodas da bicicleta girando no cômodo ao lado e a batida fraca do hip-hop acelerado, que contrasta com a serenidade do quarto. Olha para cima, para a fileira de bichinhos de pelúcia empoleirados na prateleira da parede à sua frente, e se pergunta se Margaret Roberts tinha comprado algo para a sua bebê. Baseado no que leu na internet em sua pesquisa sobre casas de amparo maternal, duvida muito. E ter sua filha tirada dela, contra sua vontade...

Angela entende a perspectiva de Tina, mas não tem certeza de que seja uma opção não fazer nada. Ela se conhece, e sabe que isso vai devorá-la. Por sua experiência, as pessoas se arrependem de coisas que não fizeram muito mais do que de erros que de fato cometeram. É a *inação* que faz alguém acordar de madrugada, duvidando de seu próprio julgamento. São os "e se" e os "eu deveria ter" que permanecem nas profundezas da alma. Que se agarram com mais força, que têm os dentes mais afiados.

Com uma sensação de imprudência supostamente virtuosa, Angela reabre o aplicativo do Facebook no celular e pesquisa o nome *Nancy*

Mitchell. Inúmeros perfis surgem na tela. Ela restringe a busca à grande Toronto, embora, até onde sabe, Nancy poderia muito bem estar morando na Austrália. Mas precisa começar por algum lugar. Angela passa pelos perfis, clicando em todos que parecem ser de pessoas mais ou menos da idade certa. Vê fotos da vida dessas mulheres, algumas das quais têm perfil aberto, enquanto outras têm configurações de privacidade fechadas. Fotos de férias em família, os braços delas sobre os ombros de adolescentes de cara feia, que concordaram a contragosto a posar com a mãe. Posts sobre passatempos, jardinagem, artes manuais. Opiniões políticas. Piadas. As personalidades e histórias das mulheres vão ganhando forma e os dedos de Angela vão ficando gelados de tensão. Ela está fazendo a coisa certa? Há uma mulher viva, que respira, do outro lado de cada um desses perfis cuja vida poderia ser destruída com a bomba que está em posse de Angela.

Ela encontra cinco Nancy Mitchells que se encaixam nas especificações de sua pesquisa. Manda uma mensagem para a primeira, depois a copia e manda para as outras também.

> *Olá, eu trabalho em uma loja chamada Antiquário e Sebo Thompson, no centro de Toronto. Encontrei uma carta endereçada a Nancy Mitchell, e gostaria de saber se você tem alguma ligação com a loja. Se for o caso, ela pode ser para você. Me diga depois. Obrigada!*

Angela deixa o celular sobre os joelhos e respira profundamente, em seguida toma um belo gole de vinho, por hábito, uma vez que a imitação sem álcool não ajuda em nada a acalmar seus nervos.

Duas respostas chegam quase que imediatamente, e o coração de Angela salta até a sua garganta. A primeira é um sucinto *Não sou eu*. A segunda é um "não" mais simpático e educado, desejando-lhe sorte em sua busca pela Nancy Mitchell certa. Angela fica ao mesmo tempo decepcionada e imensamente aliviada. Ainda assim, aguarda mais alguns minutos. Quando nenhuma outra mensagem entra, ela apoia o celular na mesinha lateral. Sem notar o que está fazendo, põe uma mão sobre o umbigo.

"Ah, Margaret", ela sussurra para a jovem, um fantasma sombrio em sua mente. "Será que você encontrou sua menina?"

6

EVELYN

INVERNO DE 1960-1

A pior parte do Natal é o fato de que as meninas do Santa Inês passam o mês de dezembro segurando hinários vermelhos com relevo em suas mãos jovens e sem aliança enquanto entoam odes relutantes à virgem e ao seu bebê.

Em uma manhã de domingo de neve durante a segunda semana do Advento, Evelyn e Maggie estão lado a lado, olhando para o padre Leclerc, à frente da sala, balbuciando sem muita vontade a letra de uma canção natalina tradicional, "Hark! The Herald Angels Sing". Evelyn se pergunta quanto pensamento consciente foi empregado no planejamento daquele tipo de música e dos hinos dos Domingos do Advento, e se em algum momento ocorreu ao padre Leclerc que cantar sobre Maria e o Cristo bebê pode reforçar um desejo romântico em um grupo de meninas que deverão entregar seus filhos em questão de semanas. O padre do Lar é um homem pálido e sem energia, cuja voz lembra mingau de aveia frio. Ele se senta à mesa com elas para conduzir a oração antes das refeições, oferece a comunhão, lidera o estudo da Bíblia aos domingos e fica disponível a quem quiser se confessar, muito embora Evelyn não consiga imaginar por que qualquer uma das garotas iria querer passar dez minutos sozinha com aquele homem, expondo seus pecados.

Elas terminam a música e têm permissão para voltar a se sentar. O alívio das meninas cuja barriga já está grande se faz notar em um coro de suspiros e gemidos. O padre Leclerc passa os olhos por elas com ares de um homem prestes a iniciar uma bela refeição, então procede com o sermão.

"Tudo o que aconteceu a vocês nesta vida, tudo o que aconteceu neste lar, tudo o que as conduziu até aqui, foi a vontade de Deus", ele diz, com um sorriso. "Lembrem-se disso, meninas. Como Maria, seus corpos estão realizando o trabalho de Deus..."

"Talvez *a gente* devesse mesmo ter dito que a gravidez era fruto da Imaculada Conceição", uma das meninas, Etheline, murmura baixo, da fileira à frente de Maggie e Evelyn. As outras dão risadinhas de aprovação, mas Evelyn olha em volta para conferir se a irmã Teresa não ouviu. A Cão de Guarda retribui o olhar dela através das lentes grossas dos óculos, toca o chicote no cinto e aponta para que Evelyn olhe para a frente. Não precisa fazer isso duas vezes.

"Vocês estão realizando as necessidades e os desejos de mulheres que não são capazes de ter filhos", o padre Leclerc prossegue, "o que também é a vontade de Deus. Ele sempre tem seus motivos para as provações que recaem sobre cada um de nós, e não cabe a nós tentar compreendê-las."

Maggie se ajeita no assento e pigarreia audivelmente. Evelyn olha para ela e vê que seu pescoço e seu rosto estão vermelhos.

"Você está bem?", ela sussurra para a amiga.

Maggie cerra os dentes, mas faz que sim com a cabeça. "Xiu."

O padre Leclerc segura a Bíblia contra o peito, abraçando-a como se fosse uma criança. "Quando se sentirem tristes, injustamente tratadas ou punidas, lembrem-se de que foi Deus quem quis que carregassem essas crianças, pelas boas mulheres que não podem conceber as suas próprias. Vocês devem aceitar a vontade de Deus, total e verdadeiramente, sem questioná-la. Lembrem-se de que vocês claramente são capazes de conceber e gerar filhos. Em um momento posterior de suas vidas, quando estiverem casadas aos olhos de Deus, conceberão de novo e terão filhos *legítimos* para seus maridos."

Evelyn pensa nas palavras do padre enquanto passa uma mão pela barriga e sente o bebê chutar em resposta — o bebê que seria considerado um bastardo pela Igreja, caso ela pudesse ficar com ele. Ela chegou perto de ser casada aos olhos de Deus. Alguns meses depois, seu bebê seria considerado legítimo, mesmo que Leo tivesse morrido. Se eles fossem casados, teriam pena dela, a viúva grávida em luto, não teriam? Os pais certamente cuidariam dela, em vez de escondê-la nos corredores escuros e nos quartos sufocantes do Santa Inês. Teriam dado as boas-vindas ao neto, e Evelyn poderia se agarrar a tudo o que havia lhe restado de seu querido Leo.

Ela volta a ouvir a voz do padre Leclerc, enquanto luta contra a vontade de chorar. "O que é uma criança entregue quando se pode ter mais? Vocês a verão de novo no Céu. E, nesse meio-tempo, ela terá uma boa família, uma família que pode lhe dar mais do que vocês poderiam, e será muito feliz. Os bebês de vocês poderão ter a melhor vida possível." Depois desse pronunciamento, ele voltou a vasculhar a jovem congregação com os olhos. "E vocês não vão querer tirar isso dessas crianças, não é mesmo?"

Em uma quinta-feira à tarde, no começo de março, Evelyn para de varrer por um momento. Ela se endireita e apoia o peso no cabo da vassoura, tentando relaxar os músculos das costas. Sua barriga está pesada demais, o que a deixa extenuada. Só lhe restam algumas semanas de gravidez, e Evelyn está sempre cansada agora, com os quadris doendo. Depois de um intervalo de descanso, ela retorna à sua tarefa.

Está terminando os quartos quando a irmã Mary Helen se aproxima. É uma jovem pesada e corpulenta, com sobrancelhas escuras e uma atitude enérgica, mas suficientemente agradável.

"Você pode varrer os escritórios lá de baixo também, Evelyn?", ela pergunta, passando uma pilha de lençóis pouco estável de um braço para o outro. "Lucille ia varrer, mas está com muita dor de cabeça."

"Tudo bem", Evelyn diz, suspirando. Lucille tem um talento notável para apresentar todo tipo de indisposição quando pretende evitar o trabalho.

"Obrigada", a irmã Helen diz. "Depois que terminar, pode fazer o que quiser até o jantar."

"Obrigada, irmã."

A irmã Mary Helen desce a escada com os lençóis, murmurando algo para ninguém em particular. Evelyn precisa de um momento para se firmar na vassoura de novo antes de seguir a freira pelos degraus, que rangem. Agora ela odeia ir ao andar de baixo, porque isso significa que depois vai ter que subir.

Chegando lá, Evelyn começa a varrer um extremo do longo corredor que segue paralelo à parede da cozinha, até chegar às salas do padre Leclerc e da irmã Teresa, que ficam perto do depósito. Com um gemido, ela se ajoelha para recolher o pó com a pá, e ouve um trecho da conversa que chega da porta aberta da sala da Cão de Guarda.

"... ajustar a tabela de preços, padre. A demanda está mais alta, desde o ano passado."

"Mas esse sistema não foi criado para extorquir boas famílias, irmã."

Evelyn para de varrer, estende o pescoço e direciona o ouvido para a sala.

"Não se trata de extorquir, padre, de modo algum. Nunca faríamos isso. Só estou dizendo que acho que seria prudente... que o mercado atual estivesse refletido em nossos preços. Outros lares estão fazendo o mesmo. Cobram o que o mercado permite. Estão começando a pagar para trazer bebês do exterior, mas as famílias estão dispostas a pagar o dobro por crianças cristãs brancas, daqui mesmo. Este lar é uma fonte de renda para nossa paróquia, e acho que devemos a nós mesmos, e a nossos paroquianos, garantir que nosso investimento gere o maior retorno possível."

Evelyn tem dificuldade para respirar, como se o ar se solidificasse em seus pulmões, tal qual cimento. Depois de um momento, o padre Leclerc suspira, e Evelyn o imagina batendo o pé esquerdo, como faz durante os sermões.

"Eu ficaria confortável com um aumento de quinze por cento em relação ao ano passado, não mais que isso. Vamos ver o que acontece. Isso não vai valer para as famílias que já estão na lista de reservas, certo?"

"Não", a irmã Teresa responde. "Será a partir de agora."

"Está bem, irmã. Bem, imagino que o jantar vá ser servido em breve. É melhor eu me preparar para a oração. Vou deixá-la à vontade."

"Obrigada, padre."

O som das pernas de madeira de uma cadeira arrastando pelo chão faz com que Evelyn volte a se mexer. Atordoada, ela se esforça para ficar de pé e voltar o mais depressa possível pelo corredor, então guarda a vassoura e a pá no armário perto da cozinha. Seus pulmões lutam para inspirar fundo enquanto contorna o corrimão da escada e começa a subir tão rápido quanto consegue. Quando vira, no patamar, Evelyn quase tromba com a irmã Agatha.

"Srta. Evelyn! Ah, mas que susto. O quê...?"

Evelyn passa pela freira e corre para o quarto, no final do corredor. Da cama, Maggie levanta os olhos de seu romance, assustada.

"Evelyn? O que foi?"

O rosto de Evelyn se contrai todo. Maggie abre os braços e deixa que a outra venha chorar em seu ombro.

Agatha aparece à porta e a fecha com delicadeza, abafando o barulho das meninas que começam a descer para o jantar. "O que aconteceu?", ela pergunta, com as sobrancelhas franzidas de preocupação.

Maggie só balança a cabeça e acaricia as costas da amiga. Um minuto depois, Evelyn para de chorar. Ela se senta e se vira para Agatha. "Você sabia?", pergunta.

Agatha franze a testa. "Sabia do quê?"

"Que eles são vendidos? *Os bebês são vendidos*. Como filhotes de cachorro num canil!"

Agatha leva a mão à boca, em choque.

"Quê?", Maggie exclama.

"É! Eu..." Evelyn se levanta da cama, afastando-se de Maggie e começando a andar de um lado para outro do quarto. "Eu estava lá embaixo, varrendo, e a Cão..." — ela se corrige na hora — "e a irmã Teresa estava em sua sala com o padre Leclerc. Ouvi os dois conversando sobre a tabela de preços, o mercado e aumentar os valores este ano..." A garganta dela se fecha conforme fala. "Bebês..."

"Eles são vendidos?", Agatha pergunta, parecendo horrorizada.

"São!", Evelyn confirma, olhando nos olhos da freira e se dando conta de que a outra não deve ser muito mais velha. Sempre pareceu ser, de alguma forma. Sem ter mais lágrimas, Evelyn dá uma tossida forte, cheia de muco, e volta para a cama.

"Juro que eu não sabia", Agatha diz. Seus olhos estão arregalados e se alternam entre Evelyn e Maggie, que está sentada em um silêncio atordoado. Quando a freira volta a falar, sua voz sai marcada pela emoção. "Mas confesso que não sei o que fazer com essa informação."

"Como podemos permanecer aqui?", Evelyn diz a Maggie, depois se vira para Agatha. "Como *você* pode permanecer aqui? Como pode continuar a..." Ela não encontra as palavras certas. "Adotar bebês é uma coisa, mas *vendê-los*?"

O peito da irmã Agatha sobe e desce, com uma respiração profunda. "Vou rezar. Deus vai me guiar. Talvez Ele e a irmã Teresa tenham me colocado na limpeza deste andar hoje por um motivo. Para que eu deparasse com você e descobrisse isso."

Maggie zomba dela.

"Não sei se acredito nisso", Evelyn diz.

"Você não precisa acreditar."

"Temos que sair daqui, irmã Agatha. Não posso permitir que vendam meu bebê. O bebê do *Leo*. Ah, meu Deus. Maggie? O que vamos fazer?

Os olhos de Maggie parecem pesados. "Sair daqui como, Evelyn? Não temos para onde ir."

Depois de falar com Agatha, Evelyn vai para a cama cedo, sem jantar. Com uma pontada de culpa, ela ignora as perguntas preocupadas de Maggie, murmurando apenas que está enjoada e que não quer ser perturbada. A verdade é que precisa de tempo e de espaço para pensar, duas coisas que faltam no Santa Inês.

Evelyn está desesperada para confrontar a irmã Teresa quanto à fraude gigantesca que a outra orquestra contra todas as meninas, mas nem sabe por onde começar. Está de coração partido pelas outras, por Maggie, mas uma parte egoísta de si mesma foca em seu próprio bebê. O que Leo pensaria dela se nem mesmo tentasse impedir que vendessem o filho deles para uma família de desconhecidos?

Quando Evelyn chega a uma decisão, as outras meninas já terminaram de jantar. Ela finge dormir, segurando a barriga redonda enquanto o bebê se mexe e empurra as mãos dela a partir de dentro. Legítimo ou não, Evelyn sabe que seu bebê é um milagre. Ela fica acordada até muito tempo depois de as outras terem se deitado. Maggie costuma ter pesadelos e acordar suada, e a ausência de resmungos na cama ao lado é um indicativo de que ela também está com dificuldades para dormir esta noite.

No dia seguinte, Evelyn se desloca pelo corredor, tomado apenas pelo cheiro úmido da neve derretida e pela lembrança da terrível conversa entre a Cão de Guarda e o padre Leclerc.

"Pode entrar", a irmã Teresa diz depois da batida educada de Evelyn.

A menina respira profundamente, coloca um sorriso rígido no rosto e abre a porta. Só entrou na sala da diretora uma vez, pouco depois do Ano-Novo, para uma atualização sobre a sua saúde que durou menos de cinco minutos. Agora, a irmã Teresa está sentada à sua mesa, cercada por uma papelada e por uma pilha de envelopes que chamam a atenção de Evelyn, porque ela reconhece no topo deles o endereço de seu irmão, em sua caligrafia.

"Sim, Evelyn? O que deseja?" O rosto redondo da Cão de Guarda está bastante coberto pelo tecido do hábito. Os óculos de armação metálica estão apoiados sobre seu nariz diminuto, ampliando a frieza dos olhos cinza por trás das lentes.

"Sim", Evelyn diz, notando que a freira não a convida a se sentar. Deve querer que seja breve.

"Sim, *irmã Teresa*."

"Sim, irmã Teresa."

"Sobre o que deseja falar? Seja rápida, Evelyn. Estou bastante ocupada no momento, e, se não me engano, você deveria estar na cozinha a essa hora."

Evelyn pigarreia e apoia as mãos sobre a barriga grande. "É o meu bebê, irmã. Eu *não* estou reconsiderando a adoção, mas... mas estava esperando que meu irmão e sua esposa pudessem ficar com ele."

"Hum... Entendo." A irmã Teresa deixa o lápis de lado e olha para Evelyn, que se endireita no lugar, endireitando os ombros e tentando parecer mais madura, como uma mulher capaz de tomar suas próprias decisões. Mas é como se o olhar da freira a prensasse contra a parede, tal qual um espécime de borboleta preso com um alfinete, e ela se sente ainda menor que antes.

"Você sabe, Evelyn, que em seu tempo aqui conosco, você é abrigada, alimentada e vestida sem que qualquer valor lhe seja cobrado?"

Evelyn quer transferir o peso do corpo para a outra perna, mas se mantém firme no lugar. "Sim, irmã Teresa."

"Não cobramos para recebê-las porque o que fazemos é um trabalho filantrópico, guiado apenas por nossa fé e por nosso amor em Deus. Nossa missão é corrigir nossas meninas e mostrar a elas um caminho, iluminando-o com o amor de nosso Senhor e Salvador. Em troca, esperamos obediência, humildade, cumprimento das regras da nossa fé e desse estabelecimento, e que vocês trabalhem por seu sustento. É tudo o que exigimos em troca. Se quiser entregar seu bebê a seu irmão, ele e a esposa terão que abrigar, alimentar, vestir e corrigir você, além de fornecer alimento para sua alma, para que deixe de ser indócil. Se, como sugere, os dois estão interessados na perspectiva de adotar seu filho, imagino que essa opção tenha sido oferecida a eles antes que sua mãe tivesse entrado em contato conosco para mandar você para cá."

A boca de Evelyn fica seca. "Não sei. Não fui... ninguém me perguntou nada."

"Você entregará o bebê ao final da gravidez. É isso."

"Mas já escrevi para o meu irmão." Evelyn reencontra sua voz e aponta para o envelope na mesa da diretora. "Acredito mesmo que ele vai concordar!" Seus olhos esperançosos vasculham o rosto da Cão de Guarda atrás de um sinal de compaixão ou de compreensão, de algum sentimento há muito esquecido.

Os lábios da freira se retorcem em um sorriso de escárnio, revelando uma linha reta de dentes brancos. "Pois bem. Então vamos esperar para ver se ele responde, o.k.?"

À noite, Evelyn e Maggie passam o tempo antes de ir para a cama no salão, perto da lareira, protegidas do frio do final do inverno com outras três meninas e um bule de chá fraco.

Apesar das circunstâncias, a atmosfera é bastante agradável. O fogo estala, soltando um aroma invernal de cedro e de fumaça no ar, enquanto as sombras das chamas douradas dançam no tapete desgastado. As outras meninas conversam no sofá, com as xícaras de chá equilibradas na barriga, o tricô abandonado, enquanto Evelyn e Maggie estão envolvidas em uma conversa pesada nas poltronas em um canto da sala. É a primeira oportunidade que têm de discutir a revelação de ontem com alguma privacidade.

"Como isso pode ser permitido?", Evelyn sibila para Maggie. "Deve ser ilegal! Os pais e mães que adotam não têm consciência disso?"

Maggie balança a cabeça. "Não sei."

"Tenho certeza de que a irmã Agatha poderia fazer algo se tentasse..."

"Não acho que ela possa, de verdade", Maggie diz, tirando os olhos momentaneamente do par de sapatinhos amarelos que está tricotando. "O que aconteceria com ela? Essa é a vida dela. Ela não conhece nada diferente. Ficou horrorizada, sabe que é errado, mas..."

Evelyn se mexe na poltrona. Ultimamente, não fica confortável em nenhuma posição. "Passei meu tempo livre antes do jantar escrevendo outra carta para os meus pais e para o meu irmão. Disse a eles que vendem os bebês e que precisam vir me buscar. Acho que você deveria fazer o mesmo, Maggie."

Maggie olha para os sapatinhos, mas suas agulhas pararam de trabalhar. "Evelyn, todas as cartas são lidas, esqueceu? A Cão de Guarda vai ver isso. Ela já deve ter lido o que você escreveu para o seu irmão. Você não disse que estava na mesa dela quando entrou?"

Evelyn confirma com a cabeça.

"Como é que vamos saber se eles enviam as cartas? Escrevo para a minha família também, mas ninguém nunca me responde. Além do mais, meus pais não vão acreditar em mim. Nunca acreditam. Foi assim que vim parar neste lugar." Maggie olha para Evelyn e engole o nó em sua garganta, que desce como uma torrada seca. "Eles não acreditaram que o amigo deles faria... você sabe. Uma coisa dessas." O rosto dela fica vermelho.

"Ah, Maggie", Evelyn diz. Tinha desconfiado disso desde o começo. Mas Maggie a interrompe com um gesto.

"Não quero falar sobre isso. Desculpa. Não consigo. Um dia te conto, prometo."

Evelyn assente, embora sinta uma onda de fúria em nome da amiga. "Tudo bem."

Maggie volta a tricotar. "Droga", ela xinga baixo. "Perdi um ponto."

Evelyn olha para as outras três meninas na sala, conversando na lareira. Sabe que Bridget, a ruiva do meio, *quer* estar ali. Engravidou do namorado e pediu para passar o período da gravidez no lar para não criar uma *reputação* na escola. As amigas acham que ela está com uma tia com câncer, a quem ajuda cozinhando e limpando. Mas Evelyn se pergunta que tipo de segredo as outras duas podem estar guardando. As pessoas são boas nisso. Motivo pelo qual estavam todas no Santa Inês, para começar.

"Olá, meninas." A irmã Agatha está à porta, com um bule marrom grande na mão. "Achei que vocês podiam estar precisando de um chá quentinho."

Maggie sorri para a freira, com os olhos brilhando. "Obrigada, irmã Agatha. É muita bondade sua." Ela olha feio para Evelyn.

"Obrigada, irmã Agatha", Evelyn diz também. Ela ainda não confia totalmente na freira.

"Ah, não é nada. Mas vocês têm que ir para a cama em meia hora, está bem?"

"Pode deixar", Maggie garante a ela.

Agatha leva o velho bule morno e volta pelo corredor que conduz à cozinha. Há uma longa pausa enquanto Evelyn e Maggie repassam seus pensamentos.

"Acho que precisamos ir embora", Evelyn diz, baixo.

Maggie levanta os olhos do tricô. "Você já falou isso. Mas o que quer dizer com 'ir embora'?"

"*Ir embora* mesmo. Fugir."

"Eles usam fechaduras de alta segurança, você nunca reparou? Este lugar foi pensado para não ter escapatória."

Evelyn olha para a amiga. "Então você já pensou a respeito?"

Maggie cora. "O sermão do padre Leclerc perto do Natal me deixou furiosa. Dei uma olhada nas portas da cozinha e da entrada. Têm tranca normal, mas também trancas especiais. Quem é que tem as chaves? Aposto que só a Cão de Guarda, naquele chaveiro do cinto. Deus nos ajude se houver um incêndio."

"De qualquer maneira, tenho pensado num plano." Evelyn baixa tanto a voz que Maggie precisa puxar a poltrona para mais perto da amiga, até que o braço toque o de Evelyn. Ela nota que Bridget olha em sua direção.

"Evelyn, mesmo que a gente conseguisse escapar, não tenho para onde ir", Maggie diz, com os ombros caídos.

Evelyn hesita. "Por que não vem comigo? Para a casa dos meus pais ou do meu irmão?"

Maggie balança a cabeça e olha para o relógio. É quase hora de irem para a cama. Ela se levanta da poltrona, a barriga primeiro. "Esqueça isso, Evelyn", ela sibila. "O que está sugerindo é uma fantasia. Isto aqui..." Maggie aponta para a sala, embora seus olhos continuem fixos nos de Evelyn, à luz do fogo. "É a minha realidade. Não tenho nenhum outro lugar para onde ir. Ponto-final. Estamos a semanas do parto. Não tem jeito. Só precisamos lidar com isso e rezar para conseguir encontrar nossos bebês depois de ir embora."

"Maggie...", Evelyn começa a dizer, triste por ter deixado a amiga tão chateada.

Maggie pega os sapatinhos amarelos. "Por favor, chega de falar disso. Faça planos, faça o que quiser para encontrar uma saída. Mas não posso embarcar nessa sua ilusão, Evelyn. Sinto muito. Boa noite."

Ela vai embora, deixando Evelyn sozinha.

7

NANCY

PRIMAVERA DE 1980

"Já te contei sobre a capa que fiz para a sua mãe usar no casamento dela?", a avó pergunta a Nancy.

Empoleirada na cadeira dura ao lado da cama da avó na casa de repouso, Nancy sorri. "Acho que não."

Ela contou, inúmeras vezes, mas Nancy deixa que fale.

Há anos a saúde da avó vem piorando. No outono, depois de um incidente sério envolvendo a cortina de renda que pegou fogo e quase queimou a casa inteira — e de muito comportamento passivo-agressivo —, a avó e a mãe de Nancy concordaram que seria mais adequado ela passar os anos que lhe restavam em uma casa de repouso. Meio estoica, meio triste, a avó de Nancy se mudou para a Casa de Repouso São Sebastião. Nancy a visita toda terça à noite para tomar uma xícara de chá e conversar, o que quase sempre envolve relembrar o Passado.

A avó se referia ao Passado do mesmo modo, a letra maiúscula evidente no tom reverente e no modo como balança a mão enrugada no ar, como se lançasse um feitiço, ao dizer:

O Passado, minha querida.

As muitas lembranças, os arrependimentos e triunfos, as alegrias e tristezas, os incidentes e as coisas corriqueiras entremeados na trama do tempo, compondo a grande tapeçaria da vida. O Passado, retratado em um quadrado de tecido por vez. Os quadrados que a avó gosta de destacar e examinar sempre que Nancy a visita.

Nancy muitas vezes pensa que a avó quer revisitar o Passado com ela, mais do que com qualquer outra pessoa, porque sua neta é uma juíza imparcial. Mesmo quando a avó insiste que dê sua opinião, ela permanece neutra. De que adiantaria criticar suas decisões a essa altura da vida? Não é como se pudesse mudá-las, e chamar a atenção para as inconsistências flagrantes ou as vezes em que a mulher foi desnecessariamente dura ou injusta só vai perturbar a octogenária que se aproxima da morte.

"Seus pais se casaram num inverno congelante", a avó conta agora. "Uma cerimônia noturna, você sabe. Em janeiro. Eu disse à sua mãe que um casamento em junho, como o das suas irmãs, seria mais apropriado, mas ela não concordou, é claro."

A mãe e a avó de Nancy discordavam em relação a quase tudo. Evidentemente, a obstinação era uma tradição familiar muito valorizada.

"Era perto demais do pedido do seu pai, na época do Natal, mas achei que ela queria ter um bebê logo. Não podia mais esperar. Todos sabemos o que aconteceu depois", ela acrescenta, esticando a mão branca e fina para tocar o joelho de Nancy. "De qualquer modo, eu disse a ela que, se *insistisse* em se casar no inverno, precisava pelo menos deixar que eu fizesse uma capa para que usasse por cima do vestido.

"Era de seda branca por fora e tinha um capuz bem grande. O forro era de um veludo esmeralda lindo. Quando eles saíram da igreja e pararam diante dos degraus, a neve tinha começado a cair. Foi uma bela visão, devo admitir. Nada que se compare ao sol e às flores de um casamento em junho, mas ainda assim muito bonito, à sua maneira."

"Parece lindo mesmo, vovó", Nancy diz. "Eu vi as fotos, mas ela não aparece com a capa. Acho que foram tiradas dentro da igreja."

"A festa foi na nossa casa", a avó prosseguiu. Nancy não tem certeza se ela ouviu seu comentário. "Foi simples, mas naquela época era assim. Seus pais ainda não tinham casa própria. Iam se mudar para Danforth... para uma casa bem pequenininha."

Nancy escuta em parte, mas seus pensamentos começam a vagar para os trabalhos da faculdade, que a aguardam em casa. Uma redação sobre a Guerra do Vietnã.

"Levou alguns anos até conseguirem comprar aquela casa bonita em Annex. Acho que foi mais ou menos na mesma época em que pegaram você."

A mente de Nancy é trazida de volta ao presente. "Me *pegaram*?", ela pergunta. "Me *tiveram*, você quer dizer?"

Conforme a avó se aproxima do Fim (também em maiúscula), fica cada vez menos contida ao examinar o Passado. Ultimamente, não tem sido cuidadosa com as delicadas lembranças, e acaba deixando várias caírem e se espatifarem a seus pés, antes de murmurar "Esqueça isso, querida, não foi o que eu quis dizer", como faz agora.

Dessa vez, no entanto, Nancy não esquece. "Não, vovó. O que você quis dizer então? Como assim, 'me pegaram'?"

"Ah, Nancy", a avó diz, afastando as palavras incriminadoras que ainda pairam entre as duas no ar. "Eu quis dizer quando tiveram você, é claro. Falei errado. Estou cansada, querida. Acho que é melhor você ir. Nos vemos semana que vem. Me dê um beijo e vá para casa."

Mas enquanto Nancy desce a escada que range da velha mansão, uma suspeita muito desconfortável começa a borbulhar dentro dela. Porque todas as peças soltas formam alguma coisa. Perguntas que fazia à mãe quando criança e que não eram respondidas. O fato de que ela não se parece muito com os pais — uma realidade que a mãe sempre rejeitou com um gesto distraído de mão e um comentário como: "Às vezes os genes pulam uma geração. Mais chá, querida?".

É uma série de pressentimentos que Nancy não consegue conectar com nada mais forte que um fragilíssimo fio.

Até agora, a ideia era só uma sombra indefinida, sem forma, em um canto escuro do cérebro de Nancy. Mas os comentários da avó ecoam em sua mente enquanto ela embarca no vagão do metrô que vai levá-la a seu apartamento. Seus pensamentos continuam agitados quando ela entra em casa e se fecha dentro do quarto.

É como se algo sombrio tivesse se apossado de seu coração. Ela já sabia que estava lá, mas ainda não conseguia sentir suas garras. Quando Nancy sobe na cama ainda vestida, identifica afinal o contorno espinhoso da sombra, uma verdade que até então estava determinada a ignorar.

Três dias depois, Nancy se encontra diante da varanda da casa dos pais, encarando a aldraba prateada que lhe é familiar, um "M" grande, envolto em hera. Ela considera o sobrenome por um momento, contemplando sua própria identidade.

É claro que você é uma Mitchell, diz a si mesma. *Isso é ridículo. É melhor dar meia-volta e ir pra casa.*

Mas uma voz persistente no fundo da mente de Nancy retruca.

Então por que você não consegue deixar isso para lá? Por que não atribuiu tudo à incoerência de uma senhora cuja mente já não é a mesma?

A verdade é que ela já está começando a se arrepender de seu plano. Quando descobriu que seus pais iam sair para jantar com os Morgenstern, seus amigos, Nancy se convidou para o chá da tarde, dizendo à mãe que precisava de um lugar silencioso onde estudar à noite.

"Vou só fazer algumas tarefas da faculdade, se não for um problema pra você", ela disse à mãe ao telefone. "O apartamento é sempre barulhento, e preciso me concentrar no trabalho final de inglês." Ela cruzou os tornozelos para impedir os pés de ficarem se sacudindo de nervoso. "Fora que seu sofá é muito mais confortável que o meu."

A mãe suspirou. "Bom, você sabe que não precisava ter se mudado daqui."

"Eu sei, mãe."

Só que o apartamento dela não é tão barulhento assim, e as pessoas com quem o divide são bastante razoáveis. Nancy só veio para procurar informações no quarto dos pais. Não sabe o que exatamente está procurando. Só alguma confirmação de que o que a avó disse seja verdade.

Ou que não seja, com sorte.

Ela procura se controlar e está quase pegando a chave na bolsa quando a mãe abre a porta da frente.

"Nancy, querida, o que está fazendo parada aqui na varanda? Vai pegar uma gripe. Está frio demais."

"Está fazendo dez graus, mãe", Nancy diz, entrando e fechando a porta atrás de si. "Além do mais, não é assim que se pega um vírus."

Frances estala a língua para a filha e revira os olhos de maneira exagerada. "Ah, sim, você é tão esperta."

"É bom te ver também, mãe", Nancy diz, dando um beijo em sua bochecha cheia de pó de arroz. A mãe retribui com um beijo no ar, lançado por lábios de batom salmão.

Nancy pendura o casaco e a bolsa num gancho na entrada, tira as botas de caminhada e as guarda com cuidado na sapateira, enquanto a mãe a observa com olhar crítico. Frances se agacha para pegar um naco de terra que se soltou de uma sola, abre a porta e o joga lá fora. Nancy força um sorrisinho.

"O chá já está pronto?", ela pergunta, sabendo que sim. "Posso ajudar?"

"Não precisa, querida, entre e vá se sentar. Odeio que aja como se fosse visita."

"Desculpa, mãe."

"Ah, imagina", Frances diz. "Seu pai diz que você precisa da sua independência e tudo o mais. É só que eu ainda não me *adaptei*. Você sabe disso."

Nancy assente e se senta no sofá. "Eu sei. Sinto muito que seja difícil pra você."

Frances passa a mão em um cacho no topo de sua cabeça. "Bom, é hora do chá." Ela segue para a cozinha e volta um minuto depois com uma travessa de biscoitos e chá com leite demais.

"Papai está em casa?", Nancy pergunta, inclinando-se para pegar um biscoito com geleia de morango.

"Ele está lá em cima, terminando de se arrumar. Já vai descer." Frances se acomoda em uma poltrona grande e serve o chá para as duas. "Comprei algo pra você, ali." Ela indica uma sacola de uma loja de departamentos, que Nancy ainda não havia notado. "Abra!"

"Ah, mãe, você não precisava ter feito isso." As entranhas de Nancy se reviram de culpa.

"Precisava, sim. Vi e achei maravilhoso, as cores são perfeitas pra você!"

Nancy pega a sacola e tira um vestido de dentro. A estampa é floral, azul e rosa, e as mangas são bufantes. Ela não usaria aquilo nem morta.

"Pensei que seria bom ter algo legal para usar em encontros e coisas do tipo. Você não vai impressionar o cara certo usando só aquele jeans que você sempre veste. E essas malhas enormes que não ajudam em nada sua silhueta, querida."

Nancy respira profundamente e devolve o vestido à sacola. "Obrigada, mãe. É lindo."

Frances sorri por cima da xícara de porcelana fina. "Que bom que gostou. E, falando em vestidos, tenho uma notícia importante. Clara e Anthony vão se casar!"

"Ah, meu Deus, nossa!", ela diz, fingindo estar surpresa. Clara ligou na semana passada para dar a notícia, que Nancy não considera motivo para comemorar. Em primeiro lugar, achava que a prima podia conseguir coisa muito melhor do que aquele homem volúvel e injurioso. Em segundo, porque sabia que a notícia ia renovar a determinação de Frances de ver a filha casada o quanto antes. Nancy só não previa que essa determinação viria na forma de um vestido floral de mangas bufantes.

"Lois me ligou ontem para dar a notícia", a mãe continua falando. "Parece que Clara decidiu não fazer faculdade e se casar." Seus olhos se demoram na filha.

"Mãe", Nancy diz, "você sabe que hoje em dia dá pra fazer as duas coisas. O casamento não impede que se estude, e vice-versa."

"Vão publicar um anúncio no jornal esse fim de semana", Frances diz, ignorando o comentário. "Não deve tardar muito para que estejamos todos indo a uma festa de casamento. Achei que você poderia usar esse vestido. Tenho certeza de que vai haver uma porção de jovens solteiros que possam te interessar."

Ela dá uma piscadela para Nancy, que se força a tomar um gole de chá. Por mais que goste de Clara, já está pensando em motivos para não ter que ir ao casamento. Uma prova no momento mais inapropriado talvez seja o bastante. Além do mais, ela tem dificuldade para encarar Clara em eventos familiares desde aquela noite. A visão da prima lhe traz uma série de lembranças que vem se esforçando para esquecer.

Cabelo loiro espalhado por uma fronha preta.

Sangue no jeans, em uma sala de espera de hospital.

Uma mulher misteriosa chamada Jane.

Nancy e Clara não conversam desde então. O que há para falar? É um segredo que as duas guardam e que não diz respeito a mais ninguém. Se Nancy estivesse no lugar da prima, provavelmente preferiria nunca mais tocar no assunto.

Sua vida não é da conta de mais ninguém.

"Você está bem, querida?" A voz de Frances afasta as imagens que passam pela mente de Nancy.

"Sim. Claro. Estou bastante feliz por eles."

Nancy toma seu chá em silêncio e permite que Frances critique o possível estilo da cerimônia de casamento de Clara, levando em consideração o péssimo gosto de sua irmã, Lois, para cores. Por sorte, o pai de Nancy surge na escada alguns minutos depois.

"Oi, besourinha", ele diz, puxando Nancy em um abraço apertado. "Que bom te ver. Ouvi sua mãe pressionando você com essa história de casamento e achei que talvez precisasse ser resgatada."

"Bill!", Frances exclama. "Eu não estava..."

"Estava sim, querida."

Nancy ri, mas para ao notar a expressão magoada da mãe. "Não tem problema. E obrigada pelo vestido. Não é hora de vocês irem?"

Ela engole em seco, pensando que talvez deva abandonar a missão de reconhecimento, que, tudo leva a crer, não levará a lugar nenhum de qualquer forma.

"É, sim", Frances concorda. "Só vou retocar o batom. Volto em um segundo. Ah, Nancy...", ela acrescenta. "Não esqueça de dar uma olhada no congelador antes de ir embora. Separei um pouco de torta de carne para você levar."

"Meu Deus, Frances, ela consegue se alimentar sozinha", o pai de Nancy diz.

"Sei que ela consegue se alimentar sozinha!", Frances diz, acusando o golpe. "Mas tenho uma necessidade materna inerente de alimentar minha filha querida. Vocês dois precisam me dar um tempo, sabe? Estou tentando."

Nancy fica esperando no corredor, fazendo o que pode para não demonstrar o peso sombrio que carrega nos ombros. Cinco minutos depois, abraça os pais em despedida e acena da varanda enquanto eles saem com o carro. A mãe acena de volta pela janela aberta, as mãos gorduchas cobertas por luvas antiquadas que só a realeza inglesa continua usando.

"Mostra refinamento, quando uma dama usa luvas para um evento", a mãe sempre diz, mas Nancy sabe que Frances as usa para cobrir as unhas sempre roídas até o talo, as cutículas vermelhas, a cicatriz grossa nas costas de sua mão esquerda, resultado de um acidente na cozinha, ocorrido muito antes de Nancy nascer.

E não são só as luvas. Há um vaso decorativo na mesa de jantar que ninguém tem permissão para tirar ou usar. Seu único propósito é camuflar uma mancha grande causada por um copo deixado ali sem cuidado muito tempo atrás. Frances trocou o papel de parede do corredor no andar de cima sete vezes nos últimos dez anos, sempre que um pedacinho descolava, rasgava ou começava a perder a cor. Os móveis são rearranjados para cobrir manchas e marcas de sapatos no carpete. Os poucos cabelos grisalhos da mãe são tingidos no salão a cada quinze dias. Nancy nunca a viu sem maquiagem. A mãe esconde todas as imperfeições desde que ela consegue se lembrar.

Ela espera na sala de estar, para se certificar de que os pais não vão voltar, uma vez que a mãe quase sempre esquece de levar um xale. O relógio de cerejeira de seu avô, velho e enorme, bate enquanto o resto da casa se mantém em silêncio e Nancy rói as próprias unhas, seu olhar vazio voltado para os braços da poltrona rosa estampada.

Depois de quinze minutos, Nancy está quase certa de que os pais não vão voltar tão cedo. Ela não hesita ao subir a escada e virar à direita, em vez de à esquerda, onde fica seu antigo quarto. Não sabe onde o piso range deste lado do corredor e tem uma sensação estranha ao virar a maçaneta da porta do quarto dos pais. É como se invadisse a privacidade deles, como se demonstrasse sua falta de confiança. A ideia a deixa magoada.

Mas é verdade. Não confio neles. Não quando se trata desse assunto, pelo menos.

O que a avó disse? *Foi mais ou menos na mesma época em que pegaram você.* As palavras reverberam enquanto Nancy luta contra a ansiedade que surge em seu peito. Ela abre a porta e adentra a escuridão do quarto espaçoso do casal. O ar parado cheira a spray de cabelo e ao perfume da mãe — uma colônia francesa de jasmim que o pai de Nancy dá a ela todo Natal, apesar de não gostar do cheiro. Ela deve ter passado antes de vestir as luvas de renda branca e arrumar o cabelo pela quarta vez.

Os dedos de Nancy se atrapalham na parede da entrada, até que ela encontra o interruptor e acende a luz. Ela caminha pelo tapete até a côxmoda da mãe. Tem o pressentimento de que, se os pais estiverem escondendo alguma coisa, vai estar na Gaveta.

A Gaveta é uma espécie de referência familiar, o lugar onde a mãe esconde presentes de aniversário, documentos importantes como sua certidão de casamento, o talão de cheques e suas joias mais caras: a aliança de noivado, que ficou apertada demais para o uso, e um colar de pérolas que a avó de Nancy deu à filha em seu aniversário de quarenta anos. Nancy olha por cima do ombro de novo, os ouvidos atentos ao som de uma porta de carro se abrindo, de uma chave na fechadura, da voz profunda e estrondosa do pai, ecoando lá embaixo. Mas não ouve nada, e não há ninguém para impedi-la.

Parte dela deseja que houvesse.

Nancy umedece os lábios e abre A Gaveta com alguma dificuldade. Não é muito usada, e não desliza com suavidade. Ela só a abriu uma vez: quando era pequena, a pedido da mãe, para pegar o colar de pérolas. Os pais iam ao "casamento mais grã-fino a que já tivemos que ir", como o pai definiu. Nancy se lembra do momento agora, olhando para a caixinha de veludo marinho que guarda o colar.

Há outros itens na gaveta: envelopes com cara de importantes, alguns pares de luvas de renda e uma caixinha roxa que Nancy presume que contenha a aliança de noivado com uma safira, a qual, ela se dá conta com certo desconforto, um dia vai ser sua. Ela repara onde está cada item e tenta decorar, para poder devolver tudo a seu lugar quando terminar. Então, com o coração saltando pela garganta, Nancy tira as caixinhas de joias e as luvas e inspeciona os envelopes um a um, tomando cuidado para não rasgar nada. Mas são apenas os documentos que imaginava que estariam ali: testamentos, a escritura da casa e a papelada chata de qualquer adulto. Ela transfere a pilha de envelopes para o tampo da cômoda, depois verifica o fundo da gaveta. Quando empurra para o lado o vestidinho de renda marfim que usou em seu batizado, sua mão roça em um couro macio. Nancy enfia os dedos no espaço apertado e puxa um bauzinho para a frente. Com um buraco no estômago, coloca-o sobre o carpete e se ajoelha ao lado dele.

Por um momento, Nancy só olha para aquilo. Não lhe é familiar, o pequeno baú de couro marrom com alça, que não combina com o gosto delicado e feminino da mãe. Ela se pergunta se não seria do pai. Então o inclina e vê o mostrador, não muito diferente do cadeado de segredo numérico de uma mala. Ela tenta abrir, mas está trancada.

"Droga."

Tem que ser isso, Nancy pensa. Os pais não têm tranca nem na porta do quarto. De modo geral, não têm nada a esconder. Ou, pelo menos, foi o que Nancy pensou ao longo da vida, até este momento.

Ela volta a examinar o baú. São seis rodinhas, os números indo do zero ao nove. Seis dígitos. Nancy fica de cócoras e morde o lábio. O que poderia ser tão secreto a ponto de seus pais se darem ao trabalho de trancafiar e esconder dela, sua única filha? O baú está relacionado a ela, Nancy sabe disso. Mas o que poderia ser?

Seus boletins escolares não são importantes o bastante para ser guardados a chave. Velhas cartas de amores antigos? Ela não consegue imaginar nem o pai nem a mãe trocando cartas com um amante, muito menos guardando-as depois de passada a paixão. Será a certidão de nascimento dela, que a mãe disse que perdeu e por isso precisa de uma segunda via?

A certidão de nascimento dela.

A data do aniversário dela?

Nancy prende o ar e gira a primeira rodinha até o zero. Ela exala e insere os números seguintes: 4-2-5-6-1. Então tenta abrir o baú.

Mas não consegue.

"Sério?", ela murmura. Tinha certeza de que sua data de nascimento funcionaria. A mãe não é muito criativa. Suas pernas começam a doer por causa da posição. Ela tenta ficar de pé, mas cambaleia e tem que esticar o braço para se apoiar na beirada da cômoda.

"Droga de pé."

Apoiada à cômoda com uma mão, Nancy se agacha de novo e massageia os dedos dos pés, contraindo o rosto diante do desconforto. Ela sorri para si mesma. É mesmo filha de sua mãe, xingando como uma inglesa.

Um segundo se passa, só o bastante para um tique do relógio à parede, antes que a ideia lhe ocorra. Nancy volta à sua posição no tapete, ao lado do bauzinho. O pé ainda dói, mas ela mal nota.

Ela prende o ar enquanto altera os quatro primeiros dígitos, inserindo primeiro o dia, depois o mês de seu nascimento, como os ingleses fazem, ao contrário dos canadenses.

2-5-0-4-6-1...

8

EVELYN

PRIMAVERA DE 1961

"Muito bem", a irmã Teresa vocifera, "é hora de ir para o hospital. Fique aqui e pegue a mala da maternidade, embaixo da cama. Vamos chamar um táxi."

Evelyn segura a barriga enquanto uma onda de pânico passa por todo o seu corpo dolorido. "Um táxi? Alguém... alguém vai comigo? O que eu faço?"

Sem responder, a Cão de Guarda vai embora, o hábito varrendo o piso de madeira. A respiração de Evelyn está curta, e ela tenta ficar confortável no colchão duro. Olha para Maggie, sentada na cama de pernas cruzadas, a barriga enorme apoiada no colo como um saco pesado, e os braços em volta. Louise e Anne olham de suas camas, refletindo o mesmo medo de Evelyn à luz dourada dos abajures.

"Você está bem?", Maggie pergunta.

Evelyn dá de ombros e solta uma risada entrecortada. "Não sei, Maggie. Não sei."

Ela despertou por causa da dor há alguns minutos, com uma vaga ideia de que provavelmente estaria entrando em trabalho de parto. É só agora, quando sente dores vindo do fundo da pélvis e dos quadris ("contrações", como acabou de dizer a irmã Teresa), que Evelyn se dá conta de como está despreparada para o momento. Ao longo dos meses que passou no Lar, a irmã Teresa, as freiras e o padre Leclerc focaram no que aconteceria *depois*.

Depois que você sair daqui, pode seguir com a sua vida.

Depois que der à luz, vai encontrar um bom moço, se casar e fazer isso direito da próxima vez.

Depois, você vai poder fingir que toda essa confusão nunca aconteceu. *Depois*.

A provação do parto nunca foi discutida. O *durante*. A coisa em si. Todas as meninas estão ali para dar à luz, mas ninguém as prepara para isso.

"O que acontece agora?", Evelyn pergunta em voz alta, o desespero em sua voz aumentando. "Como é que funciona?"

Mas ninguém responde. Maggie só abraça a própria barriga, Anne fica olhando para o teto manchado e Louise fecha os olhos com força, como se tentasse se visualizar em outro lugar. As únicas meninas que podem responder não estão ali. As que ficam para pagar sua dívida são mantidas em aposentos separados e executam tarefas diferentes.

Mesmo estando determinada a encontrar uma maneira de fugir com Evelyn, ela não conseguiu bolar um plano factível para uma rebelião. Suas famílias não as queriam, e não havia nenhum outro lugar aonde duas meninas grávidas poderiam ir. Elas acabariam nas ruas. Maggie estava certa. A casa de amparo maternal era sua única opção.

Com essa constatação esmagadora, Evelyn afinal aceita que o Lar, esse sistema, é uma máquina grande e bem-azeitada. Cada engrenagem é cuidadosamente projetada para um propósito específico: vender crianças para casais desesperados. As meninas não importam. Tudo não passa de uma fábrica de bebês, disfarçada de missão correcional, e o próximo produto a ser vendido terá sido produzido por Evelyn.

A bile sobe por sua garganta diante da ideia, e Evelyn solta um soluço, contra o qual vinha lutando. Maggie se levanta da cama e vai até Evelyn, então dá um abraço tão forte quanto possível nela, as duas barrigas no meio do caminho.

"Vou ficar com saudade, Evelyn", Maggie sussurra. "Boa sorte."

"Com licença!" A Cão de Guarda está de volta à porta, vociferando reprimendas. "Já se esqueceram das regras? Nada de contato físico entre as internas!"

Evelyn olha para a Cão de Guarda, por cima do ombro de Maggie, e sente uma onda de puro ódio pela mulher. As duas se afastam. Maggie assente para encorajá-la e lhe oferece um sorriso que não combina com a expressão em seus olhos. Evelyn pega a mala que preparou na semana passada, enxuga os olhos com as costas da mão e segue a freira porta afora.

* * *

O táxi para diante do hospital. Evelyn passa uma mão pela barriga e pega a alça da mala com a outra. Seus nós dos dedos se projetam, brancos, com o esforço que ela faz para se agarrar a essas últimas horas, o fragmento precioso de tempo antes que tudo mude. Por enquanto, seu bebê ainda é seu bebê, e o impacto insuportável de ter que se despedir em definitivo de seu filho ainda não a atingiu por completo, ainda não a quebrou como se fosse uma ripa de madeira.

"Chegamos, moça", diz o motorista, olhando para ela por cima do ombro. Ele tem um sotaque levemente escocês.

Evelyn assente e faz menção de abrir a porta.

"Não, meu bem, fique aí. Eu abro para você."

O motorista dá a volta no carro, com a cabeça abaixada diante da chuva fria da primavera, que bate nos vidros. As luzes amarelas e vermelhas do lado de fora do hospital cintilam em meio à chuva, como se fosse Natal. A porta do passageiro se abre, e o motorista estica o braço.

"Eu pego sua mala, moça", diz.

Ele passa a mala para a outra mão, depois estende um braço para ajudar Evelyn a sair do carro. Apesar das contrações, ela conseguiu se controlar dentro do carro, cerrando os dentes para suportar a dor, mas esse gesto bondoso de um desconhecido faz seus olhos se encherem de lágrimas. Ela fica de pé na calçada molhada e ele lhe passa sua mala, com um sorriso discreto no rosto.

Evelyn lhe entrega o dinheiro. "Desculpe, não posso dar gorjeta. Isso foi tudo o que me deram."

"Não se preocupe, moça!", ele diz, aceitando o dinheiro sem nem contar e o enfiando no bolso. "Cuide-se, e que Deus abençoe a senhorita e o bebê."

A chuva ensopa o rosto dela. "Muito obrigada."

Sem nem pensar no que está fazendo, Evelyn dá um passo adiante e abraça o homem. O corpo dele se enrijece, em um momento de hesitação, mas então ele retribui o abraço com carinho, dando tapinhas paternais na cabeça dela, e Evelyn se sente conectada ao mundo e ao próprio corpo, como não se sentia há meses. Ela fecha os olhos e inspira o cheiro do desconhecido.

"Obrigada", Evelyn murmura de novo, no ouvido dele. A chuva escorre do chapéu do motorista e aterrissa no nariz dela, fazendo cócegas.

"É o mínimo que posso fazer, moça", ele diz, então a solta. "Tenho uma filha mais ou menos da sua idade. Não ia querer que ela viesse sozinha assim." Seus olhos se encontram de novo, brevemente, então ele volta a contornar o carro, entra no banco do motorista e fecha a porta com um baque surdo.

O táxi sai bem quando outra contração vem, e ela quase se dobra sobre si mesma na calçada. Resignada, Evelyn segue aos tropeços até a porta do hospital. Sua barriga enorme a precede, anunciando o motivo de sua vergonha enquanto a mala bate contra sua coxa molhada.

Duas jovens no saguão olham para ela através da porta de vidro, com os lábios se movendo. Nenhuma vai ajudar Evelyn com a porta. Ela mantém a cabeça baixa, evitando olhar nos olhos delas.

Ela sabe que não é porque é nova demais. Muitas moças da sua idade têm filhos. É porque está sozinha, como o motorista do táxi disse. Ela chegou ao hospital para dar à luz sem ninguém para acompanhá-la. Sem marido, sem mãe. Conclusões são tiradas muito antes de Evelyn chegar ao balcão da recepção.

"Hum, desculpe", ela diz para uma enfermeira. É uma ruiva de olhos cinza, com o batom manchado ao redor dos lábios franzidos de quem adora fofocar. "Hum, eu preciso..." O volume de sua voz baixa. "Vou ter um bebê."

"Santa Inês?", a enfermeira pergunta, alto. Sua voz ecoa pelo espaço branco.

"Isso, como você...?"

A enfermeira se levanta e indica que Evelyn a siga. "Por aqui, venha."

Os sapatos molhados de Evelyn chiam contra o ladrilho do piso, enquanto ela acompanha a enfermeira pelo corredor, como um patinho bamboleando. Ela sente seu rosto cada vez mais quente a cada pessoa que passa, e solta o ar aliviada quando finalmente entram no elevador e as portas se fecham, proporcionando um momento de privacidade e dignidade, ainda que breve. A enfermeira aperta o quatro e o elevador começa a subir.

"Ligaram do Santa Inês, dizendo que você estava vindo", a enfermeira finalmente diz.

Evelyn assente e fica olhando para o painel que mostra o andar em que estão.

"Você não é a primeira", a enfermeira prossegue. "E certamente não será a última. Não fique pensando nisso. Logo vai acabar."

As portas se abrem. Evelyn pisca para afastar as lágrimas que voltaram a se acumular em seus olhos e tenta acompanhar o ritmo rápido da enfermeira. Elas viram à direita, então chegam a portas duplas com uma placa indicando que do outro lado fica a ala da maternidade. À esquerda, há uma sala de espera cheia de cadeiras. Há dois homens sentados ali, em meio a uma nuvem densa de fumaça de cigarro. Um deles está dormindo, estirado na cadeira. O outro tem um tornozelo apoiado sobre o joelho oposto e um cigarro na mão, enquanto folheia o jornal que tem sobre as pernas. É como se estivesse sentado no parque numa tarde de domingo, sem nenhuma preocupação no mundo.

A enfermeira atravessa as portas, e Evelyn a segue.

"Viu aquele homem?", a enfermeira pergunta, sem fazer contato visual com Evelyn. "A esposa está em trabalho de parto, é o sexto bebê que traz ao mundo. Ela me disse que só queria três. Pobrezinha."

Elas passam por alguns quartos, e Evelyn vê de relance lençóis cor-de-rosa, cortinas amarelas e buquês de flores em vasos. A enfermeira a conduz até o último quarto, ao final do longo corredor, e Evelyn perde o ar. É pequeno e parece triste e básico. Há uma cortina bege e fina na única janela, um cobertor de lã também fino cobre a cama estreita, e o espaço é limitado por dezenas de caixas de papelão empilhadas até mais de um metro de altura, ao longo de duas paredes.

"Este quarto é um pouco apertado, desculpe. Também serve de depósito da maternidade." A enfermeira tira um avental do hospital de uma pequena cômoda de metal e passa para a mão livre de Evelyn. "Pode se trocar e se acomodar na cama. O médico vai passar aqui mais tarde, durante a ronda."

Evelyn assente e pega o avental do hospital.

"Tem um banheiro no corredor, se precisar fazer xixi." A enfermeira faz uma pausa, e uma faísca de compaixão passa por seus olhos bem delineados. "Como você disse que era seu nome?"

A jovem pigarreia para desfazer o nó em sua garganta. "Evelyn."

"Evelyn de quê?"

Faz tanto tempo que ela não pode usar seu próprio sobrenome. A pergunta agita algo dentro dela, uma sede pela verdade. "Taylor. Evelyn Taylor."

"Muito bem, Evelyn Taylor, vou avisar o médico e vamos abrir seu prontuário." Ela se vira para ir embora.

"O que acontece agora?" As palavras escapam da boca de Evelyn antes que ela possa impedir.

A enfermeira solta um suspiro. "Eles não explicam grande coisa pra vocês, né?"

Evelyn balança a cabeça. "Não. Nada."

A enfermeira dá de ombros. "Não cabe a mim dizer, mas é doloroso. Esteja preparada para isso. E pode ser uma longa noite. Se nada der errado, vocês costumam ficar alguns dias aqui, depois são mandadas de volta ao Santa Inês."

"Como assim, 'se nada der errado'?"

"Quando não há nenhuma complicação no parto ou com o bebê. Se você se recuperar bem, se não tiver nenhuma infecção."

O rosto de Evelyn queima de constrangimento com a própria ignorância, mas ela está desesperada para saber mais sobre a reta final, o último estágio de sua provação. "O que você quer dizer com 'se recuperar'?"

A enfermeira dá uma olhada no relógio na parede. Alguém está sendo chamado pelos alto-falantes. Ela olha nos olhos de Evelyn. "Querida, ter um bebê te rasga toda. Você vai ficar dolorida entre as pernas. Provavelmente vai levar alguns pontos. E, se tivermos que fazer uma cesariana, é um corte grande."

Evelyn não consegue acompanhar. "O que... o que você disse?"

"Uma cesariana, uma cesárea... É quando o médico corta sua barriga para tirar o bebê. Mas ele vai tentar não fazer isso, não se preocupe."

O pânico toma conta do peito de Evelyn. "Como assim, *corta*...?"

"Desculpe, mas não tenho tempo para isso. Preciso voltar para a recepção. Vista o avental e se deite na cama. Boa sorte."

Ela se vira e deixa Evelyn sozinha no quarto. A jovem deixa a mala ao lado da cama estreita e tira as meias molhadas com dificuldade, inclinando-se sobre a barriga enorme enquanto sente contrações, apertando e pulsando. Ela dá um grito, então morde o lábio inferior e fecha bem os olhos para suportar a dor. Um minuto depois, quando finalmente passa, Evelyn abre os olhos, inspira fundo e solta o ar devagar. Como a enfermeira disse, a noite pode ser longa.

O grito de outra mulher chega pelo corredor. Evelyn ouve a voz severa de um homem em resposta, depois o tique-taque do relógio na parede. Vai contando os segundos para ela — o tempo que lhe resta antes do nascimento do bebê, antes de talvez ser aberta por um médico açougueiro sem rosto.

Evelyn pisca contra as lágrimas e força o corpo a sair do restante de suas roupas, depois as dobra com cuidado e as deixa sobre a pequena cômoda. Ainda estão úmidas, e ela se pergunta se alguém vai se oferecer para pendurá-las de modo que sequem. Ela sobe na cama e puxa o cobertor bege de lã sobre a barriga e os seios, depois olha para a esquerda. Está acostumada com a presença de Maggie na cama ao lado da sua. Queria que pudessem passar por aquilo juntas, como nos outros estágios da gravidez.

Ela só ouve o tique-taque do relógio nos minutos de silêncio que antecedem outra contração. Evelyn estica o braço para o lado, procurando instintivamente uma mão para segurar. Precisa de alguém que a ajude a passar por isso, que tire seu cabelo do rosto suado, que sussurre que vai dar tudo certo, que ela é corajosa e está se saindo muitíssimo bem. Que o bebê estará em seus braços logo mais, uma menininha linda com olhos azuis como uma manhã de verão. Mas sua mão se fecha no ar, e nesse momento ela tem certeza de que nunca se sentiu tão profunda e totalmente sozinha.

Três horas e muitas contrações dolorosas depois, o médico entra no quarto e se apresenta como dr. Pritchard. Depois, sem lhe dizer o que vai fazer, ele levanta o lençol e o cobertor e começa a tocar entre as pernas dela, enfiando os dedos. Evelyn arfa. A humilhação lhe dá vontade de chorar. Ele declara que ela tem apenas oito centímetros de dilatação, o que quer que isso signifique, e diz que volta mais tarde. Evelyn se levanta da cama, pega um copo de água e volta a se deitar, exausta.

Ela fica a noite toda sozinha em trabalho de parto, ouvindo os sussurros das enfermeiras da maternidade confortando outras mulheres. Apura os ouvidos, tentando captar qualquer trecho de conversa que possa lhe indicar o que esperar, enquanto as contrações se tornam cada vez mais frequentes. Em um momento particularmente difícil da noite, de quatro, Evelyn se pergunta se não está morta. E se o motivo de ninguém vir ver como ela está se deve ao fato de que é um fantasma? Talvez já tenha dado à luz e morrido no processo, mas sua alma ficou presa no depósito do hospital, num eterno trabalho de parto.

Quando as contrações estão quase constantes, Evelyn começa a sentir uma pressão intensa entre as pernas, e seu único instinto é gritar por ajuda. Finalmente, ela vem: o dr. Pritchard entra no quarto com uma enfermeira. Evelyn faz força e grita em meio à dor lancinante, até que seu bebê vem ao mundo em uma rajada de sangue e gosma.

Ela não estava preparada para isso, mas o som do bebê chorando lhe soa como a manhã de Natal. Parece que seu coração foi dividido em dois e agora é parte da pessoinha que está nas mãos do dr. Pritchard. O médico até sorri para Evelyn, por cima do lençol.

"É uma menina. Você vai fazer um bom casal muito feliz, Evelyn."

Evelyn mal registra o que ele disse, porque sua filha está ali. Roxa e enrugada, com o rosto contraído em protesto contra o frio no quarto, fazendo barulho e respirando pela primeira vez. É a coisa mais linda que Evelyn já viu. A jovem treme de alívio e de uma sensação mais esmagadora e profunda que qualquer outra coisa que já tenha sentido.

O médico corta o cordão umbilical e entrega o bebê à enfermeira, que a leva até a bancada ao lado da pia. Evelyn fica olhando para as costas dela. O dr. Pritchard tira as luvas ensanguentadas e passa uma prancheta e uma caneta a Evelyn, apontando para uma linha embaixo, com um X vermelho. O médico diz que ela precisa assinar para poder pegar a bebê no colo. A assinatura sai desleixada como nunca. Evelyn nem olha para a prancheta, porque não consegue afastar os olhos da enfermeira.

"Fique sentadinha, que eu já volto para a placenta e para suturar você", diz o médico, saindo da sala.

Evelyn o ignora. Ela vê o bracinho da bebê se agitando sobre a dobra do cotovelo da enfermeira, até estar bem presa dentro da mantinha. A bebê chora, o que faz o coração de Evelyn doer com uma mistura agridoce de júbilo e angústia. Ela se esforça para se sentar e sente um latejar entre as pernas, quando algo quente e úmido sai. Evelyn nem olha.

Só estende os braços para a enfermeira, com as mãos trêmulas. "Posso segurá-la? Por favor?"

"Veja se ela pega o peito", a enfermeira diz, abaixando o avental de Evelyn e expondo um seio pesado.

Evelyn segura a bebê perto do corpo e fica vendo a boquinha rosada rodear o mamilo. Depois de alguns minutos e muitas lágrimas, a bebê consegue pegar. O rosto de Leo passa pela cabeça de Evelyn, que sabe no mesmo instante que é a primeira vez que sente um amor tão puro. Ela segura a bebê tão colada ao corpo quanto possível e acaricia seu cabelo castanho ralo, sentindo a pele impossivelmente macia da nuca.

"Ah, meu Deus", Evelyn diz, com uma risada trêmula. "Ela é tão *real*."

A enfermeira assente. "Também tenho uma menininha. É como ver uma versão de si mesma, não acha?"

A enfermeira olha para Evelyn, que está tão focada na filha que nem a olha de volta, nem nota a profunda tristeza nos olhos da outra. Se olhasse, veria que a enfermeira tem a consciência tão pesada que às vezes tem dificuldade para dormir.

"Bem, vou te deixar sozinha, querida. O dr. Pritchard deve voltar em alguns minutos." Ela sai silenciosamente do quarto e fecha a porta atrás de si, deixando Evelyn com a bebê.

"Oi, lindinha", Evelyn sussurra no ouvido da filha. Como se fosse um segredo só entre as duas. Ela beija o topo da cabecinha aveludada e úmida. "Eu estava esperando por você."

Evelyn e a filha são mantidas no hospital por mais de uma semana, porque querem que a bebê ganhe peso antes de receber alta. Não tem ninguém à espera daquele quarto em um canto esquecido da maternidade, de modo que elas podem ficar ali.

A enfermeira simpática leva para Evelyn um roupão do armário da enfermaria, para que ela não tenha que ficar usando o avental do hospital. No segundo dia, usando seus chinelos velhos, Evelyn vai até a sala de espera atrás de revistas de beleza antigas, para se distrair. Também tem um livro, um romance de mistério que um marido levou para a esposa, que tinha parido, e ela deixou para trás. Evelyn não consegue evitar pensar como seria sua experiência se as coisas tivessem sido diferentes e ela tivesse Leo para lhe levar presentes, flores e lembranças de seus entes queridos, para massagear seus pés, mentir para ela e lhe dizer que parecia linda e revigorada.

Você não parece nem um pouco cansada, querida, não se preocupe.

Evelyn promete a si mesma que vai contar a Maggie tudo o que puder sobre o trabalho de parto e o parto em si antes que ela tenha que passar pela mesma experiência. Ela será separada das grávidas quando voltar ao Santa Inês, porque passará à ala das que já deram à luz, mas planeja sussurrar os detalhes para a amiga durante o estudo da Bíblia ou o tempo ao ar livre. Vai se esgueirar até o quarto de Maggie no meio da noite, se for preciso. Tudo para garantir que a amiga tenha as informações de que precisa para estar preparada não só para o parto, mas para o amor esmagador que vai sentir quando tiver seu bebê nos braços. Esse amor faz Evelyn feliz como ela não se sente há mais de um ano. Talvez mais feliz do que nunca.

O que ela mais gosta de fazer é ir até o berçário visitar a bebê. Às vezes, há mães e pais ali, mas com frequência é só ela, pressionando a testa e as mãos contra o vidro, querendo ficar o mais próxima possível da filha. Suas mãos coçam quando ela não está com a bebê no colo, e Evelyn chega a sentir chutes-fantasma na barriga. Agora, só levam a filha até ela uma vez ao dia, para a amamentação. O médico diz que a fórmula é muito melhor para a saúde da bebê, mas Evelyn sente falta da sensação daquela boquinha rosada em seu seio.

No fim da tarde de seu quinto dia de hospital, Evelyn vai até as incubadoras com um copo descartável com café fraco na mão. Há dois homens ali, um ruivo alto de vinte e poucos anos, não muito mais velho que Evelyn, e um senhor mais velho de cabelo preto, com alguns fios grisalhos nas têmporas. Ela se aproxima por trás deles, em silêncio e com os olhos baixos. A sensação de vergonha passou um pouco ao longo dos dias, mas Evelyn ainda se preocupa que outros pais saibam de onde ela vem, ou notem que nunca tem um homem ao seu lado, olhando para os bebês como fazem os pais orgulhosos.

"Qual é o seu?", o senhor pergunta ao ruivo.

"Aquele ali", o outro diz, apontando para um bebê numa manta azul, "com George escrito na etiqueta. É o nome do meu pai. Nosso primogênito." Ele sorri, com as mãos nos bolsos da calça.

"Muito bem." O senhor dá algumas batidinhas nas costas do outro, como um técnico de hóquei faria com seu principal jogador. "Meus parabéns."

"Obrigado. E o seu?"

"Bem ali." O homem indica uma bebê com a cabeça. "Gracie. É nossa sexta, e espero que a última, mas nunca se sabe. Às vezes não há como impedir, não é mesmo?" Ele dá uma cutucada no jovem pai, que ri.

Evelyn desvia, colocando algum espaço entre ela e os homens, mas eles nem parecem notá-la.

"São muitos bebês", o senhor prossegue, como um fazendeiro observando a colheita. "Nunca vi o berçário tão cheio. Gosto de ver os nomes. É interessante pensar como vão ser quando crescer. De que tipo de família vieram. A maioria de boas famílias. Mas aparecem alguns bebês de cor de tempos em tempos. E tem sempre uns judeus." O sorriso do ruivo enfraquece. "E já vi outro que nem aquele no canto, que não tem etiqueta com nome como o restante."

Evelyn perde o ar quando percebe que o homem aponta para a sua filha. A irmã Teresa dizia a elas que era mais fácil se despedir dos bebês se eles não recebessem nome. Além do mais, ninguém tinha perguntado a Evelyn se ela sequer tinha escolhido um.

"E é pequenininho. Não parece estar saudável como os outros."

Evelyn sente o golpe. Como poderia dar à luz uma bebê gorda com a pouca comida que recebia no Santa Inês?

"Eu achava que eles tinham alguma doença ou coisa do tipo", o senhor prossegue. "Perguntei a uma enfermeira a respeito uma vez. Eu disse: 'Se tem algum problema com aquele ali, não quero que fique junto com o meu filho e com as outras crianças saudáveis!'. Mas ela falou que é onde colocam os filhos das putas, sabe? Vão ser adotados, então não há motivo para dar um nome a eles, já que vão receber outro depois."

O ruivo franze a testa e se afasta do vidro. "Bem, é melhor eu voltar para a minha esposa."

"Claro, filho. Parabéns de novo, para você e sua senhora."

"Obrigado." Eles trocam um aperto de mãos, então o mais jovem se vira e volta pelo corredor.

Sua cabeça gira, e Evelyn sente que vai passar mal. Ela abaixa o rosto para esconder o nariz vermelho, tenta se retirar, assim como o ruivo, mas o outro pai é rápido demais para ela.

"Olá, querida!", ele grita, e Evelyn se engasga com o fedor de cigarro. "Não vi você aí. Veio visitar seu bebê? Qual é?"

Evelyn é incapaz de responder. Só se vira e volta correndo pelo corredor, atravessando as portas da maternidade tão rápido quanto os pontos permitem, enquanto as pontas do cinto do roupão se agitam atrás dela. Não para até chegar ao final do corredor e se dar conta de que não há mais para onde correr.

9

NANCY

PRIMAVERA DE 1980

2-5-0-4-6-1.

O baú de couro se abre com facilidade com a nova sequência de números. Nancy sente um friozinho na barriga. Ela ergue a tampa com cuidado.

É só um par de sapatinhos de bebê amarelos, feitos à mão, em perfeitas condições.

Nancy apenas olha, intrigada. Por que um item tão comum precisa ser escondido assim? Talvez fossem os primeiros sapatinhos dela. Talvez o bauzinho fosse só para mantê-los bem guardados, e nada mais. Ela os pega, examinando-os, e sente algo dentro de um deles. Nancy enfia os dedos e tira o culpado: um pedacinho de papel, dobrado inúmeras vezes.

Nancy o desdobra.

Jane, meu nome é Margaret Roberts e eu sou a sua mãe. Eu te amo. Não quis te entregar. Nunca vou parar de procurar por você. Espero que tenha uma ótima vida. Sempre vou te amar, pelo resto dos meus dias.

Os dedos de Nancy tremem tanto que ela deixa o bilhete cair.

O choque a atinge, em ondas frias. Seus ouvidos zumbem no silêncio impressionante do quarto, e sua vista embaça. Ela se sente mal, entorpecida, sem ar. A avó não se confundiu. Ela está envolvida na mentira. Quem mais sabe? Quantos de seus parentes mais próximos têm guardado esse segredo dela?

Nancy segura o bilhete e os sapatinhos nas mãos abertas, como se fosse uma bomba, tentando manter o equilíbrio. Ela sente que ambos esquentam, ficam mais pesados. Talvez, caso consiga se manter imóvel, fixar o olhar e não ousar respirar, possa devolver tudo ao baú e evitar a explosão.

Como ela foi tola. Como não se deu conta do perigo de abrir o baú? De procurar por isso, em primeiro lugar, e de forma idiota — *infantil* — tirar seu mundo do eixo? Nancy se irrita com sua própria teimosia.

Sua vida não é da conta de mais ninguém.

Tentando engolir com a garganta seca, Nancy deixa o bilhete e os sapatinhos ao lado do bauzinho aberto, no carpete, tomando todo o cuidado possível. Ela estremece ao afastar as mãos, ainda esperando pela explosão.

Nancy enxuga as lágrimas dos olhos com as costas da mão e se põe de pé, indo até a cômoda para pegar um lenço da caixinha escondida sob uma tampa rosa e brilhante de plástico. Ela assoa o nariz, analisando a pequena pilha de provas no chão. O baú está aberto, como o peito de alguém na mesa de autópsia. Ele brilha à luz amarela que inunda o quarto, vinda do janelão ao final do corredor.

O que eu faço agora?, Nancy se pergunta. Ela deve pegar o baú e esperar lá embaixo até que os pais voltem? Encurralar os dois com a realidade que acharam que estava bem escondida? Nancy quer respostas para o gêiser de perguntas que irrompeu em sua mente. O que seus pais fizeram para adotá-la? Como foi o inferno reprodutivo pelo qual passaram? Ou não foi isso? Sua adoção pode ter sido um gesto de filantropia cristã e nada mais? O estômago de Nancy se transforma em aço frio quando ela se dá conta de por que a mãe sempre foi tão dominadora, tão protetora.

"Ah, tentamos muito, e aí você veio", a mãe lhe disse uma vez. "Um presentinho de Deus." Nancy se encolhe diante da lembrança, sabendo agora que era mentira. Ou uma verdade sabiamente elaborada. Olhando para o bauzinho de couro, ela mal é capaz de acreditar na enormidade do segredo que continha.

Nancy não sabe o que fazer com essa nova informação. Não vai aguentar guardá-la por muito tempo, mas não sabe como proceder. Ocupa cada centímetro de seu ser. Ameaça sufocá-la ao subir por sua garganta, como um inseto que engoliu inteiro. Ela sente tudo ao mesmo tempo. Quer gritar com seus pais — *seus pais?* —, brigar com eles por terem mantido sua identidade em segredo por tanto tempo, sem qualquer indicação de que planejassem contar a ela um dia.

Ela ouve as crianças brincando na rua, experimentando as bicicletas novas e reluzentes na noite de primavera. Pensa em sua própria infância, cheia de amor, alegria e geleia caseira. Vestidos bonitos e pilhas tortas de presentes no Natal. Histórias antes de ir dormir e acampamentos de verão. A melhor infância que uma menina poderia pedir. Seus pais ainda são seus pais. Eles a criaram e a amam. Alguma coisa lhe faltou?

Nancy pega o bilhete com uma mão e os sapatinhos amarelos com a outra. Ela lê mais quatro vezes, a frase que marca seu coração como um ferro quente.

Meu nome é Margaret Roberts e eu sou a sua mãe.

Margaret Roberts.

Ela repete mentalmente, sem parar, vê as letras surgindo, como o nome da atriz principal de um filme. Só que na caligrafia de Margaret, que até então não conhecia. Na caligrafia de sua mãe.

"Quem é você?", Nancy pergunta para as paredes.

E por que Margaret deu Nancy para adoção se diz no bilhete que queria ficar com ela? O estômago de Nancy se revira com outro pensamento: por que ela não tentou encontrá-la? Se o que o bilhete diz é verdade, se Margaret não queria entregar o bebê... O coração de Nancy fraqueja com a ideia. Talvez Margaret tenha mudado de ideia depois de escrever o bilhete. Talvez ela não quisesse uma bebê, no fim das contas.

Mas os pais dela a queriam *de verdade*. Eles fizeram um esforço para adotá-la, não? Não demonstraram a Nancy o quanto ela significa para os dois, o quanto a amam? Merecem a dor de saber que sua única filha não confiou neles a ponto de xeretar seu quarto e descobrir sua mentira? Talvez os pais não tivessem encontrado o bilhete escondido nos sapatinhos. Talvez tivessem encontrado e tentado entrar em contato com a mãe biológica dela. Talvez estivessem tentando protegê-la.

Talvez.

O sol começa a se pôr. Nancy permanece sentada, congelada, no carpete do quarto dos pais, enquanto uma luz laranja entra pela janela.

O quarto já está escuro quando ela dobra o bilhete e o enfia de volta no sapatinho. Nancy guarda os dois no baú, com cuidado, e o fecha, depois gira os números de maneira aleatória.

Ela vai até a gaveta aberta, cujo conteúdo está disposto cuidadosamente sobre a cômoda, refletindo sua posição lá dentro. Nancy desliza o baú de couro até onde estava, num cantinho empoeirado nos fundos. Ela dá um suspiro profundo antes de devolver os outros itens e fechar a gaveta. Então sai do quarto, sentindo como se suas pernas não lhe pertencessem. Ainda sente o cheiro do perfume da mãe, que a segue para fora do quarto, como alguém que a acusasse de algo.

Ela para no topo da escada e fica ouvindo os fantasmas.

A mãe a chamando da sala, fazendo sinal para que desça e caminhe com ela os seis quarteirões até a Igreja nas manhãs de domingo. A voz brusca mas amorosa do pai murmurando "Boa noite, besourinha", enquanto apagava a luz do quarto e encostava a porta, deixando uma frestinha para que o luar que entrava do janelão no corredor se esgueirasse até o quarto de Nancy, amenizando o medo que ela sentia do escuro. O rangido do piso de madeira na saída do banheiro, tão inconveniente quando ela chegava depois do horário combinado.

Nancy passa a mão pelo corrimão, lembrando-se de como gritou com Frances daquele mesmo lugar em sua primeira briga feia. Foi quando Nancy entrou na faculdade e quis se mudar de casa.

"Fica a poucas paradas de bonde daqui!", a mãe protestou. "Você nem é casada! Por que quer deixar a gente? O que as pessoas vão pensar?"

O pai de Nancy acabou conseguindo tranquilizar a esposa, lembrando-a de que a filha já era adulta e acabaria saindo de casa em breve de qualquer maneira. Ele compreendia a necessidade que Nancy tinha de ser independente, de estar distante da supervisão constante da mãe. Não é um homem de muitas palavras, e gerencia a casa como um inspetor de saúde bem-intencionado. Mas ama muito Nancy e ela sempre soube que ele faria quase tudo por ela.

Nancy desce a escada em transe. Vai para a cozinha e acende a luz, que pisca antes de ganhar vida e iluminar as bancadas reluzentes. Ela enche a chaleira e se ocupa com as folhas de chá, errando na hora de colocá-las no infusor. Distraída, Nancy as varre com a mão da bancada e joga no lixo debaixo da pia. Um minuto depois, o apito da chaleira a faz pular, e ela quase queima o pulso na pressa de tirá-la do fogo.

Lágrimas enchem seus olhos enquanto ela observa o chá marrom se espalhando pela xícara de porcelana. Nancy enfia a mão na caixa de biscoitos na bancada e bota um inteiro na boca, ouvindo em sua mente a mãe repreendendo-a na mesma hora por seus terríveis modos.

A mãe. A mãe dela é Margaret Roberts.

Nancy deixa uma lágrima escorrer pelo rosto. O único som é o do relógio do avô, no corredor. Seu tique-taque está sincronizado com os pensamentos dela tentando se encaixar.

"Meu nome é Jane."

Ela diz isso em voz alta, para a cozinha vazia. Ninguém ouve. Ninguém vai saber.

Quando termina o chá, Nancy lava a xícara e a deixa no escorredor. A cozinha agora cheira ao detergente de limão que a mãe sempre usou, o que leva Nancy de volta aos sábados de sua infância, quando ficava vendo a mãe limpar o chão enquanto ajudava com a louça.

Ela não pode confrontar os pais. Pelo menos não hoje. Precisa voltar para seu apartamento, onde não há fantasmas espreitando em cada canto, onde pode pensar racionalmente, com clareza, a respeito daquilo.

Enquanto se dirige à porta da frente, Nancy prende o ar para não sentir o aroma cítrico. Pelo resto de sua vida, a traição e a culpa vão cheirar a detergente de limão.

10

EVELYN

PRIMAVERA DE 1961

A cabeça de Evelyn gira quando a irmã Teresa dá um tapa forte na cara dela.

"Nosso Senhor é minha testemunha: se você não se acalmar neste instante, vai perder o privilégio de se despedir do bebê. Controle-se, Evelyn!"

Evelyn sente o impacto do tapa da freira, segurando-se aos braços da poltrona em que está sentada, na Sala da Despedida.

A Sala da Despedida, como as meninas passaram a chamá-la, é um pouco maior que um armário no fim do corredor do terceiro andar. Não tem nem um tapete, só o piso de tacos descobertos que suporta o peso do par de cadeiras de balanço feitas de carvalho, velhas e rangendo, as almofadas azuis escapando tristemente pelas beiradas do assento. É o cômodo para o qual levam cada menina quando chega a hora de se despedir do bebê. Um lugar designado para isso, no qual elas nunca mais vão ter que pisar, para não serem lembradas da dor da separação da criança. Como se uma angústia tão visceral pudesse ser contida por quatro paredes finas como papel. A dor extravasa pelas menores rachaduras. Passa por entre as tábuas do assoalho desgastado como água numa enchente, cheia de lodo e carregando o fedor do arrependimento.

As outras meninas foram tiradas do andar de cima e agora realizam suas tarefas ou aguardam no salão para não testemunharem a tragédia de Evelyn, sabendo que a hora delas também vai chegar em questão de semanas. Mas o protocolo não é um sinal de compaixão pelas meninas.

É uma maneira de impedir distúrbios.

Em meio ao choque e à dor do tapa, Evelyn ainda nota o modo como a irmã Teresa fala. Não *sua* bebê. Nunca *sua* bebê. Mas *a* bebê. A bebê do casal. O produto. Evelyn tem uma resposta pronta para aquilo, mas seus olhos encontram o chicote no cinto da Cão de Guarda.

"Ótimo. Agora assine aqui." A irmã Teresa oferece um papel e uma caneta a Evelyn.

"O que é isso?"

"Um documento garantindo que você nunca procurará pelo bebê. Um contrato-padrão."

"Já assinei um no hospital."

"Aqueles eram os documentos da adoção. Este aqui confirma que, ao escolher entregar a criança, você renuncia a qualquer contato futuro."

Evelyn sente a frieza da caneta lisa na mão úmida. Sente o ódio subindo como fogo pela sua garganta, mas queima a língua antes de conseguir cuspi-lo na cara da Cão de Guarda.

"Não escolhi isso", ela diz.

"Ah, escolheu, sim. Não se iluda. Você tem que assinar, Evelyn, ou não verá mais o bebê."

Evelyn alisa o papel por cima das pernas. É um documento datilografado, com o nome dela. A filha aparece como "bebê Taylor". Abaixo, vêm as palavras *pai desconhecido*. Ela sofre por Leo, sente raiva por ele ter sido apagado tão sem-cerimônia da identidade de sua própria filha, e leva a mão ao coração. Umedece os lábios, prende o fôlego e, jurando em silêncio que não tem nenhuma intenção de obedecer ao contrato, assina na linha. A tinta nem secou quando a Cão de Guarda arranca o papel da mão dela e sai da Sala da Despedida, fechando a porta atrás de si.

Evelyn ouve a voz de Maggie do outro lado. A freira lhe diz algo e a porta volta a se abrir. Maggie entra, com o rosto pálido e um sorriso triste.

"Oi", ela diz, sentando-se na cadeira diante de Evelyn.

"Obrigada por ter vindo, Maggie. Sei que não é... não deve ser fácil para você voltar aqui." A voz de Evelyn falha.

O peito dela sobe e desce, com uma respiração profunda. A luz do sol que entra pela janela ilumina seu cabelo, formando uma auréola. "Não. Mas eu gostaria que alguém tivesse vindo me ver."

As regras permitem que as meninas tenham outra interna consigo na Sala da Despedida, para apoio moral, mas só se a outra já tiver se despedido de seu próprio bebê. Maggie pariu antes da data esperada, dias depois de Evelyn ter saído do hospital. A família que adotou sua bebê foi buscá-la no dia em que ela voltou do hospital. Maggie foi mandada para a Sala da Despedida logo depois do jantar. Como Evelyn ainda não havia entregado sua filha aos pais que a adotariam — eles ainda estavam, como foi lhe dito, preparando o quarto do bebê —, não pôde fazer companhia a Maggie. Ela nunca viu a filha da amiga. Maggie foi para a ala pós-parto naquele mesmo dia, mas Evelyn se esgueirou pelo corredor e entrou na cama com ela, abraçou-a forte e passou a mão pelo seu cabelo enquanto a outra chorava em seu peito.

"Sinto muito, Maggie", Evelyn diz agora, esticando o braço para apertar a mão da amiga.

Maggie retribui o aperto, com os olhos vidrados. Nos últimos dias, manteve-se muito fechada, e está visivelmente mais magra. "Tudo bem. Aconteceu na hora errada. Tudo isso aconteceu na hora errada."

Evelyn assente e endireita os ombros. Precisa controlar suas emoções, como Maggie fez, ou a bebê irá embora sem que Evelyn possa se despedir direito dela.

Se seu irmão tivesse respondido às suas cartas... Ela poderia levar sua filha para ele e para a esposa, para ser criada como filha dos dois. Evelyn sonhou com bolos de aniversário com cobertura de limão, chapeuzinhos de papel, presentes da mulher que sua filha teria chamado de "tia". Com os vestidos que costuraria para a menina. Com a ajuda que daria a ela quando tivesse o coração partido pela primeira vez e com o brinde que faria com uma taça de champanhe em seu casamento, tudo isso disfarçado como o amor de uma tia muito apegada à única sobrinha. Ela ficaria escondida em plena vista.

Se pelo menos ...

Se pelo menos ela tivesse algo que pudesse dar à filha, um símbolo, uma lembrança de que sua mãe viveu e respirou, gestou-a e a pariu, abraçou-a forte e sussurrou "Te amo" em sua orelhinha.

"Aqui. Vim preparada." Como se lesse a mente de Evelyn, Maggie se inclina para a frente, tira um pedaço de papel e uma caneta do bolso da saia de linho e passa a ela.

"Escrevi um bilhete para a minha filha, enfiei num dos sapatinhos que tricotei e escondi na manta. Duvido que ela algum dia leia, mas o que mais eu poderia fazer? Não podia deixar que fosse embora sem um pedaço de mim." Ela comprime os lábios.

O coração de Evelyn martela no peito. Ela olha para a porta.

"Eu não... não sei o que dizer."

"Diga que você a ama. É tudo o que ela precisa saber. Foi o que escrevi para a minha filha." Maggie pigarreia. "Que sempre vou amá-la."

Evelyn rabisca algumas palavras, tentando segurar as lágrimas, mas várias caem no papel. Ela vai mandar um pedaço de seu coração partido junto com a bebê, que em questão de horas estará no colo de outra mulher, que comprou o direito de ser chamada de "mãe" com um saco de dinheiro. Essa ideia fica na cabeça de Evelyn enquanto ela dobra o papel o máximo que consegue e o enfia debaixo da coxa, com a porta da Sala da Despedida já se abrindo.

Quem chega com a bebê é a irmã Agatha, e Evelyn fica grata por isso. Não suportaria ver sua filha nos braços da Cão de Guarda em um momento como este. Agatha segura a bebê com o mesmo cuidado que Evelyn faria, olhando para sua cabecinha macia, lisa e perfeita sob a penugem sedosa que é seu cabelo. Sua filha está enrolada em uma mantinha mais bonita do que as de costume. É linda, um cobertorzinho de tricô feito com um fio cor-de-rosa bem clarinho, como o nariz de um filhote de gato. Evelyn percebe isso com certa amargura: o Santa Inês deve apresentar uma fachada para quem vem ali retirar sua compra.

"Olá, meninas", Agatha diz, passando o embrulhinho cor-de-rosa para Evelyn. "Aqui está, srta. Evelyn. Deveriam ser só cinco minutos, mas vou deixar que fique aqui tanto quanto possível", ela sussurra. Como um segredo, ou seu maior medo.

Evelyn não consegue nem falar.

"Obrigada, irmã Agatha", Maggie diz, sua própria voz embargada.

Agatha assente. Não consegue olhar nos olhos das meninas, embora estejam a um passo de distância. "Sinto muito."

Ela vai embora, fechando a porta com um ruído baixo. Evelyn olha para o rosto de sua filha pela última vez.

"Minha pequenina", ela murmura no ouvido da bebê dormindo. O rosto da filha está sereno, e Evelyn se dá conta, em uma explosão de pânico, que deve ser capaz de guardar todos os detalhes na memória: a curva de seu queixinho, os cílios compridos, tão escuros que parecem molhados, as maçãs do rosto altas e o nariz curvado. Evelyn jura que vai procurar esse queixo, esses cílios, esse nariz no rosto de todas as meninas, adolescentes e jovens por quem passar na rua, pelo resto de sua vida. Um dia, quer poder olhar no rosto de sua filha e dizer: *Conheço você. Você é minha.*

Evelyn queria que sua filha estivesse acordada, para poder olhar nos olhos dela, mas não suportaria perturbá-la no momento em que está tão tranquila. Então ela só descansa o corpinho delicadamente contra seu peito. Não permitiram que amamentasse depois do hospital, mas Evelyn segura o bebê contra si mesmo assim, torcendo em vão desespero para que a filha se lembre das batidas de seu coração, do cheiro de seu hálito, da sensação de sua pele na altura da garganta.

De alguma coisa. De qualquer coisa.

Ela inspira, trêmula, depois solta o ar tão tranquilamente quanto consegue. Ouve as vozes das outras meninas na cozinha lá embaixo, o tilintar das tampas das panelas enquanto preparam o almoço. Prosseguindo com o dia.

"Ela é linda, Evelyn", Maggie diz.

Evelyn tira os olhos da bebê para fixá-los na amiga. "Tenho certeza de que a sua também é."

Lágrimas finalmente escorrem pelo queixo de Maggie e caem em seu colo. A luz do sol entra pela janela. Tudo brilha.

Evelyn pega o bilhete dobrado sob a coxa. Abre com cuidado metade do cobertor e enfia o pedacinho de papel em meio às dobras da parte de baixo, deixando-o tão escondido quanto possível. Ela volta a fechar a manta e consegue sorrir.

"Dez dedos da mão, dez dedos do pé, dois olhos, duas orelhas, uma boca e um nariz", Evelyn murmura. É uma musiquinha que inventou no tempo em que estiveram no hospital. Ela desce a ponta do indicador do alto da testa do bebê, passando por entre os olhos, pelo nariz e chegando à boquinha.

Então passa a mão pelo topo da cabeça da filha, inclina-se para ela e sente seu cheirinho. O relógio na parede marca os minutos cruéis com seu tique-taque implacável, lembrando-a de que cada segundo é precioso.

Não tire os olhos dela, o relógio diz.

Tique.

É isso.

Taque.

Tudo o que você vai ter.

Tique.

Preste atenção.

Taque.

Clique. O feitiço é quebrado quando a irmã Agatha entra silenciosamente no quarto.

"Chegou a hora, srta. Evelyn."

"Está bem."

"Sinto muito."

"Tudo bem. Tudo bem." Evelyn assente, piscando rapidamente, mas não há como impedir as lágrimas agora.

Ela dá uma última olhada na filha, refestelando-se com o rostinho através dos olhos inchados, tentando controlar o pânico. Evelyn se pega olhando pela janela, mas é claro que está trancada, além disso é o terceiro andar. Como Maggie disse, elas estão em uma prisão bem projetada, uma série de armadilhas e gaiolas dentro de um labirinto de confusão e mentiras. Só há uma saída, e as prisioneiras não podem ir embora antes do último pagamento.

Os braços de Evelyn tremem, ela não consegue controlar, e por um momento se preocupa com a possibilidade de derrubar a filha. Mas a irmã Agatha estica os braços e pega a bebê. A transação está completa.

"Adeus, bebezinha", Evelyn sussurra, com os braços vazios sobre as pernas. "Eu te amo, querida. Me perdoe, por favor. Me perdoe, por favor..."

Ela não pode fazer nada além de assistir à irmã Agatha levando sua filha até a porta e começando a fechá-la atrás de si. Evelyn luta contra o fogo que toma conta de seu peito. Não quer que a filha a ouça, não quer que tenha qualquer recordação da dor da mãe, de sua voz se erguendo além do mais gentil murmúrio. Quando a porta se fecha de vez, ela vai ao chão. Maggie também está chorando, e Evelyn sente imensa gratidão pelo sacrifício da amiga. Maggie se ajoelha no piso de madeira e Evelyn apoia a cabeça no colo da amiga, que alisa seu cabelo para trás, para longe do rosto molhado.

Quando tem certeza de que a irmã Agatha já desceu, Evelyn inspira, trêmula, e solta um grito de agonia forte demais para ser absorvido pela Sala de Despedida, tão pequena. O grito permeia as paredes e o teto, reverbera por seu peito, sem ter mais para onde ir. Seu coração e seus pulmões são consumidos em brasa, enquanto seu rosto se contrai com a queimadura.

"Xiii, xiii, xiii. Acabou", Maggie sussurra, enxugando as lágrimas das bochechas de Evelyn com a mão fria. "Vai ficar tudo bem. Um dia, vai ficar tudo bem. Temos que acreditar nisso."

Lá embaixo, no quartinho dos bebês, que fica perto da sala da Cão de Guarda, a irmã Agatha fecha os olhos e protege os ouvidos da bebê com as mãos. As meninas na cozinha interrompem o trabalho, parecendo um quadro ao congelar diante do barulho. Elas prendem o ar, e o rosto imaginário de seus próprios bebês passa por sua mente. Ficam com as mãos na barriga até que o grito se dissipa, depois soltam o ar, aliviadas, e tentam não pensar no inevitável.

Mas as arestas farpadas desses pensamentos se engancham em sua mente e ficam ali. Elas ouvem o *clip-clop* dos sapatos da Cão de Guarda subindo a escada e voltam ao trabalho depressa. Ocupam-se de suas coisas, tendo a comoção lá em cima como pano de fundo. Evelyn solta um tipo diferente de grito agora. Maggie protesta, tentando proteger a amiga. Evelyn continua gritando. E as meninas na cozinha secam a louça e varrem o chão, impulsionadas pelos estalos repetidos do chicote da Cão de Guarda.

Evelyn sabe que já deveria estar vestida.

É manhã de quarta-feira, três semanas depois que a bebê foi tirada dela. Ainda está deitada na cama, com a cabeça coberta, em posição fetal e com os joelhos dobrados, para se certificar de que seus pés fiquem sob o cobertor inapropriado que a cobre. As chicotadas da Cão de Guarda fizeram vergões em seus antebraços que ainda não desapareceram, mas os pontos estão quase curados, embora a pele às vezes arda com uma saudade embotada quando ela recorda do nascimento da filha.

O leite já quase secou, e Evelyn começa a voltar a se sentir como si mesma. A mera ideia a deixa com vontade de chorar. Ela daria qualquer coisa para dividir seu corpo com sua bebê de novo. Como não sabia a sorte que era estar grávida? Que o desconforto e a exaustão constantes, que as noites sem dormir pontuadas pelos chutes e pelos movimentos da bebê eram uma bênção? Antes, ela queria que o tempo passasse, como se a gravidez fosse uma maldição a ser superada de modo triunfante, mas agora tinha saudade daquele estado beatífico. Evelyn se pergunta vagamente se a bebê também sente sua falta, de alguma maneira inconsciente, se anseia pelo peito da mãe, pelo cheiro de sua pele, pelo conforto de seus braços.

Que sonho mais tolo, Evelyn pensa. A bebê nunca vai se lembrar dela.

As manhãs são sempre assim, desde a despedida. Evelyn esperava que com o tempo pudesse começar a se sentir um pouco mais como seu antigo eu, mas seu antigo eu se foi. Está morto. E é melhor assim. Aquela menina não sabia nada de felicidade, de amor ou de perda. Agora compreende por que Emma, outra interna, costumava chorar de manhã, seus soluços ecoando corredor abaixo a partir da ala pós-parto, onde Evelyn e Maggie agora dormem. As duas se sentiam mal por ela, claro, mas Evelyn não tinha ideia de qual seria a sensação. Ela se lembra de como os olhos de Emma se transformaram em cavernas depois que o bebê foi levado. Evelyn a viu entrando pela porta da frente quando voltou do hospital, e parecia uma pessoa diferente. A menina vagou como um espírito perdido pelos corredores, até pagar sua dívida e ser finalmente dispensada. Evelyn imagina que deve parecer tão distante e fraca quanto Emma parecia. Gostaria de ter sido mais gentil com a outra.

"Evelyn", Maggie diz da porta do quarto. Evelyn aperta bem os olhos fechados. "É quase hora do café. Se não descer, a Cão de Guarda vai subir. Vamos."

Evelyn abaixa um pouco as cobertas, revelando o rosto. Maggie agora assoma sobre ela, com as mãos na cintura fina.

"Não estou com fome", Evelyn diz. "Mas você tem que comer. Está tão magra, Maggie."

Maggie suspira e se senta na beirada da cama. "Você não pode continuar assim. Tem que se levantar."

"É difícil demais."

"Eu sei. E como."

Evelyn pigarreia para soltar o muco da garganta. "Você parece tão forte, Maggie. Por que não consigo ser mais como você?"

"Não sou forte, Jane está sempre na minha mente..." A frase morre no ar, e Maggie fica olhando para as próprias pernas.

"Meninas?" A irmã Agatha aparece à porta, com o rosto tenso. "Estão quase atrasadas para o café."

"Desculpe, irmã Agatha", Maggie diz. "Já vamos descer."

A freira franze a testa para Evelyn e hesita antes de dar meia-volta e desaparecer no corredor.

"Você deu um nome para a sua filha?", Evelyn sussurra para a amiga.

"Dei."

"Não pode."

"Eu sei. Mas dei mesmo assim."

O momento lembra outro, quando as duas revelaram o próprio sobrenome, uma pequena rebelião que as pega com a guarda baixa.

"Às vezes, queria que a gente tivesse tentado fugir, como você sugeriu", Maggie diz, mexendo em um furo na coberta e evitando os olhos de Evelyn. "Acho que você estava certa."

"Não, *você* estava certa", Evelyn diz. "Não tínhamos para onde ir."

"Não tínhamos", Maggie concorda. "Mas acho que o que quero dizer é que você foi forte naquele momento. E pode voltar a ser. Tem isso dentro de você. Vi com meus próprios olhos." Ela encara a amiga. "Devemos seguir em frente, Evelyn. Quando sairmos daqui, talvez dê para encontrar nossas meninas. Mas desafiar a Cão de Guarda enquanto continuamos presas entre essas paredes... só vai nos prejudicar no curto prazo, e não vai trazer nada de bom no longo prazo. Como eu disse na Sala de Despedida, só precisamos acreditar que um dia vai ficar tudo bem. Nunca vamos deixar de procurar por elas, Evelyn. E *vamos* encontrá-las. Só temos que ser pacientes." Maggie baixa a voz. "Não é o fim. Eu prometo."

Maggie se levanta e recolhe as cobertas. Evelyn geme para o travesseiro, mas não se mexe. "Daria no mesmo se fosse", ela diz.

Duas semanas depois, Evelyn finalmente encontra uma oportunidade de falar a sós com a irmã Agatha. A casa está tão lotada que as meninas e os responsáveis quase tropeçam uns nos outros. Privacidade é algo quase impossível.

Ela encontra a freira no jardim, durante o intervalo ao ar livre da tarde. É um dia frio e úmido, e a garoa manteve a maior parte das meninas dentro de casa por aquela uma hora, mas a irmã Agatha está em um canto do pequeno jardim, aparando a sebe com uma tesoura enferrujada.

Evelyn se aproxima por trás dela. "Irmã Agatha?", ela chama, com timidez.

A freira se vira. Está usando um avental e uma capa de chuva por cima do hábito, além de botas de borracha de cano alto, grandes demais para seus pés pequenos. Parece uma criança fantasiada. "Olá, srta. Evelyn."

Evelyn ficou ensaiando seu discurso mentalmente enquanto cumpria seus afazeres nos últimos dias. Também imaginava a conversa quando se revirava na cama à noite, incapaz de dormir. Mas decide ir direto ao ponto. Tem um plano, e precisa da ajuda de Agatha.

"Irmã Agatha, não consigo dormir, não consigo comer. Só consigo pensar na minha filha, em onde ela está, se está feliz e, você sabe, se é... amada." O nó em sua garganta está tão apertado que Evelyn não tem certeza de que vai conseguir falar. "Preciso saber onde ela está. Preciso saber com quem está. Não acho que..." Ela hesita entre uma perna e outra, e suas botas chapinham na grama molhada. "Acho que não vou conseguir seguir em frente se não souber onde ela está. Preciso descobrir. Preciso da sua ajuda."

A freira segura a tesoura de jardinagem com firmeza na mão enluvada. "Acho que você só precisa de um pouco mais de tempo, srta. Evelyn."

"Não."

"Você tem que aguentar. É a fase inicial. Isso acontece com a maior parte das meninas neste momento. É muito difícil. Mas, com o tempo, as coisas vão começar a parecer um pouco melhores. Principalmente depois que for para casa."

Evelyn a ignora. "Preciso que me ajude a descobrir onde ela está."

"Ah, srta. Evelyn, não posso."

Evelyn olha bem nos olhos da freira e começa a notar uma mudança neles. Parecem abatidos, pesados. Seus ombros caem, derrotados.

"Você sabe de algo?" O coração de Evelyn bate acelerado. "O que é?"

"Não posso dizer", é tudo o que a irmã Agatha fala, olhando nervosa na direção da casa.

"*Por favor*, irmã Agatha."

A freira parece procurar algo no rosto de Evelyn. Finalmente, depois de uma respiração profunda e trêmula, ela diz: "Sua filha... ela não sobreviveu, srta. Evelyn. Ela... ela morreu".

O mundo para de girar, e tudo o que Evelyn sente é a garoa, nublando sua visão. "Ela... *morreu*? Mas... *como*?"

Agatha dá um passo para mais perto de Evelyn. "Desculpe, eu não deveria ter dito nada." Ela parece agoniada. "É só algo que acontece. Lembre-se de que ela era pequena. Mas agora você pode seguir em frente, srta. Evelyn. Não há nada para procurar ou com que se preocupar. Você pode deixar tudo isso para trás. Pode... seguir em frente", ela conclui, com a voz fraca.

Evelyn começa a tremer, enquanto absorve o choque. Não é capaz de processar o que acabou de ouvir. Não sente nada e ao mesmo tempo sente tudo. Seu olhar férreo se fixa nos olhos da irmã Agatha. A jovem freira recua, depois vai embora, rumo à casa.

11

ANGELA

FIM DE JANEIRO DE 2017

Desde que encontrou a carta de Frances Mitchell e o bilhete da jovem mãe chamada Margaret, Angela tem escrito mensagens para Nancys Mitchell de toda a região da Grande Toronto e além. Até agora, no entanto, sua busca não rendeu frutos. Apesar da vergonha que Angela sente por perseguir uma desconhecida, tampouco se sente bem agindo pelas costas de Tina, por isso decide contar a ela sobre "as Nancys", que é como as chama mentalmente, a caminho da clínica de fertilidade.

Tina só assente, positiva como sempre. "Tá. Obrigada por me contar."

Elas passam o restante do caminho em um silêncio desconfortável, que Angela reconhece poder estar apenas imaginando, mas qualquer tensão vai para segundo plano assim que elas entram na sala de tratamento. Hoje, vão fazer outro procedimento caro de inseminação artificial — o nono. Seis não deram em nada. Dois deram, mas terminaram em abortos espontâneos.

Quase um ano atrás, Angela teve que ir a uma clínica de aborto para fazer uma curetagem depois de uma perda natural. Na época, ela não fazia ideia de que o procedimento às vezes precisava ser feito depois de um aborto espontâneo. Embora não tivesse nenhum preconceito em relação às mulheres que iam àquele tipo de lugar, Angela foi lembrada de que as clínicas não atendiam apenas adolescentes irresponsáveis. Até as mulheres de direita mais contrárias ao aborto às vezes precisavam realizar um procedimento depois de um aborto natural, para evitar uma infecção. No fim das contas, é como qualquer outra cirurgia ou tratamento. Mas os manifestantes do lado de fora da clínica pareciam não entender aquilo.

Assim que ela e Tina chegaram ao lugar, notaram uma multidão reunida diante da entrada. Todos usavam o mesmo gorro preto, e cerca de metade carregava cartolinas em tons neon com uma variedade de frases agourentas escritas com pincel atômico. Angela notou outros cartazes, com imagens em cor-de-rosa e vermelho, e outros dizeres gigantes ao longo da calçada. De longe, não sabia o que eram, mas podia imaginar: fotos horrorosas de supostos fetos, justapostas com vovós felizes com bebês brancos e gordos no colo, com um filtro levemente borrado.

Do outro lado da rua, alguns contramanifestantes empunhavam cartazes roxos. Havia três carros de polícia estacionados diante da clínica, e os policiais conversavam com os contramanifestantes. Um deles estava de guarda à entrada do prédio.

Tina pegou a mão enluvada de Angela. Os contramanifestantes, a favor do direito de escolher, acenaram para que elas passassem, sorrindo.

"Ignore", uma pessoa disse a Angela, indicando a multidão gritando do outro lado da rua. "Eles sabem que perderam, e estão putos."

Mas era difícil ignorá-los. De canto de olho, Angela reparou em alguns dos cartazes:

A VIDA É SAGRADA

ABORTO É HOMICÍDIO

ASASSINAS DE BEBÊS

Podiam pelo menos escrever direito, porra, Angela pensou, irônica. Tinha um menino pequeno entre os manifestantes, de uns quatro ou cinco anos, segurando um cartaz que dizia: MINHA MÃE ESCOLHEU A VIDA. Sua pulsação acelerou, e Angela não conseguiu se segurar.

"Acha que eu quero estar aqui?", ela gritou para eles. "Acha que eu não queria ainda estar grávida? Seus ignorantes do caralho!"

"Ange!" Tina agarrou os ombros dela. "Vamos, Ange. Vamos. Não vale a pena. Deixa pra lá."

Apesar do desconforto físico, a experiência delas na clínica de fertilidade sempre foi positiva. Os enfermeiros e técnicos desejam boa sorte e apoiam sua decisão de ser mães. Não tem ninguém protestando do lado de fora, ninguém gritando para as mulheres que entram, julgando-as por quererem engravidar. No entanto, clínicas de fertilidade e clínicas de aborto não são apenas dois lados da mesma moeda?

Angela era grata por não ter precisado voltar para aquele lugar horrível depois do aborto espontâneo mais recente, que se concluíra sozinho.

Mas isso é passado, ela recorda a si mesma agora, na sala de tratamento. Hoje é dia de ser positiva. Hoje é o dia em que elas estão no ponto da montanha-russa da fertilidade em que suas esperanças de uma inseminação e um implante bem-sucedidos são altas, e as duas tentam não se lembrar da decepção esmagadora que virá caso não dê certo. Angela sabe que Tina está cansada do processo, mas ela não está pronta para desistir.

O próximo vai dar certo, é o que sempre diz a Tina, repetindo o mantra para si mesma sempre que começa a duvidar. *O próximo. O próximo. Vamos engravidar no próximo.*

Antes do Natal, quando Angela ficou menstruada depois do último tratamento fracassado, ela saiu do banheiro soluçando, tremendo de fúria, ressentimento e uma dezena de outras emoções. Mas, no geral, o que sentia era ódio. Tanto que não conseguia nem respirar.

Ela odiava os amigos que já haviam tido filhos.

Ela odiava as adolescentes idiotas que engravidavam *por acidente*, sem nem tentar.

Ela odiava como aquilo era difícil para o seu corpo, para o seu coração, para o seu casamento. Para a sua conta bancária.

Ela odiava tentar engravidar, mas odiava ainda mais a ideia de que não engravidaria.

Tina chegou em casa do trabalho e encontrou Angela em seu lugar no sofá, com uma taça de vinho de verdade na mão, Grizzly encolhido sobre as pernas dela enquanto lágrimas rolavam por seu rosto inchado, e soube na mesma hora o que havia acontecido. Estavam ambas tão ligadas no ciclo menstrual de Angela que já sabiam que logo seria ou o começo ou o fim de algo.

"Ah, Ange", Tina disse, sentando-se no sofá ao lado da esposa e puxando-a para um abraço. Grizzly miou entre as duas, e para Angela aquilo de alguma forma pareceu um pedido de desculpas por tudo o que elas queriam e não tinham. Angela soluçou ainda mais forte nos braços de Tina, devastada com o fim daquela possibilidade.

Alguns dias depois, quando Angela já estava mais calma, Tina abordou o tema da adoção com ela. As duas conversaram a noite toda, mas Angela não cedeu. Tendo sido adotada, ela sentia uma necessidade profunda de ter um filho biológico, uma linha direta que permitisse que a criança ligasse os pontos, sem precisar procurá-los, como havia acontecido com ela. Tina nunca quis ser a parceira a ficar grávida e Angela estava determinada a fazê-lo.

Tina acabou concordando em seguir tentando, embora Angela soubesse que ela continuava preocupada com o impacto que os esforços para engravidar exerciam sobre as duas. As pessoas falavam que era uma "jornada", uma viagem por uma estrada sinuosa, tendo como guia a crença de que um dia chegariam a seu destino, mas a maior parte do tempo parecia mais com o mito de Sísifo. Elas nunca falavam sobre aquilo diretamente, mas Angela tinha a sensação de que havia algum tipo de limite no horizonte — financeiro, emocional. Ela não sabia exatamente qual, mas o via nas rugas na testa de Tina toda vez que iam à clínica para fazer uma inseminação. Toda vez que falhava. Toda vez que Angela começava a sangrar.

Agora, na sala de tratamento, Angela olha para o rosto da esposa e vê a mesma testa franzida de apreensão. Mas Tina aperta a mão dela quando a enfermeira se aproxima da mesa com uma seringa.

"Muito bem, Angela, respire fundo, e continue respirando. Só vai levar alguns minutos."

"É", Angela diz, soltando o ar lentamente, olhando para o teto baixo e pensando em todas as outras vezes em que se deitou na maca, com avental de hospital, rezando para que daquela vez desse certo. Mas ela vai continuar empurrando a pedra montanha acima, enquanto puder. "Eu sei."

Duas semanas depois, Angela abre uma caixa de decorações do Dia dos Namorados sobre o caixa da loja. Ela desenterrou a caixa de papelão empoeirada da prateleira de baixo do pequeno depósito e passou a última hora encontrando lugares apropriados para as várias quinquilharias em vermelho vívido, cordões de contas cintilantes e corações cor-de-rosa de plástico vagabundo. É uma manhã de segunda-feira parada na loja, e ela está aproveitando para terminar a decoração antes que o movimento aumente, mais tarde.

Angela faz um segundo bule de café descafeinado, depois leva alguns itens de decoração, uma tesoura, fita crepe e um banquinho para os fundos da loja. Acabou de pendurar o primeiro cordão de corações na prateleira de cima quando o sino da porta toca, anunciando o segundo cliente do dia.

"Olá", ela cumprimenta, descendo do banquinho.

"Olá! Entrega pra você", uma voz masculina responde.

"Ótimo, obrigada."

Angela vai até a frente da loja, passando as mãos no jeans para se livrar da grossa camada de poeira e pensando que precisa fazer uma boa limpeza na loja.

O entregador lhe indica o celular, e ela assina de qualquer jeito com a ponta do indicador. Angela pega a primeira das muitas caixas que ele traz sem nem pensar. É pesada, e ela se dá conta de que da próxima vez é melhor pedir ao entregador que leve as caixas até o outro lado do balcão. No momento, não pode levantar peso.

O sino toca quando o entregador vai embora, e um coro de ruídos da rua entra antes que a porta torne a se fechar.

Angela termina de pendurar as decorações, serve-se uma caneca de café, abre a primeira caixa e começa a retirar o carregamento de livros usados do mês.

É uma coleção curiosa: literatura contemporânea e clássica — Angela imagina que já tenham uns catorze exemplares das obras completas de Shakespeare, e há mais dois ali —, biografias e livros de memórias, livros de viagem desatualizados que raramente vendem, livros de culinária com orelhas e manchas de gordura, guias de autoajuda que nem foram lidos e uma pequena quantidade de não ficção de interesse geral, cobrindo uma variedade de tópicos que vão de guerras históricas a jardinagem doméstica e criação de cavalos.

Angela separa os livros em pilhas, de acordo com o gênero, e vai incluindo um a um no sistema. Está quase no fim da quinta e última caixa quando pega um livro brochura com uma capa preta ligeiramente rasgada, cujo título aparece em letras grossas e brancas.

A REDE JANE

A autora é a dra. Evelyn Taylor. Não há nenhuma imagem na capa ou qualquer outra coisa que indique do que se trata. Será ficção ou não ficção? Intrigada e um pouco irritada com o esforço extra necessário para decidir para qual pilha vai o livro, Angela o abre na página de créditos, atrás de mais detalhes. É um livro de não ficção, publicado em 1998. Na ficha catalográfica, ela lê: *Rede Jane, A (serviço de aborto) | Serviços de aborto — Toronto — Ontário — CANADÁ | Aborto — Canadá — História.*

"Nossa." Angela ergue as sobrancelhas, que ficam escondidas atrás da franja escura. Na página seguinte, ela lê a dedicatória, que diz apenas: *Para as Janes.* Ela vira uma folha e chega ao sumário.

1) *Sem escolha: Uma história (muito) breve das opções reprodutivas das mulheres até 1960*

2) *Meus anos em Montreal: Aprendendo com o dr. Morgentaler*

3) *O direito de saber: O manual do controle de natalidade e outros textos subversivos*

4) *A revolução começa: A Caravana do Aborto de 1970*

5) *Nasce a Rede Jane*

6) *"Estou procurando Jane": A expansão do serviço*

7) *Batidas, volta e reestruturação*

8) *R. v. Morgentaler (1988): O processo judicial e a descriminalização*

9) *"Sempre haverá necessidade": A vida depois de Jane*

"Hum." Angela deixa o livro de lado, perto do monitor do computador, e registra rapidamente os dois últimos na caixa. Ela dá uma olhada no relógio: é quase hora do almoço e já está morrendo de fome. Angela vai para o depósito e tira o almoço da geladeirinha no chão. Esquenta a sopa no micro-ondas, batendo o dedo impacientemente na porta de plástico branco e ignorando o fato de que agora toda a loja vai cheirar à cebola. Usando o cachecol como luva, ela tira o pote fumegando, vai até o caixa e se senta. Então apoia *A rede Jane* no monitor do computador e dá uma folheada.

Angela se pergunta se Tina deparou com essa organização na vida acadêmica. Nunca ouviu falar dela. Depois de assoprar a primeira colherada de sopa, ela pega o celular e liga para a esposa. Tina atende no segundo toque.

"Oi, Ti", Angela diz. "Uma pergunta: você já ouviu falar num lance chamado Rede Jane?"

PARTE II

12

EVELYN

OTTAWA, 9 DE MAIO DE 1970

A cidade está repleta de pôsteres em verde e preto. Estão em todas as partes: em quadros de aviso de cafés fumacentos, com cadeiras que não combinam e canecas brancas lascadas; em vitrines de lojas da Sparks Street e butiques do ByWard Market; do lado de dentro da porta de cabines de banheiros em bibliotecas públicas; nos postes telefônicos nas ruas mais movimentadas de Ottawa.

É a primeira coisa que Evelyn nota quando sai da estação de trem no sábado de manhã. Ela sai para a luz fraca da primavera, ajeita sua mochila em uma posição mais confortável sobre os ombros e vai até o poste mais próximo.

AS MULHERES ESTÃO CHEGANDO, o pôster declara. Na parte de baixo, a legenda indica: *Caravana do Aborto*. Evelyn sente um friozinho na barriga. Solta o ar em um suspiro audível, aliviando parte da tensão em seu peito. Não se lembra de ter se sentido assim animada, nervosa e determinada desde o dia em que começou a estudar medicina. O sentimento de alegria é o mesmo, e trata-se de outro protesto.

Nove anos atrás, Evelyn deixou o Santa Inês como uma mulher mudada. Depois de todo o trauma, depois da sensação paralisante de impotência e de falta de controle sobre a própria vida, ela jurou que não voltaria a se encontrar em uma posição em que teria que confiar em qualquer outra pessoa, ou em que se sentisse tão fraca quanto havia se sentido. Não estava interessada em ser dona de casa, em recomeçar, como se nada tivesse acontecido. Queria ter uma carreira que garantisse sua independência. Depois de convencer a família de que era a única maneira de seguir em frente, ela se inscreveu e foi aceita na Escola de Medicina de Montreal.

Evelyn era uma das duas mulheres na turma, e as coisas não foram fáceis para ela e para Marie. Mas, no primeiro dia, Evelyn conheceu Tom, que se sentou ao seu lado na aula de introdução à anatomia humana. Ele era diferente dos outros homens, que viam Evelyn e Marie com desconfiança, desdém ou um interesse sexual declarado. Tom não só se tornou seu melhor amigo, mas morou com ela, com Marie e com outro amigo dele. Apesar dos comentários escandalizados daqueles que achavam inapropriado que mulheres solteiras morassem com homens, o acerto funcionava muito bem para Evelyn. Levando em conta que ela havia sido considerada uma mulher "desgraçada" ainda muito jovem e agora precisava suportar os comentários sarcásticos e cruéis de seus colegas homens, Evelyn não ligava mais para essas opiniões de qualquer forma.

Mas sua vida mudou quando Marie foi a seu quarto uma noite para lhe pedir um favor. Ela precisava fazer um aborto, e queria que Evelyn a acompanhasse.

"Não posso desistir de tudo isso", Marie disse à amiga, enquanto andava de um lado para outro do tapete esfarrapado de segunda mão que havia no quarto. "Não agora. Estou aqui porque quero mais da vida do que minha mãe teve. Não posso voltar a depender dos meus pais. Não suporto a ideia. E não posso dar o bebê para adoção. Ia acabar comigo." Ela olhou para Evelyn, através dos cílios molhados. "Espero que não ache que sou uma pessoa horrível por isso."

Evelyn mordeu o lábio, depois esticou um braço e fez a amiga parar. "Eu te entendo mais do que imagina, Marie."

Depois de testemunhar o procedimento de um ponto de vista privilegiado, ao lado da mesa cirúrgica do dr. Henry Morgentaler, tendo segurado a mão de Marie e a acalmado com palavras suaves, Evelyn foi possuída por uma ideia, que evoluiu para um desafio e, depois, para um plano. Ela ligou para o consultório do dr. Morgentaler para marcar um horário para a semana seguinte, então contou a ele exatamente por que queria aprender a realizar abortos. Pela primeira vez desde que havia saído do Santa Inês, Evelyn falou abertamente sobre o que havia acontecido ali.

"Nunca pude dizer nada quanto ao que aconteceria comigo", ela disse ao médico. "Eu não tinha nenhum controle sobre nada. Vendo o senhor no outro dia, com Marie... Se eu soubesse o tipo de dor que ia sentir, sendo forçada a entregar minha bebê assim..." Ela balançou a cabeça. "Eu amei minha filha. Quis ficar com ela, desesperadamente, mas não deixaram. Se as coisas fossem diferentes, se eu engravidasse hoje sem querer, bom, um aborto pode salvar uma mulher de uma vida inteira de dor, não é?"

Enquanto ela revelava a verdade que a havia levado até o consultório, o dr. Morgentaler a observava por trás das lentes grossas dos óculos empoleirados em seu nariz. Evelyn baixou os olhos, passando o dedo pela longa cicatriz em seu pulso, agora branca, depois de tantos anos.

"Eu perdi tudo. Não desejo o mesmo a ninguém. Não quero que outras mulheres se sintam como eu. *Preciso* que elas tenham pelo menos uma escolha. E vi essa possibilidade quando acompanhei Marie."

Ele ficou em silêncio por um momento. Evelyn se esforçou para controlar o medo e olhou nos olhos dele. Ficou surpresa com a bondade que encontrou ali.

"Eu compreendo, srta. Taylor", ele disse, baixo.

Evelyn sentiu uma ardência no canto dos olhos. "Perdão, dr. Morgentaler. As mulheres não podem ter momentos de fraqueza na profissão médica. Peço desculpas."

"Não peça, por favor." O dr. Morgentaler descruzou os dedos e se inclinou para a frente na cadeira. "Quero que me ouça com atenção, srta. Taylor, porque isso é muito importante. Não confunda humanidade com fraqueza. Infelizmente, é um equívoco que ocorre com frequência."

Evelyn fungou. "Dá para dizer que estou me sentindo bastante humana em relação a tudo isso, então."

"É como os melhores médicos se sentem, srta. Taylor. E sua experiência vai permitir que ofereça um nível de compaixão excepcionalmente valioso a qualquer paciente. Cultive isso. Estime isso. O horror que vivenciou a trouxe até meu consultório hoje, com um pedido incrivelmente corajoso. De outra maneira, não estaria aqui, não é?"

Evelyn não tinha como negar aquilo. "Então o senhor vai me ensinar?"

"Será uma honra, srta. Taylor."

O coração dela pulou no peito. "Muito obrigada, dr. Morgentaler."

O médico a olhou por um momento. "Antes de tomar essa decisão, preciso lhe perguntar uma coisa. Há alguém de quem é bastante próxima?"

"Não. Na verdade, não", Evelyn respondeu, afastando os rostos que lhe vieram à mente. "Só tenho os amigos com quem moro e meu irmão, em Toronto. Ele também é médico, e sua esposa é enfermeira. Por que pergunta?"

"Pergunto porque a janela atrás da minha cabeça tem vidro à prova de bala."

As palavras dele tiraram todo o ar da sala, fazendo com que um silêncio arrepiante se seguisse. Os olhos de Evelyn foram imediatamente atraídos para a janela. As folhas de um plátano balançavam inocentes com a brisa.

Quando o médico voltou a falar, usou um tom cuidadosamente medido. "Fazer abortos, como sabe, é ilegal neste país, a não ser em circunstâncias bastante específicas. Imagino que saiba quais são."

Evelyn assentiu. "O aborto só é permitido se a gravidez coloca a vida ou a saúde da mãe em perigo."

"Isso. E os parâmetros do que constitui 'saúde' ainda são determinados por um sistema tendencioso e corrompido, composto inteiramente por homens. Assim, para atender a uma necessidade, redes clandestinas operam no Canadá e nos Estados Unidos, assim como em outros países. É um *chamado*, não uma vocação, srta. Taylor. E é um chamado a que só se pode atender correndo um enorme risco pessoal. É moral e espiritualmente desafiador. Espero que compreenda que o preço a pagar é alto."

Evelyn respirou demorada e profundamente. "Dr. Morgentaler, não podem tirar de mim nada que eu já não tenha perdido. Posso lhe garantir isso."

Ele fez uma pausa, com um sorriso triste no rosto, depois se ofereceu a levá-la para acompanhar os procedimentos das três pacientes agendadas para aquela tarde.

"Desculpe, mas o senhor disse *três*?", ela perguntou, incrédula.

"Isso."

"Quantos... quantos o senhor faz em uma semana?"

"Em geral, de dez a quinze."

Evelyn ficou impressionada. "A necessidade é tão alta assim?"

O dr. Morgentaler cruzou as mãos sobre a mesa. Seus ombros caíram quase imperceptivelmente.

"Enquanto o homem existir", ele disse, "sempre haverá necessidade, srta. Taylor."

Agora, na rua ensolarada de Ottawa, Evelyn balança a cabeça para se livrar do peso das lembranças do passado. O dia de hoje é sobre o futuro. Ela arranca o pôster da Caravana do Aborto do poste, dobra e guarda no bolso da frente do jeans, depois vira em direção ao Parlamento.

Ela faz sinal para um táxi e entra no banco de trás. "Para o Confederation Park, por favor."

Enquanto o táxi atravessa um cruzamento movimentado, Evelyn tira o pôster do bolso e o abre sobre as pernas.

AS MULHERES ESTÃO VINDO, de fato. Inúmeras delas saíram de Vancouver há algumas semanas, parando em cidades pequenas e grandes no caminho para realizar comícios, ganhar apoiadoras e atrair o interesse da imprensa. Afinal, o movimento de libertação das mulheres está dando o que falar.

Esse protesto já devia ter acontecido e é muito necessário. As feministas radicais que iniciaram a Caravana do Aborto em Vancouver dizem que é preciso fazer algo em grande escala. "Uma subversão radical do sistema", uma mulher gritou para a câmera no noticiário de ontem à noite. Seu cabelo loiro comprido esvoaçava ao vento enquanto ela gritava, com os olhos brilhando de alegria e raiva. Evelyn pensou que ela parecia uma super-heroína. "O Estado precisa reconhecer os direitos das mulheres sobre seu próprio corpo", ela disse para a câmera, "e garantir que todas possam exercer esses direitos, independentemente de raça ou renda."

Evelyn tinha visto a mulher de seu lugar habitual no sofá da sala de estar e sentiu o rosto dela corado de excitação na tela brilhante da televisão.

"Você vai, não é?", Tom lhe perguntou, com seu sotaque inglês e sua voz melodiosa, da outra ponta do sofá. Evelyn olhou para ele antes de voltar a se concentrar na mulher na tela da TV. "Vou. Acho que tenho que ir."

Tom ficou em silêncio por um momento. "Talvez coloque seu trabalho em risco, Eve. Haverá prisões. Talvez essa parte da luta não seja sua, sabe? Você já faz o bastante."

O telejornal seguiu para a próxima notícia, de modo que Evelyn não teve o que fazer além de virar para seu melhor amigo, cujos olhos estavam cheios de preocupação. Ela e Tom tinham se mudado para outro apartamento, só os dois, no ano anterior.

Depois de alguns meses de amizade, Tom havia se aberto com Evelyn sobre sua sexualidade, para garantir que não interpretasse mal suas intenções. Para ela, aquele relacionamento era perfeito. Evelyn podia falar com Tom sobre assuntos profissionais, e ele entendia as demandas do trabalho em termos de tempo e de energia mental e emocional. Os dois simplesmente gostavam da companhia um do outro. Era fácil e confortável. Evelyn estava interessada em companheirismo, não em romance. Alguém com quem pudesse se sentar e ficar lendo enquanto nevava lá fora, com quem conversar tomando café nas manhãs preguiçosas de domingo, fazendo as palavras cruzadas do jornal.

Tom sabe o que ela faz, mas é o único. Desde o seu treinamento com o dr. Morgentaler, cinco anos antes, Evelyn têm feito abortos secretos para universitárias que precisam. Ela marca consultas uma noite por semana, além do horário em que atende em uma clínica de medicina de família.

"Eu sei, Tom. Mas não acha que seria hipocrisia não apoiar as mulheres que lutam publicamente pela legalização? Elas estão se arriscando tanto quanto eu."

"Será? Uma multa por protestar e ser condenada à prisão são coisas bem diferentes."

Os dois ficaram em silêncio, enquanto a tensão se estabelecia entre eles no sofá.

Logo pela manhã, Evelyn foi para a estação de trem, deixando um envelope com dinheiro e um bilhete para Tom, pedindo a ele que pagasse sua fiança, se necessário. Mas ela realmente torce para que não seja necessário.

Evelyn tira da bolsa o pedaço de papel em que anotou as informações ontem à noite. As organizadoras espalharam a notícia de que todas deviam se reunir no gramado em frente à Casa dos Comuns, no sábado à tarde, para protestar e tentar falar com seus representantes eleitos, e depois planejar o próximo passo.

Alguns minutos depois, o táxi para na entrada sul do parque. Evelyn paga pela corrida e sai para a calçada. Ela segue para a Elgin Street, passando pelo novíssimo Centro Nacional de Artes e pelo Memorial da Guerra. A silhueta espetacular do Château Laurier, que parece um castelo, assoma ao lado, lançando sua sombra pela rua enquanto Evelyn segue para o gramado diante da Colina do Parlamento.

Ela ouve o burburinho de uma assembleia antes que a multidão esteja totalmente à vista. Há centenas de mulheres e alguns homens ali. O slogan ABORTO GRATUITO SEMPRE QUE NECESSÁRIO! está escrito em pincel atômico na maioria dos cartazes que ela vê, assim como outros, com exigências mais militantes, como ABAIXO O CAPITALISMO!

Evelyn abre caminho em meio à multidão, sentindo o calor dos corpos agitados contra si. Mas não é opressivo: é um calor bom, como o de uma chuva quente. Ela pega trechos de conversas, muito politizadas, ouve vozes furiosas se erguendo, mulheres rindo e sorrindo umas para as outras. Um canto se eleva, começando do meio e se espalhando para fora, como reverberações em um lago. "Todo filho tem que ser desejado! Toda mãe tem que querer ser mãe!" Uma mulher tromba com ela, que se desequilibra. Ela pede desculpas, sorri e põe um cartaz na mão de Evelyn, antes de voltar a se juntar ao canto.

Evelyn para em um ponto qualquer, definindo sua posição ali. A mulher ao seu lado abre um sorriso amplo e estende a mão direita. Todos os dedos, incluindo o dedão, são adornados por um anel grosso de prata. "Bem-vinda!", a mulher grita por cima do barulho. "Meu nome é Paula."

"Sou Evelyn."

Elas trocam um aperto de mãos.

"Muito prazer. De onde você é?"

"De Toronto, mas moro em Montreal agora. Acabei de terminar a faculdade de medicina."

"Uau, nossa! Você é médica!"

Evelyn sorri. "Sou."

"O que você faz? Qual é a sua especialização?"

"Medicina de família e um pouco de ginecologia."

"Tipo exames de papanicolau e essas coisas ou, você sabe, *ginecologia*." Ela sobe e desce as sobrancelhas, de maneira sugestiva.

Evelyn hesita.

"Estamos em um lugar seguro", Paula diz.

Mas Evelyn não tem certeza de que um dia vai se sentir segura em relação a isso. Ela procura outro assunto. "Bom, qual é o plano aqui?"

"Estamos esperando para ver se a porra de algum político sai pra falar com a gente e ouvir nossas exigências", Paula diz. "Mas está parecendo cada vez menos provável. Faz horas que estamos aqui. Acho que têm medo de nós."

Evelyn continua conversando com Paula, enquanto as manifestantes reunidas gritam e conversam sob o sol da tarde. Quando o ar começa a esfriar, fica claro que nenhum político vai sair para falar com elas, e a multidão começa a rarear. Evelyn, ao mesmo tempo animada e um pouco decepcionada, decide que é melhor ir encontrar um hotel para passar a noite. Ela se vira para se despedir de Paula, que a segura pelo braço.

"Ei, Evelyn, você vai ficar mais um tempo aqui?"

"Não era minha intenção. Meio que parece que acabou, né? Acho que cheguei tarde demais. O pessoal já está in..."

"Ah, está *longe* de terminar", Paula diz. "Acabamos de começar."

Evelyn ri. "Por que não fico surpresa em te ouvir dizendo isso?"

Paula se inclina para Evelyn, como uma adolescente que vai contar uma fofoca. "Minha amiga Cathy é uma das organizadoras." Ela indica uma mulher alta com um rabo de cavalo castanho comprido quase até a cintura. É bem magra, mas tem um rosto ameaçador. "Trouxeram um caixão com a caravana, amarrado ao teto do carro, tipo um símbolo de todas as nossas irmãs que morreram em *abortos em becos escuros!*" Ela inclina a cabeça para trás e grita as últimas palavras para o alto.

São bastante chocantes, aquelas mulheres. Mas o propósito é esse, não? Chocar o patriarcado a ponto de motivar uma mudança.

"É, eu, hum, vi no jornal", Evelyn diz.

"Elas usaram o caixão como bagageiro. Uma boa ideia, né? Só que agora elas querem deixar na porta do Trudeau. A lei do aborto dele é tão restritiva que daria no mesmo se não existisse. Um grupo só de homens decidir se uma mulher *merece* ser autorizada a fazer um aborto? Tipo, que porra é essa? Que *porra* é essa?" De novo, ela está gritando para o alto.

Há alguns aplausos das vinte e tantas mulheres que continuam no gramado.

"É, você tem razão", Evelyn diz. "Não há muitas opções seguras."

Ela ajeita a alça da bolsa no ombro e ajusta a jaqueta. Até agora, não houve nem uma infecção em consequência dos procedimentos que realizou, algo que a deixa muito orgulhosa. É um dos motivos pelos quais faz o que faz: quer ajudar a impedir mortes em virtude de abortos malfeitos. Esse tipo de história ainda aparece no jornal com certa frequência, mas a lei se recusa a encarar a dura realidade.

"Isso é dizer pouco, Eve", Paula comenta, sombria. "E é exatamente o motivo por que vamos fazer essa entrega especial. Dizem que Trudeau não está na cidade, e que é por isso que não vai nos receber. Mas imagine só o cara voltando pra casa de onde quer que esteja e encontrando um caixão preto gigante esperando na entrada de casa."

A imagem do caixão desperta algo no fundo de Evelyn. "Quero ir também. Quero ajudar."

Paula dá duas batidinhas no ombro dela. "Eu sabia que você era legal, Eve. Agora vamos fazer acontecer."

A casa do primeiro-ministro fica a uma viagem de cinco minutos do Parlamento. Evelyn agradece por não ficar mais longe, considerando que está espremida no banco de trás de um carro com três outras mulheres. Ela é prensada de um lado pelos ossos do quadril de Paula e de outro pelo plástico duro da porta do carro.

As mulheres conversam animadas durante a maior parte do caminho, mas um silêncio toma conta do carro quando chegam à Sussex Drive número 24. Não é de estranhar que um portão e dois guardas impeçam que sigam pelo caminho de cascalho até a porta da frente.

"Imaginei que a gente não fosse conseguir deixar nos degraus da frente da casa, mas podemos deixar aqui." Paula dá um cutucão nas costelas de Evelyn. "Abre a porta."

Evelyn sai do carro e é seguida por Paula, enquanto as outras mulheres fazem o mesmo.

"Achamos que talvez fôssemos ver as senhoritas!", diz um dos guardas. "Fomos avisados de que talvez viessem visitar o primeiro-ministro, mas receio que ele não esteja em casa."

"Temos um presente pra ele!", Paula grita, indicando o caixão preto amarrado ao teto do carro. "Deixa a gente entrar pra entregar direitinho, vai?"

"De jeito nenhum, senhorita."

"Achei que valia a pena pedir."

"Hum. Podem ir agora."

"Ainda não, meu amigo."

Paula e duas outras mulheres já estão desamarrando o caixão.

"Seria melhor se não fizessem isso", o guarda diz.

"Tarde demais!"

"Senhorita..."

Evelyn vê o outro guarda pegando seu rádio. Ele murmura alguma coisa, virado para a mansão. Reforços virão, e ela prefere não ser presa, se puder evitar.

"Paula, é melhor a gente ir", Evelyn diz.

Mas as mulheres já seguram o caixão agora, e Evelyn avança instintivamente para pegar uma ponta caída. Elas o carregam juntas, com o rosto baixo, como num enterro, suportando nos ombros o peso de todas as mulheres mortas que representa. Elas o põem no chão a alguns passos dos guardas, que engolem em seco e olham para aquilo com os lábios retorcidos, como se ali houvesse um cadáver de verdade.

As mulheres ficam ali por um bom tempo, enquanto a luz dourada do sol da tarde aquece o rosto delas e uma brisa sacode as folhas do gramado da casa do primeiro-ministro.

"Isso é por Mildred", a motorista do carro, Cathy, finalmente diz, com uma lágrima brilhando na bochecha. Ela dá as costas e segue para o carro, com o cabelo castanho comprido balançando atrás de si.

Há uma pausa.

"Por minha irmã", outra mulher diz, e segue a companheira.

"Por *minha* irmã."

"Roberta."

"Por minha melhor amiga."

No caixão, Evelyn vê o rosto de todas: suas amigas do Santa Inês, sua bebê, as vinte e tantas mulheres para quem fez abortos, os milhares de mulheres que ajudará até sua futura aposentadoria. Todos os rostos que fizeram dela a dra. Evelyn Taylor. Ela está investida nisso, e sempre estará.

"Por todas elas", Evelyn acrescenta, baixo, apertando os olhos para o sol. Ela volta para o carro a passos pesados, mal registrando as sirenes das viaturas soando.

Na segunda-feira, Evelyn se vê de braços dados com um homem de terno chamado Allan, um aliado da causa que conheceu há dez minutos. Os dois esperam na longa fila para entrar na Casa dos Comuns para as Perguntas Orais, quando os ministros do governo respondem a indagações que lhes são dirigidas.

Barbas, é como Paula chama esses homens. Chamarizes, para que ninguém note tantas mulheres entrando, em grupo ou sozinhas. "Mulheres demais interessadas em participar das Perguntas Orais no mesmo dia fariam os alarmes soarem, infelizmente", ela disse, com uma carranca.

Agora, ela se aproxima de Evelyn e de Allan, usando um vestido simples azul e parecendo muito diferente da versão de Paula com quem a outra passou o fim de semana revirando brechós atrás de vestidos e de luvas, para usar no lugar dos jeans e das malhas. Afinal, elas precisam desempenhar o papel de senhoras dignas.

"O sindicato dos trabalhadores do setor automotivo conseguiu as correntes pra gente", Paula diz. "Abre a bolsa, Eve. Allan, dá cobertura pra gente."

Allan se vira de costas para as duas, fingindo estar interessado nas gravuras no teto abobadado de pedra. Paula tira uma corrente da bolsa gigante e a guarda na de Evelyn, com todo o cuidado possível. O burburinho e as conversas em volta fazem barulho, mas o tilintar de correntes ainda é audível.

"Como vamos tirar as correntes das bolsas depois de entrar?", Evelyn pergunta, baixo. "Vão nos ouvir, vão ver o que estamos fazendo."

Paula dá de ombros. "Faz o seu melhor. É um protesto. Não vai ser tranquilo, e tenho certeza de que vai dar errado em algum momento. Mas o que importa é a cobertura da imprensa. Se conseguirmos impedir as Perguntas Orais, melhor ainda. O ponto é: não passa de um bando de homens tomando decisões pela gente, por isso precisamos interromper esse processo. É a *nossa* chance de sermos ouvidas, Eve. E lembre-se: se os guardas te levarem, não dê seu nome, a menos que seja forçada. Acho que eles nem conseguem prender todas nós, até porque seria uma péssima manchete nos jornais." Com a transferência completa das correntes, ela acrescentou: "Obrigada, Allan!".

O acompanhante de Evelyn volta a se virar para elas e pisca para Paula. "Jantar amanhã à noite, depois que eu pagar a sua fiança? Acho que você ainda está me devendo da última vez."

"Adoro que você pague minhas fianças, e sou muito agradecida, Allan." Paula pisca de volta para ele, depois desaparece na multidão, distribuindo mais correntes.

Depois de meia hora, Evelyn e Allan estão acomodados em seus assentos lá dentro. As instruções são de esperar que uma das líderes se levante e comece a gritar em protesto, quando elas imaginam que inúmeros guardas vão surgir para levá-la embora. Durante a comoção, as outras mulheres deverão se acorrentar às cadeiras ou aos parapeitos próximos. Depois, elas vão se alternar para gritar, torcendo para que o presidente encerre a sessão.

O coração de Evelyn começa a bater mais rápido quando as portas são fechadas e trancadas pelos guardas. Ficam todos de braços cruzados, os rostos severos e genéricos.

"Cara, isso é muito divertido", Allan murmura ao lado dela, dando risada.

Evelyn sorri, apesar de nervosa. Ela olha para os membros do Parlamento entrando pelo tapete verde-ervilha lá embaixo. Ternos, cabeças carecas, sapatos que mais parecem espelhos. Homens que nunca tiveram que se preocupar com a possibilidade de engravidar, de morrer no parto ou de tentar fazer um aborto dentro de um sistema tão restritivo. Paula está certa, Evelyn pensa. Chegou *mesmo* a hora de serem ouvidas. De mostrar àqueles homens tolos como é a sensação de ter sua vida interrompida pela ação dos outros. Como é se sentir impotente, com medo, com raiva, incapaz de impedir o que acontece consigo mesmo.

Alguns minutos depois, uma mulher a oeste da galeria se levanta e grita para a câmara, agitando o punho: "Aborto gratuito sempre que necessário! As mulheres estão morrendo por causa da lei, Trudeau! É uma vergonha! Vocês todos devem ter vergonha! Aborto gratuito...".

Os dois guardas às portas da galeria vão para cima dela, enquanto o primeiro-ministro e todos os representantes presentes erguem os olhos para a comoção. Trudeau volta a olhar para sua própria mesa e franze os lábios, ignorando a mulher.

"Evelyn, a corrente!", Allan diz.

"Droga!" Ela se deixou distrair pela mulher gritando e se esqueceu que era sua deixa. "Vou esperar a próxima", ela sussurra de volta, mas já sente que fracassou. Allan assente.

Quase no mesmo instante, outra mulher grita, do outro lado da galeria. "Não seremos silenciadas, Trudeau! Aborto gratuito sempre que necessário! Aborto..."

Antecipando desordem, os guardas detêm a mulher, mas desta vez Evelyn está pronta. Ela tira a corrente da bolsa e passa em volta do braço da cadeira várias vezes, o mais rápido que consegue, com a ajuda de Allan. Uma mulher atrás dela arfa.

"Ordem na galeria!", o presidente grita, e sua voz estrondosa chega até as fileiras do fundo. "Ordem! Controle-se, senhora!"

O terceiro protesto vem de uma mulher muitas cadeiras à direita e abaixo de Evelyn. O quarto, de novo do lado oeste. O quinto, da boca da própria Evelyn, antes que ela mesma tenha a chance de pensar no que está dizendo. É como se uma desconhecida tivesse assumido seu corpo e gritado por cima do falatório agitado e ultrajado do público e os murmúrios sombrios das vozes masculinas profundas na câmara.

Enquanto toda a galeria explode ao seu redor, Evelyn faz contato visual com o primeiro-ministro, que sustenta seu olhar até que mãos fortes e masculinas agarrem o braço dela. Ela fica tensa quando um guarda puxa a corrente, mas, quando quase levantam seu corpo rígido no ar para tirá-la dali, seu treinamento de autodefesa funciona, e Evelyn amolece o corpo. Com o peso dela, os guardas tombam para a frente. A cabeça de Evelyn bate contra as costas da cadeira e ela grita, enquanto Allan recrimina os guardas. Eles retribuem. Tudo é caótico. Evelyn permanece tão inerte e pesada quanto um saco de cebolas. Os guardas tentam arrastá-la para fora.

Um deles dá um chute nela, frustrado. "*Levanta!*", o homem grita, com o rosto roxo e a testa gorda pingando de suor. Está furioso. Sente-se impotente. Não consegue impedir o que está acontecendo. E isso é tudo o que Evelyn precisa.

"Me obriga, seu cretino!" Ela mal se reconhece, mas não se importa. "Então me obriga!"

O guarda cospe nela e se agacha, voltando a pegar seu braço com ambas as mãos. Ele puxa, forte, e Evelyn sente algo em seu ombro saindo do lugar. Ela grita enquanto os outros guardas mandam que ele pare.

Tonta de dor, tudo o que Evelyn registra é o completo pandemônio à sua volta, os gritos e o barulho das correntes, o presidente proferindo ordens que são ignoradas. O amortecimento repentino dos sons quando ela é levada para fora da galeria, para o corredor. A relativa tranquilidade da sala de segurança e a sensação da cadeira debaixo dela. A dor no ombro e na cabeça.

Não demora muito para que a ela se junte uma multidão, todas as mulheres que se levantaram para protestar e alguns de seus companheiros também. Evelyn identifica Paula entre eles. Todo mundo parece um pouco desconjuntado; os colarinhos estão rasgados ou puxados para o lado, os olhos têm o rímel borrado, as gravatas estão tortas, os cabelos escapam do chapéu. Algumas mulheres, como Evelyn, estão machucadas. Com o lábio sangrando ou com hematomas nos braços à mostra.

Os guardas enfiam todos na salinha em que Evelyn permanece sentada, e eles passam o que parecem ser horas naquele forno. Ela nota a adrenalina baixando, mas o pânico ainda não é tão forte quanto a dor no ombro. Evelyn continua radiante com sua própria ousadia, e pensa na reação de Tom quando ligar para dizer que foi mesmo presa e precisa que ele pague sua fiança em Ottawa.

Há muitos resmungos e reclamações na sala. "O protesto se tornou um levante", Paula diz, orgulhosa. "Parabéns, meninas!"

"Quando vamos sair daqui?"

"Cadê as outras?"

"Será que interromperam a sessão?"

"A gente conseguiu?"

"Vão prender a gente ou o quê?"

"Acho que eles nem têm algemas suficientes..."

"Podem pegar nossas correntes emprestadas!", Paula diz.

Segue-se um coro de risadas antes que a porta finalmente se abra e um homem alto, corpulento e sem pescoço entre. Todas as cabeças se viram para ele.

O homem olha para a multidão com o lábio inferior virado para baixo, como se fosse um buldogue furioso. "Em todos os meus anos aqui, nunca vi tamanha loucura!", ele vocifera. "Vocês deveriam ter vergonha. O presidente teve que encerrar a sessão."

Evelyn sente orgulho ao ver suas companheiras manifestantes sorrindo para ele. Ninguém desvia o rosto. Ninguém olha para baixo. Isso o irrita, aquele homem gigante que se orgulha de intimidar os outros. Evelyn não se lembra da última vez em que se sentiu tão bem. Poderia cuspir fogo se quisesse.

O pomo de adão do homem sobe e desce em seu pescoço grosso e barbeado. "Bem, não posso deter todas vocês. Então têm três minutos pra sair daqui, ou vou dar um jeito, se Deus quiser."

13

ANGELA

FEVEREIRO DE 2017

Quando sai da loja, Angela leva o exemplar de *A rede Jane* consigo, para mostrar a Tina. Elas conversaram rapidamente pelo telefone quando Angela o descobriu, e Tina pedira para ver de perto.

Depois do jantar, as duas estão deliciosamente cheias de fajitas e cerveja — Angela afinal encontrou uma sem álcool que não odeia. Angela tira o livro da sacola e o entrega à Tina.

"Aqui", ela diz, acomodando-se com Grizzly no sofá. "Dei uma olhadinha. Não fazia ideia de que isso tinha acontecido."

"*A rede Jane*", Tina lê em voz alta. "Ah, olha, é o livro da dra. Taylor!"

Angela fica olhando para ela, perdida. "Oi?"

"Conheço uma Evelyn Taylor. Deve ser a mesma. Ela é professora na universidade."

"Sério?"

"É, ela deu uma palestra pra minha turma, como convidada, faz... sei lá, uns três anos? Todo mundo sabe entre os professores que ela fez parte de um grupo que fazia abortos clandestinos nos anos 1970 e 1980, antes da legalização." Tina vai para o sumário, e seus olhos descem pela página, por baixo dos óculos de leitura. "Ela estudou com o Morgentaler, é? Uau."

"Eu vi isso. Conheço o cara de nome, mas não sei direito quem ele é", Angela diz.

"Foi o cara que foi à Suprema Corte nos anos 1980 e desafiou a constitucionalidade da lei do aborto. Ele foi preso algumas vezes. É uma pessoa importante." Tina balança a cabeça. "Eu não fazia ideia de que ela tinha aprendido o procedimento com ele. Ela ainda dá aula. Eu a chamei uma vez pra falar de sua experiência aos alunos, numa palestra fechada. Eles amaram. Acho que inspirou um monte de rebeldes."

Tina sorri, devolve o livro para Angela e toma um gole de cerveja. A luz das velas reflete no vidro marrom da mesa de centro.

"Na última reunião, o pessoal do clube do livro estava falando que devíamos ler mais não ficção", Angela diz, avaliando a capa em preto e branco. "Pensei em sugerir este."

"Acha que as meninas do clube vão topar?"

"Ah, com certeza", Angela diz, assentindo. "São todas feministas, vão achar interessante. Pode ser uma boa opção de entrada na não ficção."

Tina baixa os olhos. Grizzly pula do colo de Angela para o dela.

"Você está bem, amor?", Angela pergunta.

Tina inclina a cabeça para um lado e para o outro, como um metrônomo. "Estou. Acho que só estou em dúvida se você deveria ler esse tipo de coisa *agora*."

Angela franze a testa. "Como assim?"

Tina suspira. "Para ser sincera, o que eu quero dizer é: você quer mesmo ler um livro sobre aborto quando está tentando engravidar? Acho que não é o momento certo para, você sabe..."

"Revisitar o trauma?", Angela pergunta, olhando nos olhos da esposa. "É."

Angela pensa a respeito por um momento. "Bom, é. Talvez você esteja certa. Vou esperar mais um pouco. Mas, falando nisso, eu estava pensando em fazer um teste. Sei que é meio cedo, mas..."

Em todos os procedimentos até agora, pareceu quase impossível esperar passar a data da menstruação para fazer um teste de gravidez. Ela sabe que deveria aguardar, sabe que provavelmente ainda não há hormônios o bastante em seu corpo para que uma gravidez seja registrada em testes de farmácia, sabe que pode dar um falso negativo que vai fazê-la sofrer à toa. Uma vez, um teste deu positivo, mas ainda assim a menstruação de Angela desceu alguns dias depois. Depois disso, ela jurou que não faria outros testes logo no começo, mas essa decisão não se manteve.

"Faltam só alguns dias, né?", Tina pergunta.

"É."

"Tá." Ela sorri. "Vamos fazer."

Quinze minutos depois, as duas estão apertadas no banheiro pequeno do apartamento, em cuja bancada se encontra o teste de gravidez. Angela solta o ar audivelmente, e Tina marca três minutos no cronômetro do celular.

Elas aguardam em silêncio, Angela na beirada da privada, Tina apoiada contra a parede à sua frente. Ambas mantêm os olhos fixos no ladrilho do piso, tentando não espiar a janelinha do teste, que vai determinar o que acontece em seguida.

Faltam dez segundos.

"Lembra que ainda é cedo", Tina comenta.

"Eu sei."

"Daqui a alguns dias a gente repete o teste."

"Eu sei."

O alarme toca, e as duas se assustam. Angela pega o teste da bancada, com o coração a toda.

E ali está: inclinando sob a luz do jeito *certo*... uma vaga linha azul. Mas ali está. *Ali está.*

"Ti", Angela diz, passando o teste para a esposa, com a mão trêmula. "Olha."

Tina precisa forçar a vista, mas um sorriso surge em seu rosto.

"Você também está vendo? Não estou sonhando?"

Tina envolve Angela com os braços e beija sua testa. As duas se abraçam sob a luz dura das lâmpadas halógenas, aquelas que Angela costuma odiar, porque destacam cada ruga, cada marca de expressão, revelando a versão menos atraente de seu rosto. Mas, hoje, as luzes em geral cruéis são capazes de mostrar uma vaga linha azul. As luzes brilham acima da cabeça das duas — talvez não sejam tão indelicadas, no fim das contas — enquanto lágrimas escorrem por suas bochechas. As duas vão se agarrar à linhazinha azul até serem forçadas a soltar.

Uma semana depois, Angela e Tina saem do metrô e se misturam ao fluxo de passageiros subindo os degraus de cimento escorregadios que levam até a rua. Vão se encontrar com a ginecologista-obstetriz para ver os resultados do exame de sangue que Angela fez há três dias, o qual —

com sorte — vai confirmar a gravidez. Angela seguiu o conselho de Tina e adiou a leitura de *A rede Jane* até saberem mais.

Elas chegam à clínica dez minutos adiantadas e se dirigem à recepcionista usando roupa cirúrgica rosa-chiclete. "Faz seis meses que você não atualiza seu contato de emergência", a mulher diz, com os olhos na tela do computador.

"Ah, tá. Continua sendo minha esposa, Tina."

"Mesmo sobrenome?", a recepcionista pergunta.

"Não, o dela é Hobbs. O meu é Creighton."

"Certo, obrigada. Pode se sentar que alguém já vem chamar você."

Tina pendura os casacos das duas em um cabideiro de madeira e elas vão se sentar nas cadeiras ásperas de tecido cinza da sala de espera lotada. Vinte minutos depois, são chamadas.

A médica, a dra. Singh, entra pela porta da sala de exame com uma roupa cirúrgica verde.

"Oi, Angela. Oi, Tina." Ela sorri. "Como vocês estão?"

"Um pouco nervosas", Angela diz.

"Como sempre", Tina acrescenta.

"Bom, então vou direto ao ponto. Tenho ótimas notícias. Vocês estão grávidas *mesmo*."

Tina e Angela abrem um sorriso na mesma hora.

"Seu corpo está com um bom nível de hCG, Angela. Temos bons motivos para estar otimistas. Mas seu ferro está um pouco baixo, por isso vou prescrever suplemento até que chegue ao nível que eu gostaria. Além disso, como sempre, é só pegar leve por enquanto. Sem nenhuma atividade muito intensa."

Angela assente. "Eu sei. Obrigada."

"Sei que está sendo um longo processo para vocês", a dra. Singh diz, olhando para uma e depois para outra. "Não é fácil, mas estou confiante de que vamos conseguir."

Um nó se forma na garganta de Angela. "Obrigada, dra. Singh."

"Antes de ir embora, só preciso que você deixe uma amostra de urina, Angela, depois está liberada. Vejo vocês de novo em algumas semanas, para acompanhamento."

As duas assentem e voltam a sorrir, enquanto a médica passa a Angela um copinho plástico.

"Ei", ela acrescenta, virando a caminho da porta para ficar de frente para elas. "Parabéns, pra vocês duas."

Tina tinha planejado uma refeição rebuscada em comemoração para quando chegassem em casa, mas as duas ligam para os pais para contar a novidade assim que entram. Seus familiares estão juntos nessa montanha-russa, por isso elas só se mostram um pouco otimistas, mas é um alívio poder dar uma boa notícia depois dos desastres dos meses anteriores.

Como filha única, só Angela pode dar netos aos pais. Eles nunca insistiram no assunto, mas Angela sabe que estão tão ansiosos quanto ela e Tina. Ela liga para eles primeiro, e nota a empolgação em suas vozes, embora eles façam seu melhor para espelhar o otimismo reservado da filha.

Angela também liga para Sheila, a quem vem mantendo informada desde o início do tratamento de fertilidade. Sheila era só uma adolescente quando entregou Angela para adoção. Ela não tem certeza de quem é o pai biológico: há duas opções, mas nem Sheila nem Angela foram atrás deles. Sheila nunca quis ser mãe, e certamente não queria sê-lo ainda tão jovem. Ela se manteve solteira a maior parte da vida adulta, preferindo a flexibilidade possibilitada por seus poucos laços familiares. No entanto, ficou feliz em restabelecer uma relação com Angela, quando foi procurada por ela. Foi um pouco difícil de administrar no começo, mas as duas desenvolveram um relacionamento quase fraternal que funciona para ambas sem causar grandes tensões entre Angela e sua mãe. Angela espera que a mãe biológica seja algo entre uma tia e uma avó para seu próprio filho.

Depois dos telefonemas, Tina, de bom humor, ordena que Angela se deite no sofá com uma taça de vinho de mentirinha enquanto ela prepara o jantar.

"Não vou discutir quanto a isso", Angela diz, apoiando os pés nas almofadas do sofá e pegando Grizzly no colo. Tina a beija pela vigésima sétima vez no dia. Ela vai para a cozinha, e Angela pega o celular.

Mesmo sobrenome?

A pergunta da recepcionista ainda incomoda Angela, que se sente tola por ter deixado isso passar. Nas últimas semanas, ela vem procurando Nancy Mitchell, mas é possível que a mulher tenha outro sobrenome agora, caso tenha se casado. Angela pensa em procurar nos classificados dos jornais de Toronto dos anos 1980 e 1990 por anúncios de casamento envolvendo qualquer Nancy Mitchell.

Ela dá um gole no vinho e deixa o ruído brando do alho sendo refogado ficar de pano de fundo de seus pensamentos agitados. Ela usa o login de Tina para entrar no arquivo da biblioteca da universidade, depois navega pelos jornais. Tudo a partir de 1980 foi digitalizado. É improvável que Nancy tenha se casado antes, mas não impossível. De qualquer forma, é um começo. Angela faz uma busca nos classificados entre 1980 e 1999 por "Nancy" e "Mitchell".

Aparecem quatro resultados. Dois são artigos não relacionados que contêm ambos os nomes. O primeiro é um anúncio de 1981 celebrando o nascimento da bebê do casal Mitchell e Nancy Reynolds. O outro é um anúncio de casamento de fevereiro de 1986.

O sr. e a sra. William e Frances Mitchell ficam felizes em anunciar o casamento de sua filha Nancy Eleanor com o sr. Michael James Birch.

"*Birch*. Nancy Birch... E Frances Mitchell. Achei!" Satisfeita, Angela abre o aplicativo do Facebook na mesma hora. Ela copia a mensagem que enviou para as Nancys Mitchell, então faz uma pesquisa por Nancy Birch. Há inúmeros resultados. De novo, Angela manda mensagem para todas as mulheres que parecem ter a idade certa, depois se recosta na almofada fofa do sofá e puxa Grizzly para mais perto. Ele ronrona em seu pescoço, e Angela enterra o rosto nos pelos sedosos e brilhantes, sentindo-se feliz como não ficava há meses.

14

EVELYN

TORONTO, PRIMAVERA DE 1971

Com um suspiro profundo, Evelyn fecha sua sala pelo resto do dia, trancando a porta larga de madeira com um *tum* satisfatório que indica a chegada do fim de semana. Foi uma tarde de sexta especialmente agitada, e a enfermeira que trabalha com ela, Alice, está ocupada ajeitando a sala de espera depois da passagem de um novo paciente: um menino de quatro anos chamado Jeremy, que ela já apelidou de Tornado Humano.

"Evelyn", Alice diz, "você tem compromisso hoje à noite?"

Evelyn se senta na cadeira ao lado da pilha de livros infantis que Alice acabou de arrumar e cruza as pernas, jogando uma semana de cansaço contra o encosto da cadeira.

"Não, graças a Deus. Depois dessa última consulta, vou pra casa, tomar uma taça vergonhosamente grande de vinho." Evelyn confere o relógio. "Ela vem às seis, né?"

No verão passado, Evelyn disse a Tom que queria voltar para Toronto e abrir sua própria clínica, e ele decidiu ir junto. Os dois compraram uma casa velha na Seaton Street e transformaram o térreo em recepção, sala de espera e duas salas de exame. Mesmo com o aluguel do andar de cima, Evelyn ainda ficou mais endividada do que imaginava ser possível. Mas, apesar disso, está orgulhosa: tem uma bela carteira de pacientes.

Chester Braithwaite foi o primeiro. O octogenário chegou na varanda da clínica logo depois de Evelyn ter pendurado o letreiro, o que a fez se afeiçoar a ele de imediato e abriu um espacinho em seu coração.

"Olá, doutora", ele disse, cumprimentando-a com um toque no chapéu de lã cinza em sua direção. "Moro mais para baixo na rua e vim ver se está aceitando novos pacientes. Minha esposa morreu no ano passado, sabe, e minha filha não para de falar que preciso cuidar da minha saúde. A doutora tem espaço para um velhote como eu? Te digo desde já: não tenho a menor intenção de desistir do meu uisquinho à noite. Fumo um charuto uma vez por semana, nas noites de domingo, e não como legumes. Não vou mudar agora. Mas meu coração é forte e pretendo viver pelo menos mais dez anos, então a doutora ficaria presa comigo por um tempo. O que me diz?"

Ela nunca admitiria ter preferências, mesmo pressionada, mas Chester é o seu preferido. Além da cadência deliciosamente divertida de seu nome, Evelyn gosta de sua natureza paternal e de sua sinceridade desenfreada. Durante a consulta, a maioria dos pacientes exagera nas virtudes de sua dieta e de seu estilo de vida, escondendo vícios que afetam a saúde. Mas não o sr. Braithwaite.

Chester indicou a vários amigos e vizinhos "a jovem encantadora que atende aqui na rua", o que ajudou os negócios a prosperarem. Quando Evelyn por fim pôde contratar uma enfermeira, buscou em sua rede de contatos confiável por alguém que apoiasse o atendimento único que ela oferecia. Através de uma amiga em comum que também participava do movimento das mulheres, Paula colocou Evelyn em contato com Alice, e as duas se deram muito bem assim que se conheceram, tomando um café.

Alice não é muito mais nova que Evelyn, uma vez que está na casa dos vinte. Ela é casca-grossa por fora, mas mole por dentro, como um croissant bem-feito. Muito embora não faça muito tempo que as duas se conheçam, Evelyn confia na enfermeira tanto quanto em Tom. Faz seis meses que ela e Alice realizam alguns abortos toda semana, depois do expediente.

Alice se senta na cadeira diante de Evelyn e se inclina para a frente com as mãos entrelaçadas entre os joelhos. "Preciso te falar uma coisa."

"Manda."

Alice hesita. "Lembra quando minha irmã Emily veio?"

"Claro." Uma menina esperta. Um preservativo que falhou.

"Bom, uma amiga dela perguntou a respeito por outra amiga *dela*, porque a tia da menina disse a ela para sair perguntando em consultórios médicos por uma mulher chamada Jane."

"Jane?"

"É. Só Jane. É um código."

Evelyn se ajeita na cadeira. "Um código para aborto?"

"Mais ou menos. Um código para uma rede que conecta mulheres com médicos que *fazem* abortos. Uma rede secreta, basicamente. Aparentemente, tem uma grande em Chicago que usa esse código, e acabou pegando em outros lugares. Acho que é genérico o bastante para escapar ao radar."

Evelyn fica em silêncio por um momento. "Alguém que conheci há muito tempo deu o nome de Jane à filha", ela murmura, passando o indicador pela costura na coxa do jaleco. "É interessante que tenham escolhido esse nome como código."

"Muito", Alice diz. "É um sistema inteligente."

Evelyn identifica a faísca da possibilidade nos olhos da outra. "Sei aonde você está querendo chegar com isso, Alice, mas..."

"Só me ouve, Evelyn, por favor."

A médica passa a língua pelos lábios secos e assente.

"Então, essa rede tem uma equipe de organizadoras. Elas se chamam simplesmente de Jane ou de Janes. É basicamente uma versão formal do que fazemos aqui. No momento, mulheres ficam sabendo a nosso respeito a partir da irmã da amiga da prima, e aí ligam, né? Mas isso só permite que um círculo relativamente pequeno de mulheres saiba que podemos oferecer abortos seguros. A notícia não vai se espalhar muito mais do que alguns graus de separação de você ou de mim."

"Já fazemos alguns abortos por semana, Alice. Estamos fazendo o que podemos."

"Mas não *tudo* o que podemos, não é?"

Evelyn mastiga a parte interna da bochecha. "O que estamos fazendo agora já é arriscado o bastante.

"Eu sei. Só que quero fazer mais. Se pudermos." Alice solta um longo suspiro. "As organizadoras vão se reunir hoje à noite. Pedi a Emily que tentasse me colocar em contato com alguém a partir dessa amiga. Ela me passou o endereço. É às oito. Eu quero ir."

Evelyn analisa a enfermeira com olhos perspicazes. "E quer que eu vá junto."

"Quero. Vamos só ver do que se trata. Depois podemos conversar a respeito. Sem compromisso."

Alice sorri, seus dentes brancos e perfeitos brilhando contra a pele negra. Ela é uma pessoa séria, que não sorri muito, mas quando o faz ilumina tudo à sua volta. Seu sorriso caloroso é perfeito para acalmar as pacientes da noite.

Evelyn se levanta e anda de um lado para o outro do carpete desgastado, parando para pegar uma peça de Lego amarelo perdida no chão antes de se virar para Alice. "Eu imagino como é. Um bando de mulheres arriscando tudo com sua imprudência, seu excesso de abertura quanto ao que fazem. É mais fácil do nosso jeito, Alice. Quanto menos pessoas souberem o que fazemos, melhor. Isso nos mantêm seguras, o que significa que podemos continuar oferecendo esse serviço. Não temos como fazer isso da prisão. Nem essas Janes."

Alice olha diretamente nos olhos de Evelyn. Eles refletem a luz fraca do abajur da recepção.

"Mas e se estivermos tomando cuidado *demais*? E se uma mulher desesperada não conseguir nos encontrar? E se ela achar que não há ninguém que possa ajudar?"

"Não podemos ajudar todo mundo, Alice. Gostaria que fosse o caso, mas não é."

"Não, não podemos ajudar todo mundo, mas podemos ajudar mais."

As duas mulheres olham uma para a outra por um longo momento, cada uma calculando as consequências de insistir demais.

Evelyn solta o ar devagar e dá de ombros. "Vou pensar a respeito."

Tom já começou a fazer o jantar quando Evelyn chega em casa. Ela sente o cheiro da cebola e do que talvez seja beringela. São ambos vegetarianos, e Tom é um dos melhores cozinheiros que Evelyn já conheceu. Ela pendura a bolsa e o casaco em um gancho na entrada e acomoda os sapatos na sapateira antes de atravessar o longo corredor que leva até a cozinha, seguida pelo som da música clássica e dos legumes fritando.

"Bem-vinda, querida", Tom diz. Ele dá um beijo na bochecha dela e lhe entrega uma taça grande de vinho tinto.

"Ah, saúde", Evelyn diz, com um suspiro, sentando-se a uma banqueta na ilha da cozinha.

"Minha esposa parece sobrecarregada nesta sexta à noite", Tom diz, de costas para ela enquanto mexe na frigideira. "Quer conversar?"

Evelyn não tinha a intenção de se casar, mas Tom sugeriu que o fizessem quando ela propôs ir para Toronto, e ela concordou, de boa vontade. Casar-se com um homem gay era a escolha mais natural entre escolhas que pareciam pouco naturais. Para ambos, era como uma extensão natural de seu relacionamento.

Mas, quando Tom fez o pedido, Evelyn teve que rir alto.

"Pensei que suas intenções fossem inteiramente dignas, sr. O'Reilly", ela disse, com um sorrisinho irônico. "Ou me manipulou esse tempo todo? Me levando a acreditar que é gay para poder me pedir em casamento de maneira surpreendente?"

Ele se ajoelhou e segurou as mãos dela nas suas. "Casando com você, vou poder desfrutar pelo resto da vida dos seus biscoitinhos de limão, o que por si só já vale o compromisso."

Ela sorriu com a ironia.

"Mas, Evelyn, você me fez mais feliz do que qualquer outra mulher em qualquer momento da minha vida, de verdade."

Seu sorriso se abrandou um pouco quando ela se deu conta de que Tom estava falando sério. O relacionamento dele com a mãe era tenso, para dizer o mínimo. Ele havia fugido da Inglaterra para escapar dos comentários irônicos dela sobre sua "natureza", sob o pretexto de expandir seus horizontes estudando em outro país.

"Sei que você tem seus motivos para não querer se casar ou ter filhos", Tom prosseguiu. "Você confiou seus maiores segredos a mim, e eu confiei os meus a você. Acho que podemos nos proteger e sermos felizes vivendo juntos."

Evelyn sorriu, depois fingiu que estava ultrajada e perguntou: "Você não espera que eu use o seu nome, né?".

"Claro que não, minha querida. Nem ousaria sugerir uma coisa dessas, por medo de represália contra meus mais delicados e valiosos órgãos."

Rindo, Evelyn assentiu. "Tá bom."

"Isso é um sim?"

"É um sim." Ela deixou que Tom colocasse uma aliança simples em seu dedo.

Agora, Evelyn passa um dedo pela borda da taça de vinho, olhando para o diamante em sua aliança de noivado refletir a luz do teto enquanto considera como abordar o assunto da Rede Jane com Tom. Não costumam ser cautelosos um com o outro. A sinceridade compartilhada é uma das coisas que tornaram seu relacionamento único com o passar dos anos. E como poderia funcionar, se não fossem completamente sinceros um com o outro? Não há espaço para joguinhos em um relacionamento baseado na necessidade mútua de manter sua verdadeira identidade em segredo.

"Conheço esse olhar. Desembucha, meu bem", Tom diz, sentando-se na banqueta diante dela.

Evelyn relaxa e toma um belo gole de vinho. "Alice me fez um pedido hoje."

"Hum, chegou tarde. Você já é casada."

"Haha. É, eu sei. Mas, falando sério, ela pediu que eu fosse com ela a uma reunião de uma rede de aborto clandestino chamada Jane."

"Jane?", Tom pergunta.

"Jane." Evelyn toma outro bom gole de vinho.

"Hum. O que esse pessoal faz que você não faz?"

"Não sei direito. Se arrisca sem necessidade, imagino. Foi o que eu disse à Alice. Parece uma sociedade secreta, mas não tenho muitos detalhes."

"E qual o problema de ir para descobrir os detalhes?"

"Hum?"

"Ir à reunião. Não custa nada, né?"

Evelyn considera por um momento, depois abana a cabeça. "Não. Não esta noite, pelo menos. Eu preciso de tempo para pensar." Ela faz uma pausa, depois bate com o dedo na lateral do copo. "Uma garota pode tomar mais uma dose?"

Tom descruza os braços longos, pega a garrafa da bancada ao lado do fogão e a deixa com Evelyn, antes de voltar a focar no preparo da comida. Evelyn se serve além da conta na taça, depois se inclina para a frente e apoia os cotovelos na ilha da cozinha.

"Alice tem certeza de que podemos fazer mais do que já fazemos, mas", Evelyn balança a cabeça, "temos muito a perder se formos descobertas."

Tom fica em silêncio por um momento, e Evelyn sabe que está pensando a respeito. "Você se lembra do protesto na Colina do Parlamento?", ele pergunta.

"Claro."

"Você se lembra da conversa que tivemos na noite antes de você ir?"

Evelyn já sabe aonde ele quer chegar com isso. Na faculdade, as notas dele eram sempre um pouco mais altas que as dela. Na época, eles faziam piada a respeito, mas Evelyn sempre sentiu que Tom tinha uma leve vantagem. Com frequência, estava um passo à frente dela. Embora seja uma característica que faz dele um marido tão atencioso. Ele antecipa as necessidades de Evelyn quando ela mesma ainda não está ciente delas.

"Você achou que eu estava me preocupando demais", Tom diz. "E que seria hipocrisia não ir ao protesto. Basicamente me disse que, se ia fazer isso, ia com *tudo*, não foi?"

Evelyn sustenta o olhar intenso dele.

"Bom, parece que outras mulheres também estão fazendo isso. Talvez a necessidade esteja saindo um pouco das sombras, o que é bom para todo mundo. É ilegal e ponto-final, por isso sempre vai haver risco, isso eu posso garantir. Mas, se mais mulheres estão trabalhando na ilegalidade, se mais mulheres estão lutando... por que não se juntar a elas? Talvez seja mais seguro se juntar a outras pessoas. Você me disse que não tinham como prender vocês no protesto no Parlamento. Que não tinham algemas o suficiente."

Evelyn toma outro longo gole de vinho, olhando com irritação para o marido sensato. Ela volta a assentir. "Eles não têm algemas o suficiente."

Evelyn e Alice aguardam que a paciente da noite chegue, em uma terça-feira úmida. Compraram comida chinesa de um restaurante a dois quarteirões de distância e se sentaram no chão da sala de espera, para usar a mesinha de centro.

"Então", Alice começa, enfiando brócolis na boca com os palitinhos. "Chegou a pensar nas Janes?" Ela não toca no assunto desde a primeira conversa que tiveram a respeito, algumas semanas atrás.

Evelyn mantêm os olhos no macarrão. "Um pouco, sim."

"E?"

"Falei com Tom a respeito. Mas ainda não tenho certeza."

Alice suspira. "Tá."

140

Um silêncio sem graça perdura por cinco minutos, em que elas comem mais rápido que o normal. Quando terminam, Evelyn junta as embalagens e vai até o lixo da recepção.

"A paciente vai chegar às dez. É melhor nos prepararmos", ela diz.

Alice se endireita e alonga os braços acima da cabeça. "Qual é o nome dela?"

"Celeste."

Meia hora depois, Celeste está na mesa de cirurgia, com os pés de meia nas perneiras. É a paciente mais nova que já atenderam. Apenas dezesseis.

"Como você está, Celeste?", Evelyn pergunta, ajeitando a máscara cirúrgica no rosto e vestindo as luvas. "Entendeu a explicação de Alice do procedimento? Entende o que estamos prestes a fazer?"

Celeste assente, e lágrimas começam a rolar, como muitas vezes acontece antes que Evelyn comece a trabalhar. Alice leva lencinhos e incentiva Celeste a assoar o nariz.

"Desculpa", Celeste diz.

Evelyn nem sabe quantas vezes uma paciente lhe pediu desculpas sem a menor necessidade naquela sala. "Imagina. Você precisa de um minuto?"

"Não, estou bem. Pra ser sincera, sou grata. Eu tenho uma amiga..." Ela engole em seco, com dificuldade. "Tenho uma amiga que morreu no ano passado, grávida. Ela era de uma família muito religiosa, entrou em pânico e achou que podia resolver o problema tomando... tomando alvejante. Eu achei que estava sendo muito cuidadosa quanto a não engravidar. Aí, quando aconteceu, só pensei: *Meu Deus, vou morrer agora*."

Por cima das máscaras, os olhos arregalados de Alice encontram os olhos de Evelyn. A sala fica em silêncio. Carros passam pela rua molhada lá fora.

A respiração de Celeste é trêmula. "Eu pensei: se não quiser ficar grávida, vou ter que fazer uma dessas coisas que falam, como usar uma agulha de tricô. Ou me jogar da porra da escada. Desculpa. Minha mãe acha que falo palavrão demais. Liguei pra minha médica pra perguntar se tinha alguma coisa que eu podia fazer. Ela não quis falar a respeito, mas me deu seu número."

Evelyn franze a testa. Não é a primeira vez que outra médica a recomenda. Por um lado, ela fica feliz que saibam o que faz e tenham a decência de encaminhar suas pacientes, mas também se ressente do fato de que elas mesmas não estão dispostas a ajudar.

"Bom, eu achava mesmo que ia acabar morrendo", Celeste continua falando, com os olhos úmidos refletindo as luzes fortes no teto. "Então obrigada. Eu só..." Seu lábio tremula. "Eu só queria ter sabido de você antes de Linda engravidar. Não posso..."

Alice se aproxima com um pano úmido e tira o cabelo de Celeste da testa.

Ao pé da mesa, Evelyn não diz nada. Ela tenta manter a cabeça livre da verdade incômoda que está começando a temer que possa direcionar sua carreira.

"Muito bem, Celeste", a médica diz para a paciente, com delicadeza. "Respire fundo algumas vezes e segure a mão de Alice. Vai acabar logo."

"Uma igreja?", Evelyn pergunta à Alice, parando na calçada do lado de fora da construção ornamentada. "Parece um pouco... improvável."

Depois de terem colocado Celeste em um táxi na terça à noite, Evelyn pediu a Alice que descobrisse quando seria a próxima reunião das Janes. A enfermeira pôs seus contatos para trabalhar e ficou sabendo que seria na sexta-feira à noite. As duas pegaram o bonde juntas depois de comer sanduíches vegetarianos e tomar milk-shakes no Fran's Diner.

Alice verifica o número na fachada de tijolinhos. "É o endereço certo. Além do mais, é a Igreja Unida do Canadá. Não pode ser tão ruim assim. Vamos entrar pra ver."

Evelyn segue à frente pelo caminho. As duas entram, e a porta de madeira pesada se fecha com um baque suave, impedindo o barulho da rua movimentada de entrar.

"Vieram para a reunião do clube de tricô?"

As duas pulam ao ouvir a voz da mulher, que ecoa pelo teto cavernoso. Ela está à sombra, à esquerda da entrada. Evelyn imagina que tenha vinte e tantos anos. Usa óculos grandes, e seu cabelo castanho-escuro liso passa da altura dos ombros.

"Hum", Alice hesita, mas Evelyn entende.

"Viemos ver a Jane", Evelyn diz, atenta, com a garganta seca.

"Acho que ela nunca viu vocês."

Evelyn e Alice trocam um olhar.

"Meu nome é Alice, esta é Evelyn", a enfermeira diz, acenando com a cabeça para a chefe. "Ficamos sabendo a respeito de vocês através da minha irmã, que ouviu de uma amiga, e por aí vai. Fui atrás de informações de quando e onde seria a próxima reunião."

"Tá. Mas vocês não estão literalmente *procurando* Jane, né?", a mulher pergunta, franzindo a testa. "Tipo, hoje à noite? Porque isso não..."

"Ah, não, não", Alice a interrompe. "Sou enfermeira e Evelyn é médica. Estamos interessadas em..." Evelyn pigarreia audivelmente. "*Talvez* estejamos interessadas em ajudar com a causa, você sabe", Alice conclui, com as bochechas coradas.

A mulher arregala os olhos e estende a mão para Evelyn, que estende a dela. Está tão entusiasmada que quase esmaga a mão de Evelyn, antes de cumprimentar Alice também. "Essa é uma notícia *excelente*, muito obrigada por terem vindo. Meu nome é Jeanette. Estamos precisando desesperadamente de médicos, esse é o tema da reunião desta noite. É descendo as escadas à direita, logo ali", ela diz, com um sorriso enorme. "Vamos começar em alguns minutos."

"Obrigada", Evelyn e Alice dizem em uníssono, então seguem em direção à escada, que as leva ao porão da igreja. Há uma única porta lá embaixo, com um papel escrito REUNIÃO DO CLUBE DE TRICÔ em pincel atômico preto. Alice ergue uma sobrancelha para Evelyn e leva a mão à maçaneta.

Elas dão em uma sala grande. Cadeiras de plástico laranja estão organizadas de frente para um púlpito de madeira com uma cruz de latão na frente. O lugar tem cheiro de biblioteca, e está tomado pela conversa animada de pelo menos uma dúzia de mulheres. Evelyn aponta para uma fileira com quatro cadeiras vazias nos fundos. Enquanto se acomodam, ela examina o salão com olhos atentos. Seus ombros relaxam, aliviados, quando não vê nenhuma conhecida.

Alguns minutos depois, uma jovem que parece não ter mais de vinte e cinco anos sobe no púlpito e apoia as mãos em suas laterais. Ela se inclina para a frente, sorrindo para a plateia. Faz-se silêncio quase instantaneamente, e Evelyn sente a eletricidade no ar.

"Sejam todas bem-vindas", a mulher diz, com uma voz que parece chocolate. "Obrigada por comparecerem à reunião do clube de tricô." Seguem-se risadas da plateia. "Meu nome é Holly. Vejo que temos alguns rostos novos por aqui, e gostaria de pedir a essas pessoas que aguardem depois da reunião, para que a gente possa se conhecer um pouco mais, e para que eu possa me certificar de que não são espiãs."

Ela sorri, mas algumas das mulheres olham para trás, desconfiadas. Evelyn se ajeita na cadeira.

"Bom, a reunião desta noite é meio que para ver como estão as coisas com o movimento e a organização", Holly prossegue, falando com clareza e olhando para um papel à sua frente. "Fico orgulhosa em dizer que, desde que o movimento começou, pudemos conectar quase mil mulheres com as poucas médicas que estão dispostas a oferecer abortos seguros e efetivos."

Aplausos irrompem entre as mulheres ali reunidas. Uma delas solta um "uhu!" em apoio.

"Isso é ótimo, de verdade, maravilhoso", Holly diz. "Salvamos muitas vezes através da Rede Jane, e não poderíamos ter feito isso sem o tempo, a energia e o sacrifício de vocês. Então, obrigada. Mas ainda há muitas mulheres aguardando. Fizemos o nosso melhor para não recusar ninguém. Esse sempre foi um dos nossos compromissos, um dos nossos objetivos. Mas decepcionamos uma ou duas mulheres. Elas vieram a nós quase tarde demais, precisando de um procedimento imediato, e não tínhamos médicos disponíveis para realizá-lo. Esses casos pesam na nossa consciência coletiva."

Evelyn percebe que está prendendo o ar. A multidão está quieta. Holly pode ser jovem, mas certamente sabe controlar uma sala.

"Mas temos uma história de sucesso entre nós hoje", ela continua falando, sorrindo para uma mulher na primeira fileira. "Gostaria de passar a palavra a nossa palestrante convidada, que vai compartilhar sua experiência conosco. Aplausos para ela, por favor!"

Holly começa a bater palmas e deixa o púlpito, enquanto Lillian se levanta da cadeira. Holly lhe dá um abraço caloroso, então a convidada fica de frente para as Janes. Ela tosse, cobrindo a boca com a mão levemente trêmula. É uma menina baixinha com cabelo loiro-acinzentado e ombros curvados para dentro, de maneira protetora.

"Oi", ela diz.

Um coro de vozes femininas responde: "Oi, Lillian!".

"Eu, hum, não tenho muito a dizer, só queria vir para agradecer a todo mundo que me ajudou de alguma forma a fazer um aborto." Sua voz sai mais baixa na última palavra. "Ouvi falar da Jane através de uma amiga de uma amiga, como acontece com todo mundo, acho. No começo, eu estava morrendo de medo. Eu..." A voz dela falha, e seus olhos se fixam no chão. "Eu estava desesperada. Fui... fui estuprada pelo meu padrasto." A voz dela sobe no fim, como se fosse uma pergunta que Lillian ainda tentasse responder. "Isso depois de muitos abusos. Por muito tempo. É claro que eu não podia..."

As palavras não ditas pesam sobre os ombros de todas as mulheres na reunião. Todas sentem a magnitude da experiência de Lillian, seu peso esmagador.

"Só uma mãe especialmente má permite que esse tipo de merda aconteça debaixo do próprio teto", Evelyn comenta, amarga.

Alice pega a mão fria de Evelyn na sua e a aperta forte. "Eu sei", ela sussurra.

"Eu não queria ter o bebê", Lillian prossegue. "Não podia contar à minha mãe. Ainda estou na escola. Pretendo ser professora, e teria que desistir, o que eu não queria. Falei com o meu médico, que disse que não achava que o comitê aprovaria um aborto no meu caso. Dá pra acreditar nisso?" Lillian balança a cabeça, descrente, em meio aos murmúrios sombrios da plateia. "Ele disse que mesmo tendo sido um estupro, talvez não aprovassem. Teve outra paciente na mesma situação, que não pôde fazer o aborto porque não acreditaram nela. Os caras achavam que ela só estava tentando esconder um deslize." Lillian faz uma pausa. "Bom, o que eu quero dizer é que o acesso é muito difícil. Acabei dizendo ao meu médico que tive um aborto espontâneo, mas acho que ele não acreditou em mim. Muitas meninas como eu não têm uma segunda opinião, e a ajuda de vocês literalmente salvou minha vida. Não sei se sem isso eu teria conseguido seguir em frente. Então, obrigada."

Aplausos irrompem, e ela volta à sua cadeira na fileira da frente. Alice funga, enquanto os dedos de Evelyn gravitam para a cicatriz em seu punho, como muitas vezes acontece.

Ela se lembra com uma precisão dolorosa da sensação de estar grávida e não querer estar. Da negação e de semanas depois estar vomitando a torrada do café enquanto lágrimas escorrem do seu rosto para a privada. Da sensação do leve crescimento da barriga e da dor nos seios sabendo que não será possível esconder por muito tempo mais. De sonhar com encerrar a gravidez, de qualquer maneira. Uma queda acidental da escada, beber alvejante em uma quantidade um pouco menor que a fatal. Abrir os pulsos na banheira.

O vapor embaçando o espelho do banheiro.

A sensação de cair e cair, o cheiro de rosas no ar quente.

A voz do irmão chamando seu nome.

Evelyn força a mente para deixar aquele recanto sombrio de seu passado e voltar às luzes fortes do porão da igreja. Ela endireita os ombros e tenta se concentrar.

Holly retorna ao púlpito, os olhos brilhando de admiração e algo mais profundo, uma determinação feroz que parece cintilar. "Obrigada, Lillian", ela diz. "Obrigada pela coragem de dividir sua experiência conosco. Foi uma honra ajudar você a exercer seu direito de determinar o que acontece com seu próprio corpo."

O coração de Evelyn bate acelerado, como se ela tivesse acabado de subir correndo diversos lances de escada. Holly a lembra um pouco de Paula, sua companheira de protesto na Caravana do Aborto. Ela não é tão agressiva, mas há uma impetuosidade em sua postura como um todo que leva Evelyn de volta aos dias em Ottawa, anos atrás. A expressão dura e dolorida de suas companheiras quando entregaram o caixão na residência do primeiro-ministro, com o ardor do sol se pondo nos olhos. Paula gritando sua revolta para o céu, porque era grande demais para ser contida por seu corpo. Como o ar da galeria da Câmara dos Comuns pareceu carregado da ousadia e da determinação das manifestantes.

Evelyn sente a mesma energia pairando sobre a cabeça das mulheres reunidas no porão bolorento da igreja esta noite. A luta continua muito viva: só mudou de forma.

"E isso nos leva ao nosso foco desta noite", Holly diz, mudando o tom. Entrou no modo negócios. "Acesso. Acesso *adequado*, sempre que necessário. Com a notícia da Jane se espalhando, a demanda está excedendo nossos recursos. Lillian acabou de comprovar o que já sabemos há um tempo: a lei do aborto é restritiva demais. As mulheres estão vindo a nós em vez de tentar usar as vias legais, porque as autoridades querem nos subjugar. A verdade é que precisamos desesperadamente de mais médicos. Precisamos ser capazes de realizar abortos seguros para *todas as mulheres* que procurarem por Jane. É nosso dever, como mulheres privilegiadas que dispõem de recursos.

"Portanto, se tiverem amigas simpáticas ao movimento, com tempo disponível e que sejam sensatas o bastante para ser discretas, por favor, falem com elas. E se conhecerem médicas que possam estar dispostas a se juntar à rede, por favor, por favor, por favor", ela se inclina para a frente no púlpito, como um pastor, "peçam que entrem em contato conosco. É um risco, sim, mas essas mulheres precisam de ajuda."

"Podemos ajudar." Evelyn já está de pé na fileira dos fundos.

"Sim!", Alice solta.

Todos os rostos se viram em direção a elas. Isso deixa Evelyn nervosa, mas ela segue em frente. "Meu nome é Evelyn Taylor. Sou médica de família. Eu e Alice, que é enfermeira", ela faz sinal para a outra se levantar, "estamos realizando abortos há meses na minha clínica, depois do horário. Aprendi com o dr. Morgentaler, em Montreal."

De repente, Evelyn sente a intensidade de todos aqueles olhos, o calor subindo por seu rosto. Alice aperta a mão dela de novo, mas Evelyn mantém os olhos fixos em Holly. "Podemos ajudar", ela repete.

Um sorriso se espalha pelo rosto de Holly. Tudo no salão parece se iluminar. A mulher assente devagar. "Muito bem, dra. Taylor, Alice. Bem-vindas à Rede Jane."

15

NANCY

MARÇO DE 1981

Nancy desce os degraus da velha casa de repouso, que rangem sob seu passo, com o coração palpitando no peito, enquanto conta os dias mentalmente. Faz duas semanas. Ela vira à direita ao fim da escada e entra no banheiro próximo à recepção. A jovem enfermeira no balcão abre um sorriso, que Nancy retribui com os lábios tensos. Não custa tentar mais uma vez, ela imagina.

Mesmo depois de a avó ter falecido meses atrás, Nancy continuou indo à casa de repouso como voluntária, oferecendo uma companhia muito necessária aos pobres idosos sem família. Nancy se senta à cabeceira da cama deles durante seus últimos dias, quando a Morte já anunciou que pretende visitá-los e não há nada que se possa fazer para impedir sua marcha constante.

Nancy passou a manhã na casa de repouso, mas deveria estar em casa estudando. Ela está atrasada em algumas matérias e suas notas estão piorando, mas parte do problema é que ela não se importa muito com a faculdade no momento. Está mais interessada em passar o tempo ouvindo as maneiras como outras pessoas estragaram suas vidas — os segredos que guardaram, as verdades dolorosamente enterradas. As mentiras que nunca conseguiram desfazer.

As confissões da avó na bruma de seus últimos dias e a revelação que resultou delas não abandonaram mais Nancy, que encontrou a mesma inclinação entre os outros idosos a quem faz companhia. Ela descobriu que, com bastante frequência, a presença de outra pessoa, ainda que seja um desconhecido, desperta uma necessidade de transmitir tudo o que não foi dito. De garantir que alguém pelo menos ouça sua história e fique com ela, em uma espécie de revezamento existencial. A perspectiva da morte joga uma luz sobre os recantos mais sombrios da própria história, revirando as pedras cobertas de musgos que se mantiveram ali por anos. Talvez sem ser perturbadas, mas nunca esquecidas. E Nancy gosta de estar presente quando o foco passa para a Grande Revelação. Ela acompanha os segredos tomando forma, primeiro com as bordas embaçadas, então se definindo a cada palavra. Os pensamentos mais profundos que esses homens e mulheres não ousaram revelar a seus entes queridos. As confissões e os arrependimentos, o que fizeram e o que deveriam ter feito.

A alma que parte lhe oferece suas palavras. Nancy as pega gentilmente nas mãos, passa os dedos pelas bordas irregulares, pelas saliências, pelos cantos afiados. Ela as revira na palma, vendo-as de ângulos diferentes, sabendo que, se não for cuidadosa, o corte pode ser profundo.

Mas o risco é parte da atração. Estão todas guardadas com Nancy agora. Ela se tornou uma colecionadora de segredos, enquanto os seus próprios se acumulam.

Nancy tranca a porta da cabine do banheiro e baixa o zíper do jeans. Nada.

"Merda. *Caralho*."

Sua menstruação está duas semanas atrasada.

Ela ergue a calça e sai do banheiro, abrindo caminho até as portas da casa de repouso. Seu estômago se revira enquanto ela caminha; podem ser só seus nervos à flor da pele, ou pode ser o enjoo que ela veio tentando ignorar a semana toda. Ontem de manhã, Nancy vomitou, mas atribuiu o fato à noite de bebedeira com os amigos.

Nancy fez tudo o que pôde para adiar o inevitável, mas agora sabe que vai ter que encarar a realidade e um daqueles novos testes de gravidez caseiros. Qualquer que seja o resultado, ela sabe que não vai contar a Len.

Len, Nancy pensa, sombria, desviando dos outros pedestres apressados na rua, com a cabeça baixa por causa da garoa congelante. Foi *Len* que a meteu nessa confusão, só para começar. *Len* e suas camisinhas baratas, vermelho-maçã do amor. *Len Darlington*, um nome de personagem de romance vagabundo. Faz só alguns meses que estão saindo, e terminam e voltam o tempo todo. Não é nada sério. Nancy nem tem certeza de que são um casal. Dormiram juntos um punhado de vezes, e ela achou que ele havia sido razoavelmente cuidadoso. Só que nas últimas vezes estava bêbada demais para se lembrar de muita coisa. Passou a maior parte do ano passado bebendo; demais, como ela bem sabe. Mas a bebida é um entorpecente eficaz.

Ela conheceu Len no outono. Ele era amigo de um amigo de Debbie, que mora com Nancy e os apresentou em uma festa lotada que ela deu em uma noite de segunda-feira, sem consultar a própria Nancy ou a terceira moradora da casa, Susan. A imaturidade de Debbie é a única coisa que faz Nancy pensar em voltar para a casa dos pais, mas ainda é melhor que ter sua mãe respirando no seu cangote o tempo todo, perguntando-lhe se está saindo com alguém. Parece que o maior desejo de Frances Mitchell é que Nancy conheça "um bom rapaz" e se estabeleça o quanto antes. A mãe já tem aquele brilho nos olhos das vovós, e não hesita em declarar seu desejo intenso para a filha sempre que possível. Nancy decidiu levar Len para casa justamente porque sabia que ele não atenderia aos padrões rígidos que a mãe tinha para os pretendentes da filha. Len servia ao propósito. Era tudo o que Nancy precisava dele.

Apesar de Frances estar claramente desejosa de netos para mimar, Nancy tem certeza de que não é isso que ela tem em mente. Ela vira a esquina e abre a porta da farmácia.

Vai fazer o teste caseiro primeiro, porque não suporta a ideia de ir ao médico da família. Se vai receber más notícias, prefere que isso aconteça na privacidade do próprio banheiro, onde não vai precisar controlar sua reação. Depois do contato mortificante com o caixa pelo menos uma década mais velho que seu pai, Nancy sai da farmácia com a cabeça baixa.

Ela chega ao apartamento e descobre que suas colegas estão ambas fora, o que é ótimo. No banheiro, faz xixi em um copinho plástico que pegou da cozinha, depois se atrapalha com os tubos de ensaio do kit. Então aguarda duas horas agoniantes pelo resultado, lendo um romance sem absorver uma palavra que seja e olhando para o relógio a cada dez minutos. Ela reza para que dê negativo, prometendo todo tipo de bom comportamento em troca, e faz o sinal da cruz duas vezes para fechar o acordo.

Quando uma hora e cinquenta e oito minutos já se passaram, Nancy volta ao banheiro. Com os dedos trêmulos, ela pega o teste e vê um positivo claro e frio como pedra.

"Merda." Ela escorrega pelo papel de parede de bolinhas até o piso de linóleo. *"Merda!"*

Nancy passa uma mão pelo cabelo e olha para o resultado do teste meia dúzia de vezes, torcendo para que mude do nada e sentindo o sangue se esvair do rosto.

A porta da frente se abre, e o barulho ecoa pelo corredor.

"Oiê!", grita Susan.

Nancy engole em seco, com dificuldade. "Oi..." Sua voz falha, e ela pigarreia. "Oi, Sue!"

Sabendo que não vai adiantar nada ficar olhando para o maldito teste, Nancy coloca tudo de volta no saco da farmácia e abre a porta do banheiro. Ela deveria ir cumprimentar Susan, mas não vai aguentar falar com ninguém no momento, por isso atravessa o corredor até o quarto e tranca a porta, jogando-se na beirada da cama. Está prestes a jogar o saco com o conteúdo incriminador no cesto de lixo quando, ao olhar para baixo, nota um pedaço de plástico vermelho vivo e brilhante enfiado entre a mesa de cabeceira e a parede. Nancy se estica para pegá-lo, e reconhece uma embalagem de camisinha. Len deve ter errado o lixo ao jogá-la. Entre seus dedos, a embalagem parece gritar para ela em acusação.

Nancy a joga no lixo, junto com o teste, encobrindo as provas de suas transgressões pré-matrimoniais. Mas não é o bastante. Ela precisa que aquilo seja apagado. Que aquilo seja desfeito. Não vai contar a Len. Não quer contar a ninguém. Se guardar segredo, talvez possa fingir que nunca aconteceu.

As palavras de Clara, no dia em que ligou perguntando se Nancy poderia acompanhá-la no procedimento, voltam à sua mente: *Ninguém precisa saber...*

Nancy acaba de se deitar nos travesseiros quando o telefone cor-de--rosa na mesa de cabeceira toca, próximo a seu ouvido. Ela o ignora, mas, depois de dois toques, ouve a voz abafada de Susan, vinda da cozinha. Pouco depois, Susan a chama.

"Nancy! É a sua mãe!"

Nancy geme. *Agora, não.* Ela abre a boca para dizer a Susan que liga para a mãe depois, mas então se lembra de que é sábado e que vai almoçar com a família. Nancy olha para o relógio na mesa de cabeceira. Combinaram de se encontrar em uma hora.

"Merda", ela murmura. "Tá! Obrigada!" Nancy se senta e solta o ar demoradamente antes de pegar o telefone. "Oi, mãe."

"Oi, querida." A voz açucarada da mãe a deixa com vontade de chorar. "Tudo bem?"

"Tudo bem, sim. Claro. Estou só estudando um pouco. Tudo bem com você? E com o papai?"

"Bom, na verdade é por isso que estou ligando. Não estou me sentindo muito bem hoje. Acho que vou ter que cancelar o almoço."

Uma onda de alívio percorre o corpo de Nancy, mas, quando passa, é substituída pela culpa. "Que chato que você não está bem."

"Ah, é só dor de cabeça, sabe. Enxaqueca."

A mãe sofre de enxaqueca desde que Nancy era pequena. Ela se lembra de estar girando em um vestido novo, enquanto Frances admirava os detalhes em renda e levava uma compressa fria à cabeça, insistindo que estava bem o bastante para ir com os dois à missa de Páscoa. Sem perceber o que está fazendo, Nancy leva uma mão à barriga enquanto sua mente divaga até Margaret, pensando em como ela a teria vestido se as coisas tivessem sido diferentes.

Nancy passou as semanas seguintes ao choque da Grande Mentira, na primavera anterior, tentando decidir o que fazer com a informação que agora tinha, se é que faria algo. Depois de um exame de consciência exaustivo e de pesar os prós e os contras, Nancy determinou que não valia a pena ir atrás de sua mãe biológica. Não saberia nem por onde começar a procurá-la. E não planejava contar aos pais o que havia descoberto. Estranhamente, não suportava a ideia de que os dois pudessem se sentir traídos, muito embora fossem eles que mentissem para ela, desde sempre. Lealdade era algo complicado.

"Nancy? Você está aí, querida?"

"Estou, mãe. Oi. Desculpa. Viajei por um segundo."

"Você está bem?"

Nancy fecha os lábios. Antes de fazer o teste de gravidez, já sabia que não queria um bebê agora, mas a confirmação foi um golpe terrível, e seus pensamentos não são os mesmos de ontem, ou mesmo de uma hora atrás. Agora, ela pensa no que descobriu no baú escondido na gaveta da cômoda da mãe. Pensa no quanto seus pais queriam uma filha, em seu esforço para adotá-la. Em como há pessoas tão desesperadas por um filho que fariam praticamente qualquer coisa para ter um.

E se Nancy tivesse o bebê e o desse para adoção? Um sonho poderia se tornar realidade para um casal amoroso como seus próprios pais. Mas e se ela viesse a se arrepender, como aconteceu com sua mãe biológica? Nancy pensa no bilhete de Margaret. E se ela passar o resto da vida sofrendo, tentando encontrar uma criança há muito perdida?

É então que ela entende, como nunca entendeu. Agora ela *sabe* pelo que Margaret Roberts deve ter passado, o medo que provavelmente sentiu ao descobrir que estava grávida ainda tão jovem, e sem ser casada. Era uma época diferente. As mulheres não tinham opções.

Não, mãe. Não estou nada bem.

Lágrimas começam a rolar. Ela está prestes a contar tudo à mãe. Tudo mesmo. Está cansada de carregar o segredo. É pesado demais, e suas arestas afiadas cortam sua pele quando Nancy menos espera. Mas e se a mãe quiser que ela fique com a criança? E o que fazer então?

E Nancy é tão boa em guardar segredos. Por que não mais um?

"Estou bem, sim, mãe", Nancy responde, engolindo o nó na garganta, que tem exatamente o tamanho e a forma da mentira que acabou de contar à mãe.

"Tudo bem, querida. Bem, de novo, sinto muito por ter que cancelar. Mas não estou muito bem-disposta no momento."

"Não tem problema. Podemos ir outro dia, quando estiver se sentindo melhor." Ela tenta redirecionar os pensamentos para algo mais mundano. "Você anda tendo bastante enxaqueca, não?"

Há uma pausa do outro lado da linha.

"Mãe?"

"Sim, sim. É verdade. Fui ao médico algumas vezes. Talvez façam alguns exames, mas ele me garantiu que está tudo bem. Está tudo bem."

"Exames?", Nancy pergunta, endireitando-se na cama.

"De rotina, Nancy, querida. Não precisa se assustar."

"É a besourinha?", Nancy ouve o pai perguntar. "Diga que mandei um 'oi', depois é hora de você voltar pra cama."

"Posso falar com o papai?", Nancy pede à mãe.

"Ah, depois vocês falam, querida. Vou tentar dormir um pouco. Estou sentada na sala escura, e ele fica tentando me fazer voltar para o quarto."

"Mãe?"

"Sim, querida?"

Nancy hesita. "É que, hã, eu só queria dizer que te amo." Ela inclina o rosto para o teto, e lágrimas correm para suas orelhas.

"Também te amo, lindinha. Você é o meu maior sonho."

Nancy desliga antes que as comportas se abram, antes que ela diga algo e depois não possa voltar atrás. Ela passa duas horas deitada na cama, olhando para o teto, processando os pensamentos desagradáveis.

Foi descuidada. Tudo se resume a isso. A bebida e o sexo pouco seguro com Len — e outros, Nancy pensa, fazendo uma careta — serviam a um propósito quando ela estava fugindo do passado, mas as consequências desse comportamento agora ameaçam seu futuro. Suas notas caíram, e ela acabou engravidando. Mas não vai ficar presa a um panaca como Len pelo resto da vida, isso é certeza.

Nancy pensa no porão escuro e frio e é atingida por uma onda de náusea. Em sua memória, o cheiro do homem passando álcool nos instrumentos metálicos reluzentes se mistura ao odor do pronto-socorro do hospital. Ela ouve a voz da médica, ecoando através dos anos. Suas palavras, um segredo especial:

É só dizer que está procurando Jane.

"Jane, é?" Nancy murmura seu nome de nascimento para o quarto vazio. "Bom, é uma ironia cruel do destino."

Uma bola quente de arrependimento e vergonha se instala em seu estômago enquanto ela enxuga as lágrimas. Ela precisa se recompor. Mas, primeiro, precisa de alguém que possa ajudá-la.

Depois de meia hora de uma busca meticulosa e com as pontas dos dedos já manchadas de tinta, Nancy descobriu nas páginas amarelas que há vinte e sete consultórios de médicos de família perto do apartamento. O plano é começar com as poucas mulheres na lista, depois ir para os homens.

Ela alisa a página do caderno. Nancy dá uma olhada para confirmar que a porta do quarto está mesmo fechada, pigarreia e pega o telefone.

A primeira é a dra. Linda Deactis.

Nancy disca o número sentindo o estômago se revirar, as entranhas se enrolando como uma cobra. O telefone toca duas vezes antes de uma jovem atender, com a voz forte:

"Alô, consultório da dra. Deactis."

Nancy não fala por um momento. "Oi. Hum, estou procurando Jane. Tem uma Jane aí?"

"Aqui é do consultório da dra. Linda Deactis, médica de família."

"Certo. Bom, obrigada. É que me falaram para procurar por Jane."

"Sinto muito, mas acho que você ligou errado."

Nancy desliga o telefone, com o coração acelerado. Consegue ouvir a conversa abafada das colegas através da parede do quarto. Debbie chegou em casa também. A conversa é leve e cheia de risadas.

Nancy verifica a lista. "Dra. Fields, você é a próxima."

Ela sente um friozinho na barriga ao discar os próximos sete números.

"Consultório-da-dra.-Fields-Nora-falando-boa-tarde", uma mulher fala de uma só vez, do outro lado da linha.

"Oi, estou procurando Jane. Ela está aí?"

Há um silêncio, depois do qual a recepcionista diz: "*Aqui* não, moci-nha. *Neste* consultório, de jeito nenhum!".

Clique.

Nancy se sente mal. Foram apenas oito palavras e, no entanto, a voz da mulher gotejava ódio e aversão. Ela abraça o travesseiro, buscando conforto, então se vê passando a mão nele, de lado a lado, de cima a bai-xo, testando como seria ter uma barriga desse tamanho. Lágrimas voltam a se acumular em seus olhos. Nancy joga o travesseiro de lado, com os olhos nele. *Precisa* fazer isso.

Nancy liga para o terceiro número na lista. Dessa vez, é uma mulher de meia-idade quem atende o telefone.

"Consultório da dra. Smithson, como posso ajudar?"

"Oi", Nancy diz, um pouco mais confiante agora. "Estou procurando Jane."

"Você disse Jane?"

"É?"

Clique.

Nancy volta a desligar, respira fundo, depois disca o próximo número.

"Consultório da dra. Sheen, Martha falando."

"Oi, Martha." Nancy se prepara para a punhalada verbal. "Estou procurando Jane. Me disseram para ligar. Ela está aí?"

"Ah, não, não temos uma Jane aqui, mas acho que sei com quem você está querendo falar. Tem uma caneta?"

Nancy tem dificuldade para segurar a caneta nos dedos suados. Ela inclina a cabeça na direção do ombro, segurando o fone contra a orelha. "Pronto. Pode falar."

Martha lhe passa um número, que Nancy anota e depois repete.

"Isso", Martha diz. "Boa sorte, querida."

Os olhos de Nancy voltam a arder. "Obrigada."

Martha desliga, e Nancy faz o mesmo a seguir. Determinada, ela solta o ar rápido e liga para o número fornecido, antes que perca a coragem. O disco do telefone velho gira até o ponto de partida sete vezes, os furos levando uma eternidade para completar seu trajeto. Nancy chacoalha um pé enquanto o telefone toca, oito vezes. Está começando a entrar em pânico, pensando se deve deixar uma mensagem ou não, quando uma mulher atende.

"Consultório da dra. Taylor."

"Hum, oi. Estou procurando Jane. Me passaram esse número e disseram que ela estaria aí."

"Um momento, por favor."

Uma música genérica de elevador ocupa a linha, e Nancy aguarda, mal ousando respirar. Um ou dois minutos depois, outra mulher atende.

"Oi, me disseram que você está procurando Jane." Ela soa mais velha que a outra. Sua voz é mais profunda e vibrante e a Nancy parece familiar e, de alguma maneira, tranquilizadora.

"Isso."

"Você conhece Jane?"

Silêncio. Nancy não sabe muito bem o que responder. Será algum tipo de teste, há um segundo código de que não lhe falaram? "Não, não conheço. É a minha primeira vez."

"Tudo bem. Qual é o seu nome?"

"Nancy. Nancy M..."

"Não, não! Sem sobrenomes, Nancy."

"Ah. Desculpa."

"Bom", a mulher continua, "então você está atrasada. Que horas são aí? Entre uma da tarde e nove da noite, digo."

Como?

O silêncio faz tudo parecer ainda mais tenso.

"Pense um pouco na minha pergunta, Nancy."

Ela pensa, e volta a se sentir ansiosa. Além de burra. O friozinho na barriga voltou. Nancy passa os dedos pelo cabelo, e as unhas roídas e estragadas enroscam nas mechas. Então as coisas se encaixam em sua cabeça.

"Ah! Entendi. Acho que estou... acho que é mais ou menos uma hora."

"Certo, é um ótimo horário pra gente. Quero que venha visitar Jane em breve. Você pode vir ao consultório..." A frase morre no ar, e Nancy ouve o barulho de páginas sendo viradas. "Às sete e meia do sábado à noite?"

O friozinho na barriga subiu pela garganta e atinge suas amígdalas. "Sábado?"

Ela precisa entregar um trabalho final na segunda-feira, e ainda nem começou. Mas isso não pode esperar, pode? Não. Nancy está decidida. Quer andar logo com isso. Ela respira fundo.

"Sim, posso ir sábado à noite. Você disse sete e meia?"

"Isso."

"Certo. Preciso levar alguma coisa ou...?"

"Não, é só vir. Na verdade, é melhor que você venha sozinha... Você tem uma caneta?"

Nancy anota o endereço que a mulher lhe passa. "Certo. E quanto é?" Ela se prepara para o valor. Vai ter que passar os próximos meses à base de macarrão instantâneo.

"É de graça. Faço isso para quem precisa."

"Ah, nossa. Então tá, obrigada. Vai me ajudar muito, na verdade."

"Fico feliz em ajudar. Uma última coisa, Nancy: é importante que você bata sete vezes quando chegar, e alto. E venha às sete e meia em ponto, tá? A enfermeira vai te deixar entrar. Como você é?"

"Tenho cabelo castanho-escuro e olhos castanhos. Mais ou menos um metro e sessenta e sete. Vou de casaco vermelho."

"Melhor preto."

Nancy balança a cabeça. "Como?"

"Use uma cor mais discreta e bata sete vezes. Vejo você no sábado à noite. Cuide-se."

E, com um clique, a linha fica muda.

Sábado chega. O grande dia.

É um 21 de março frio e úmido, encoberto por nuvens cinza. Não parou de chover a semana toda, a menos que se leve em conta o granizo que castigou a cidade no fim da tarde de quarta-feira, bem na hora do rush. Os resquícios patéticos do inverno continuam evidentes ao longo das sarjetas: a crosta feia e amarronzada de sujeira, sal e fumaça dos carros que sinaliza o fim daquela estação e — finalmente — o começo da primavera.

Nancy odeia o inverno. Para ela, quando chega ao fim é motivo de celebração. Mas não hoje. Ela não consegue se lembrar de um momento em que se sentiu menos como si mesma, totalmente desfocada de tudo que não a tarefa em mãos. E está decidida a pensar naquela provação exatamente como o que é: uma tarefa, algo que precisa fazer. Ela está pensando que é algo que precisa superar para dar o Próximo Passo, independentemente de qual seja. Se for sincera consigo mesma, não faz ideia de qual será. Não consegue ver muito além da nuvem cinza desta noite.

Len ligou três vezes na semana, para "saírem". Susan lealmente inventou diferentes desculpas para a amiga não poder atender, mas Nancy acha que ela está começando a desconfiar da gravidez. Perguntou-lhe duas vezes como se sentia, e Nancy tem certeza de que Susan ficou do lado de fora da porta do banheiro na quarta-feira de manhã, ouvindo enquanto ela vomitava na privada.

Usando um casaco emprestado de Susan, de lã cinza e áspera, que vai além dos joelhos, Nancy segue os caminhos sinuosos em meio às árvores nuas do Queen's Park. Ela vira na Yonge Street, alguns quarteirões adiante, e passa pelas luzes neons deslumbrantes em vermelho, branco e amarelo da loja de discos Sam the Record Man, que tem mais a cara de Las Vegas do que de Toronto. Nancy puxa a manga do casaco para conferir as horas. São sete e quinze. Pode ir mais devagar.

É noite de sábado, o que significa que todos os estudantes e outros jovens despreocupados saíram para jantar ou beber alguma coisa, ou se esgueiram até bares subterrâneos para ouvir declamação de poesia ou jogar bilhar. Os Leafs vão jogar contra o Buffalo, e Susan convidou Nancy para ver o jogo, porque a família do namorado dela tem ingressos. Em geral, Nancy teria aceitado na hora. Mas Susan também tinha dado a entender que era para ser um encontro às cegas com um amigo do namorado dela.

"Você precisa de alguém melhor que aquele idiota do Len, Nancy", Susan disse, olhando de maneira perspicaz para a amiga enquanto lhe emprestava seu velho casaco cinza.

"Eu sei", Nancy respondeu. "Vou dar um jeito nisso hoje, aliás."

"Hum... Marcou de encontrar alguém especial?"

Nancy assentiu, evitando os olhos da outra. "Algo do tipo."

Agora, ela avança contra a corrente de camisas azuis de hóquei e guarda-chuvas que toma conta dos jardins, então vira na Shuter Street e dá de cara com o Massey Hall. Nancy passa sob um poste de luz que ilumina a calçada molhada. De repente, tem dezoito anos de novo, e está esperando por Clara debaixo de um poste, do lado de fora da estação de Ossington. Um arrepio sobe por seu pescoço ao pensar nisso.

Vai ser diferente, ela se lembra. *É uma médica de verdade, que sabe o que está fazendo.*

Nancy está tão envolvida com as lembranças daquela noite enquanto segue pela Seaton Street que passa o número. Quando vê, está no 103. Ela se vira e volta pela fileira de casas, até chegar ao portão certo.

Pronto. Não há escolha. Ela volta a olhar para o relógio.

Sete e vinte e nove.

Nancy para na calçada, levantando o colarinho do casaco, que tem um cheiro que não lhe é familiar. Ela enfia as mãos com luvas nos bolsos.

Depois de um momento de reflexão, Nancy assente para si mesma e estende a mão para abrir o portãozinho de ferro. Ela entra, depois o fecha com cuidado, produzindo um rangido ensurdecedor.

A Seaton é uma rua tranquila, a muitos quarteirões do movimento da Yonge. Nancy olha por cima do ombro. Está tudo deserto. Quando ela se vira para a casa, vê movimento numa varanda mais adiante na mesma rua. Há um homem mais velho do lado de fora, tirando a neve derretida do degrau. Ele se vira para Nancy e se apoia na pá. No escuro, ela não consegue identificar sua expressão, mas o fato de que está prestes a fazer algo ilegal — de novo — a atinge com mais força do que gostaria.

Mas você tem que fazer isso, Nancy diz a si mesma. Em sua mente, essa é a chave do seu futuro. O aborto é o primeiro passo para voltar aos trilhos. Depois, é o que espera, tudo vai se encaixar. E certamente aquele desconhecido não tem como saber o motivo de Nancy estar ali. Poderia ser apenas uma amiga indo beber alguma coisa com a dra. Taylor num sábado à noite.

Forçando-se a ignorar o homem, Nancy segue pelo caminho e sobe os três degraus até a varanda de madeira. Uma placa de latão ao lado da caixa de correio diz: *Dra. E. Taylor, médica de família.*

Nancy tira a luva da mão direita e bate alto. Não há janela, só um olho mágico. Com um friozinho no estômago, ela se dá conta de que, por hábito, deu quatro batidinhas rápidas.

Merda.

Nancy ergue o punho e bate outras três vezes, alto.

Merda, merda, merda.

Ela aproxima a orelha da porta. Logo ouve um barulho do outro lado. Nancy posiciona o rosto diante do olho mágico, para que possam vê-la melhor. A lente antes clara fica escura. Em seguida, a porta se abre alguns centímetros. Uma mulher negra com um rosto simpático enfia a cabeça para fora.

"Posso ajudar?"

"Oi, sou a Nancy. Marquei às sete e meia. Você é a dra. Taylor?"

"Oi, Nancy, estávamos esperando você. Sou a Alice", a mulher diz, recuando para que a paciente possa entrar.

Ela é muito mais baixa que Nancy, com cabelo castanho encaracolado e olhos que já viram o suficiente para ter seu brilho reduzido.

"Tinha alguém na rua?", Alice pergunta. "Alguém te viu entrar?"

"Tinha, sim. Um senhor, algumas portas mais adiante na rua. Ele estava tirando a neve derretida da entrada de casa e me viu."

Alice franze as sobrancelhas. "Para que lado?"

Nancy indica a esquerda.

"Ah, tá", Alice diz, relaxando. "Acho que é o Chester. Ele é um bom vizinho, muito fofo. Foi o primeiro paciente da dra. Taylor."

O sorriso de Nancy é tenso.

"Quer ir ao banheiro?", Alice pergunta. "Se quiser, melhor ir agora. É no fim do corredor, por aquela porta ali."

"Não precisa, obrigada."

"Então tá. Como está se sentindo em relação a isso?"

Nancy hesita.

"Tudo bem se tiver mudado de ideia", Alice diz. "Acontece bastante. É absolutamente normal."

"Não, não. Sinceramente, estou bem", Nancy diz a ela. "É só que é tudo muito esquisito. Um pouco surreal, sabe? É coisa demais. Não achei que fosse acontecer comigo."

Alice assente. "A maioria das mulheres não acha."

"Mas isso é... digo, é seguro, não é? É que já vi o procedimento antes, mas não foi feito por um médico. Estou um pouco..."

"Ah. Tudo bem. Venha comigo, vamos falar com a dra. Taylor. Ela vai te explicar tudo, você pode ver a sala, e isso talvez te tranquilize. É muito comum ficar nervosa."

Nancy segue a enfermeira até outra porta ao final do corredor. As tábuas do assoalho rangem. O corredor é coberto por um tapete desgastado que já deve ter sido vermelho e verde em tons vívidos no passado, mas agora é apenas rosa e verde-claro. Nancy olha para a esquerda e vê uma sala de espera, onde devia ser a sala de jantar da casa. A iluminação é fraca, mas ela consegue ver as cadeiras alinhadas contra a parede e uma mesa de centro com revistas bagunçadas. Há um bebedouro de sentinela num canto, a superfície da água cintilando sob a luz amarela dos postes na rua. É um lugar quente e confortável. Cheira à hortelã e madeira velha. Parece mais uma casa que um consultório.

Alice abre a porta ao final do corredor. Está muito mais claro lá dentro, e os olhos de Nancy se apertam, tentando se adaptar. Alice fecha a porta assim que entram. Há duas trancas, e Nancy pensa nas muitas que havia na porta do homem que fez aquele aborto no beco. Seu coração acelera, e ela se esforça para deixar a comparação de lado.

Ela vê uma sala que parece uma mistura de sala de exame e o que imagina que seja uma sala de cirurgia, embora nunca tenha quebrado nem um osso na vida. As paredes são brancas e não têm janelas ou qualquer decoração, a não ser por uma moldura rebuscada que exibe o diploma de medicina da dra. Taylor, com o selo oficial em cera vermelha. Há uma mesa de exame comprida no meio da sala. Nada de lençóis pretos dessa vez, só um papel barulhento esticado por toda a extensão, e as pernas de metal no final. Ao lado de uma delas, tem uma bandeja coberta com um tecido azul, como se fosse um guardanapo de papel. Nancy vislumbra o brilho do metal despontando embaixo. Ela se força a engolir, com a garganta seca, e desviar os olhos.

Uma mulher alta e magra com cabelo castanho na altura dos ombros usando roupa cirúrgica azul-clara se aproxima de Nancy e estende a mão. "Sou a dra. Evelyn Taylor. Você deve ser a Nancy."

Nancy confirma com a cabeça. "Muito prazer." Elas trocam um aperto de mãos. "Obrigada por... você sabe."

"Claro. Pode deixar seu casaco e a bolsa ali, Nancy. Alice e eu vamos te dar alguns minutos para que tire tudo da cintura para baixo. Pode ficar de meias se quiser, às vezes fica um pouco frio aqui. Depois, deite-se na mesa e cubra a parte inferior do corpo com este lençol."

"Certo."

"Você já fez um papanicolau, não?"

"Já."

"Bom, algumas partes do procedimento são muito parecidas. Você vai ficar com os pés nas perneiras e eu vou usar um espéculo e inserir alguns instrumentos na sua vagina, alguns para abrir o colo do útero e remover o tecido lá de dentro. Vamos te dar analgésicos e aplicar anestesia local. Nos esforçamos para tornar o processo o mais rápido e indolor possível."

Um cinto de couro coberto com marcas de dente.

Um assento de metrô ensopado de sangue.

"Tudo bem."

"Se quiser, Alice estará aqui para segurar sua mão, trazer uma compressa quente ou fria para pôr na sua testa, conversar com você para te distrair ou o que precisar. Queremos que fique tão relaxada quanto for possível."

"Tudo bem."

A dra. Taylor assente. Ela leva jeito para a coisa, Nancy reconhece apesar do nervosismo. É calma e direta, mas carinhosa. Compreende o que as pacientes estão sentindo e pensando. Nancy se pergunta se já esteve em seu lugar.

"Vamos deixar você tirar a roupa. Sem pressa."

"Tudo bem", Nancy repete, perguntando-se por que continua usando a expressão quando sabe que as coisas nunca estiveram piores em sua vida.

"Já estamos na metade do procedimento, Nancy. Você está se saindo muito bem."

Nancy assente para indicar que ouviu o que a dra. Taylor disse, mas mantém os olhos fechados. Alice aperta seus dedos frios e passa a mão por seu cabelo.

Ela deveria ser mãe, Nancy pensa. *Tem mãos de mãe.*

De repente, uma série de batidas altas sacodem a porta à distância. Nancy abre os olhos para a luz forte da sala de exame. A dra. Taylor e Alice congelam.

"Foram dez...", Alice diz.

"Alice! Evelyn!" Nancy ouve uma voz do corredor. De outra mulher. "Código azul!"

"Meu Deus." Alice tira as luvas de borracha com dois estalos altos e corre para a porta.

"Nancy, não se desconcentre", a dra. Taylor diz, entre as pernas da paciente. Sob a máscara, seus olhos estão focados no procedimento, mas ela continua falando. "É a vizinha do andar de cima. Também é uma Jane. Ela tem uma irmã chamada Mary que é secretária do departamento de polícia. Quando ouve dizer que vão fazer batidas, Mary liga para a irmã, e a irmã avisa os quatro consultórios. Está tudo bem. Isso já aconteceu. E pode ser que não venham aqui hoje. É ótimo poder contar com Mary agora, porque assim ficamos sabendo das coisas com alguma antecedência. Tenta ficar calma. Estamos quase terminando aqui, está bem, querida?"

Mas Nancy já está em pânico. "A *polícia* está vindo?"

"Talvez. Mas temos pelo menos mais alguns minutos. Alice vai tentar enrolar. Já fizemos isso antes. A melhor coisa que você pode fazer agora é manter a calma."

"Foi aquele homem, não foi?"

"Que homem?"

"Eu disse à Alice que quando eu estava entrando um homem ficou olhando, algumas casas mais adiante na rua. Ela disse que ele chama Charlie ou algo do tipo. É paciente seu. Ele mandou a polícia vir?"

"Ah, Chester", a dra. Taylor diz. "Não, ele é um doce, e não acho que faça ideia do que acontece aqui. Somos muito cuidadosas. Foi pensando nisso que aluguei o apartamento de cima para uma Jane."

Nancy não está muito certa disso, mas tenta se concentrar no teto de estuque, que tem uma mancha escura que pode ter sido provocada por um vazamento.

"Respire fundo, está bem, Nancy? Quanto mais relaxados estiverem seus músculos, mais rápido consigo trabalhar."

Embora ela não consiga ver o que a médica está fazendo, Nancy ouve os cliques e tlins do metal no metal. Preferia que tivessem lhe dado tampões de ouvido.

Um momento depois, Alice volta à sala. Está com os olhos arregalados e o rosto petrificado. Nancy ouve passos na escada à distância, indicando que a informante está voltando para cima.

"Não temos muito tempo, Evelyn", Alice diz. "Minutos, talvez. Vão vir aqui hoje."

"Tá bom", a dra. Taylor diz. "Fique lá fora e atenda a porta quando vierem, Alice. Se insistirem, diga que estou fazendo um papanicolau de rotina, como da última vez."

"Eles tinham um mandado da última vez."

"E vão ter hoje de novo, tenho certeza. Estão determinados. Não sei por que se dão ao trabalho de gastar seus recursos conosco. Mas não importa agora", ela murmura, mais para si mesma que para qualquer outra pessoa. Mais metais batendo. "Vou terminar aqui, Alice, para podermos mandar Nancy o mais rápido possível para casa, onde ela vai poder tomar uma xícara de chá forte e se deitar na cama quentinha. Eles não vão ter por que nos prender."

Alice desaparece de novo.

"Ei, Nancy", a dra. Taylor diz. "Olha pra mim."

Nancy inclina a cabeça ligeiramente, para olhar nos olhos da dra. Taylor. Seus próprios olhos brilham, à beira das lágrimas.

"Você está tremendo. Sei que deve ser assustador para você, mas, pelo meu bem e pelo seu, preciso que coopere e concorde com a história."

Nancy sente o peito apertado e tem dificuldade para respirar. "Tá", ela consegue dizer.

"Ótimo. Você veio aqui hoje à noite para um papanicolau de rotina. O último que fez apresentou alterações, e você veio ter a opinião de outra médica, que não é a sua. Não conseguimos um horário esta semana, durante o atendimento normal, então você veio hoje à noite. Só isso. Combinado?"

Nancy assente. "Só isso?"

"Isso é tudo que *você* precisa saber. Quanto menos falar, melhor. Só concorde comigo e não se surpreenda com nada que eu ou Alice possamos dizer. Entendido?"

"Sim."

"Nancy, isso é muito importante. Posso ser presa."

Nancy confirma com a cabeça. Odeia a si mesma por perguntar, mas as palavras saem mesmo assim: "*Eu* posso ser presa? Pelo procedimento?".

A dra. Taylor não responde. "Sei que você é uma mulher corajosa", é o que ela diz. "Vamos enfrentar isso juntas."

As duas se olham atentamente por um momento, numa espécie de abraço distante que acalma Nancy um pouco. Ela tenta controlar a respiração, então a dra. Taylor volta a falar:

"Sinto muito por ter que pedir isso, mas você pode enxugar os olhos? Não deveria haver motivo para lágrimas. Quero dizer, da perspectiva *deles*."

Nancy olha para o teto, voltando a focar na mancha escura que marca a paisagem de estuque branco que de outra maneira seria perfeita. Ela enxuga os olhos com as costas da mão, depois passa os dedos sob os olhos, para tirar o rímel que deve ter manchado. Depois funga, pigarreia e se mantém firme.

"Isso mesmo", a dra. Taylor diz.

A campainha toca, quebrando o silêncio sufocante, como uma piada no momento inapropriado. Eles chegaram.

Nancy começa a ouvir uma voz grave masculina intercalada com a de Alice quando a dra. Taylor sussurra: "É isso, Nancy. Acabamos aqui. Só fica um pouco deitada".

Nancy segura as lágrimas que ameaçam cair, uma mistura de medo e alívio. Ela fecha os olhos por um momento e fica ouvindo a dra. Taylor guardar o equipamento. Então volta a abrir os olhos, piscando devagar. As lágrimas estão sob controle, mas Nancy sabe que vão retornar depois.

A dra. Taylor voa pela sala, guardando coisas em armários trancados. Nancy ouve o barulho dela dando um nó num saco de lixo. Vozes no corredor. Nancy quer ir para casa mais do que já quis qualquer outra coisa na vida. A dra. Taylor pega alguns itens que nem foram usados no procedimento e os coloca na bandeja de metal ao lado do tornozelo da paciente. Nancy se dá conta de que os atores estão assumindo seus lugares, forçando sorrisos reluzentes no rosto. Estão prontos para enganar o público no momento em que as cortinas se abrirem.

Nancy permanece respirando profunda e deliberadamente, em um esforço para não vomitar, quando a dra. Taylor volta a se acomodar no banquinho. Ela tira os pés da paciente das perneiras e massageia o peito deles, para tranquilizá-la.

"Não posso deixar que você se vista ainda", a médica diz, através da máscara. "Ainda preciso verificar algumas coisas. Mas deixei à mão tudo o que eu precisaria para fazer um papanicolau", ela diz, indicando a bandeja cheia de instrumentos inocentes. "É tudo o que eles vão ver. Sem nos pegar no pulo, não podem nos acusar. Vamos tentar manter os policiais longe de você, mas não acho que vá ser necessário. Pela minha experiência, esse tipo de cara morre de medo de qualquer coisa relacionada a vagina quando não se trata de sexo."

Apesar da situação, Nancy sente que os músculos de seu rosto formam um sorriso.

"Não diga nada, a menos que eles exijam falar com você. Nesse caso, se atenha à história combinada."

"Tá."

A dra. Taylor aperta de leve o pé esquerdo dela. As vozes se aproximam pelo corredor. Alice exige que lhe mostrem o mandado. Nancy ouve três ou quatro homens, as vozes se elevando em um crescendo furioso contra os protestos da enfermeira.

Um momento depois, há uma leve batida na porta, que se abre. Alice enfia a cabeça para dentro, com os olhos arregalados.

"Dra. Taylor?"

"Sim?"

"Tem alguns policiais aqui querendo falar com você. Eles têm um mandado de busca." A última palavra de Alice ainda reverbera no ar sufocante da sala clara quando a porta é empurrada com força por cima do ombro dela. "Senhor..."

"Gostaria de falar comigo, policial?" A dra. Taylor se levanta. Ela percorre os poucos passos até a porta da salinha. A respiração de Nancy está rasa. Já sente falta do peso da mão da médica em seu pé.

A dra. Taylor estende a mesma mão ao policial. Ele hesita antes de apertá-la.

"Meu nome é Pernith", ele acaba dizendo.

"Muito prazer, policial Pernith." Ela aperta a mão dele, então a solta de maneira agressiva, como se preferisse jogá-lo do outro lado da sala. "Então o senhor e seus colegas têm um mandado de busca nesta clínica?" A médica acena com a cabeça para os três jovens policiais atrás de Pernith. Dois deles, mais próximos à porta, têm a expressão dura, com a mandíbula cerrada e os olhos estreitos por baixo da testa franzida. O outro espreita à distância, no corredor, olhando para os próprios sapatos.

"Sim, senhora. Recebemos informações de que atividades ilegais podem estar sendo conduzidas neste local."

"É mesmo? E de que atividades ilegais desconfiam?" A dra. Taylor dá um passo à frente, saindo para o corredor, e tenta fechar a porta atrás de si, mas o policial Pernith estica os braços bem treinados e a mantém aberta.

"Receio que tenhamos que entrar nessa sala, senhora."

"É dra. Taylor, e não senhora, por favor."

O policial morde o lábio, mas ela se mantém firme, embora seja pelo menos uma cabeça mais baixa que ele. "Preciso revistar a sala, doutora."

"Preciso ver o mandado. Se vai invadir um exame perfeitamente rotineiro da vagina de uma das minhas pacientes, insisto em ver a prova de que essa autoridade totalmente inútil foi concedida ao senhor."

A menção direta da dra. Taylor à palavra "vagina" faz com que o policial pare na mesma hora, com o pescoço vermelho. Ele pigarreia. Nancy nota um movimento de canto da boca de Alice.

"Stevenson", o policial acena imperiosamente para um de seus subordinados de mandíbula cerrada, que enfia uma folha de papel na mão estendida da médica. Ela examina o mandado por um momento, então contrai os lábios em uma linha fina e volta à sala. Nancy sente que suas entranhas derreteram.

"Lucy?", a dra. Taylor chama. Nancy vira na direção da porta, perguntando-se com quem a médica está falando. Ao lado do policial, a dra. Taylor faz um aceno mínimo de cabeça para ela.

"Sim?", Nancy diz.

"Estes policiais têm um mandado de busca no meu consultório, o que inclui esta sala de exame. Eles insistem em entrar. Por favor, fique onde está."

O policial Pernith entra a passos largos. É um homem grande, com ombros largos. Todos os policiais parecem maiores que homens normais. Seus colegas e Alice entram também. Assim cheia, a sala é sufocante. Nancy sente o cheiro do perfume de um dos homens, e seu estômago se revira. Reconheceria a fragrância em qualquer lugar: Hugo Boss, a mesma que Len usa. Ela vira a cabeça para a parede e prende a respiração o quanto pôde.

Alice vai para o lado da paciente, pega uma mão dela nas suas e aperta com força. É uma mulher equilibrada e maternal, que deixa Nancy meio desejosa de que sua própria mãe estivesse ali com ela, embora a mera ideia de lhe contar sobre a gravidez seja insuportável. Nancy fecha os olhos, tentando ignorar o que acontece. Um momento depois, ouve o barulho de sapatos avançando e sente uma presença pesada ao seu lado. O policial pigarreia.

"Senhorita?"

Ah, pelo amor de Deus.

"Sim?", ela diz, em uma voz rouca e muito diferente da sua. O que talvez seja bom.

O policial está claramente desconfortável. "Pode me dizer o que está fazendo aqui esta noite?"

Nancy abre os olhos e encara o policial. É corpulento, tem queixo quadrado e uma barba por fazer considerável, cobrindo o queixo e o pescoço. Deve estar trabalhando desde a manhã, tão cansado quanto ela, louco para voltar para casa e para a esposa. Em vez disso, está ali, tentando impedi-la de fazer um aborto seguro. De recomeçar. Nancy sente uma fúria que nunca experimentou antes. Quente e afiada, assustadora e incômoda. O fio da navalha.

Esse cara que se foda.

"Estou aqui seminua, mal coberta por uma folha de papel, numa mesa de exame médica, e, até sua entrada, com os pés nas perneiras. O que *acha* que estou fazendo aqui? Eu tinha ingressos para ver o jogo dos Leafs hoje. Acredite em mim: preferiria estar me enchendo de pipoca e cerveja ruim em vez de ser aberta com um macaco hidráulico para fazer um papanicolau."

Nancy mal consegue acreditar nas palavras que saíram de sua boca. Arrepende-se no mesmo instante e fecha o bico, com as bochechas queimando. A dra. Taylor. Prisão. O roteiro.

O policial Pernith se atrapalha com o caderninho que tem em mãos. Os olhos que se voltam para os de Nancy são mais profundos do que ela poderia ter imaginado.

"Quer saber, senhorita? Eu também preferiria estar em um jogo de hóquei. Já estamos terminando aqui. Peço desculpas pela interrupção. Só estou cumprindo ordens, sabe? Que bom que está fazendo... esse teste. Minha filha precisou fazer no ano passado", ele acrescenta, baixo. "Sei que não é agradável, ainda que possa ser necessário."

As entranhas de Nancy se reviram. A mão de Alice se alivia na dela.

"Tenham uma boa-noite", o policial Pernith diz.

"Obrigada", Alice consegue dizer em resposta, baixo.

Pernith espera à porta da sala de exame enquanto os outros policiais finalizam sua inspeção superficial. Finalmente, eles vão embora, acompanhados pela dra. Taylor. Nancy ouve três trancas sendo fechadas na porta da frente. Logo depois, a médica reaparece na sala de exame.

Ela solta o ar devagar, com a boca formando um pequeno O. "Bom, Nancy, você não se ateve mesmo ao roteiro."

"Desculpe, dra. Taylor. Não tenho ideia do que..."

A médica e Alice irrompem em risos.

"Está tudo bem, Nancy. Mesmo", a dra. Taylor diz, sorrindo. "Sinceramente, só estamos impressionadas. Você teve muita coragem."

"Foi ótimo, Nancy", Alice acrescenta, indo até a pia. Ela tira uma chave do sutiã, como num passe de mágica, então abre a gavetinha de baixo de um arquivo e tira uma pilha de papéis. "Eles mal olharam os armários. Eu estava com medo de que fossem me fazer abrir."

"Sinceramente, não sei o que deu em mim", Nancy diz. "É que fiquei tão brava. Por que se importam com isso?"

"Porque preferem ver mulheres morrendo em becos, de hemorragia, com um cabide enfiado entre as pernas", Alice diz, com os olhos brilhando.

A dra. Taylor suspira e volta a se acomodar aos pés de Nancy. "Vou verificar só mais uma coisinha, está bem, Nancy?"

Um minuto depois, a médica libera Nancy para se sentar.

"Parece que está tudo bem. Alice vai te dar alguns absorventes grossos e instruções para não infeccionar. Tome todos os antibióticos até o fim e siga todas as recomendações. Se tiver qualquer infecção, me ligue na hora. *Não* vá ao hospital, entendido?"

"Entendido."

"Não quero te assustar. Infecções são raras em um procedimento feito adequadamente e tomando todos os antibióticos. Evite exercício pesado e sexo por um tempo."

Nancy desdenha. "É, acho que isso não vai ser um problema."

"Mas se algo acontecer", a dra. Taylor prossegue, "ligue pra gente. O hospital vai fazer perguntas, você não vai poder mentir e vão chamar a polícia."

"Sei disso", Nancy diz. "Há alguns anos, acompanhei minha prima num aborto com um carniceiro. Ele quase a matou. Tive que ir pro hospital com ela depois, de tanto que sangrava."

"Meu Deus." A dra. Taylor balança a cabeça. "É por isso que fazemos o que fazemos."

"Me encheram de perguntas no hospital, e uma médica do pronto--socorro me disse que, se voltasse a acontecer, era melhor ligar para os consultórios procurando por Jane. Na hora, nem entendi direito. Mas não esqueci. E foi assim que encontrei vocês."

"É bom saber disso", Alice diz. "Que hospital foi?"

"O St. Joe." Nancy se senta devagar, pegando a mão estendida da dra. Taylor. Ela se encolhe. "Dói."

"Eu sei. Vai doer por alguns dias. Pode tomar um analgésico comum. Beba bastante água e tente dormir esta noite. Talvez seja difícil, por um tempo. Emocionalmente, digo. Seus hormônios vão começar a se reajustar assim que seu corpo se der conta de que você não está mais grávida, o que pode ser bem intenso. Você tem uma amiga com quem possa falar a respeito?"

"Na verdade, não."

"Uma colega? Uma irmã?"

"Tem as meninas com quem moro. Sou próxima de uma delas. E acho que ela pode ter desconfiado de algo."

"Tá, é uma boa. Mesmo que você não diga o que aconteceu exatamente, tenha alguém de olho em você por um ou dois dias, só para garantir. Escreva um diário, tenha discussões mentais, faça o que precisar fazer. Mas preciso pedir que não diga meu nome a ninguém, entendido? É parte d acordo. As Janes só podem continuar existindo se não estivermos todas presas. E, se não estivermos à disposição, outras não vão poder fazer um aborto seguro."

Nancy assente. Ela gosta da dra. Taylor.

Alice se aproxima, com uma folha de papel, alguns absorventes e um potinho branco com comprimidos, sem nada escrito, que coloca dentro de um saco de papel. "Tome os remédios e siga as instruções. Mas, por favor, não deixe que ninguém veja esse papel. O fundo da gaveta de calcinhas e debaixo do colchão são bons lugares onde esconder. Queime depois que estiver recuperada. Por segurança."

"Tá bom. Pode deixar. Obrigada."

"Também gostamos de dar às pacientes um exemplar do *Manual do controle de natalidade*", Alice diz. "Você tem?"

"Não. Mas ouvi falar. Um pessoal na faculdade tem."

"Há muitas informações equivocadas circulando por aí, então preferimos que nossas pacientes tenham uma fonte confiável. Sinceramente, não queremos que ninguém tenha que recorrer a nós mais de uma vez."

"Ah, sim, eu sei", Nancy diz. "Vou ser mais cuidadosa."

"Não seja dura demais consigo mesma", Alice diz. "Só leia o manual e se cuide. Vou chamar um táxi pra você. Você tem dinheiro para pagar ou precisa de uma ajuda?"

"Ah, não, pode deixar. Obrigada. Vocês duas já fizeram o bastante."

Nancy desce com cuidado da mesa enquanto Alice sai da sala e a dra. Taylor se vira para lhe dar privacidade enquanto se veste. Ela pega a bolsa e o casaco de Susan, depois calça as botas. A dra. Taylor a acompanha até a porta da frente e abre as trancas.

Nancy se vira para ela. "Obrigada. Eu... não sei mais o que dizer."

"De nada, Nancy. Sinto muito pela polícia. Eu acho que uma hora isso para."

"Não tem problema. Não é culpa sua."

"Tem problema, sim, mas você está certa: não é culpa minha, nem sua."

As duas mulheres ficam olhando para o chão enquanto aguardam a buzina do táxi. Por algum motivo, Nancy está tendo dificuldade para se despedir. Ela se sente segura ali.

"Se alguma amiga minha precisar, posso dizer para ligar pra cá? Posso dar seu nome?"

A dra. Taylor balança a cabeça. "Não, mas posso passar est número aqui." Ela tira um cartãozinho branco do bolso da roupa cirúrgica e o entrega à outra.

Nancy dá uma olhada nele. Tem só um número de telefone escrito à mão. "De quem é esse número?", ela pergunta.

O táxi buzina três vezes na rua, e Nancy quase morre de susto. A dra. Taylor estende o braço por trás das costas da outra e gira a maçaneta de latão, que range, abrindo a porta e deixando uma lufada de ar frio da noite entrar.

"Só diga a elas para procurar por Jane."

16

EVELYN

VERÃO DE 1983

Em sua sala nos fundos da clínica, Evelyn estica o braço para pegar a caneca de café e dar um gole. Esfriou há algumas horas, mas, com o consultório cheio, ela se acostumou a tomar café gelado. Agora talvez até prefira assim.

Evelyn está revisando os prontuários dos pacientes da semana, com os olhos meio turvos. Sente-se tão cansada que provavelmente deveria desistir e ir embora. Tem a casa só para si hoje: Tom saiu para jantar com Reg, um advogado que conheceu por meio de um amigo gay em uma festa. É o segundo encontro dos dois, e Evelyn está feliz por ele. Ela acha que sair mais de casa e ter mais encontros vai fazer bem a ele, e também gosta da tranquilidade da casa vazia de vez em quando, quando pode ficar sozinha com seus pensamentos.

Evelyn olha para o relógio. Vai trabalhar mais dez minutos e ir embora. Amanhã, tem a agenda cheia de pacientes e dois abortos para as Janes à noite.

Quando está trancando os prontuários no arquivo debaixo da mesa, o telefone toca. A recepcionista foi embora já faz uma hora, e Evelyn detesta deixar os pacientes sem resposta. É importante que confiem nela.

Com um suspiro, ela pega o fone. "Dra. Evelyn Taylor."

"Ah, dra. Taylor? Que bom que te peguei aí. Desculpe ligar tão tarde. Aqui é Ilene Simpson."

A filha de Chester Braithwaite.

"Ilene! Que bom que ligou. Como estão as coisas?"

Com as entranhas se revirando, Evelyn se prepara para o pior. Apesar de Chester ter lhe garantido desde o início de que estava em perfeita saúde e só precisava de uma médica para que a filha saísse de seu pé, ele tinha alguns problemas de pressão e de colesterol. Chester ia ao consultório tomar a vacina da gripe e fazer exames de rotina anualmente, mas também havia aparecido com alguns probleminhas, como uma queimadura de corda que não sarava e um dedão que ele achava que podia ter quebrado depois de uma topada. A filha morava nos subúrbios ao norte, a uma hora de carro do centro da cidade, e a médica muitas vezes tinha a impressão de que Chester se sentia apenas sozinho. O entusiasmo dele por Evelyn e pela clínica davam a ela certa confiança diante da falta de apoio dos próprios pais, de modo que ela não se importava nem um pouco com a presença frequente dele.

Então houve um susto com a possibilidade de ele ter câncer de próstata, há cinco anos, mas os exames deram negativo, para imenso alívio de Evelyn. A saúde dele se manteve razoavelmente consistente, até que o uísque finalmente cobrou seu preço ao pâncreas. Evelyn permaneceu em contato regular com Ilene, que tentava cuidar do pai em sua própria casa, e chegou a fazer uma dúzia de visitas domiciliares antes que a família decidisse colocá-lo em uma casa de repouso, alguns meses atrás. Desde então, a médica não tinha notícias de Ilene.

"Bom, ele... são as últimas semanas dele", Ilene diz. "Talvez os últimos dias. Estão se concentrando nos cuidados paliativos. Não há mais nada a fazer."

Evelyn afunda na cadeira. "Ah, Ilene. Sinto muito." Ela sente um aperto desconfortável no peito. "Ele é um homem muito especial. Foi uma honra conhecê-lo, de verdade."

"Obrigada, dra. Taylor." Ilene fica em silêncio por um momento, para se recompor. Evelyn aguarda. "Ele tem pedido pra te ver. É por isso que estou ligando. Pra te dar a notícia e perguntar se gostaria de fazer uma visita, acho. Ele gostava... ele *gosta* tanto de você. Acho que sempre foi grato por você não ter exigido que ele parasse de beber."

Evelyn tenta reprimir uma risada ao visualizar o rosto redondo e barbado de Chester. "Ah, bom, é um desses vícios que, como médicos, devemos pesar. Acho que eu não conseguiria fazer seu pai largar a bebida mesmo que tentasse. Ele deixou claro desde o primeiro dia que eu não devia insistir."

Ilene ri. "Meu pai costumava dizer que não pararia de beber nem morto." A dra. Taylor ouve um arquejo do outro lado da linha. "Desculpa, foi uma péssima escolha de palavras. Embora fossem as palavras dele mesmo."

Evelyn abre um sorriso triste.

"Ah, bom, não havia como impedir papai." Ilene ri de novo, depois funga. "Vou ficar muito triste quando ele for."

Evelyn gira uma tampa de caneta nos dedos e engole o nó que sente na garganta. "Eu também, Ilene."

Ilene suspira.

"Bem, em que casa de repouso ele está?", Evelyn pergunta. "Acho que não tenho anotado aqui."

"Na São Sebastião, na avenida Riverdale."

Um arrepio percorre o corpo de Evelyn. Ela aperta a tampa da caneta dentro do punho cerrado, e o plástico pressiona dolorosamente sua palma.

"Sabe qual é?" As palavras de Ilene filtram a densidade dos pensamentos de Evelyn, como estática.

"Sei", ela finalmente responde. "Sei, sim."

"Você acha... acha que consegue ir?"

Evelyn massageia a própria testa. Não pode recusar isso. Não a Chester. "Sim. Acho que posso."

No dia seguinte, Evelyn se aproxima cautelosa do lugar. CASA DE REPOUSO SÃO SEBASTIÃO, diz a placa. Não havia nenhuma placa ali quando se tratava do Lar Santa Inês para Mães Solteiras, só uma antiga casa parcialmente coberta por hera. Evelyn vem evitando aquele quarteirão desde que foi embora. Nunca nem sonhou que pudesse retornar.

Suas pernas em geral ágeis se enrijecem conforme ela se aproxima dos degraus da entrada; a bela fachada, pintada de creme na época em que vivia ali foi reformada, agora é de uma madeira escura, mais moderna. A porta também está diferente: na verdade, foi substituída, e a nova é de um belo tom de verde-escuro, com um elegante acabamento envernizado. É notável o que pode ser escondido com uma boa camada de tinta.

175

Evelyn se lembra do dia em que chegou ali, com as pernas tremendo e os nervos à flor da pele enquanto subia os degraus e batia à porta com a aldraba. Era outono, e o ar cheirava à fumaça de madeira e folhas. Para qualquer outra pessoa, seria cheiro de outono, das coisas passando de um estado a outro, de quente e frio ao mesmo tempo. Mas, para Evelyn, era o cheiro da morte. Ela não sentia o cheiro da madeira ou das folhas, só de cinzas e de material em decomposição.

Mas agora é verão, um dia quente e ensolarado, quase vinte e três anos depois, e o ar está carregado do aroma floral e cítrico das rosas e da grama recém-cortada dos jardins vizinhos. Evelyn procura focar nesse perfume, mas sabe que as rosas têm um preço. Não consegue desfrutar delas sem sentir os espinhos furando a pele.

Evelyn respira profundamente para acalmar o coração que bate cada vez mais acelerado, depois ajeita a bolsa no ombro e marcha até os degraus da frente, para encarar o passado de cabeça erguida. Ela tenta se lembrar de que não vive mais no caos nervoso e angustiado de quando chegou ali, adolescente. É dona de sua própria vida, uma mulher mais corajosa e forte do que antes. Dessa vez, veio por vontade própria, para se despedir de Chester. Não precisava ter vindo. Fez uma escolha, e é isso que importa. Evelyn gira a maçaneta e abre a porta para o seu passado.

O andar térreo da casa mudou bastante desde a época em que viveu ali. Paredes foram derrubadas para abrir espaço para uma recepção grande e corredores largos o bastante para se passar com cadeira de rodas. As tábuas de madeira que rangiam foram trocadas por linóleo, silencioso; os papéis de parede listrados, por tinta cor de pêssego bem clarinha. Seria quase agradável, Evelyn pensa, caso não conhecesse a história do lugar. Caso não ouvisse os gritos há muito esquecidos de bebês roubados e de meninas destruídas.

"Olá!" A jovem freira usando hábito na recepção sorri para Evelyn. "Bem-vinda à Casa de Repouso São Sebastião. Você já esteve aqui antes?"

Evelyn perde o ar. *Que pergunta.*

Ela se recupera. "Sim. Já estive, sim."

"Então bem-vinda de volta."

Evelyn percebe que é incapaz de dizer "obrigada". "Eu, hã, sou médica. Evelyn Taylor", ela fala baixo, como se as paredes pudessem ouvi-la e reconhecê-la. "Vim ver um paciente, Chester Braithwaite."

"Ah, claro. Só preciso que assine aqui, por favor."

A freira passa uma prancheta e uma caneta para ela. Evelyn assina com a mão trêmula, de um jeito estranho que nem parece dela.

A freira consulta um mapa colado na mesa. "Ele fica no andar de cima, dra. Taylor. Quarto 207."

O quarto que costumava ser da Cão de Guarda.

Seus pés estão colados ao chão. Ela força um sorriso canhestro para a jovem freira. "Obrigada."

"Fica subindo, por ali, depois à direita."

Evelyn se vira para a escada, tentando em vão acalmar o estômago. Seus pés se arrastam, como se tivessem acabado de pisar em cimento úmido. Os degraus rangem do mesmo modo que tantos anos antes, o que faz com que sinta o coração batendo nos ouvidos. Ela vira à direita no patamar, atravessa o corredor e passa por dois quartos, depois por um terceiro. Então congela no lugar, diante da porta de seu velho quarto. Há uma jovem inclinada sobre uma cama, a cortina de cabelos castanhos compridos bloqueando seu rosto enquanto ela fala suavemente com uma paciente.

A senhora na cama vira a cabeça. Parece vagamente familiar a Evelyn, que, no entanto, não se lembra de quem se trata. Ao vê-la do lado de fora do quarto, a senhora grita, como se tivesse se queimado. Evelyn dá um pulo para trás, afastando-se depressa enquanto uma enfermeira passa por ela depressa e entra no quarto. A paciente choraminga de leve agora, e Evelyn ouve a jovem e a enfermeira tentando tranquilizá-la.

Os nervos de Evelyn estão de novo à flor da pele, e ela aguarda um momento diante da porta 207, para se recompor. Força-se a dar um sorriso, depois entra pela porta aberta.

Uma luz fraca emana de um pequeno abajur na mesa de cabeceira. Chester está debaixo das cobertas, dormindo de pijama xadrez. Está quase careca agora, com apenas alguns fios de cabelo branco em um halo em torno da cabeça. Sua barba grisalha cascateia por cima do queixo duplo.

Um bipe leve e rítmico sai de um monitor conectado à terapia intravenosa ao lado da cama. As cortinas marrom-escuras estão fechadas, impedindo o calor da tarde de entrar. O ar pesa com a mistura fedorenta de fezes e de substâncias químicas que todos os hospitais compartilham.

É um cheiro com que Evelyn está acostumada, é claro. Consegue lidar com ele melhor que a maioria das pessoas. Mas a morte iminente de Chester não é uma situação para a qual estivesse totalmente preparada: ela foi pega de guarda baixa. Ela coloca a bolsa no chão, depois estica o braço e apoia a mão sobre o pé dele. Reluta em acordá-lo, mas sabe como vai ser difícil convencer a si mesma a vir de novo.

"Sr. Braithwaite?", Evelyn chama, audivelmente. "Sr. Braithwaite, é a dra. Taylor."

Ela dá um apertãozinho no pé de Chester, que abre os olhos. Ele pisca algumas vezes, livrando-se da névoa do sono antes de abrir um sorriso que vai de orelha a orelha, como uma rede.

"Doutora!", Chester diz. "Ah, querida, obrigada por ter vindo."

Evelyn sorri. "Imagina, Chester."

"Faça um favor pra esse velhote e abra as cortinas. Não consigo enxergar direito."

"Não tem ar-condicionado. Acho que as cortinas estão fechadas para não esquentar demais."

"Pff", Chester zomba, fazendo um aceno de desdém com a mão gorda. "Já vou passar frio depois de morto. No momento quero sentir um pouquinho de calor."

Evelyn atende ao pedido e abre as cortinas pesadas. A luz cegante do sol de verão banha o quarto.

"Ah, assim está melhor", Chester murmura.

É como se uma represa tivesse rompido, e Evelyn sente isso também. Ela olha para o jardim dos fundos, contemplando o verde exuberante das sebes e do gramado, as rosas e as peônias alegremente banhadas pelo sol, em plena floração, exibindo o ápice de sua glória. Um cortador de grama faz barulho num jardim próximo. Crianças riem na rua. Os chilros dos pássaros enchem a sala. Evelyn nunca passou os meses de verão no Santa Inês. Não tinha ideia de como os arredores eram idílicos. As cortinas estavam quase sempre fechadas, para proteger a identidade das moradoras. Por que não deixavam entrar luz?

"Puxe uma cadeira", Chester diz, quase indignado. "Fique um pouco. Não está planejando ir embora, está?"

Evelyn tira os olhos da janela. "Não. Posso ficar um pouco."

"Ótimo."

Ela puxa a cadeira de visitas para perto da cabeceira e se acomoda ali. Os dois se olham por um longo momento.

"Já estou partindo, doutora", Chester diz.

Evelyn engole em seco um nó na garganta maior do que ela havia antecipado. "Eu sei."

"Mas fiz as pazes com isso, sabe? Morrer. Não me incomoda muito. Todo mundo tem seu tempo. E o meu acabou." Chester dá uma risadinha, que se transforma em um acesso de tosse violento que dura um minuto inteiro. Ele toma um pouco de água e balança a cabeça.

"Tem tomado uísque aqui?", Evelyn pergunta.

"Pff. Não. São uns bons e velhos proibicionistas aqui. Não me deixam beber."

"Que remédios está tomando, Chester?"

"Não tenho ideia."

Evelyn consulta o prontuário ao pé da cama.

"Ei", Chester começa a dizer, "não vai se preocupar com essa baboseira. Eu queria que você viesse me visitar, não me tratar. Médicos entram aqui a cada hora para verificar o prontuário."

Satisfeita, Evelyn devolve o documento ao pé da cama e enfia a mão dentro da bolsa. "Eu só estava olhando que remédios você anda tomando, porque..." Das profundezas da bolsa, ela tira duas garrafinhas em miniatura de uísque e dois copos de vidro. "Achei que podíamos beber uma juntos, depois de todos esses anos."

A expressão no rosto de Chester fez o coração de Evelyn ficar duas vezes maior que o normal, antes de se partir. "Deus te abençoe, doutora. Minha nossa."

Evelyn apoia os copos na mesa de cabeceira de Chester, abre as garrafinhas e serve o uísque. "Espero que não se importe de beber puro. Se quiser gelo, posso tentar arranjar."

"Não, assim está perfeito."

Evelyn entrega um copo a Chester. Ela mesma não gosta muito de uísque, mas foi até ali por Chester e está determinada a fazer o sacrifício valer.

"Um homem não deve beber seu último uísque sozinho", Chester diz, como se lesse os pensamentos dela. "Saúde, doutora."

"Saúde, Chester."

Eles brindam. O tim-tim costuma ser um som de celebração, e não de tristeza. Mas talvez seja um momento para ambas as coisas. Evelyn pisca várias vezes e coça o nariz. Chester toma um gole.

"Não vá chorar agora, doutora."

"Não estou chorando. É um uísque forte, só isso."

Ele volta a sorrir, com a dentadura um pouco fora do lugar. "Obrigado por ter me mantido vivo todos esses anos. Sei que fui um velho rabugento."

Evelyn ri, sentindo a garganta pegar. "De nada, Chester. É meu trabalho, mas foi um prazer."

"Sei que sim. Por isso que você é diferente."

Evelyn sorri e dá um gole na bebida. Hoje está até gostando do sabor. "Você foi meu primeiro paciente, sabia disso?"

"Imaginei. Eu estava olhando da minha casa quando você se mudou. Com os equipamentos médicos e tudo o mais. Não queria ter que andar muito para as consultas, sabe?"

"Bom, devo dizer que acabei me apegando a você, Chester. Vou... eu senti falta das suas visitas." Ela sente o nariz começando a escorrer e toma outro gole de uísque, para disfarçar.

"Ah, sou velho demais para você, doutora." Ele dá uma piscadela.

Evelyn suspira. Os dois terminam de beber e uma sensação de encerramento se assenta sobre eles, como o pó em uma casa vazia. Evelyn estende o braço e pega a mão de Chester. A pegada dele continua firme.

"Você é uma boa pessoa, doutora", ele diz. "Torna a vida dos outros mais fácil sendo apenas você mesma. Mas é um pouco reservada. Foi muito difícil te entender. Você... se arrisca bastante, fazendo o que faz, e talvez isso tenha te deixado um pouco durona."

Evelyn prende o ar e sente a pele áspera da mão de Chester na sua, tremendo levemente. Ele a aperta.

"Está tudo bem. Eu vi o entra e sai ao longo dos anos, a espera na sua varanda no escuro. Você é uma mulher corajosa. Faz algo bom. Ajuda as pessoas. É isso que estou dizendo. Só não deixe isso te endurecer demais."

Uma lágrima trêmula escapa do canto do olho dela.

"Ah, vamos", Chester diz. "Me dê um abraço e vá para casa."

Evelyn se inclina e envolve o corpo esguio do velho com os braços. "Obrigada, Chester", ela sussurra.

"Cuide-se, doutora. Nos vemos do outro lado."

Ela deixa uma garrafinha de uísque vazia para ele. Chester vai abri-la e sentir o cheiro todas as noites até morrer, seis dias depois, em uma noite quente de quinta-feira. A janela do quarto estará bem aberta, como um portão, para receber a boa alma que passar por ali.

Evelyn não olha para trás ao fechar a porta do quarto que costumava ser da Cão de Guarda e agora é o quarto de Chester. Ela precisa de um minuto para se recompor, olhando em volta para o corredor do andar de cima e as muitas lembranças que ele traz. Daqui em diante, vai escolher pensar em Chester quando visualizar o quarto 207, e não na Cão de Guarda. Vai ouvir a risada dele, e não os ecos dos gritos das meninas. Vai se lembrar de como a Sala da Despedida era o único cômodo na casa que tinha luz natural, um detalhe que na hora estava distraída demais para notar. Vai se recordar do rosto doce de sua amiga, enquanto as duas tricotavam ao lado da lareira quente, no auge do inverno. Agora, Evelyn compreende pela primeira vez que pode escolher que lembranças vai levar consigo desse lugar e o que pode deixar para trás.

17

NANCY

VERÃO DE 1983

Nancy ajeita a bolsa e a sacola de pano no ombro e atravessa o saguão da casa de repouso, em direção à escada. Ela sobe os degraus e ouve a madeira ranger. O som é amplificado pelo silêncio da tarde. A essa hora, o lugar está quase em silêncio completo, porque a maioria dos pacientes tira uma soneca antes do jantar, adentrando os sonhos densos e nebulosos com entes queridos do presente e do passado, o lugar onde o tempo perde o sentido e eles podem sonhar em ser jovens e completos de novo.

Esta noite ela vai visitar a irmã Mary Agatha. Não é uma mulher velha, mas começaram com os cuidados paliativos anteontem. O câncer nos ossos se espalhou por todo o corpo.

Quando Nancy entra no quarto da freira, nota que está fracamente iluminado por um abajur com cúpula de renda sobre a mesinha de cabeceira. Há uma cama de solteiro estreita colada à parede, e um crucifixo pendurado acima da cabeça da mulher adormecida. Nancy se esgueira em direção à cadeirinha de madeira ao lado da cama. O quarto está abafado. Ela destranca a janela e empurra o batente para fora, travando-o no lugar. Uma brisa de verão misericordiosa entra. O quarto tem vista para o jardim dos fundos, que é muito mais silencioso que a rua. Nancy sente cheiro de rosas no ar, resquício do calor da tarde.

É seu último dia como voluntária na Casa de Repouso São Sebastião. Depois de se esforçar bastante para subir suas notas até o nível em que deveriam estar, ela foi aceita pelo curso de biblioteconomia e recebeu uma oferta para trabalhar nos arquivos universitários. Entre os estudos e o emprego, não vai ter tempo de continuar com suas visitas noturnas à casa de repouso, mas Nancy está pronta para seguir em frente — tem outros fardos emocionais com os quais lidar agora.

Há três meses, a mãe foi diagnosticada com câncer no cérebro, embora só tenha contado a ela no mês passado. *Bem, eu não queria preocupar você, querida*, foi o que ela disse. Não ficou claro se seu histórico de enxaquecas tinha algo a ver com isso, mas, de qualquer maneira, Frances está fazendo quimioterapia, e fazer companhia a pacientes em estado terminal não ajuda em nada a aliviar o medo de Nancy.

Uma coisa boa foi que ela conheceu Michael. No hospital, da primeira vez que a mãe deixou que a levasse para o tratamento. Ele estava pegando um café e a fez rir. Nancy estava se sentindo tão mal na época que isso bastou para que concordasse em sair com ele. Os dois só saíram duas vezes, mas Nancy gosta dele.

Ela vira de costas para a janela e se senta, então tira um livro da bolsa transpassada: *The Stone Angel.*

O rosto da irmã Agatha é branco e fino, muito mais jovem que o da maioria das pessoas que Nancy visita. Seu cabelo está preso em uma trança bonita, que desce por um ombro e descansa delicadamente no peito afundado. Nancy desconfia que alguma enfermeira esteja cuidando do cabelo de Agatha. São as pequenas coisas que contam nos últimos dias, os detalhes aparentemente insignificantes que ajudam a pessoa a manter a dignidade e a lembram de quem é. Ou, pelo menos, de quem foi.

Nancy solta um suspiro empático e começa a ler, deixando o marcador de página na mesa de cabeceira.

"Que livro é esse?"

Nancy tira os olhos da página e encontra os olhos de Agatha. As pálpebras da freira estão pesadas de sono.

"Ah, oi", Nancy diz, fechando o livro. "Achei que estivesse dormindo. Me desculpe. Sou a Nancy."

"Oi, Nancy. Sou a irmã Agatha."

"Muito prazer. Como está se sentindo?"

"Ah, você sabe. Câncer. Disseram que não tenho muito tempo. O padre já veio realizar os rituais. Mas não me importo, querida. Deus vem a todos nós, no tempo certo."

As duas ficam em silêncio por um momento. A brisa faz as cortinas esvoaçarem. Nancy sente o cheiro da grama recém-cortada em meio ao mormaço pesado do verão.

"Que livro é esse?", a irmã Agatha volta a perguntar.

"Ah, é... hã..." *Que escolha idiota.*

A irmã Agatha fica à espera, sem piscar.

"É *The Stone Angel*, de Margaret Laurence. É sobre, bom..." Nancy sente o rosto esquentando e se atrapalha com as palavras. "Uma mulher no fim da vida e..."

"Conheço esse livro, filha."

Nancy o guarda na bolsa.

"Não precisa esconder. Não seja tola. Sei que estou morrendo."

"Por que não conversamos? Ou eu posso só te fazer companhia, se quiser voltar a dormir, irmã. Estou aqui para o que precisar."

A irmã Agatha reflete por um momento. "Vamos conversar, então. Sente mais perto de mim. Meus olhos já não são os mesmos."

Nancy obedece, arrastando a cadeira para mais perto da cama.

"Minha nossa", Agatha diz, de repente com a testa franzida. "Você é tão jovem. Qual é seu nome, filha?"

"Nancy."

"Nancy..." Agatha repete, olhando para o rosto de Nancy. "Você me lembra de alguém que conheci." A freira pensa por um momento. "Ela também era jovem. Todas eram."

Nancy não sabe muito bem o que dizer. "É mesmo?"

"Hum-hum", Agatha diz, confirmando com a cabeça. "Já faz muito tempo."

Há um breve silêncio enquanto os anos que se passaram preenchem o vazio entre as duas.

"Onde você a conheceu?", Nancy pergunta.

"Aqui", Agatha diz, abarcando as paredes com a mão fraca. "Por anos, este lugar viveu cheio de meninas. Era um lar."

"Para meninas rebeldes?"

"Isso. Como você sabe?"

"A irmã Mary Anna me contou. A freira que fica na recepção lá embaixo. Ela gosta de conversar."

Agatha sorri, seus lábios secos se esticando contra os ossos do rosto encovado. "É verdade. Ela é uma boa menina."

"Mas o que isso significava na época? Meninas rebeldes? Eram meninas que cometiam crimes leves? Como furto ou coisa do tipo?"

184

Agatha sustenta o olhar de Nancy. "Não, elas não eram criminosas", a freira murmura. "Embora às vezes fossem tratadas assim. Não eram mais velhas do que você é agora. Eu poderia contar cada história a você..."

"Por que elas eram tratadas tão mal?" Nancy tem um leve pressentimento. Desenterrou algo.

"Ah, bom...", Agatha começa a falar, então tem um acesso de tosse. Nancy pega o copo plástico com água na mesa de cabeceira e espera que passe. A freira toma alguns goles trêmulos.

Agatha descansa a cabeça na fronha verde-claro. "O que eu estava dizendo? Às vezes me confundo." A respiração dela começa a acelerar, seu peito sobe e desce sob a colcha. "Como era o nome dela? Daquela que morreu?"

"Eu não... não sei." Nancy pega a mão fria de Agatha e a segura entre as suas, quentes, jovens e fortes, os dedos livres de calos e cicatrizes.

Agatha precisa de um momento para voltar a focar. Nancy consegue ver a verdade se formando em seus olhos, vindo à tona, como fotografias na câmara escura. Dessa vez, ela descobre que não quer ouvir. Não quer carregar isso consigo.

"Eu ouço os gritos. Das meninas e dos bebês", a freira murmura.

Nancy precisa se inclinar para mais perto da mulher, e seu cabelo castanho comprido escorrega pelos ombros, faz cócegas em sua bochecha.

"Roubamos os filhos delas", Agatha sussurra. "Ela os vendia. Inclusive os das que haviam sido estupradas. Elas não tinham culpa. Eu menti para a pobre menina. Disse a ela que sua filha tinha morrido. Mas não morreu. Não morreu. Achei que fosse melhor assim. Achei que estava sendo misericordiosa, porque ela estava triste demais, mas eu estava errada. Foi um erro. Achei que fosse melhor..."

A mão de Nancy estremece, no aperto frio de Agatha. "Vocês... vocês *vendiam* bebês?"

Agatha não parece ouvir. "Às vezes vejo os rostos. Mas a bebê não morreu."

O olhar vidrado de Agatha está fixo num ponto mais além de Nancy, que vira a cabeça, mas não encontra nada além do papel de parede desbotado. Claro que não. Nancy procura se recompor.

"Agatha." A jovem se inclina para mais perto, bloqueando o que quer que Agatha acredite que esteja vendo atrás dela. Funciona. Os olhos da freira voltam a focar no rosto de Nancy antes de se voltarem para a porta aberta.

Agatha grita, com medo, os lábios esticados revelando os dentes. Nancy dá um pulo e olha para a porta, mas não tem ninguém ali. Pouco depois, a enfermeira que cumprimentou Nancy no corredor chega correndo.

"O que aconteceu?"

"Não sei", Nancy diz, dando espaço à mulher. "Ela ficou confusa e começou a falar sobre... Ela olhou para a porta e gritou. Eu não..."

"Às vezes ainda vejo os rostos", Agatha choraminga para as duas, com os olhos banhados em lágrimas. "Mas nunca sei. Nunca sei dizer se não é só na minha cabeça. Sinto muito. Sinto muito mesmo. A bebê não morreu. Preciso dizer isso a ela. Alguém precisa dizer isso a ela, mas ninguém me ouve."

"Xiii, xiii, xii", a enfermeira faz para Agatha. "Calma, irmã. Está tudo bem. Ninguém vai te machucar. Está tudo bem. Você está segura."

O rosto de Agatha se contrai, e as lágrimas começam a rolar. Nancy estica o braço para voltar a pegar sua mão. Agatha se assusta, como se surpresa com o toque, mas então agarra os dedos de Nancy.

"Irmã", a enfermeira diz, baixo, "vou te dar algo para que fique mais confortável, está bem?"

Agatha assente, com os olhos fechados.

A enfermeira se vira para Nancy e diz, baixo: "Vou pegar alguma coisa para que ela possa dormir. É tudo o que podemos fazer nos momentos de pânico e confusão. Queria ser mais útil, mas agora está nas mãos de Deus." A mulher faz o sinal da cruz.

"Claro", Nancy diz.

"Já volto."

Nancy volta a se acomodar na cadeira ao lado da cama, tomando o cuidado de não soltar os dedos frios de Agatha. O corpo da freira parece relaxar, as lágrimas cessam. Às vezes, tudo o que precisamos é de uma mão para segurar.

Um momento depois, Agatha volta a abrir os olhos, que estão embaçados e um pouco fora de foco. "Por favor, conte a ela", a freira sussurra.

"Eu... eu vou contar", Nancy diz, perplexa, dando batidinhas na mão da outra.

Para alívio da jovem, a enfermeira logo volta com uma seringa, que administra através da terapia intravenosa, com a testa franzida.

"Ela deve dormir em um minuto ou dois, Nancy", a mulher comenta, baixo. "Você pode ir em seguida. Acho que vamos manter Agatha sedada a noite toda. A confusão está piorando, e não queremos que ela fique com medo."

Nancy assente. "Certo. Tudo bem."

Dez minutos depois, quando tem certeza de que a irmã Agatha finalmente está sob total efeito da medicação para dormir, Nancy confere se o livro está mesmo na bolsa e pega sua sacola. Ela olha para a mulher à beira da morte e toca o volume que imagina ser seu pé direito. Então o segura com uma ternura maternal — um toque leve, que suas mãos ainda não deveriam ter aprendido — antes de seguir para a porta.

Nancy espera do lado de fora até que a enfermeira da noite volte a passar, um minuto depois.

"Posso te perguntar uma coisa?", ela pergunta.

"O que foi?"

Nancy hesita, incerta quanto a como perguntar o que deseja sem que pareça uma acusação. "O que a irmã Agatha disse..." Ela ajeita a alça da sacola no ombro. "Foi um pouco perturbador. Antes de você entrar, ela falou que costumavam roubar bebês e vender aqui, quando era um lar para meninas rebeldes. Do que ela estava falando?"

A mulher franze os lábios e olha por cima do ombro. "Houve certa... controvérsia, na época em que esse lugar era a casa de amparo maternal da paróquia. Parece que alguns bebês foram vendidos a famílias que desejavam adotar. Acho que é disso que ela está falando. Acho que Agatha sente muita culpa quanto a seu papel nisso tudo."

Com dificuldade, Nancy consegue reprimir um palavrão. "Ela disse algo sobre um bebê que não morreu."

A enfermeira balança a cabeça. "Não tenho ideia do que se trata. Você tem que entender que ela anda bastante confusa. Às vezes, as coisas se misturam, perto do fim. Não leve nada muito a sério", a mulher acrescenta. "Está tudo no passado agora."

A enfermeira vai embora, deixando Nancy sozinha. A jovem vira à esquerda mais adiante no corredor, em direção à escada. Depois de descer alguns degraus, ouve alguém atrás de si. Quando chega à porta da frente, segura-a aberta, por costume.

"Obrigada", a outra mulher diz, passando por Nancy ao sair.

A jovem vê o perfil de relance e sente uma pontada nas entranhas. *Dra. Taylor?* A mulher vira à esquerda no fim do caminho que dá para a calçada e para o sol do fim de tarde.

"Dra. Taylor!", Nancy a chama. "Dra. Taylor, espere!"

A médica dá mais alguns passos antes de desacelerar, parar e virar. O sol agora está às suas costas, mas Nancy tem certeza de que é ela.

"Desculpe, mas conheço você?", a dra. Taylor pergunta.

Nancy hesita. Os olhos da médica brilham e seu nariz está vermelho, como se ela tivesse chorado. "Você, hum..." A jovem olha em volta, mas as duas estão sozinhas na rua, a não ser por um homem lavando o carro, várias portas abaixo. Ela se aproxima. "Você me ajudou. Com um problema que tive, sabe? Alguns anos atrás."

"Ah, entendo. Claro." A dra. Taylor olha para Nancy por um momento, depois assente, devagar. "Agora me lembrei do seu rosto. Foi a batida policial, não é? Em março de 81?"

"Isso."

Nancy nunca esperaria esbarrar nela, e é tomada por uma urgência surpreendente. Precisa agradecer à médica antes que perca sua chance. "O que você fez... pode ter salvado minha vida de muitas maneiras. Sei que parece dramático, mas é o que sinto."

"Eu entendo. De verdade." A dra. Taylor olha para a casa de repouso, com o rosto sombrio. "É por isso que faço o que faço. Desculpa, mas tenho muitas pacientes e não consigo lembrar seu nome de jeito nenhum."

"Nancy. Nancy Mitchell."

"Nancy. Que bom te ver."

"O que estava fazendo aqui?", Nancy pergunta, curiosa.

"Vim me despedir de um paciente. Do meu primeiro, na verdade. No fim, ele era mais um amigo que um paciente."

"Ah." Nancy franze a testa. "Sinto muito."

"Obrigada. E você?"

"Sou voluntária aqui. Faço companhia para os pacientes no fim da vida. Ou fazia. Hoje foi meu último dia. Consegui um trabalho na minha área."

188

A dra. Taylor sorri. "Que ótima notícia, meus parabéns. Então as coisas andam boas desde a última vez que nos vimos?"

"Sim, muito boas. Comecei a sair com um cara. Ele é bastante diferente daquele que... Se comporta como um adulto de verdade, e é muito fofo." Nancy cora e procura mudar de assunto. "Você continua com as Janes?"

Uma brisa agita seu cabelo, e ela o tira do rosto, apertando os olhos para o sol.

"Sim, e muito", a dra. Taylor diz. "Estamos mais ocupadas do que nunca, o que é bom e ruim ao mesmo tempo. Significa que a notícia está se espalhando e que as mulheres se sentem mais confortáveis em nos ligar, que confiam mais em nós, mas é difícil acompanhar a demanda. É uma equipe pequena, né? Mais ou menos uma dúzia de voluntárias e alguns médicos."

"Alice continua com você?"

"Ah, sim. Vai ficar até o fim, acho. Ela é um furacão."

"Alice foi muito legal comigo", Nancy diz. "Diga isso a ela por mim, por favor. Tornou tudo muito mais fácil."

"Vou dizer."

Nancy umedece os lábios, enquanto o momento caloroso evolui para certo desconforto. A dra. Taylor participou de uma das experiências mais íntimas e emocionais de sua vida, no entanto, ela não sabe o que mais dizer.

"Não quero te segurar. Tenho certeza de que está ocupada. Só queria agradecer de novo. Não acho que tenha agradecido da forma apropriada naquela noite, com a polícia e tudo o mais, fora que eu estava distraída e desconcertada. Só mais tarde é que dei o devido valor. Pensei em ligar para te dizer isso depois. Agora sinto muito por não ter feito isso. Quero que saiba que sou grata."

"Eu sei."

"Bom, só queria dizer isso." Nancy sorri para a médica e enxuga uma lágrima que escorre por seu rosto. "Não sei por que estou chorando. Foi a coisa certa. Isso eu sempre soube. Sabia na época e sei agora. Não sei por que isso." Ela indica o rosto e solta uma risada constrangida.

A dra. Taylor aguarda.

Nancy pigarreia. "Antes de te conhecer, eu tinha acabado de descobrir algo sobre meu passado. Sobre a minha família. E acho que isso meio que me tirou do rumo por um tempo. Não fui cuidadosa. Saí com um babaca e engravidei. Tenho vergonha disso agora. Não lidei bem com a situação. Mas você e Alice terem me ajudado, bom..." Ela enxuga a bochecha e pisca. "Fez toda a diferença, é isso. Consegui mudar as coisas, acabar com uma dinâmica ruim com um cara péssimo."

A dra. Taylor sorri, sem mostrar os dentes. "Fico feliz ao ouvir isso. Às vezes o alívio é tão intenso quanto o arrependimento. É bom que saiba que quase todas as mulheres que vejo choram em algum momento. Muitas vezes, por alívio. Ou arrependimento, vergonha, ou tudo isso junto, de maneira confusa. O importante é: está tudo bem. Em sentir isso. Em chorar."

Nancy funga. "Desculpa."

"Não precisa pedir desculpa."

"É que ver você está trazendo tudo de volta, sabe?"

A dra. Taylor olha para a casa de repouso. "Entendo."

"Sinceramente, é um alívio poder falar com você a respeito. Não contei a ninguém, sabe? Tenho carregado tudo aqui." Ela aponta para o peito. "E às vezes é pesado demais."

As duas mulheres estão frente a frente na calçada de uma rua tranquila, seus pensamentos sobrepostos sem que elas saibam, relacionados à lembrança compartilhada da noite em que Nancy fez um aborto. É um fim de tarde de verão perfeito. Uma brisa leve chega do sul, acariciando as folhas dos plátanos frondosos. O sol mergulha no céu, cansado depois de um longo dia de trabalho.

"Sei como é", a dra. Taylor finalmente diz. "Pode ser muito difícil confiar algo tão imenso a alguém. Levei um tempo para me sentir confortável para contar ao meu marido sobre os momentos mais sombrios da minha vida. Mas, no futuro, você pode se sentir diferente."

Nancy nota uma melancolia na expressão da dra. Taylor e se pergunta o que poderiam ser esses momentos mais sombrios. Os olhos da médica vão para a casa de repouso, depois voltam a Nancy, que se recorda de que ela acabou de se despedir de um velho amigo.

"Bom, é melhor eu ir", Nancy diz. "Não quero segurar você."

A dra. Taylor estende a mão, e Nancy a aperta. "Você tem um bom aperto, forte", a mulher diz. "Gosto disso. Não o perca. Não ofereça a mão mole, como algumas mulheres. Cuide-se."

Ela acena em despedida e segue pela calçada, rumo ao sol. Nancy a observa indo embora com uma sensação de calor tecida com o fio espinhoso da perda.

"Espera!", Nancy grita, e corre até ela. "Como, hum, como posso ajudar?"

"Ajudar?"

"Com as Janes", Nancy diz. "Você disse que têm poucas voluntárias..."

"Ah, sim." Ela pensa por um momento. "Acha que seria algo possível para você? Muitas mulheres percebem, depois, que só querem esquecer tudo. Mas temos algumas Janes que começaram como pacientes. Em geral, são as melhores conselheiras, porque sabem como é."

"Faz sentido", Nancy diz. "É que a experiência que tive com você e Alice, com a batida policial... bom, você viu como reagi. Eu estava de saco cheio. Não deveria ter que ficar procurando vocês, como se o aborto fosse um luxo do mercado clandestino. Mas pelo menos me senti segura. Pelo menos vocês sabiam o que estavam fazendo, e não fiquei com medo de morrer. Minha prima com certeza não se sentiu segura. Ela não deveria ter passado por aquilo. E isso me fez pensar a quantas outras mulheres não faltam opções. Sinto que tive *sorte*, e isso não é certo. Com as Janes, é como se de alguma forma a gente assumisse o controle da coisa. São mulheres ajudando mulheres, permitindo que estejamos à frente da nossa própria vida, pra variar, sabe?"

"Essa é a ideia."

"Quero ajudar outras mulheres a se sentir assim."

A dra. Taylor assente.

"Esta casa", Nancy prossegue, apontando para a velha construção, "costumava ser um lar para meninas rebeldes. Elas entregavam seus filhos aqui. Não consigo imaginar jovens como eu não tendo escolha. Sendo forçadas a fazer algo."

"Muitas delas eram mais novas que você", a dra. Taylor diz, baixo, então olha nos olhos de Nancy por um longo momento. "Se estiver interessada, pode ir à próxima reunião de recrutamento de voluntárias. Vai bastante gente, mas tenho que dizer que muitas das mulheres que acham que querem contribuir acabam não ficando. Não as culpamos por isso. É bastante arriscado. Você tem que aceitar que o que está fazendo é uma atividade criminosa que pode te levar à prisão. Também pode despertar muitas lembranças difíceis. Envolve bastante coisa, considerando que é um trabalho voluntário."

O friozinho que Nancy sente no estômago é de empolgação, e não de medo. "Tenho certeza. É o mínimo que posso fazer. As Janes mudaram a minha vida. Quero me juntar a elas."

18

ANGELA

MARÇO DE 2017

Angela não recebeu nenhuma resposta das Nancys Birch para quem escreveu no Facebook, por isso decidiu mudar de estratégia e tentar localizar a mãe biológica, Margaret Roberts. Vai começar pelo Lar Santa Inês para Mães Solteiras, torcendo para que tenham algum tipo de registro que possa ajudar a encontrar sua antiga residente.

Ela passou as últimas duas horas na biblioteca da universidade, enquanto Tina dava aula. Com um café descafeinado nas mãos, começou uma pesquisa no Google, onde encontrou breves referências ao lar em alguns livros e artigos acadêmicos, mas não descobriu a que paróquia o lugar era ligado, o que poderia ter possibilitado descobrir onde moravam os Roberts. Por enquanto, Angela não consegue ver nem a pontinha de um fio que possa puxar para resolver o mistério.

Relutante, ela admite que não vai encontrar as informações de que precisa na internet, então se levanta da cadeira desconfortável em que está passando a noite e se dirige à sala de microfilmes, deserta. Em outro computador, acessa os registros e digita as palavras-chave: LAR SANTA INÊS MÃES SOLTEIRAS TORONTO.

Há uma única ocorrência. Angela clica em uma notícia digitalizada do *Toronto Star*, que saiu em agosto de 1961.

ESCÂNDALO FAZ SANTA INÊS FECHAR:
ABUSO E MORTE DE RESIDENTE

O Lar Santa Inês para Mães Solteiras, no leste de Toronto, fechará as portas em breve, depois que uma residente, que alegava ter sofrido abuso no lugar, tirou a própria vida. Em junho, a polícia recebeu uma carta da mulher em questão, com alegações de abuso sistêmico físico e mental. Acusações também foram feitas com relação à ilegalidade dos contratos de adoção, sob a alegação de que as mulheres eram forçadas e coagidas a abrir mão dos filhos, que eram vendidos ilegalmente para famílias em busca de adoção. Investigações estão em andamento. Nenhuma das acusações foi provada em tribunal.

"Que horror", Angela murmura, pensando sobre o que acabou de ler. Ela verifica a data da notícia. O lar deve ter fechado pouco depois que Margaret Roberts deu à luz a Nancy Mitchell. A mãe afetiva de Nancy menciona o fechamento na carta. Angela se pergunta se a pobre menina não teria ficado com a filha se tivesse engravidado só alguns meses depois. Mas talvez nesse caso só mandariam Margaret para outra casa de amparo maternal. Seriam todas tão abomináveis? E quem era a mulher que havia escrito a carta para a polícia em junho de 1961 e tirara a própria vida imediatamente depois? Ela estava no centro de tudo aquilo, mas seu nome não saiu na notícia. Sua morte deu início à investigação e levou ao fechamento do lar.

Angela precisa de um intervalo. Ela estica os braços acima da cabeça. Não tem mais ninguém na sala, então ela faz alguns agachamentos sobre o carpete desgastado, para alongar as pernas rígidas. Já consegue ouvir a médica lhe dando bronca por negligenciar a circulação.

São quase oito da noite. A biblioteca fecha à nove, depois Angela vai encontrar Tina, quando sua aula acabar. Já está com fome de novo, e precisa de outro café. Ela deixa o caderno e o casaco na sala de microfilmes, pega apenas a bolsa e segue para o elevador. No andar de cima, pode comprar outro descafeinado velho do pequeno quiosque que vende café fraco, bananas maduras demais e cupcakes absurdamente calóricos disfarçados de muffins. É combustível para os estudantes, mas vai ter que dar para o gasto. No momento, ela está com tanta fome que comeria o próprio braço.

Com um café e um muffin na mão, Angela pega a escada para descer ao porão e encontra apenas dois estudantes no caminho. Ambos estão com os olhos turvos diante da tela do laptop brilhante, acompanhados de pilhas cambaleantes de livros.

De volta à mesa, ela se inclina para o computador, seleciona a notícia do Santa Inês com o cursor e dá um print. Angela ouve o barulho da impressora voltando à vida em um canto nos fundos da sala, como um senhor resmungão que desperta relutante de sua soneca. Ela vai até a impressora e pega a folha de papel quente recém-saída.

E agora?

Angela dá uma mordida no muffin e reconsidera sua abordagem. Vai ter que procurar por Margaret Roberts diretamente, embora, caso encontre alguma coisa, sem detalhes da casa de amparo maternal, não tenha como confirmar que é a mulher que está buscando. Ainda assim, ela digita "Margaret Roberts" na caixa de pesquisa e começa a verificar os resultados. Quase meia hora se passa antes que ela clique em uma ocorrência que faz seu dedo congelar, suspenso sobre o mouse.

É um obituário publicado em junho de 1961.

ROBERTS, Margaret Elizabeth, de Toronto, Ont. Faleceu inesperadamente aos vinte anos. Deixou os pais, George e Esther Roberts, e o irmão, John "Jack" Roberts (Lorna). Será lembrada por seus tios e primos. Condolências podem ser enviadas à família na avenida Vincent, 1826. Não haverá funeral.

"Faleceu inesperadamente aos vinte anos..." Angela se inclina para a luz branca da tela.

Em um obituário, termos como "faleceu repentinamente em casa" costumam representar um ataque cardíaco; "cercado pela família" indica uma morte lenta em decorrência de câncer; "de maneira trágica" implica algum tipo de acidente; mas "inesperadamente" às vezes é um eufemismo para suicídio, o que também explicaria a não realização de funeral. Angela balança a cabeça. As coisas eram diferentes nos anos 1960.

"*Merda*", ela sussurra. Afastando os olhos da tela, Angela pega a impressão da notícia sobre o fechamento do Santa Inês e passa os olhos nela. As datas e os detalhes coincidem.

Margaret Roberts está morta. Foi ela quem denunciou que sua filha lhe havia sido tirada. Ela escreveu para a polícia e depois se matou.

Angela solta um suspiro profundo. Não tem como ajudar Frances Mitchell a realizar seu último desejo de que Nancy se reúna com a mãe biológica. Essa porta se fechou no dia em que Margaret morreu.

Ela dá um gole no café amargo, com uma careta, antes de desistir dele, levantar-se da cadeira e jogar o copinho no lixo. Então volta, de braços cruzados, como se relutasse a se sentar e reler o obituário. Se não o fizer e não o imprimir, talvez possa fingir que não o viu.

Mas Angela não pode fingir. Agora, sente certa responsabilidade em relação a Margaret. O dever de juntar as peças do quebra-cabeças e se certificar de que a última esperança da mãe — de que a filha soubesse que a amava e que não quis abrir mão dela — seja honrada. É o mínimo que se pode fazer pela pobre menina cuja vida foi tamanha vergonha para a família que depois de sua morte não foi realizado nem mesmo um funeral.

Ela precisa encontrar Nancy Birch.

Angela aperta mais o cachecol sobre os ombros, em um gesto habitual de proteção, antes de voltar a se acomodar na cadeira bamba. Ela passa as mãos na barriga, pensando no bebê que vai estar em seus braços no outono, imaginando como seria ser separada do filho, morrer sozinha sem saber o que aconteceu com ele.

Ela aperta a tecla print.

As poucas respostas que Angela recebeu das Nancys Birch foram muito parecidas com as das Nancys Mitchell: *não sou eu, sinto muito*. Uma parte dela fica grata, porque, agora que sabe que Margaret Roberts morreu, não tem pressa de ser a pessoa que vai dar tal notícia à filha difícil de encontrar. No momento, guardou a impressão do obituário e da notícia em uma caixa debaixo da cama, junto com a carta e com o bilhete.

Como Angela sempre trabalha aos domingos, as tardes de sábado são sua melhor oportunidade de ler. Ela e Tina passaram a manhã fazendo as compras da semana e resolvendo outras pendências, então Tina foi para a academia enquanto Angela vestiu meias de lã grossas e se aconchegou no sofá com Grizzly e uma caneca de chá quentinha.

A neve cai do outro lado da janela da sala. Um fim de semana com neve sempre parece um presente, como se o mundo estivesse dizendo: *calma aí, curta o momento, você não tem nenhum lugar aonde ir mesmo*. É um convite que Angela aceita alegremente, iniciando o título recém-escolhido pelo clube do livro.

O primeiro capítulo de *A rede Jane* apresenta uma pesquisa abrangente sobre a história das opções reprodutivas das mulheres até 1960, antes que a pílula anticoncepcional fosse introduzida na América do Norte. Depois disso, as coisas mudaram um pouco para as mulheres a quem a pílula ficou acessível, em termos financeiros e legais, o que certamente não incluía adolescentes solteiras.

Cativada, Angela lê sobre as várias casas de amparo para mães solteiras, como eram chamadas, que recebiam jovens para escondê-las durante a gravidez. A maior parte dos bebês que nasciam era adotada, e a julgar por como a dra. Taylor descreve sua própria experiência nesse tipo de lugar, muitas das adoções ocorriam sob forte coação, algumas desrespeitando ostensivamente o desejo da mãe. Angela pensa no bilhete de Margaret para sua filha Jane, um bilhete que leu tantas vezes que o decorou. No texto assustador daquele adeus tão triste.

Não quis te entregar.

Angela endireita os ombros e volta a focar na página à sua frente. Está impressionada com a franqueza com que a dra. Taylor descreve suas lembranças. A experiência dela parece tão terrível quanto Angela imagina que tenha sido a de Margaret Roberts, o que a faz envolver a barriga com um braço. Nem consegue imaginar ser forçada a abrir mão de seu filho, como aconteceu com aquelas meninas. Ela está prestes a deixar o livro de lado para fazer um intervalo emocional quando lê algo que a faz perder o ar.

Minha melhor amiga ali — vou chamá-la de Maggie — tirou a própria vida depois do trauma que viveu. Perdi minha melhor amiga e minha filha por falta de escolha. Depois que fui embora, eu soube que encontraria uma maneira de garantir que outras meninas sempre — sempre — tivessem uma escolha.

"Maggie?", Angela diz para Grizzly, que está deitado encolhidinho sob os joelhos dobrados dela. "De Margaret?"

Angela olha fixo para a frase, com a mente girando. Na introdução, a dra. Taylor disse que mudaria os nomes de todas as mulheres que mencionaria, em um esforço para proteger a identidade de todo mundo que poderia não querer ter suas atividades criminosas reveladas, mesmo depois de tantos anos. Mas Maggie? Margaret?

Ela morde o lábio, então volta algumas páginas, à procura da menção da autora ao ano que passou na casa de amparo maternal. Ela só diz "no começo dos anos 60". Certamente havia inúmeras meninas chamadas Maggie em lares daquele tempo. Margaret era um nome bastante comum.

Angela ouve o barulho da chave na fechadura da porta da frente, que se abre e fecha.

"Nossa! Está gelado pra caramba lá fora!" Tina tira a neve das botas, no capacho da entrada. "Cadê a primavera? Não tem a menor pressa de chegar, pelo visto." Um minuto depois, Tina já está na sala.

"Foi bom na academia?", Angela pergunta.

"Foi tudo bem. Fiquei feliz de ter ido, pelo menos. Vou poder tomar sorvete sem me sentir culpada. É assim que funciona, né?"

Angela abre um sorriso vago, mas não está prestando atenção. "Tina, você consegue me colocar em contato com Evelyn Taylor?"

Ela franze a testa brilhante. "Claro, acho que sim. Por quê?"

PARTE III

PARTE III

19

NANCY

JULHO DE 1984

Em uma quinta-feira à tarde, no auge do calor do verão, Nancy e o namorado, Michael, estão sentados sob a sombra bem-vinda do lado de fora do café do Kensington Market, onde foram na primeira vez que saíram juntos. Alegres, os dois tomam uma limonada feita na hora e dividem um pedaço de um bolo de café com amêndoas delicioso, enquanto acompanham o movimento de canto de olho.

Esta semana, Nancy está de férias do trabalho, e Michael agendou suas férias para a mesma data. Por sugestão dele, os dois passaram a manhã no refúgio de ar-condicionado da Galeria de Arte de Ontário, passeando por seus corredores largos e vendo as exposições à meia-luz. Foi um respiro bem-vindo para Nancy, que passou a maior parte das férias com os pais. O câncer da mãe entrou em remissão. O tratamento correu bem, mas ela se tornou uma versão mais fraca e encolhida de si mesma, muito mais vulnerável que antes. Nancy pensou duas vezes se não devia ficar em casa com ela, mas, quando Frances soube que Michael planejava levá-la para sair, praticamente a mandou embora.

Nancy ficara em dúvida quanto a apresentá-lo aos pais no verão anterior, mas, depois de alguns encontros, logo se deu conta de que ele valia a pena. Michael pedira permissão antes de se inclinar para beijá-la pela primeira vez, na frente da casa dela, depois de terem ido ao cinema. Ele apoiava o desejo de Nancy de ter uma carreira, trabalhava duro e não bebia muito. Também se mostrou ótimo com a mãe dela. Michael e Frances se entendiam de um jeito que Nancy nunca conseguiu se entender com a mãe. Ele a ajudava a se levantar do sofá quando estava fraca e contava piadas para distraí-la das crises de enjoo às quais ainda estava suscetível. Nancy nunca tinha ouvido a mãe rir como ria com Michael, nem antes do câncer, muito menos depois. Uma noite, quando a pressão de Frances caiu tanto que Nancy e o pai tiveram que levá-la correndo para o hospital, Michael fez o jantar para a família toda. Eles voltaram e o encontraram na cozinha, usando o avental floral de Frances, o macarrão já pronto na mesa, acompanhado de salada e vinho.

"Segura esse aí, besourinha", o pai de Nancy murmurou baixo, enquanto ajudava a esposa a tirar o casaco.

Nancy ficou com medo do que poderia acontecer caso terminassem. A mãe ficaria devastada, e Nancy não suportava aquela ideia. Mas quase um ano se passou desde então, e ela e Michael ainda são loucos um pelo outro. Fazia muito tempo que Nancy não se sentia tão satisfeita com a sua vida, e na maior parte ela fica muito à vontade sendo quem realmente é ao lado dele. No entanto, ainda não lhe contou que está trabalhando na Rede Jane.

Pouco depois de ter encontrado a dra. Taylor na saída da casa de repouso, no verão passado, ela foi a uma reunião de recrutamento. Seu relacionamento com Michael era recente demais, Nancy disse a si mesma, e o que estava fazendo era ilegal. Enquanto suas amigas saem para fazer coisas normais, como ir às compras ou ao cinema, ela se deleita em saber que está ajudando outras mulheres a ter poder sobre a própria vida. E, embora confie em Michael, quanto menos gente, *quem quer que seja*, souber sobre a rede e suas atividades melhor, motivo pelo qual também nunca contou a ele sobre seu próprio aborto.

"E agora?", Nancy pergunta a Michael, que insiste que ela fique com o último pedaço de bolo.

Uma família com três crianças barulhentas passa pela mesa deles, na calçada do lado de fora do café. Uma menininha aponta para a limonada de Nancy e começa a gritar que quer uma também. A mãe, que parece incomodada e está um pouco suada, concorda com um aceno fraco de cabeça, e todos se dirigem para a porta do café.

Michael sorri e balança a cabeça, como se afastasse dos ouvidos os gritinhos agudos e persistentes da menina.

"Eu estava mesmo pensando: e agora?", ele diz.

Nancy o encara, seus olhos castanhos nos azuis dele, por cima do canudo no copo. "Topo tudo. Quer ir à Queen's Quay? Ou à ilha? A gente pode alugar bicicletas."

Michael passa uma mão pelo cabelo cor de areia, depois olha por cima do ombro para os poucos clientes que encararam o calor escaldante da área externa em um dia assim. Ele volta a se virar para Nancy e diz: "Eu estava pensando em algo maior".

Nancy deixa o copo vazio na mesa. "Tá. O que tem em mente?"

Michael sorri e expira devagar, o ar saindo quente. Passarinhos piam do arbusto à esquerda de Nancy.

"Bom", ele diz, levantando-se.

Michael enfia a mão no bolso do short e tira uma caixinha preta de lá. Nancy fica olhando enquanto ele se ajoelha à sua frente, como se aquilo estivesse se passando em câmera lenta, tal qual um sonho. Tudo em volta perde o foco. Ela só vê o rosto reluzente dele voltado para cima e a aliança com um diamante brilhando em sua mão.

"Eu estava pensando em algo maior tipo 'para sempre'. Acho que é isso que nos aguarda."

"Ah, Michael."

Nancy nota vagamente uma cliente surpresa perto deles. "*Olha, olha!*", a mulher sibila para o marido.

"Eu queria te trazer ao lugar onde me apaixonei por você. Assim que te conheci, soube que era você. Não tinha jeito. Nos sentamos nesta mesa e você pediu um expresso duplo tão forte para mim que quase tive um ataque cardíaco, mas nem liguei. Você parecia reluzir naquela noite, como agora. É como se houvesse um holofote em você, me guiando para casa."

Ela leva a mão à boca e pisca para segurar as lágrimas.

"Eu te amo, Nancy Mitchell. Quer se casar comigo?"

Nancy abraça Michael e enterra o nariz no pescoço dele. Ela nota que ele treme.

"Isso é um sim?", Michael pergunta, rindo.

Ela se afasta para olhar no rosto dele. "Sim! É um sim. Eu te amo."

Michael se põe de pé de maneira desajeitada, puxando Nancy consigo enquanto os dois se beijam com vontade. Só então Nancy ouve os aplausos em volta. Inclusive de gente do outro lado da rua, comemorando e torcendo por eles.

Quando os dois se afastam, Nancy enxuga os olhos com as costas das mãos, depois estende a mão esquerda para Michael, que coloca a aliança em seu dedo trêmulo. Serve perfeitamente. Eles se beijam de novo, e Nancy sente como se pudesse flutuar. Ou talvez já esteja flutuando.

"Te amo", ela sussurra, sorrindo.

"Também te amo."

"Você está tremendo. Tá tudo bem?"

Michael assente. "Sim. Bom, eu estava bem seguro de qual seria a resposta, mas nunca falam como isso é assustador. Nossa, morri de medo!"

À noite, Nancy e Michael se arrumam em seus respectivo' apartamentos e depois se encontram para ir a pé até a casa dos pais de a, contar a boa notícia.

Os dois já sabem, porque Michael ligou uma noite de junho para se convidar para uma Conversa Importante. Ele não teve que se esforçar muito para conseguir a bênção dos dois.

"Fiquei meio intimidado, pedindo ao seu pai", Michael conta a Nancy enquanto os dois percorrem de mãos dadas os últimos quarteirões até a casa dos Mitchell.

Nancy sorri. "Ele não morde. E te ama."

"Fico tentando decidir se você parece mais com o seu pai ou com a sua mãe. Na maioria das pessoas, dá para ver mais de um ou de outro, mas no seu caso não sei mesmo dizer."

Nancy pigarreia e aperta a mão de Michael, olhando para a calçada aos seus pés. Já faz um tempo que vem pensando em contar a verdade a ele, mas vive adiando, dizendo a si mesma que é uma conversa para outro dia. Agora não é a hora. Não quando o noivado lança um brilho caloroso sobre tudo. A verdade pode estragar isso. E se Michael decidir que é demais para ele? E se ficar bravo por ela ter demorado tanto para contar?

"Olha", ela diz, ignorando o comentário, "não deixa nada que meu pai possa dizer te incomodar. Na verdade, ele é tipo um bichinho de pelúcia gigante."

Michael ri. "E sua mãe ficou muito emocionada. Começou a chorar e disse que é um motivo para viver."

Nancy para na hora. "Isso não..." Ela tenta se impedir de fazer a pergunta, mas não consegue. "O câncer dela não teve nada a ver com seu pedido, né?"

Michael para de andar e se vira para encará-la. Ele aperta os olhos azuis, por causa do sol, e uma mecha de cabelo cor de areia cai em sua testa. "Quê?"

Nancy registra a sensação pouco familiar da aliança de noivado em seu dedo. "Você é tão próximo dela, e com o que acabou de dizer, sobre ela ter dito que é um motivo para viver..."

Michael larga a mão dela. "Nossa, Nancy. Acha que te pedi em casamento porque sua mãe está doente?"

"Eu... não, claro que não."

"Mas foi o que acabou de me perguntar."

A respiração de Nancy sai acelerada. Ela se arrepende de ter dito qualquer coisa. "Desculpa. Eu não devia ter falado nada. Foi só um comentário. Por que ela diria algo assim?"

Michael dá uma risada irônica, balançando a cabeça. "Acho que ela não estava falando sério. Não estava sendo literal. Só ficou animada. Calma. O que acontece entre vocês duas? Você já fez isso antes, se esforçou para arranjar um problema com ela. É a sua *mãe*. É como se... você desconfiasse dela, ou algo do tipo. Ou de mim", ele acrescenta.

"Não desconfio de você, Michael", Nancy diz, pegando a mão dele de novo. Michael deixa que ela entrelace os dedos nos seus. Deve sentir a aliança, porque seu rosto se abranda. "Desculpa pelo que eu disse. Esquece. Por favor."

Michael respira fundo. "Tá. Tudo bem. Eu te amo, ouviu?" Ele acaricia o rosto dela com a mão livre e a beija. "Não vou me casar com a sua mãe, vou me casar com *você*. É só que ela me acha irresistível. E quem pode culpá-la?"

Nancy ri, Michael finge um ar de superioridade afetado, e eles seguem pela calçada, chegando à casa dos pais dela em seguida.

Depois que a notícia é anunciada e abraços de quebrar os ossos são dados, o pai de Nancy se esgueira até a cozinha.

"Tenho uma garrafa de champanhe na geladeira desde que Mike veio falar com a gente!", ele grita, com a cabeça dentro da geladeira. "Que bom que ele finalmente fez o pedido! Achei que ia ter que beber tudo sozinho."

"Ah, Bill!", a mãe de Nancy o recrimina. "O senso de humor dele é assim, Michael", ela acrescenta.

"Ouvi dizer", Michael diz, piscando para Nancy.

O pai dela volta para a sala com uma garrafa gelada e quatro taças. Ele apoia todas na mesa de centro, depois tira a rolha com o estalo familiar que anuncia o início de algo empolgante. Então serve o champanhe como um especialista: a espuma chega até o topo e sobe um pouquinho, de maneira ameaçadora, mas sem nunca transbordar. Cada um pega uma taça.

O pai de Nancy fica de pé, como se estivesse prestes a fazer um discurso, e a emoção borbulha no peito de Nancy, que o visualiza brindando em seu casamento.

"A Nancy e Michael", Bill diz agora. "Que a estrada esteja livre de obstáculos para vocês."

Ele acena com a cabeça para os dois, enquanto Frances diz "Ah, Bill", com lágrimas nos olhos.

"Obrigada, papai", Nancy diz, levantando-se para beijar a bochecha dele.

"Estou muito feliz por você, besourinha", ele murmura na orelha dela, e seu bigode eriçado faz cócegas no rosto da filha. "Ele é dos bons."

"Eu sei, pai."

Eles voltam a se sentar e os quatro fazem tim-tim com as taças, por cima da mesa de centro. Nancy se recosta no sofá, sorrindo para a mãe à sua frente. Michael passa um braço por cima de seus ombros.

Frances ajeita a peruca. O cabelo começou a crescer depois da quimioterapia, mas está ralo. Nancy desconfia que ela não vai mais mostrá-lo.

A mãe entrelaça os dedos das mãos enluvadas. "Bem", ela diz, "acho que devíamos sair todos para almoçar amanhã, em comemoração. Em algum lugar chique. Seus pais também, Michael. Estamos ansiosos para conhecê-los."

O rosto de Nancy se contrai, de culpa. Vai trabalhar para as Janes amanhã, ajudando a dra. Taylor e Alice. Elas têm três consultas à tarde, em um local secreto na avenida Spadina. Nancy vai fornecer aconselhamento antes do procedimento em si.

"Na verdade, não posso amanhã. Desculpa. Que tal sábado?"

A mão de Frances congela no ar, a taça a meio caminho dos lábios vermelhos. "Por que não? O que vai fazer?"

"O ar-condicionado não fica mais forte que isso?", a dra. Taylor pergunta.

Nancy passa um papel-toalha no rosto suado e olha para a caixa de metal na janela do apartamento. O motor range e zumbe, e as fitas de papel amarradas na saída vibram de forma fraca. Está funcionando, mas não muito bem.

Ela, a dra. Taylor e Alice estão reunidas em volta de uma mesinha de madeira na cozinha do apartamento em que as Janes estão usando como clínica, à espera da próxima paciente. Fica no quarto andar de um prédio baixo e barato de Chinatown. Elas ouvem os guinchos e os sinos dos bondes à distância, as crianças sem aula gritando e brincando de corda na rua.

A localização das Janes se altera com frequência, para evitar que sejam descobertas e para reduzir a probabilidade de batidas policiais. A clínica de Henry Morgentaler quase sofreu um atentado a bomba no verão passado, e ele escapou de levar uma facada de um manifestante. O movimento antiescolha está ganhando força, e as Janes estão determinadas a se manter um passo à frente.

Nos últimos dez meses, elas usaram a casa de três voluntárias — incluindo um sótão e um barracão grande num quintal —, assim como um consultório de dentista, graças a Penny, uma das Janes mais velhas. O apartamento em Chinatown é da mãe de uma voluntária. Ela o aluga para estudantes universitários de setembro a abril, mas estava vago desde maio. Tem cozinha, uma sala que serve de espera e dois quartos: um é usado na cirurgia e outro como área de recuperação. O apartamento é discreto, tem localização central e um bom preço, mas o calor escaldante do verão e a umidade são quase insuportáveis. O velho e fraco aparelho de ar-condicionado que fica na janela protegida por filme não é o bastante para impedir que a blusa de Nancy fique toda suada.

"Não está no máximo", Alice diz, franzindo a testa e com suor se acumulando no buço. "Mas Leslie diz que se a gente aumentar vai acabar pifando. É tudo o que temos. Podemos tentar trazer ventiladores de casa, se alguém tiver sobrando. Eu trouxe picolé, se quiserem. Está no congelador."

"Ah, excelente", Nancy diz. Ela afasta a cadeira para trás, que guincha, e vai até a geladeira. A caixa de picolés é a única coisa no congelador, além de uma bandeja pela metade de cubos de gelo. Nancy ignora os picolés de uva, pega os três de laranja que estão no fundo, tira as embalagens e joga no lixo, forrado com um saco especial de lixo hospitalar. Ela passa um sorvete a Alice e outro à dra. Taylor.

"Kathleen já foi dispensada?", Nancy pergunta.

"Vai ser daqui a pouco. Está no sofá do outro quarto, se recuperando. Doris está lá dentro com ela." Alice fala baixo, e a dra. Taylor e Nancy se inclinam em sua direção. "A pobrezinha sofre. Já tem três filhos, e o marido é um bêbado desempregado. Vi hematomas em seus braços. Ela diz que ele a força. E não a deixa usar nenhum tipo de proteção. Talvez a gente a veja de novo."

"Que filho da puta", a dra. Taylor diz, mordendo a ponta do picolé.

Nancy olha para a médica. Nunca a viu falando um palavrão assim.

"Pois é", Alice prossegue. "Doris disse que vai ver se Kathleen não topa ir para um abrigo. Mas elas dificilmente topam. Queria que ela pudesse ter vindo com uma amiga próxima ou uma irmã, mas..."

"Não dá. Depois de Montreal..."

"Eu sei", Alice diz. "Só queria que as coisas fossem diferentes."

As mulheres trocam olharem sombrios por cima da mesa. A dra. Taylor assente. "E como."

Elas costumavam deixar que as pacientes fossem acompanhadas pela mãe, pela irmã, por uma amiga ou mesmo pelo namorado, se ele apoiasse a decisão. Até que, três meses antes, uma clínica clandestina em Montreal sofreu uma batida depois que uma suposta amiga de uma paciente denunciou a localização para a polícia local. As voluntárias e a médica, que a dra. Taylor conhecia da faculdade de medicina, estão sendo processadas. A rede foi desmantelada. As Janes não podiam se arriscar. Como se isso não fosse o bastante, a informante delas na polícia, Mary, teve um bebê e parou de trabalhar. As Janes agora não têm ninguém infiltrado para avisar sobre possíveis batidas. Foi o fim de seu sistema de alerta prévio.

Há outros dois procedimentos agendados para a tarde. Em geral, elas marcam nos sábados, quando é mais fácil para as voluntárias e para as pacientes que podem sair dizendo que foram resolver pendências, mas Alice vai se casar no dia seguinte, e não costuma ser de bom-tom a noiva chegar coberta de suor, sangue e líquido amniótico.

"Está tudo pronto para amanhã?", Nancy pergunta a ela. Sua própria aliança brilha no dedo. Ela contou a notícia para Evelyn e Alice assim que entrou pela porta aquela manhã.

Um sorriso se insinua no rosto em geral estoico de Alice. "Sim. Vai ser um pouco exagerado pro meu gosto, mas vocês sabem como a mãe do Bob é. Tudo tem que ser cor-de-rosa e pêssego." Ela revira os olhos. "Nunca achei que fosse ter uma festa de casamento, muito menos um evento tão ostensivo."

"Você e Bob se amam", a dra. Taylor diz. "É tudo o que importa. Só se certifique de não engasgar com tanto bolo. Preciso de você. O mesmo vale pra você, Nancy, quando chegar a sua hora."

Alice e Nancy riem, enquanto a dra. Taylor enfia o restante do picolé na boca. A campainha soa, e as três ficam tensas e alertas.

"Deve ser a paciente das duas", Nancy diz, pegando a prancheta. Ela vai atender o interfone. "Alô?"

"Oi", uma voz entrecortada responde.

"O que posso fazer por você?", Nancy pergunta.

"Eu, hã, estou procurando por Jane..." A voz soa incerta.

"Ela está te esperando?"

Há uma pausa. "Sim?"

"Qual é o seu nome?"

"Patricia."

"Que número Jane te passou quando você ligou?", Nancy pergunta.

"Espera um pouco, está aqui na bolsa. Um segundo."

O interfone desliga, e Nancy tamborila os dedos na parede ao lado da porta, à espera. A voz entrecortada retorna.

"1-3-5-9-2-2."

Nancy consulta a prancheta e confirma que é mesmo o código da consulta das duas.

"Pode subir", ela diz, e abre o portão para Patricia.

Nancy fará uma breve sessão de aconselhamento prévio na sala de operação e explicará o procedimento para a paciente, antes de passá-la à dra. Taylor. As Janes desenvolveram o sistema em dois passos para dividir a responsabilidade, de modo que as profissionais pudessem focar apenas no aspecto médico da coisa. Nancy percebe que esqueceu de pegar uma caneta para fazer a ficha de Patricia, por isso volta à cozinha, onde a dra. Taylor e Alice continuam conversando.

"Isso sempre vai ser necessário?", Alice pergunta.

"O código?", a dra. Taylor diz. "Acho que sim. É perigo..."

"Não, não a questão de segurança. Digo os abortos mesmo. Avançamos tanto, com a pílula, o movimento e tudo o mais, o *Manual de controle de natalidade*. Mas ainda fazemos o quê? Uns quatro procedimentos por semana? Isso só na nossa clínica. Não consigo acreditar que *ainda* haja tamanha necessidade."

Nancy pega uma caneca da bancada, enquanto a dra. Taylor olha para o rosto bondoso de Alice. O rosto que o marido dela vai ver amanhã, no casamento deles, todo maquiado e retocado, cheio de amor, comprometimento e esperança no futuro. O rosto que vai acalmar os nervos de quase dez mil mulheres abortando, ao longo dos quarenta e dois anos de sua carreira em obstetrícia. Porque nunca vai parar.

A dra. Taylor solta um suspiro pesado, mas consegue abrir um sorriso fraco. "Sim, Alice. Sempre haverá necessidade."

Nancy balança a cabeça, triste, e volta para a porta da frente. Em um minuto ou dois, a paciente chega.

"Patricia?", Nancy pergunta, com a caneta apontada para a prancheta.

A mulher à porta tem exatamente a idade de Nancy, de acordo com a ficha em suas mãos. Está usando bermuda e uma camisa xadrez, com o cabelo preso para trás, em um rabo de cavalo frouxo. Nancy se apresenta e Patricia entra. Seus olhos passam pela sala. Nancy sabe o que ela vê: algumas cadeiras velhas, uma mesa de centro, revistas antigas — mas isso não importa. Quase todas as mulheres que pegam as revistas as folheiam sem absorver uma única palavra, receita ou dica de beleza. Seus olhos passam pelas páginas enquanto suas mentes giram, algumas prestes a mudar de decisão, oscilando entre o sim e o não a cada virada robótica das páginas amassadas e brilhantes. Outras estão muito mais decididas, como Nancy, e mal podem esperar para acabar logo com isso.

Nancy conduz Patricia até o quarto principal e aponta para uma das cadeiras ao lado da mesa cirúrgica. Não é uma mesa de verdade, é só uma mesa dobrável e portátil, firme e com um colchão fino por cima, coberta por plástico. Mas é o melhor que podem fazer sob essas circunstâncias clandestinas.

Enquanto Patricia se senta, seus olhos vão para a bandeja ao lado da mesa, com os instrumentos de metal sobre papel azul. Ela franze as sobrancelhas, apoiando a bolsa no chão, ao seu lado.

"Quer água?", Nancy pergunta, tentando distraí-la da visão dos instrumentos cirúrgicos. É sempre a primeira pergunta que faz às pacientes: a resposta consiste em um simples "sim" ou "não", não é ameaçadora de forma alguma e as coloca no controle.

Patricia faz que não com a cabeça.

"E só pra confirmar: você está aqui por vontade própria? Nós temos que perguntar isso a cada mulher que nos procura. Caso alguém tenha forçado você a vir aqui, nós podemos tentar te ajudar de outras formas", Nancy diz.

"Sim, sim, estou aqui porque eu quero."

"Certo, muito bem. E você já passou por esse procedimento, Patricia?"

A paciente pigarreia e se endireita na cadeira. "Hum, não. Nunca passei."

"Certo. O procedimento em si é bastante seguro. Ainda não tivemos nenhum problema ou emergência, e ninguém que passou por nossas mãos teve nenhuma infecção pós-operatória. Nossa médica e nossa enfermeira são profissionais muito bem treinadas. Fazem cerca de cinco por semana. São mulheres boas e compreensivas. Você está em boas mãos aqui."

Patricia engole em seco e se inclina para a frente. "Pode me contar como é feito?"

"Claro, mas me diga primeiro o quanto quer saber. Algumas mulheres preferem só ter uma ideia, enquanto outras ficam mais confortáveis com todos os detalhes, para saber exatamente o que esperar."

"Prefiro ouvir o passo a passo, se não tiver problema."

"Claro, se você tem certeza disso. Bom, primeiro a médica vai examinar seu útero usando um espéculo, do mesmo tipo utilizado em exames de papanicolau. Depois vai injetar uma medicação no seu colo do útero, para anestesiar a área, e esticá-la um pouco", Nancy prossegue, olhando para Patricia com atenção. Às vezes, é aí que ela começa a perder a paciente. Algumas pessoas não têm ideia do que estão prestes a ouvir, e até a mais determinada pode começar a fraquejar. "Ela vai inserir um tubo, depois..."

Ouve-se um chiado agudo saído de algum ponto do corpo de Patricia. Como o som estridente de um violino desafinado, este paira no ar, vibra, depois se dissipa, com um assovio.

As duas mulheres congelam na hora.

"O que...?", Nancy começa a dizer.

Patricia mexe na blusa, revelando uma caixinha preta com fios, presa ao seu tronco. "Merda", ela sussurra. Ouve-se um clique leve quando ela vira um botão.

Nancy abre a boca para falar, ao mesmo tempo que Patricia leva a mão à bolsa preta e tira uma arma de lá. Ela se levanta da cadeira e aponta a arma diretamente para Nancy.

"Quero que se levante devagar e ponha as mãos atrás da cabeça."

20

EVELYN

"O que foi isso?" Evelyn congela, com a caneta suspensa sobre a prancheta enquanto revisa as informações das pacientes do dia. Ela e Alice estavam prestes a entrar na sala de procedimento.

Ouvem-se vozes abafadas de dentro do cômodo. Elas se sobrepõem ao chiado estranho e penetrante que ainda ressoa nos ouvidos.

"Evelyn?" Alice se coloca a seu lado no mesmo instante. "O que...?"

A porta se abre e Nancy emerge, com os olhos arregalados e lacrimejando, as mãos atrás da cabeça. Atrás dela está a próxima paciente, Patricia. Sua blusa está puxada para cima, na altura do cinto, e enfiada atrás de uma caixinha preta. Ela segura uma arma em uma mão e um walkie-talkie na outra, no qual fala.

"Suspeitas neutralizadas. Entrem." A estática do walkie-talkie é interrompida, e ela o enfia no bolso de trás do jeans.

"*Merda*", a médica xinga baixo.

"Evelyn", diz Alice, com a voz baixa, temerosa.

"Desculpa", Nancy choraminga.

"Quieta!" Patricia acena com a arma para Evelyn e Alice. "As duas, mãos erguidas, como ela."

Evelyn engole em seco a dura realidade, inevitável. Alice coloca as mãos para trás, mas Evelyn solta o papel na prancheta com a lista de nomes de mulheres que marcaram um aborto para o dia. Ela o dobra em quatro.

"Eu disse pra levantar a porra das mãos!", Patricia grita para ela.

"Acho que vou precisar ver sua identificação primeiro, *Patricia*", Evelyn diz, sem tirar os olhos da mulher. Seu estômago se revira, enquanto ela finge ousadia.

"Evelyn", Alice murmura ao lado dela.

A policial umedece os lábios. "Não se movam." Ela enfia a mão na bolsa pendurada no ombro. Nos dois segundos em que tira os olhos das suspeitas para pegar o distintivo, Evelyn enfia o papel na cintura do jeans.

Patricia estende o distintivo, e Evelyn assente. Ela põe as mãos atrás da cabeça, com o coração martelando a caixa torácica. "Muito bem, policial."

"Quieta."

A porta se abre, e Evelyn e Alice pulam. Nancy grita.

"Ai, meu Deus! Ai, meu Deus!", Nancy choraminga, enquanto três, quatro, cinco policiais entram no apartamento. De repente, ele parece menor e ainda mais opressor. Evelyn pensa em Doris, que saiu pouco antes que Patricia chegasse, para escoltar Kathleen até o táxi, a três quarteirões dali. Ela vai voltar a qualquer minuto.

"Quem é a encarregada?", um dos oficiais pergunta.

"Eu", Alice diz, na mesma hora.

"Alice", Evelyn a repreende, embora aprecie sua lealdade.

"Não é ela. A médica é essa." Patricia aponta para Evelyn, com a arma ainda direcionada para Nancy, que fecha os olhos em meio às lágrimas. A aliança novinha brilha sob a luz que entra da janela. *Essa garota tem a vida toda pela frente*, Evelyn pensa. Ela sente que Alice treme ao seu lado. Alice, cujo casamento é amanhã...

"Essa arma ainda é necessária?", Evelyn grita, seu medo inicial se transformando em raiva. "Patricia, ou qualquer que seja o seu nome, você é uma porra de uma traidora."

"Chega, senhora!", um policial corpulento vocifera, o bigode eriçado a centímetros do rosto dela.

"É *doutora*, não senhora, policial."

"É *sargento*, não policial, doutora."

Evelyn morde literalmente a própria língua para se impedir de retrucar para ele como quer. Estava fadado a acontecer, ela se dá conta. Por que não hoje? É um dia como outro qualquer. A médica endireita o corpo e olha com todo o ódio que consegue sentir para a policial.

Pode vir com o seu pior, traidora.

"Qual é o seu nome?", o sargento grandalhão pergunta para ela.

"*Doutora* Evelyn Taylor. Podemos abaixar as mãos agora? Vocês sabem que não estamos armadas."

"Podem sim. E podem colocar atrás das costas."

"Excelente", Evelyn murmura, enquanto a policial e os outros dois homens algemam as três. "Agora quero que me diga por que estamos sendo presas."

"Tenho certeza de que vocês sabem o motivo", a policial interrompe. "Por induzir abortos fora de um estabelecimento médico regulamentado. Abortos ilegais."

"Hum", Evelyn diz. "E que provas vocês têm disso?"

Evelyn finge estar confiante, mas sua mente está acelerada. Alice já se livrou dos resquícios do aborto de Kathleen, enquanto Nancy preparava Patricia para a operação. Há instrumentos médicos na sala de procedimento, mas isso não prova nada. O único registro que elas têm do dia está escondido na cintura de Evelyn. Ela sente o papel amassado com os polegares.

"Temos o áudio dessa aqui", a policial aponta para Nancy, "explicando todo o procedimento."

Merda. O chiado. Fomos grampeadas.

"Eu não falei nada sobre aborto", ouve-se Nancy dizer, com os olhos ainda fechados. As lágrimas cessaram.

Silêncio no cômodo.

"Como assim? Claro que falou."

"Não falei, não." Ela abre os olhos e endireita a postura. "Eu perguntei se você já tinha feito o procedimento, e você disse que não. Em momento nenhum falei de um aborto."

O coração de Evelyn pula no peito, e ela sente uma pontada de gratidão por sua voluntária cuidadosa e de pensamento rápido.

O rosto da policial empalidece, mas ela se recompõe quase imediatamente, para se dirigir a seu chefe, o sargento. "Está tudo gravado, Barry."

Ele assente. "Vamos todos para a delegacia."

Evelyn pesa suas opções e possíveis saídas. Se Nancy estiver certa, então a única prova está na sua cintura, no papel com os nomes das pacientes, mencionando gravidez. A terceira paciente ainda não apareceu. Ela sente uma pontada dolorosa de culpa pela mulher que não vai conseguir fazer um aborto hoje. O que vai acontecer quando aparecer? Vai encontrar o lugar isolado pela polícia? Não vai receber nenhuma resposta quando apertar a campainha lá de baixo? Elas têm quatro mulheres agendadas para a semana que vem, mais cinco na outra. Com sorte, as Janes vão conseguir que outras médicas da rede deem conta.

Evelyn procura focar no que tem em mãos, naquilo sobre que ainda pode ter alguma influência. Se a polícia conseguir rastrear a paciente da manhã, a partir de seu primeiro nome e de sua data de nascimento, talvez ela confesse tudo e as entregue em troca de imunidade. Evelyn sabe que não são pacientes individuais que as autoridades querem, e sim as Janes e suas líderes. Aquelas que oferecem opções quando ninguém mais faz isso. As mulheres que ousam dizer "sim".

"Vamos", o sargento diz a Evelyn, acenando para que siga em frente. Ela engole em seco com dificuldade e obedece. Já está algemada; não adianta reclamar. Pelo menos não no momento. Agora, é melhor fazer o que mandam.

Eles chegam à porta, com cada uma das Janes escoltada por um policial. Por duas vezes, Evelyn tenta fazer contato visual com a policial, que evita seu olhar de maneira deliberada.

Ótimo.

Depois de uma descida silenciosa e dolorosamente desconfortável até o térreo, os policiais empurram as Janes para fora das portas de vidro do prédio, rumo ao calor sufocante do sol forte da tarde. Um camburão espera por eles no meio-fio, e a realidade da prisão atinge Evelyn como um soco no estômago. Ela olha para a esquerda e para a direita. Uma multidão se juntou, as cabeças próximas, as bocas se movendo animadamente. Evelyn se pergunta o que acham que aconteceu, por que acham que as três mulheres estão sendo escoltadas com as mãos algemadas.

A alguns passos da traseira do camburão, em que outro policial abre as portas, Evelyn nota um toque de laranja de canto de olho. É Doris, com os olhos arregalados por baixo dos cachos bastos e ruivos. As duas trocam um olhar, e Evelyn aponta com a cabeça em direção ao prédio.

Limpa tudo.

Para seu imenso alívio, Doris compreende. Ela assente com fervor, mistura-se à multidão e desaparece.

As portas de trás do camburão estão abertas, como a boca de uma baleia prestes a engolir as Janes inteiras, seu interior escuro e metálico. Uma mão empurra a lombar de Evelyn.

"Entra."

"Acha mesmo que não sei que é para fazer isso?", ela diz.

"Olha essa boca, docinho."

"Olha esse machismo, babaca."

Ela paga por isso com um empurrão na nuca dessa vez, que a faz cair dentro do camburão, batendo os joelhos no chão de metal e quase quebrando os dentes da frente.

"Evelyn!", Alice grita, entrando atrás dela.

"Estou bem. Faça o que eles mandam."

"Foi a coisa mais inteligente que você disse até agora", o sargento espertinho comenta.

A última coisa que Evelyn vê é o rosto presunçoso dele ao fechar as portas e trancá-las. Nancy ofega no banco à sua frente. Alice está ao lado dela, com a expressão abalada. O motor ganha vida, e as três firmam os pés no chão conforme o veículo as joga para a frente.

"Eu deveria me casar amanhã!", Alice sussurra, horrorizada. "O que vamos fazer, Evelyn? O que vamos fazer?"

"Em primeiro lugar, não podemos entrar em pânico", a médica diz. Ela tenta contagiar a equipe com a mesma bravata forçada que vem fingindo desde que Patricia apontou a arma para Nancy. A parte de trás do camburão fica completamente separada da cabine, mas no momento Evelyn não confia nem nas paredes. "Nancy, você realmente não usou a palavra 'aborto'?"

"Tenho certeza", ela sussurra. "Muitas das mulheres não gostam de ouvir a palavra, por isso parei de usar há um tempo. Só falo em 'procedimento'. Tenho certeza de que não disse."

"Isso é muito, muito bom."

"O que vão fazer conosco, Evelyn?" Alice é sempre tão calma que ouvi-la tão nervosa faz o pânico de Evelyn crescer.

"Eles precisam de alguma coisa pra poder nos acusar. Precisam de provas. Nancy diz que nunca usou a palavra 'aborto', e você jogou tudo do procedimento de Kathleen fora quando Nancy estava conversando com Patricia, não?"

Alice confirma com a cabeça. "Claro. É o protocolo."

"Certo, então..." Evelyn deixa a frase morrer no ar, enquanto imagens se sucedem em sua cabeça, a uma velocidade estonteante. Não devem ter muito tempo antes de chegar à delegacia. "Vi Doris na multidão e fiz sinal para que limpasse tudo. Ela vai se livrar de qualquer vestígio de que estivemos ali, os instrumentos, as revistas. Não tem muita coisa. Mantemos o lugar vazio de propósito." Evelyn faz uma pausa. "Então a única coisa que direciona ao que estávamos fazendo no apartamento é a lista de pacientes na minha calça."

Nancy e Alice se sobressaltam.

"Vamos ter que fazer isso juntas", Evelyn disse, forçando um meio sorriso.

Ela se ajoelha no chão de metal e vira de costas para Alice e Nancy. Então enfia o dedão e o indicador meio sem jeito na cintura, por causa das algemas. O suor escorre para dentro de seus olhos nos fundos do camburão, mas seu coração salta quando ela consegue pegar a folha de papel dobrada.

"Pega, Alice."

A enfermeira olha para o pedaço de papel por um momento, depois se inclina e o pega com os dentes.

Evelyn quase ri alto. "Isso. Alice, você é brilhante.

Alice solta um ruído gutural com o papel na boca, que Evelyn conclui que significa *"Quê?"*.

A médica se inclina para a frente e Alice arregala os olhos antes que Evelyn morda o papel também. Ela afasta o rosto, e a maior parte do papel vem junto. As duas dão uma risadinha. Nancy balança a cabeça, vai em direção a Evelyn e arranca um pedaço de papel também.

Evelyn ergue as sobrancelhas para as duas e puxa o papel mais para dentro da boca, usando a língua. É muito seco, e a tinta tem cheiro e gosto de substância química. Alice a imita, e Nancy também, depois de gemer. As três ficam sentadas ali, umedecendo o papel com a saliva, até amolecer o bastante para mastigar. Os dentes de Evelyn têm dificuldade. Depois de alguns segundos, Nancy engasga com o pedaço dela e tem que começar tudo de novo.

Quando o camburão desacelera e para de vez, as três já engoliram suas partes. A única prova foi destruída. Lágrimas escorrem pelo rosto de Nancy, que ri ao mesmo tempo. Alice e Evelyn se juntam a ela. Quando o policial corpulento abre a porta, pronto para intimidá-las e arrastá-las até a delegacia, depara com três presas suadas, com o cabelo grudado no pescoço, rindo como um bando de hienas.

"Não sei do que estão achando tanta graça", ele diz, carrancudo como um terrier escocês.

"Ah, a gente acha o fato de vocês não terem nenhuma prova contra a gente bem engraçado." Evelyn sorri para ele, mas na verdade seu estômago se revira.

"Isso a gente vai ver." Os outros aparecem à porta, com exceção da policial. "Tirem as três daí", o sargento vocifera.

Os policiais tiram as mulheres do camburão com brutalidade e as levam até a delegacia. Eles passam por um corredor iluminado por lâmpadas halógenas compridas, cheirando a borracha, suor e fumaça de cigarro.

"Queremos nossos advogados agora mesmo", Evelyn diz, alto. "Quero ligar para..."

"Ela já está aqui", o sargento diz a ela, puxando-a pelo cotovelo e levando-a para a sala de interrogatório.

"Evelyn!", Alice grita atrás dela. A médica vira o pescoço e vê Alice e Nancy sendo levadas para um conjunto de cadeiras verdes, encostadas em uma parede pintada. Um policial empurra as costas de Alice com força. Ela tropeça e cai, quase batendo com o rosto no plástico duro. Ele direciona um insulto racial a Alice, e Nancy manda o cara se foder.

"Deixa, Nancy!", Alice diz, esforçando-se para se levantar, com as mãos ainda algemadas às costas.

"Por que elas não vêm comigo?", Evelyn pergunta ao sargento.

"Acha que não sabemos quem comanda o show, *doutora*? Vamos."

"Espera aí, porra...", Evelyn diz, fazendo o seu melhor para plantar os pés no piso escorregadio. Ela se vira para encará-lo. Os dois ficam olho no olho.

"O que acabou de me dizer?"

Evelyn respira fundo. "Estamos presas ou não? Não podem nos deter se não fomos presas."

"Você *quer* ser presa? Porque é só continuar falando assim que vai conseguir. Agora anda."

Ele a empurra na direção da porta e assente para o guarda ao lado dela, um novato sem qualquer traço digno de nota que destrava a porta. O rapaz a abre, e Evelyn é empurrada para dentro da sala duramente iluminada.

Tem uma mulher em pé, ao lado de uma mesa de metal. Ela é alta, tem ombros largos e usa salto, de modo que assoma sobre Evelyn e o sargento bigodudo. Seus cachos armados e castanhos acrescentam muitos centímetros à sua altura real. Ela usa um tailleur azul-marinho, e a gola da camisa branca foi passada à perfeição. É uma presença intimidante, e Evelyn não se surpreende ao sentir que o sargento alivia a pegada em seu braço.

"Selena Donovan", a mulher diz. Sua voz é estrondosa e eficiente. "Assim que este policial tiver a bondade de tirar suas algemas, trocamos um aperto de mãos."

Uma onda de alívio percorre o corpo de Evelyn. Donovan. Ela deve ser parente de Doris.

"Obrigada por ter vindo, sra. Donovan."

"Fico feliz em ajudar", ela diz, e se vira para o policial. "Pode tirar as algemas da minha cliente, por favor?"

Ele pisca duas vezes para ela antes de se recuperar. "Não."

"Por que não?"

"Porque ela está sob custódia. E sou o sargento."

"Que eu saiba ela não foi presa, a menos que a situação tenha mudado desde que entraram em contato comigo."

O sargento parece desconfortável. "Bem, não houve uma prisão formal."

"Ela não representa ameaça. Esta é apenas uma conversa inicial, e a doutora é livre para ir aonde desejar. Tire as algemas dela, por favor."

Ele hesita por um momento, depois solta um suspiro frustrado enquanto tira as algemas dos pulsos de Evelyn e as joga na mesa de metal. O barulho faz Evelyn dar um pulo, o que devia ser a intenção do sargento. Selena estende a mão e pega a da médica em um aperto firme, que é retribuído na mesma medida.

"Fique à vontade, srta. Donavan", ele diz.

"Doutora, por favor."

"Como?"

"Pode me chamar de dra. Donovan."

"Mas *ela* te chamou de sra. Donovan." Ele aponta para as costas de Evelyn, que se senta à mesa, massageando o ombro machucado.

"Ela me chamou de sra. Donovan. Mas de qualquer forma, *você* pode me chamar de doutora."

O sargento bigodudo empurra a parte interna da bochecha com a língua. "Que seja."

Selena se senta de frente para Evelyn. Ela tira um gravador da bolsa, coloca-o na mesa e aperta o botão vermelho, produzindo um clique. "Você fez algo de errado, dra. Taylor?", ela pergunta, com um sorriso irônico se insinuando nos lábios.

"Errado?", Evelyn pergunta, refletindo. "Não, de modo algum." *Ilegal, talvez.*

"Sob que pretexto a dra. Taylor e suas colegas foram levadas do apartamento na avenida Spadina esta tarde, policial?"

"*Sargento*", ele cospe. "Recebemos informações de que a dra. Taylor e suas colegas estavam realizando um procedimento de aborto naquele endereço, o que vai contra a lei."

"Sim, sargento, como advogada de defesa criminal, estou bastante familiarizada com o Código Penal e com o que vai *contra a lei*."

Ele estreita os olhos sob a testa franzida.

"E como essas supostas informações foram obtidas?", Selena pergunta.

"Através de uma policial que ouviu de uma amiga próxima que um aborto havia sido feito em uma conhecida dela naquele endereço. A mulher tinha um número de telefone, e a policial disfarçada ligou e marcou uma consulta. Ela foi ao endereço na hora combinada, usando um gravador. Uma unidade tática, que me incluía, estava me aguardando do outro lado da rua, pronta para entrar assim que a policial sinalizasse a obtenção das provas necessárias."

"E que provas ela obteve?", Selena pergunta.

"Uma gravação em áudio de uma das envolvidas descrevendo o procedimento de aborto."

"Podemos ouvir a gravação, por favor?"

"Sim, está conosco. A policial Heinz está esperando lá fora. Não se movam, eu já volto."

"Sim, por favor, vá buscar *a policial*, sargento. Nós esperamos."

Os sapatos dele chiam contra os ladrilhos do piso. A porta se fecha atrás do sargento, e elas o ouvem chamando imperiosamente pela policial

Heinz. Selena para sua própria gravação e levanta a cabeça. De repente, Evelyn tem a sensação de que há um holofote gigante nela, dada a intensidade nos olhos da outra mulher.

"Minha prima Doris me ligou", Selena diz.

"Imaginei, pelo seu sobrenome. Obrigada por ter vindo."

"Fico feliz em ajudar. Me diga: que história é essa de uma gravação de áudio? Com o que vou ter que lidar?"

"A enfermeira e eu estávamos na cozinha, e uma voluntária estava na sala de procedimento, com uma mulher que achávamos que se chamava Patricia e tinha consulta às duas. O protocolo é uma voluntária deixar a paciente informada quanto ao procedimento."

"Merda. E o que a voluntária disse?"

"Aí é que está: ela jura que não usou a palavra 'aborto'. Que tudo o que disse poderia estar aberto à interpretação, ser inconclusivo."

Selena faz um aceno curto com a cabeça. "Certo. Vamos ver quando ele voltar com a gravação. Há alguma outra prova com que temos que nos preocupar?"

Evelyn sorri. "Não em algum lugar que eles possam encontrar, disso tenho certeza."

"Certeza mesmo?"

"Absoluta."

"Então tá. Vamos ver o que acontece."

Evelyn engole em seco, e as duas esperam cerca de um minuto antes que o sargento bigodudo irrompa na sala, seguido de perto pela suposta paciente de Evelyn, a policial Heinz.

Ela continua vestida à paisana. É jovem, bonita e está apenas fazendo seu trabalho, mas no momento Evelyn quer arrancar seus membros um a um. A médica se contenta em ser sarcástica. Sabe que o sarcasmo é uma arma poderosa, que não se pode usar para provar nada.

"Que bom rever você, Patricia", Evelyn diz.

Isso lhe rende um chute de Selena, por debaixo da mesa. A advogada volta a gravar a conversa.

A policial Heinz coloca outro aparelho preto na mesa, ao lado do primeiro. É o mesmo que ela tinha preso à cintura para registrar sua conversa com Nancy. Evelyn sente os ombros tensos subindo rumo às orelhas.

Um som de estática sai do gravador, então Evelyn ouve a voz baixa e murmurada da policial: "Testando. Testando. Testando." Ela pigarreia. Um roçar, provavelmente do microfone sendo ajustado dentro da blusa. Alguns minutos se passam sem que haja qualquer som, então vem o chiado distante de um bonde e uma risada baixa de criança, quase inaudível. A sala de espera.

Evelyn, Selena, o sargento bigodudo e a policial Heinz respiram juntos, em silêncio, olhando para o aparelho. Quatro atores esperando sua deixa para começar uma discussão roteirizada no centro do palco.

Ouvem-se o clique e o rangido de uma porta sendo aberta.

"Patricia?" É a voz de Nancy. Um farfalhar de papéis, uma longa pausa. Um chiado agudo preenche a sala, estridente e penetrante.

"Minha nossa", o sargento bigodudo resmunga. Os ouvidos de Evelyn zumbem.

"Interferência", Heinz diz, dando de ombros.

"Xiii", Selena faz para eles, enquanto a gravação continua rodando. Evelyn tenta não sorrir para a advogada. *Ela é durona. Definitivamente uma Jane.*

Ouve-se a voz de Nancy de novo. "Você já passou por esse procedimento, Patricia?"

Um pigarreio leve. "Hum, não. Nunca passei."

Todos se inclinam para a frente, ouvindo a conversa. Evelyn prende o ar.

"... o passo a passo, se não tiver problema.", a policial Heinz diz.

Que palhaçada, Evelyn pensa. Ela sente um calor subindo pelo pescoço, mas dessa vez de raiva, não de medo.

De repente, o som começa a falhar, e um zumbido baixo atrapalha a maior parte da conversa.

"... medic... esticá-la... inserir... depois..." Um chiado agudo faz o rosto dos quatro se contrair.

"O que...?" A voz de Nancy sai entrecortada, mas reconhecível. Ela parece confusa.

"Merda..."

Clique.

Evelyn tira os olhos do aparelho preto. Selena está sorrindo, na imitação mais precisa do gato de Alice que a médica já viu.

223

"Muito bem!", ela diz, animada, afastando a cadeira da mesa e se levantando. "Se só tiverem isso, sargento, minhas clientes e eu já vamos indo."

"Que porra é essa, Heinz?!", o sargento grita para a policial.

"Não sei, Barry, foi a sala, estava dando tanta interferência que..."

"Podemos ir, Evelyn", Selena diz baixo, indicando a porta com a cabeça.

"Onde pensa que vai, doutora?"

Selena abre bem os ombros e se inclina na direção do sargento. Ele se encolhe um tantinho. "Está falando sério? Vocês não têm nenhuma prova para manter essas mulheres aqui, prendê-las ou acusá-las do que for. Tenham uma boa-noite. Sargento, policial."

Ela abre a porta para Evelyn, que sai atordoada, depois a fecha na cara dos interrogadores perplexos.

"É isso?"

"Continua andando. Vamos, vamos, vamos." Selena leva uma mão no ombro machucado de Evelyn, empurrando-a adiante.

"Evelyn!" Alice e Nancy pulam das cadeiras em que estavam jogadas, diante do corredor da sala de interrogatório. Estão sem algemas. Sem dúvida alguém finalmente teve o bom senso de reconhecer que não eram uma ameaça.

"Vamos, vamos!", Selena diz para as duas, mas olhando principalmente para Alice. "Rápido, rápido, rápido."

Elas a seguem, tentando acompanhar suas passadas largas. Quando estão na rua, todas piscam, os olhos úmidos contra o sol forte do verão.

"Muito bem", Selena diz, apressando-as pela rua movimentada, para nenhum lugar em especial. "Vocês sabem que vão ter que abandonar o apartamento, né?"

Todas confirmam com a cabeça.

"Certo. Agora precisamos pensar além do dia de hoje. Tem mais alguma coisa em algum outro lugar? Arquivos? Registros de pacientes? Onde vocês guardam?"

"Não guardamos", Evelyn diz. "Só temos uma lista de pacientes do dia, que usamos na hora. Depois rasgamos."

"E onde está a de hoje?"

Há uma breve pausa antes que Evelyn responda. "A gente comeu."

Selena para na hora e se vira para encarar as três mulheres, com a mão no ar, em um sinal de "pare". Nancy e Alice quase trombam com ela. "Como?"

"A gente comeu. No camburão."

"Comeu o quê?"

"O registro do dia."

"O registro em *papel*?"

"É."

As sobrancelhas de Selena se erguem. "Hum. Bom... então talvez vocês precisem de uma cervejinha gelada, para ajudar a descer. Eu pago. Vamos encontrar um lugar."

21

NANCY

COMEÇO DO OUTONO DE 1985

Nancy está sentada em uma poltrona confortável na sala de estar de uma Jane, uma advogada-assistente chamada Wendy. Ela é responsável por administrar a rede: localizar novas médicas dispostas a ajudar, agendar pacientes e marcar reuniões como esta.

Desde a batida no último verão, as Janes têm precisado ser ainda mais cuidadosas e criativas nos espaços de reunião. Agora, mais do que nunca, estão dolorosamente conscientes de como a rede opera sob o fio da navalha. As facções antiaborto se tornaram mais ativas, e a polícia ampliou seus esforços para localizar as Janes. Paradoxalmente, a rede está mais conhecida que nunca, e mais determinada a se manter sob sigilo. Andam tão ocupadas que o trabalho de Nancy como voluntária agora toma todo o seu tempo livre, entre o emprego, os pais, Michael e o planejamento do casamento.

Esta noite, Wendy reuniu dez voluntárias em sua sala de estar. O marido sabe e apoia o que ela faz, de modo que as mulheres podem se reunir com mais conforto ali do que se passando por um clube de tricô em um porão de igreja no centro. Algumas delas — incluindo Alice e a dra. Taylor — contaram aos maridos ou companheiros sobre suas atividades, mas a maioria mantém segredo, incluindo Nancy. Ela toca a aliança de maneira distraída, enquanto foca na dra. Taylor, que se sentou perto da lareira — local naturalmente instituído como palanque ali —, e no que motivou a reunião.

As coisas mudaram para as Janes e para as mulheres que as procuram atrás de ajuda. Até agora, o procedimento de aborto se limitava ao método de dilatação e curetagem — ou D&C —, uma opção mais invasiva, pela qual Nancy havia passado quatro anos antes. Mas surgiu um novo procedimento que deve permitir que elas ampliem seus serviços ainda mais.

"Esse novo método de que ouvimos falar, a partir de Chicago", a dra. Taylor diz, "envolve inserir no colo do útero uma substância que o dilata e causa o aborto. Isso significa que, em primeiro lugar, o procedimento não precisa ser tão invasivo para as mulheres quanto o D&C, o que pode ajudar a reduzir a possibilidade de um trauma físico. Funcionaria basicamente como um aborto espontâneo. Também permitiria que fizéssemos abortos em estágios mais avançados da gravidez. Mulheres e meninas que viessem até nós entre as doze e dezoito semanas, quando outros métodos já não são possíveis, também poderiam ser atendidas com segurança."

À notícia segue-se um coro de murmúrios.

"E como isso funcionaria na rede?", Wendy pergunta.

"Acho que podemos marcar consultas com as médicas para inserção da substância", a dra. Taylor diz. "Vai ser tão rápido quanto fazer um papanicolau. Depois, as voluntárias poderiam monitorar as pacientes no período de um ou dois dias que leva para fazer efeito. Elas ficariam atentas a sinais de problemas e apoiariam as mulheres emocionalmente durante a perda."

Um silêncio impressionante paira no ar, misturado com a fumaça dos cigarros.

"Uau", diz uma Jane, uma médica chamada Phyllis sentada à esquerda de Nancy. "Isso é incrível."

A dra. Taylor assente. "Pois é. Vai melhorar muito as coisas pra gente."

Wendy se inclina para a frente na cadeira. "Como seria a logística? Onde aconteceriam os abortos? Na casa da mulher ou...?"

"A princípio, na casa delas, *se* morarem sozinhas ou se a família apoiar", a dra. Taylor diz. "Mas para as que precisam de discrição — caso da grande maioria —, acho que precisaríamos considerar nossa própria casa." Ela hesita antes de prosseguir. "Como vocês sabem, Morgentaler foi atacado e uma bomba quase explodiu em sua clínica, a poucos quarteirões daqui. De modo geral, acho que devemos considerar a possibilidade de usar locais alternativos tanto quanto possível daqui para a frente. Pessoalmente, considero a perspectiva de arriscar minha clínica e o bem-estar dos meus pacientes comuns, de segunda a sexta, bastante perturbadora."

Outro silêncio se segue. Phyllis concorda com a cabeça. Algumas Janes mordem os lábios, céticas. Outras franzem a testa.

"Não temos orçamento para alugar um apartamento só para isso", Wendy diz, depois de um momento. "Acho que a única opção é as pacientes dizerem à família que vão visitar uma amiga no fim de semana e ficar na nossa casa."

A dra. Taylor assente. "Acho que pode funcionar."

Wendy se vira para o resto da sala. "Levante a mão quem tem a possibilidade de oferecer a própria casa e talvez esteja disposta a fazer isso."

Nancy reflete e levanta a mão, devagar, junto com outras duas mulheres.

"Eu posso", ela diz. "Pelo menos até o inverno. Depois disso, bom, vou me casar e morar com o meu marido, então vai ser mais difícil. Mas, no momento, tudo bem."

"Excelente. Muito obrigada, Nancy", Wendy diz. Ela volta sua atenção para uma das outras voluntárias, e a conversa evolui para uma discussão aprofundada sobre o novo método e a logística dos abortos em casa.

Nancy olha para a própria mão e gira a aliança com o diamante no dedo, como se estivesse apertando um parafuso. Seu estômago se revira desconfortavelmente conforme seus pensamentos vão para Michael, que nunca lhe deu motivos para duvidar dele. Ainda assim, ela não tem certeza de que vai contar as verdades ocultas que a moldaram. Nancy sabe que seu instinto natural ao segredo não pode ser um bom indicativo do nível de confiança no relacionamento deles, algo que até agora ignorou. Ela ama Michael, mas que restrições vai ter que impor a si mesma e a seus interesses depois de se casar? Quanto de sua vida planeja esconder do marido?

A dúvida assombra Nancy enquanto ela se dirige à biblioteca de volumes raros, na manhã seguinte. São pouco mais de sete. Ela sempre acordou cedo, e gosta de chegar ao trabalho quando está tudo tranquilo e arrumado. O pessoal da limpeza acabou de ir embora quando Nancy se acomoda na salinha que os arquivistas dividem, com uma xícara de chá. Ela organiza as tarefas do dia em listas de afazeres. Adora o trabalho, que vê como uma combinação de bibliotecária, detetive e curadora de museu.

Parece perfeito para ela, que tem orgulho de dizer que se sai extremamente bem nele.

Nancy já trabalhou cerca de uma hora quando a correspondência chega. Ela ouve o rangido e o clique da caixa de correio ao lado da porta da sala, seguido pelo baque suave da cascata de entregas do dia, que cai em uma pilha bagunçada sobre o compartimento de plástico logo abaixo.

"Bem na hora", Nancy murmura para si mesma. Precisava mesmo se alongar um pouco.

Ela percorre o corredor curto e acarpetado até a porta e pega a correspondência. Deixa a maior parte na caixa de entrada do balcão da frente, mas leva o jornal até sua mesa.

Nancy abre o jornal e se inclina para a frente, sentindo o cheiro da tinta fresca. Passa os olhos pelas notícias do dia antes de ir para o fim, dobrar o jornal e considerar os classificados. Não costuma vê-los, mas ela e Michael estão atrás de uma mesa de jantar de segunda mão para quando se casarem e se mudarem para um novo apartamento. Nas últimas semanas Nancy vem procurando uma nos classificados, sem sucesso. Seus olhos passam pelos pedidos de babás e faz-tudos, pelas ofertas de veículos usados. Então finalmente encontra um anúncio de mesa e cadeiras de carvalho à venda em Mississauga, a um preço apenas ligeiramente acima do orçamento. Torcendo para que Michael consiga usar seu charme para baixar o preço, Nancy circula o anúncio com um marca-texto. Parece que tudo está dando certo.

Ela pega o telefone na mesa e posiciona o dedo para discar o número, então seus olhos se desviam para o anúncio ao lado.

PROCURA-SE CRIANÇA PERDIDA. Procuro minha filha, que foi adotada do Lar Santa Inês em 1961. Tentando contatá-la, se ainda estiver na região de Toronto.

Segue-se um número de telefone, sem nome.

O coração de Nancy salta pela garganta, martelando forte. O momento se prolonga, até que o silêncio é quebrado pelo bipe agressivo do telefone em sua mão. Ela demorou demais para discar. Uma mensagem automática lhe diz para desligar e tentar de novo.

Nancy bota o fone no gancho, inspira fundo e solta o ar demoradamente.

Não há nada que diga tratar-se de um anúncio de Margaret Roberts. Está sem nome, e deve haver muitos bebês nascidos em lares nos anos 1960. *Mas em 1961 especificamente?*

Quais são as chances? Quantas mulheres entregavam seus bebês para adoção em um único ano? Talvez poucas. E por que o anúncio era tão vago? Por que não tinha nome, ou o dia e o mês do nascimento? Não há nada que confirme que Nancy deva tentar ligar para aquele número.

E se não for a mãe biológica dela? Provavelmente não é. E se ela ligar e uma mulher atender achando que a filha perdida afinal fez contato, só para descobrir que é a pessoa errada? Nancy não quer causar esse tipo de dor a ninguém. Além do mais, já se perguntou se os sentimentos de Margaret em relação à adoção não mudaram, tantos anos depois. Se o bilhete foi escrito quando se deu a adoção de Nancy, mal fazia uma semana que Margaret havia dado à luz, de modo que devia estar perturbada; a dor ainda era recente, o que justificava escrever um bilhete jurando amor eterno e marcando sua determinação de encontrar a filha. Mas e se Margaret mudou de ideia depois, com algum distanciamento do fato, e seguiu em frente com sua vida?

Nancy também mudara de ideia quanto a querer filhos. Foi só quando as circunstâncias melhoraram e ela encontrou o companheiro certo em Michael que a ideia da maternidade se tornou atraente de uma maneira que certamente não se mostrara anos antes, quando fizera o aborto. As pessoas mudam. Margaret provavelmente mudou também.

Nancy tomou a decisão deliberada de não procurar por ela; uma decisão responsável e adulta, que ajudou a aliviar sua culpa quanto ao comportamento infantil de entrar no quarto dos pais à procura de pistas. Ela gostaria de acreditar que cresceu desde então, que se tornou menos impulsiva. Mais madura. Em alguns meses, será uma mulher casada, e Michael quer começar uma família. Talvez logo tenha filhos. A imprudência é uma indulgência juvenil. Agora, ela tem que ser responsável e sensata.

A verdade é que foi mais fácil não procurar por Margaret, porque ela não tinha nenhuma pista de por onde começar. Mas agora uma caiu no seu colo. E se o anúncio for *mesmo* de Margaret Roberts?

Ela precisa tentar.

Nancy pega o telefone de novo; nesse momento, está de volta ao corredor do andar de cima da casa dos pais, abrindo a porta. Ela disca o número e começa a tremer.

O telefone chama. Nancy aguarda.

"Alô?", uma voz de homem diz.

A boca de Nancy está seca.

"Alô?"

"Desculpa", Nancy grasna. "Número errado. Eu estava ligando para outra pessoa."

"Quem...", o homem começa a dizer, mas Nancy bate o telefone com um baque.

Nem três segundos depois, o telefone toca de novo, disparando como um alarme de incêndio. Nancy olha para o relógio acima da porta. É hora de abrir. Pode ser um cliente. Ela estica o braço e atende.

"Biblioteca de Volumes Raros, srta. Mitchell falando."

A voz de Michael ressoa do outro lado da linha. "Olá, futura sra. Birch! Andei testando o nome, o que você acha? Não dá para acreditar que consegui te convencer a casar comigo."

"Haha!" Nancy segura o fone com a mão suada. "Oi, Mike. Como você está? A gente não acabou de se ver?" Sua voz falha, e ela xinga a si mesma.

Ele fica em silêncio por um momento. "Está tudo bem, Nancy? Sua voz está meio engraçada."

Ela não consegue respirar. Tem que contar a ele. Tudo. Agora é a hora. Mas hesita, e a tensão se alonga e se alonga antes de finalmente — inevitavelmente — explodir.

"Desculpa, Mike. Estou bem, mas tenho que ir. Não posso falar agora. Desculpa. Te amo."

Nancy desliga antes que acabe fazendo uma revelação ao noivo sobre a qual não poderia voltar atrás.

Ela corre pelo corredor até o banheiro, acende a luz e bate a porta atrás de si. Escorrega até o chão de linóleo, com as costas contra a porta. Com os joelhos no peito, abaixa a cabeça e libera a dor renovada que mantinha seus pulmões como reféns.

Depois de um ou dois minutos, Nancy ouve a porta da frente se abrindo e fechando, o que faz a porta do banheiro sacudir um pouco.

"Bom dia!" É Lisa, sua colega de trabalho.

Ela se levanta, alisa a saia do vestido e conserta o rímel diante do espelho sobre a pia. Abre a torneira, pega um pouco de água nas mãos e toma, sentindo um friozinho descer pelo corpo, então endireita os ombros.

"Esquece", Nancy diz a si mesma. Sua voz ecoa pelas paredes do banheiro, e seu reflexo concorda com a cabeça.

Ela pigarreia, ajeita a franja e abre a porta.

Três dias depois, Nancy está de pé em uma plataforma acarpetada em uma loja no oeste da cidade, provando um vestido de noiva que não usaria de jeito nenhum. A mãe amou, o que não chega a ser surpresa.

"É igualzinho ao da princesa Diana!", Frances diz, empoleirada na beirada de uma poltrona rosa confortável.

O vestido de cetim cor de marfim tem mangas bufantes e esvoaçantes, que a fazem parecer mais um jogador de futebol americano, e uma cauda em que ela sabe que vai tropeçar a caminho do altar.

"Não sei, mãe", Nancy diz, olhando-se no espelho de novo e fazendo o que pode para segurar uma careta. "Não é muito a *minha* cara."

"Ah, por favor", diz Frances, diminuindo a importância disso com um movimento de mãos. "É alta-costura, querida. Claro que você vai estranhar um pouco. É a roupa mais formal que já vestiu em toda a vida. Ainda mais considerando que se recusa a usar qualquer coisa além desses seus jeans esfarrapados. É normal se sentir um pouco esquisita no vestido de noiva."

"Será mesmo?", Nancy diz, baixinho.

A mãe a ignora, assim como a vendedora, uma mulher robusta de cinquenta e poucos anos com cachinhos loiros, os olhos pesadamente delineados e uma camada grossa de maquiagem que destaca sua idade em vez de disfarçá-la.

"Está muito na moda, por causa do gosto impecável da princesa, como a senhora disse", ela comenta, totalmente focada na venda, como uma franco-atiradora envolta em tafetá. "Sua filha exibiria um estilo muito moderno com esse vestido. Ela já é uma moça linda", a mulher acrescenta, virando-se para Nancy e piscando com os cílios postiços. "O vestido valoriza a cintura fina e destaca o melhor de seus traços."

Nancy consegue fazer com que uma careta passe por um sorriso modesto, e a vendedora volta a se dirigir à mãe dela.

"Vocês duas são muito parecidas." A mulher ignora a cor de cabelo e dos olhos diferente das duas, o queixo fino de Nancy frente à mandíbula quadrada de Frances, os muitos centímetros de diferença de altura. O estômago de Nancy se revira, por baixo das camadas de cetim e de renda.

"Ah, bem, sim", Frances diz, corando como qualquer mãe orgulhosa faria.

Nancy busca qualquer falha na expressão da mãe. Quando não encontra nenhuma, não sabe se deve se sentir aliviada ou decepcionada.

"Vamos escolher um conjuntinho para a senhora que combine com o vestido da sua filha", a vendedora sugere, tentando conseguir outra venda. "Temos uma seção enorme de roupas para a mãe da noiva, nos fundos da loja. Por aqui, por favor."

Ela segue para os fundos da loja antes mesmo que Frances tenha a chance de responder.

"Ah, sim, claro", Frances diz, levantando-se da poltrona e apalpando os cachos da peruca. "Nancy, querida, fique mais alguns minutos nesse vestido e veja se não começa a gostar mais dele. Acho mesmo que é esse!"

"Você precisa de uma mão?", a filha pergunta.

"Ah, não, estou bem, estou bem."

Parte do tumor continua na cabeça dela, porque não conseguiram removê-lo sem maiores danos. Isso a deixa fraca. Frances anda mais devagar que antes. Uma bengala ajudaria, mas seu senso de dignidade e sua teimosa a impedem de usar uma.

Frances segue a passos instáveis pelo corredor que leva à parte de trás da loja, deixando Nancy a sós com seu reflexo nos espelhos gigantescos com moldura dourada.

Depois do noivado, no verão, Frances ficou radiante com os preparativos do casamento. Vendo como estava animada, Nancy deixou que a mãe participasse de todas as etapas do processo. Michael insistiu que mantivessem o controle sobre o cardápio e a lista de convidados, mas acabaram concordando com uma cerimônia tradicional na igreja da paróquia, e Frances extrapolou em todos os outros aspectos do planejamento. Nancy não se importa muito com isso, no entanto. O casamento é um único dia. Acima de tudo, está ansiosa para estar casada com Michael e para que sua vida a dois comece.

"Aparentemente, nossa vida a dois vai começar comigo parecendo um cupcake", ela diz para a mulher no espelho, que realmente parece um cupcake. Ela se vira de um lado para o outro, sacodindo as camadas de crinolina e saias, e vê de relance uma centena de botões descendo pelas costas do vestido. Já sabe que Michael vai odiar. *E vai odiar ter que me tirar disso no fim da noite*, Nancy pensa, com um sorriso.

É um casamento de inverno, e ela se pergunta se a capa da mãe vai ajudar a esconder um pouco do estilo ostensivo ou se o acréscimo de outra camada de tecido vai piorar as coisas ainda mais. Ao pensar na capa, ela se lembra das palavras da avó, naquele dia na casa de repouso.

Foi mais ou menos na mesma época em que pegaram você.

Nancy tem dificuldade para respirar, com o corpete apertado do vestido, e suas panturrilhas começam a reclamar dos sapatos de salto alto caros que a vendedora enfiou em seus pés antes de sair desfilando com ela do provador até a plataforma. Com dificuldade, ela puxa as camadas de tecido, segurando-as nos braços, então tira os sapatos e espalha os dedos dos pés, grata, sobre o carpete áspero antes de se sentar de maneira pouco graciosa. O vestido fica embolado em volta dela, e Nancy se pergunta quanto tempo a mãe vai demorar com a vendedora.

Os sinos da porta da loja tocam, e ela vê pelo espelho uma dupla de mãe e filha entrando. O barulho da rua vem junto, e Nancy fica ansiosa para tirar aquele vestido e ir para casa. Ela observa as duas por um momento, enquanto olham os vestidos pendurados, as cabeças loiras juntas, sorrindo e criticando em voz baixa os estilos. Elas erguem o rosto. Se não fossem as rugas no rosto da mais velha, poderiam ser irmãs.

A mente de Nancy vaga até Margaret Roberts. Desde que viu o anúncio, não consegue parar de pensar nela. Agora, pergunta-se como seria o gosto dela. Em uma realidade alternativa, teriam as duas visto os vestidos juntas naquela mesma loja?

"Meu Deus, Nancy!" Ela tira os olhos da dupla de mãe e filha e os direciona para Frances, que volta da seção nos fundos, com as bochechas coradas de constrangimento. "Levanta do chão! O que está fazendo?"

"Desculpa!", Nancy diz, ficando de pé do jeito que dá, mas quase tropeçando no tecido ao descer descalça os degraus da plataforma. "Eu não estava conseguindo respirar. Precisei me sentar." Ela volta a soltar a saia do vestido, que balança para os lados e para trás.

"Não se pode sentar com um vestido assim", a vendedora diz, carregando um vestido de tafetá cor de vinho para a mãe. "O vestido é que deve usar *você*, e não o contrário."

"E se espera que eu jante de pé, então?"

"Bem, o que você acha?", Frances retruca. "É esse?"

"É lindo!", a jovem loira diz, de longe.

"Vá em frente!", a mãe dela acrescenta.

"Viu?", Frances diz, e Nancy nota um sorriso presunçoso no rosto da vendedora, que segue com o vestido de tafetá até o caixa.

Nancy repara na mãe. O amor é visível em seus olhos, tanto pela filha quanto pelo vestido de noiva. A inutilidade daquilo se assenta nos ombros bufantes de Nancy. Ela força um sorriso.

Frances se vira para a vendedora e diz: "Vamos levar".

22

ANGELA

MARÇO DE 2017

Três dias depois de pedir a Tina que a pusesse em contato com a dra. Evelyn Taylor, Angela se encontra do lado de fora do apartamento da médica, com uma caixa de brownies quentinhos na mão.

Depois de ouvir a teoria da esposa sobre "Maggie", primeiro cética, depois cada vez mais intrigada, Tina mandou um e-mail para a dra. Taylor, perguntando se ela estaria disposta a falar com Angela sobre sua experiência na casa de amparo materno. Angela sente uma pontada de culpa por não ter alertado a dra. Taylor sobre a razão exata de estar tão ansiosa para falar com ela. Tina só disse à médica que a esposa estava lendo *A rede Jane* e queria conversar a respeito. Era verdade, mas se havia uma chance de que a dra. Taylor fosse *mesmo* amiga de Margaret Roberts, a mãe biológica de Nancy, poderia saber alguma coisa que Angela não sabia. Descobrir aquilo valia uma conversa e alguns brownies superfaturados.

O apartamento da dra. Taylor fica a alguns quarteirões do antiquário, ao final de uma rua tranquila que em algumas semanas estará cheia de árvores floridas e com folhas exuberantes. Angela bate na porta de entrada, e alguns minutos depois ouve passos descendo a escada. É a dra. Evelyn Taylor quem abre. Ela é alta e usa calça jeans e uma malha preta por cima de uma camisa listrada.

"Você deve ser a Angela", ela diz, oferecendo uma mão.

Angela troca a caixa de brownies de mão para cumprimentar a médica. "Oi! Muito obrigada por aceitar me receber, dra. Taylor."

"Só Evelyn, por favor. E é um prazer. Sou grande fã da sua esposa, e pelo visto você trouxe brownies, então vamos nos dar muito bem. Entre."

Ela abre passagem e Angela passa pela porta, subindo os degraus, que rangem, até o andar de cima.

"Pode entrar", Evelyn diz, de trás dela.

Angela gira a maçaneta e entra no apartamento, pelo qual se apaixona no mesmo instante. A moldura das portas, das janelas e o rodapé são todos em estilo artesanal, pintados de branco fosco. É um estilo antigo, mas que voltou à moda e ficou chique. O teto é surpreendentemente alto para um apartamento que não é térreo, e o gesso tem um padrão de redemoinho que lembra as ondas do mar. As paredes são pintadas de um verde clarinho, límpido e relaxante. As janelas dão para a rua e vão quase do chão ao teto, o que permite que a luz suave do inverno atravesse as cortinas translúcidas e esvoaçantes.

"Café?", Evelyn pergunta, com um sorriso.

Ela tem cabelo grisalho liso na altura do queixo, que realça seus traços finos. É um grisalho suave e uniforme, cinza como o céu em novembro. Angela espera que seu próprio cabelo fique bonito assim daqui a trinta anos.

"Odeio dar trabalho, mas por acaso você tem descafeinado? Cortei a cafeína por um tempo, por mais que me doa fazer isso."

"Claro! Sempre tenho descafeinado, para quando dá vontade de tomar à noite."

"Ah, ótimo, muito obrigada."

"Quer creme ou açúcar?"

"Pode ser puro mesmo. Obrigada, Evelyn."

"Psicopata."

Angela congela, com a caixa de brownies na mão. "Como?"

O canto da boca de Evelyn se ergue. "Um estudo científico muito duvidoso diz que a maioria dos psicopatas toma café preto."

Angela não tem certeza do que dizer depois disso, então só dá uma risada desconfortável.

"É mais uma correlação que uma causa, tenho certeza. Tem a ver com a preferência pelo gosto amargo." Ela dá uma piscadela. "Posso pegar os brownies?"

"Ah, sim, claro."

"Pode pendurar seu casaco no gancho ali na parede. Sinta-se em casa."

Ela desaparece na cozinha e volta um minuto depois, com dois pratos. Entrega um a Angela e apoia o seu na mesa de centro. "Proteja o meu brownie do Darwin, tá?", ela diz, e volta para a cozinha.

Como se essa fosse sua deixa, um gato malhado laranja gigantesco se esgueira pela lateral da poltrona, com os olhos âmbar fixos no brownie. Angela pega o prato.

"Ele gosta de brownies?", Angela pergunta.

"Ele é quase um cachorro, para ser sincera", Evelyn diz, voltando com a prensa francesa cheia de café e duas canecas diferentes. Ela se senta no sofá, diante de Angela, e pega o gato no colo. "Sempre dizem que não dá pra adestrar gatos, mas dá, sim. Esse gorducho aqui adora brincar de buscar a bolinha e é louco por um doce."

Angela passa um prato a Evelyn e começa a comer o próprio brownie antes que Darwin o reivindique. As duas ficam em silêncio por um momento, mastigando e tomando café. Angela não tem certeza de como começar a conversa, e Evelyn se adianta a ela.

"Então! Tina me disse que você está lendo o meu livro."

"É, eu..." Ela engole o último pedaço de brownie, depois deixa o prato vazio na mesa de centro. Darwin dá o bote na mesma hora, para lamber as migalhas. "Ah, droga, desculpa! É melhor eu...?"

"Ah, não, pode deixar", Evelyn diz, com um aceno vago. "Logo, logo ele vai ficar com diabetes independente disso. Comer um brownie certamente não é o pior jeito de morrer."

Angela quase cospe o café. Dá para ver que Evelyn não doura a pílula. Talvez ela também devesse usar essa tática.

"Bom, eu queria saber mais sobre o tempo que você passou na casa de amparo maternal. É uma longa história, mas eu estava pensando na sua amiga que... tirou a própria vida. Maggie, não é?"

Evelyn assente. Angela sente os dedos começando a formigar.

"Maggie era um nome inventado, como todos os outros?"

Evelyn levanta o rosto. Os olhos das duas se encontram. "Como?"

"Na introdução, você disse que trocou os nomes das mulheres mencionadas, para proteger a identidade delas. Mas o nome da sua amiga não era mesmo Maggie?"

Evelyn hesita. "Por que quer saber disso?"

"Desculpa", Angela diz, com o rosto queimando. "Eu deveria ter explicado melhor antes, mas por acaso o nome completo da sua amiga era Margaret Roberts?"

O queixo de Evelyn cai ligeiramente. "Por que a pergunta? Como sabe disso?"

Angela inspira profundamente. O café de ambas foi esquecido na mesa de centro.

"Porque estou perto de encontrar a filha dela. Ou, pelo menos, espero estar."

A sala fica em silêncio. Darwin até parou de ronronar no colo de Evelyn, como se também prendesse o fôlego, à espera.

"Como?", Evelyn finalmente pergunta.

"Encontrei uma carta na loja em que trabalho, o Antiquário Thompson, que fica a alguns quarteirões daqui. É a carta de uma mãe confessando para a filha que ela foi adotada e guardou esse segredo até a morte. A filha de Margaret morava no apartamento em cima da loja, e acho que a carta foi entregue na caixa errada, por engano."

Evelyn vai mais para a frente no assento. "Quando isso aconteceu? Qual é a data da carta?"

"2010, mas só a encontrei alguns meses atrás. Fiquei tentando rastrear a filha, mas não tive sorte, então decidi mudar de estratégia e tentar localizar Margaret primeiro." Ela hesita de novo. "Encontrei um obituário de Margaret Roberts, que morreu aos dezenove anos, em 1961, e uma notícia sobre casas de amparo maternal, então juntei as peças. Foi no Santa Inês que você e Margaret ficaram, não foi?"

"Fo..." A voz de Evelyn embarga. "Foi. Desculpe, isso é um pouco..."

"Eu sei. Desculpe. Você sabia que ela tinha morrido?"

Evelyn assente, mas não faz contato visual.

"Tina e eu devíamos ter sido mais diretas quanto ao motivo pelo qual eu queria falar com você." Angela respira profundamente de novo. Está um pouco arrependida por ter vindo falar com Evelyn. Talvez Tina estivesse certa, e a busca por Nancy Mitchell só fosse criar confusão. "Fiquei pensando se, já que Margaret Roberts está morta, *você* não gostaria de encontrar a filha dela, como uma espécie de compensação. Desde que encontrei a carta da mãe que a adotou, me sinto meio responsável por juntar os pontos. Quer que eu avise se conseguir localizar a filha de Margaret? Você poderia contar a Nancy sobre a mãe, se ela estiver interessada."

Angela acompanha a expressão de Evelyn se alterar enquanto uma onda de emoções colore a tela que é o seu rosto.

"Sim", Evelyn diz, com os olhos brilhando. "Seria ótimo."

Alguns dias depois do encontro tenso de Angela com a dra. Taylor, ela e Tina voltam à ginecologista para pegar os resultados do primeiro ultrassom. Tina se senta na beirada da cadeira em um canto da sala fresca e bem iluminada, enquanto Angela se acomoda sobre o papel branco da mesa de exame. A enfermeira do dia é uma moça baixa e curvilínea de vinte e poucos anos, com o cabelo puxado para trás em um coque alto e volumoso. A estampa de seu uniforme é dos Simpsons, por isso Angela gosta dela de cara.

"É seu primeiro ultrassom pré-natal?", a enfermeira pergunta a Angela, com um sorriso cheio de dentes.

Angela hesita. "Você diz *nesta* gravidez ou na vida?"

O sorriso da enfermeira fraqueja. "Nesta."

Angela faz que sim com a cabeça.

"Ótimo. E você está com..." Ela consulta a tela do computador. "Cerca de sete semanas?"

"Isso." Angela sente um friozinho na barriga, mas um friozinho bom. Como o de um primeiro beijo.

"Certo. Excelente. E como está se sentindo?"

"Nervosa."

A enfermeira assente, compreensiva, e começa a inserir informações no sistema, enquanto Angela espera. Tina olha para a esposa e dá uma piscadela. "Muito bem! A dra. Singh logo vai estar com vocês. Aguentem firme."

Ela sai pela porta, deixando Tina e Angela sozinhas de novo. Elas conseguem ouvir uma criança choramingando em outra sala do corredor. Um telefone toca.

"Estamos sempre esperando, né?" Tina comenta, com as mãos inquietas sobre as pernas.

"Haha. Pois é. A expectativa está acabando comigo, Ti."

"Nossa, sim!"

"Né?"

"Que merda."

As duas riem. Angela balança a cabeça e deixa os olhos vagarem pelas paredes, registrando vagamente os desenhos infantis em giz de cera e os anúncios institucionais de vacinação contra a gripe. Alguns minutos depois, a porta finalmente volta a se abrir.

"Oi, Angela, Tina", a dra. Singh diz, com um aceno de cabeça para as duas. "É bom ver vocês de novo."

"Você também", as duas respondem, em uníssono.

"Bom", continua a médica, "tenho ótimas notícias. Com base no que vimos no ultrassom, vocês têm pelo menos um embrião viável no útero."

"*Pelo menos* um?", Tina pergunta.

A dra. Singh sorri. "Isso. Há uma sombra atrás dele, e não conseguiram ver melhor durante o ultrassom. Há uma chance de que sejam gêmeos, mas podemos confirmar isso hoje, com um doppler fetal."

Tina se levanta e vai até Angela. Ela passa um braço pelos ombros da esposa. "Você está dizendo que vamos..."

"Ouvir o coraçãozinho. Ou possivelmente *os coraçõezinhos*."

"Ah!", Tina exclama.

Angela não consegue parar de sorrir. "Estamos mesmo grávidas, Ti!"

Tina dá um beijo na testa dela. As duas sorriem como recém-casadas.

"Vou só configurar aqui", a dra. Singh murmura, ocupada com uma maquininha branca para a qual Angela não dá muita atenção. "Pode deitar, Angela, e levantar a blusa. Vai ser como num ultrassom."

A dra. Singh aperta o tubo de gel azul e frio sobre a barriga de Angela, depois aumenta o volume do aparelho. As três congelam, sem respirar. A médica passa o instrumento, e o aparelho estala, lembrando Angela de um rádio antigo tentando sintonizar uma estação.

Um momento depois, a dra. Singh para o movimento e segura o instrumento no lugar.

Tum-tum-tum-tum-tum-tum, faz o aparelho, mas há uma segunda sequência de batidas entremeada à primeira. É o som mais bonito que Angela já ouviu. Uma harmonia perfeita.

"São dois corações, pessoal", a dra. Singh confirma, e tanto Angela quanto Tina irrompem em lágrimas. Tina quase quebra a mão da esposa, de tanto que a aperta.

"Eu te amo", ela diz.

"Também te amo."

O momento fica suspenso no tempo, prolongado, cintilando em dourado-claro. É um instante precioso e raro de alegria pura e genuína.

"Parabéns", a dra. Singh diz. "Vocês vão ter gêmeos."

23

NANCY

PRIMAVERA DE 1987

Nancy passou a viagem de bonde de meia hora até a casa da dra. Taylor pensando em como vem mentindo para o marido.

Ao chegar ao cruzamento mais próximo da rua da dra. Taylor, ela puxa a cordinha para o bonde parar e se levanta, com uma mão apoiada na barriga de grávida e se apoiando com a outra no assento ao lado. Uma mulher sentada diante da porta de trás sorri para Nancy, que sente o bebê se encolher com ela, de tanta culpa.

Nancy soube que estava grávida pouco antes de seu primeiro Natal casada. Sua menstruação estava atrasada, seus seios doíam e o temido enjoo matinal voltara. Ela recebeu bem os sintomas, sabendo o que significavam, mas não contou a Michael que os reconhecia da vez anterior. Foi difícil fingir, mas, depois do primeiro mês, a experiência passou a ser novidade para ela, e a pertencer aos dois.

Eles foram ao médico e confirmaram a gravidez. Michael a pegou no colo e girou no ar na calçada do lado de fora da clínica, em comemoração. Foi um momento de felicidade pura. Talvez o primeiro da vida adulta de Nancy. Ela não conseguia acreditar na gigantesca diferença em relação à vez em que ficara sabendo de sua primeira gravidez. Não se preocupou muito com questões de fertilidade, mas percebeu, com certa surpresa, que uma linha fina separava o medo de engravidar do medo de *não* conseguir engravidar. Uma linha mais fina que um palito de dente.

Agora Nancy está de seis meses, a barriga bem redonda e os seios firmes e maiores do que imaginava que seria possível. Deixando de lado o cansaço, o inchaço e a dificuldade para se inclinar, sua gravidez corre muito bem, e seu relacionamento com Michael é forte — a não ser pelo fato de que ela continua mentindo para ele quanto a para onde vai nas noites e nos fins de semana em que trabalha com as Janes.

Nancy não sabe por quanto tempo mais vai conseguir encontrar desculpas. Naquela tarde, quando Michael perguntou aonde ia, ela disse que passaria algumas horas comprando coisas para o bebê e chegaria em casa antes do jantar. Mas não pareceu dar certo, para variar. Conforme a gravidez progredia, Michael ficava cada vez mais protetor, e menos inclinado a deixar que ela resolvesse pendências sozinha ou se sobrecarregasse.

"O que quer que seja, posso comprar. É só me dar a lista", ele disse, jogando o pano de prato sobre a pia e franzindo a testa para ela. "Você não pode fazer tudo sozinha, Nancy. Me deixe ajudar."

Ela deu alguma resposta evasiva e saiu para pegar o bonde sem nem olhar para trás. Sabe que está fugindo de algo perigoso. É algo que pesa em sua consciência às três da manhã, quando sua bexiga cheia a acorda e a insônia comum na gravidez toma conta. Nancy fica deitada por horas, desperta, se perguntando se vai conseguir continuar trabalhando com as Janes depois que o bebê chegar. Ela não contou nem a Evelyn nem a Alice sobre a possibilidade de sair do grupo, e odiaria fazer isso. Mas uma parte de si gostaria. O risco de ser presa a deixa mais estressada que a gravidez, e seria um alívio parar de mentir para Michael sobre aquela questão. O bebê vai aproximar os dois, ela imagina, e se deixar as Janes para trás... bem, talvez tenha o recomeço de que precisa. Nancy já se perguntou como as outras Janes que guardavam segredo do marido davam conta. Será que aquilo não pesava tanto sobre elas quanto sobre Nancy?

Ela procura se livrar do desconforto que se instalou em seus ombros e conclui a caminhada até a porta da dra. Taylor. Uma paciente vai vir para o procedimento. Em um esforço para reduzir o número de abortos que vinham fazendo em clínicas médicas, todos os que foi possível transferir agora são realizados na casa das Janes. Muitas das casas já não estavam na lista telefônica, por razões de segurança. E essa paciente optou pelo D&C. Agora elas dão às pacientes a chance de escolher, mas muitas preferem não ter de concluir o aborto em casa. Muitas disseram a Nancy durante a sessão de aconselhamento que não queriam seus lares assombrados pelas memórias do aborto. Elas preferem um território desconhecido para o qual não terão de retornar. Ao menos não fisicamente. Nancy sabe que é difícil escapar disso mentalmente, mesmo quando se sabe que era a escolha certa. A lembrança está sempre lá. Todos os dias. Cada vez que uma amiga fica grávida. Toda vez que se vê um bebê na rua. Em todas as próximas gestações. Você se pergunta como teria sido. Está sempre voltando ao mesmo ponto.

Nancy bate na porta, e logo em seguida um homem alto e atraente, com a barba e o cabelo grisalho nas têmporas, atende.

"Oi, querida. Você deve ser Nancy. Sou o Tom, a cara metade de Evelyn. Entre."

Ele abre espaço para Nancy entrar. O frescor do ar-condicionado é um alívio para ela. Nancy não se importa de percorrer o caminho até a casa da dra. Taylor, mas o calor da primavera a fez suar, e ela precisa descansar os pés inchados.

Nancy estende a mão e se apresenta. O marido da dra. Taylor é caloroso e animado. Sua voz soa familiar: seu sotaque inglês é parecido com o de Frances.

A dra. Taylor e Alice emergem de uma porta à direita da entrada.

"Bem, vou deixar vocês à vontade." Tom se afasta pelo corredor, indo em direção à cozinha.

"Sua casa é linda", Nancy diz à dra. Taylor, olhando para a escada de madeira polida e para o lustre ornamentado. *Salário de dois médicos, suponho.*

"Obrigada, Nancy", a dra. Taylor diz. "Entre. Imagino que esteja precisando se sentar e tomar algo gelado, não?"

"Sim, por favor. Obrigada, dra. Taylor."

Elas acomodam Nancy em uma poltrona confortável da sala, na frente da casa e com vista para a rua. Ela tira os formulários de admissão, a prancheta e uma caneta da bolsa.

"Como você anda, Nancy?", Alice pergunta, sorrindo. "Faz algumas semanas que não te vejo. Continua indo tudo bem?"

"É, parece que sim. Só me canso mais rápido agora. Minha mãe vai fazer um chá de bebê em algumas semanas", ela diz, revirando os olhos. "Não é exatamente minha ideia de diversão, mas vai ajudar bastante. Arrumar tudo para o bebê está começando a fazer com que pareça mais real."

"Sua pressão anda boa?", a dra. Taylor pergunta, franzindo a testa. "Não tem cólicas ou sangramento? Mediram seu nível de ferro? O bebê chuta e se mexe com frequência?"

Alice dá uma cotovelada nas costelas da dra. Taylor. "Você não consegue se segurar, né?"

A médica fica vermelha. "Só queria confirmar. Desculpa por me preocupar com o bem-estar dela."

"Tenho certeza de que Nancy tem uma boa obstetriz monitorando tudo isso."

"Eu também, claro."

Nancy toma um gole de limonada e sorri para a dupla se cutucando. Sente uma pontada no coração ao pensar que não vai mais vê-las se deixar as Janes.

"Estão cuidando bem de mim, sim, dra. Taylor, mas obrigada", ela diz.

A médica assente, meio constrangida, então passa a falar da tarefa que têm em mãos. "O nome da paciente é Brenda. Ela tem trinta e oito anos e está de dez semanas. Deve chegar em alguns minutos. Quando você terminar, Nancy, se não tiver nenhum sinal de alerta, pode levar Brenda pelo corredor até a porta à direita. É um escritório que transformei em sala de cirurgia."

"Tá. Tudo certo."

Alice e a dra. Taylor já vão para lá. Nancy só precisa esperar alguns minutos até ouvir sete batidas na porta da frente. Ela vai até lá e abre a porta para a paciente.

"Oi", a mulher diz, alto. "Sou Brenda. Tenho uma consulta."

"Oi, Brenda, sou Nancy. Pode entrar." Ela fecha e tranca a porta, depois leva Brenda para a sala de estar.

"Pode tirar o casaco para ficar mais confortável", Nancy diz, sorrindo para tranquilizar qualquer ansiedade que a paciente possa estar sentindo. Brenda baixa os olhos para a barriga de Nancy, que se acomoda na poltrona à sua frente.

"Você está grávida?", a paciente pergunta, de modo brusco.

"Estou." Desde que a barriga começou a aparecer, Nancy ouviu muito essa pergunta.

"Mas trabalha para uma rede de abortos?"

"Sou voluntária."

"Há quanto tempo faz isso?"

"Há alguns anos." Nancy sente que é ela quem está sendo entrevistada, e não o contrário.

"Hum. Meio que achei... não sei. Achei que vocês eram cem por cento aborto."

Nancy balança a cabeça. "Somos cem por cento escolha." Ela consegue ver nos olhos de Brenda a pergunta se formando, por isso a responde: "E, sim, estou grávida agora, mas já abortei no passado. Conheci em primeira mão aquilo pelo qual você está prestes a passar."

Brenda balança os pés sobre o tapete. "Tá."

Nancy inclina a cabeça para o lado, observando a paciente. Seu cabelo descolorido com permanente está preso em um rabo de cavalo bagunçado, com um frufru neon. Mesmo uma grossa camada de corretivo é incapaz de esconder suas olheiras escuras.

"A vida de uma mulher pode mudar muito depressa", ela diz. "Acho que temos que tomar a melhor decisão possível para nós mesmas a cada momento. Fiz uma escolha há seis anos que hoje não faria, porque minha vida mudou drasticamente desde então. Escolhi estar grávida desta vez, assim como você está escolhendo não estar."

Brenda morde a bochecha por dentro.

"Então, só para confirmar", Nancy prossegue, "você tomou essa decisão por vontade própria, certo?"

"Sim, com certeza. Mas, hã, tem algo que preciso contar primeiro." Nancy espera, enquanto a mulher hesita. "Sou policial."

Todo o sangue deixa o rosto de Nancy. "Como?"

"Sou policial, mas não é por isso que estou aqui. Estou aqui porque preciso fazer um aborto. Sei sobre a policial disfarçada e a batida de 1984. Não sou da mesma delegacia, mas os boatos correm. Enfim, achei melhor ser sincera desde o começo. Não vim causar transtornos."

"Só..." Nancy ergue uma mão para impedir Brenda de continuar falando. "Espera aqui um momento."

Ela se levanta da poltrona, segue pelo corredor e bate na porta à direita. Quando a dra. Taylor abre, Nancy entra depressa, batendo a porta atrás de si com mais força do que pretendia.

"Nancy, o quê...?"

"Ela é uma policial."

A dra. Taylor e Alice ficam boquiabertas. "Quê?!", exclamam, em uníssono.

247

"Eu estava fazendo a entrevista e ela disse que tinha algo que eu precisava saber. Queria deixar claro desde o começo que não vai entregar a gente. E disse que ouviu falar da batida em Spadina."

Alice e a dra. Taylor trocam um olhar significativo. "Merda", a médica solta.

"Por que ela viria aqui?", Alice pergunta, incrédula.

A dra. Taylor tira os olhos do rosto sério da enfermeira e os volta para Nancy.

"Não sei", Nancy responde. "Não chegamos nesse ponto. Quando ela disse que era da polícia, pedi que esperasse."

Um silêncio se estende por um longo momento, enquanto as três mulheres consideram o que fazer em seguida. Lembranças da batida pairam sobre elas, como uma névoa densa. Do tipo em que não se vê os perigos à sua frente até estarem na sua cara.

"Vale...", Alice começa a dizer. "Vale a pena conversar com ela, Evelyn? Digo, ainda não a ouvimos sair, então ela deve estar precisando mesmo. Por que nos contaria isso se fosse uma ameaça real?"

"Ela não sabe de quem é a casa. É por isso que quem atende a porta são as voluntárias", a dra. Taylor diz, mais para si mesma que para Alice ou Nancy.

Nancy espera, com as mãos na barriga. A tensão na salinha é palpável, e por um momento as três estão de volta ao camburão apertado, suando de medo e por causa do calor escaldante do verão.

"Tá", a dra. Taylor diz depois de uma longa pausa, recompondo-se com um dar de ombros trêmulo. "Vou falar com ela. Venham comigo, meninas."

A médica percorre o corredor com passos confiantes. Alice a segue, com Nancy logo atrás. Encontram Brenda exatamente onde Nancy a deixou, na sala de estar. Ela movimenta os pés ainda mais rápido agora. Fica de pé quando a dra. Taylor entra, como uma militar saudando um sargento.

"Nancy disse que você é da polícia", a dra. Taylor fala logo. "Conte mais sobre isso."

Brenda pigarreia e estende a mão. A médica a aperta com vigor.

"É isso mesmo, sou da polícia. Eu, hã, estou aqui porque tenho trinta e oito anos, nunca quis ter filhos e o Comitê de Aborto Terapêutico do governo recusou meu pedido. Tentei seguir a via legal, e agora não tenho outra opção. Como eu disse a Nancy", ela faz contato visual com a voluntária, "quis ser aberta quanto ao que faço porque quero que saibam que não vim como policial. Hoje, sou apenas a Brenda. Eu... não sei. Achei que era melhor ser sincera. Sou esse tipo de mulher."

Alice fica parada atrás de Nancy, cujos olhos se alternam entre Brenda e a dra. Taylor.

"Por que o comitê negou seu pedido?", a dra. Taylor pergunta.

"Disseram que do ponto de vista médico não é necessário para a minha saúde física ou mental. Não tenho histórico de depressão ou outras condições que seriam complicadas numa gravidez. Basicamente, não querer sustentar uma criança pelo resto da minha vida não é considerado um bom motivo. E posso ser durona, mas, sinceramente, sei que nunca conseguiria dar um filho para adoção. Não sei como algumas mulheres fazem, mas com certeza elas são mais fortes do que eu."

A dra. Taylor pigarreia. Nancy pisca repetidamente, com os olhos no carpete. Alice suspira, depois olha para a médica.

"Achei que seria mais fácil conseguir a aprovação, por isso nem pensei em mentir descaradamente", Brenda diz. "Mentir não é fácil para mim. Mas agora sei que, se fosse esperta, teria feito isso."

A dra. Taylor passa a língua nos lábios. Através da janela, dá para ver um carro passando pela rua. Um cachorro late num quintal vizinho.

"Está bem. Vamos te ajudar. Mas vamos precisar estabelecer algumas restrições. Tenho certeza de que você entende isso."

Brenda faz que sim com a cabeça.

"Você vai deixar seu casaco, seus sapatos e sua bolsa aqui na sala. Em geral, peço para as pacientes tirarem a roupa da cintura para baixo, mas desde que recebemos uma visitinha de uma policial disfarçada com um gravador por debaixo da roupa, vou precisar que você tire tudo e vista um avental de hospital. Combinado?"

"Combinado."

"Então tá. Por que não vai com a Alice até a sala de procedimento? Eu vou em seguida."

"Obrigada", Brenda diz, tentando abrir um sorrisinho.

A médica o retribuiu com um sorriso tenso. "Já nos vemos."

Alice leva Brenda para o corredor, e logo a porta da sala de cirurgia é batida.

A dra. Taylor se joga no sofá, em uma demonstração de frustração que lhe é pouco característica. Ela solta algo entre um suspiro e um grunhido. A luz da tarde entra pelo janelão atrás dela, o vitral lançando sombras multicoloridas no carpete. "Obrigada pela ajuda hoje, Nancy. Sinto muito que tenha vindo até aqui por isso."

"Não tem problema."

"Antes que você vá, posso pedir para conferir se os sapatos e a bolsa dela não têm nada?"

"Claro."

A médica fica olhando para ela do sofá, avaliativa. "Você sempre está presente nos momentos mais dramáticos, hein?"

Nancy ri. "Nunca fico entediada, isso é certeza."

A dra. Taylor passa uma mão pelo cabelo. Nancy notou que ela o deixou cada vez mais curto com o passar dos anos, e que está começando a ficar grisalho.

"Odeio ter que fazer isso", a médica diz. "Acho que fui dura demais com ela. Mas não quero ter outra arma apontada para o meu rosto. Aposto que você, de todas as pessoas, me entende."

"Com certeza."

Os olhos da dra. Taylor se fixam à média distância, recordando aquele dia no passado. "Estou disposta a ferir a dignidade de uma mulher se isso significar que podemos continuar ajudando todas as outras que não estão tentando nos derrubar."

Nancy dá de ombros. "Mas não acho que Brenda esteja tentando nos derrubar. Ela disse que só precisa de um aborto. Que esse é o único motivo pelo qual está aqui. Se o comitê negou isso a ela..."

"Eu sei." A dra. Taylor expira, devagar. Nancy consegue ver a exaustão nas rugas em torno de seus olhos. E há algo mais, que ela já viu antes. Uma sombra que não é capaz de identificar. Em geral, a dra. Taylor é muito profissional, talvez até fechada demais. Ela não compartilha muita coisa.

"Estamos mais perto da legalização, só que ainda não chegamos lá. E Deus sabe que precisa vir o quanto antes." A boca da médica fica tensa, e ela parece lutar contra o que está prestes a dizer. "A verdade é que tem sido uma longa caminhada, e estou me cansando, Nancy. Me sinto frustrada. Sei que tudo isso vale a pena. Mas às vezes..." Ela encara Nancy. "Quase não vale."

Seis semanas depois, Nancy está recostada em uma das poltronas de veludo rosa da sala dos pais, cercada por um grupo grande de mulheres falantes e pilhas de presentes em embrulhos azuis, brancos e cor-de-rosa.

Ela odiou o chá de cozinha realizado antes do casamento: ser o centro das atenções e ser exibida para as amigas da igreja da mãe fez com que se sentisse extremamente desconfortável. Mas Frances está muito animada em ser avó, e Nancy não tem energia para discordar dela. Mal tem tido energia para calçar os sapatos nos últimos tempos, quanto mais para começar uma discussão com a mãe.

O pai de Nancy se escondeu na sala de TV nos fundos da casa, para ver um jogo com um prato de presunto e ovos que pegou da mesa montada, o que deixou Nancy sozinha com uma multidão de mulheres tagarelas.

"Traidor", ela acusou o pai quando ambos se encontraram na mesa do ponche, uma hora depois. "Obrigada por ter me atirado para as lobas."

"Você não achou mesmo que eu ficaria com vocês, né?", ele perguntou. "Se eu não me mandasse, sua mãe ia colocar uma toalhinha em cima da minha cabeça e ia usar meu corpo como mesinha para as sobremesas. Boa sorte, besourinha."

Assim, sem opções que justificassem uma saída, Nancy passou as últimas horas abrindo presentes sob um coro de arquejos femininos. Até que a pilha finalmente mingua, e ela se estica para pegar o último, de sua tia Lois. Nancy abre a caixa e depara com uma linda mantinha de crochê cor de marfim.

"Ah, tia Lois, obrigada. É linda", Nancy diz, com toda a sinceridade. "Foi você quem fez?" Ela coloca a mantinha sobre a barriga e passa os dedos pelo padrão intricado.

"Sim!", Lois diz, com um sorriso sentimental para o grupo, e *ooohs* e *aaahs* ecoam pela sala. "Às vezes não há nada como algo feito à mão, principalmente num caso assim. Fiz uma para Clara no ano passado também."

Nancy olha para a prima por cima da manta, mas a outra desvia os olhos rapidamente. Elas nunca conversaram sobre Aquela Noite, o que ergueu um muro entre as duas. Não são nem de perto tão próximas quanto antes.

"Bem, você não precisava ter tido todo esse trabalho, Lois", a mãe de Nancy diz perto da mesa do bufê, repondo o ponche.

Ela e Lois parecem estar sempre no modo combate uma com a outra. O fato de Clara ter se casado e tido uma criança antes de Nancy era uma questão delicada, e Lois fazia questão de lembrar a irmã de sua vitória sempre que tinha a oportunidade.

"Ah, mas não foi trabalho nenhum, imagine", Lois retruca, levando a xícara de chá à boca.

Frances devolve o ponche à mesa e olha para Nancy. "Bom, eu também tenho uma coisinha para te dar. Volto em um segundo."

Ela sai da sala, e Nancy a ouve subir a escada. A mãe ainda se movimenta um pouco devagar, mas é teimosa demais para pedir ao marido que vá buscar o que quer que seja. As mulheres reunidas começam a conversar, e muitas vão pegar mais comidinhas na mesa. Nancy se afunda na poltrona, grata que o evento esteja quase acabado. Sua mente foca no restante do dia. Ela e Michael planejaram um jantar especial juntos e depois vão assistir ao jogo de hóquei, já que em algumas semanas as chances de fazerem esse tipo de coisa serão próximas de zero.

Quando a mãe volta, alguns minutos depois, tem nas mãos uma caixinha fechada com um laço amarelo.

"Aqui, querida", Frances diz, apoiando-se no braço do sofá diante de Nancy. Uma convidada afasta o quadril largo para abrir espaço para a anfitriã, mas é ignorada. Frances só tem olhos para a filha. "Abra."

Ela já comprou inúmeras roupinhas para o bebê, e junto com o marido ajudou a pagar pelos novos móveis do quarto. Nancy não estava esperando outro presente. "Você não precisava ter feito isso, mãe", ela diz.

Nancy equilibra o presente sobre o barrigão, puxa uma ponta do laço e abre a caixa.

Instantaneamente, é como se todo o ar fosse sugado da sala, como se a porta de um avião fosse arrancada a três mil metros de altura. Nancy fica sentada ali, olhando perplexa para o presente da mãe.

"O que é?", Lois pergunta, e sua voz estridente atravessa o zumbido na cabeça de Nancy.

Nancy engole em seco com dificuldade e ergue um par de sapatinhos amarelos. Os sapatinhos de Margaret. Ela nem ouve a reação das amigas da mãe.

"Foram feitas à mão, com muito amor", Frances diz, com os olhos brilhando.

"Ah, você anda tricotando, Frances?", Lois pergunta, incisiva.

"Não, não fui eu que fiz."

Nancy mal suporta perguntar, mas pergunta. Porque precisa fazer isso. "Onde foi que você comprou, mãe?"

"Ah, em uma feirinha", ela diz. "Foram feitos por uma artesã local."

"Já pensei em ter uma barraquinha numa dessas feiras", Lois comenta, assentindo para a xícara de chá. "Tem muita mulher disposta a gastar um bom dinheiro em itens dessa qualidade."

As convidadas começam a falar todas ao mesmo tempo sobre feirinhas, e as conversas voltam a engrenar.

Frances vai até a filha. Estica as mãos, segura as bochechas de Nancy e olha com seus olhos azuis nos olhos castanhos dela. Como sempre, a filha é incapaz de lê-los. Frances dá um beijo no topo da cabeça dela, demorando-se um pouco. Uma corrente elétrica passa por entre as duas, então a mãe a solta e vai dar atenção às convidadas.

Nancy não consegue respirar. Segurando os sapatinhos, ela murmura qualquer coisa sobre precisar fazer xixi e se levanta da poltrona. Cambaleia para fora da sala sufocante, já tomada pelas conversas altas, e encontra o ar fresco do corredor. Ela entra no lavabo próximo à cozinha e fecha a porta atrás de si, então se senta sobre o carpete da tampa da privada.

É algum tipo de mensagem da mãe? Uma confissão? *Finalmente vai acontecer?*, Nancy se pergunta. Ela enfia os dedos dentro de um sapatinho e depois do outro, procurando pelo bilhete de Margaret.

Verifica três vezes, e chega a virar os sapatinhos do avesso para se certificar de que não deixou passar, mas o bilhete não está ali.

Não está ali.

A nova traição reabre a ferida apenas parcialmente curada no coração de Nancy. Ela joga os sapatinhos no chão e se inclina sobre o barrigão, agarrando-os com as mãos trêmulas. Risadas vindas da sala chegam ao corredor, enquanto Nancy começa a chorar.

Ela chega em casa no banco da frente do carro do pai. O banco de trás e o porta-malas estão lotados de mantinhas, brinquedos, mordedores, bichos de pelúcia e roupinhas. Michael sai à porta assim que eles estacionam e sorri para ela através do para-brisa. Nancy sorri de volta de um modo automático e sai do carro.

"A convidada de honra gostou da festa?", ele pergunta, dando um beijo na bochecha da esposa. Quando ela não responde, Michael olha em seu rosto. "Ei, está tudo bem?"

"Claro, só estou cansada. Foi agito demais, sabe?"

Michael dá alguns tapinhas carinhosos em suas costas. "Que bom que planejamos uma noite tranquila então, né?"

Ele ajuda o sogro a descarregar os presentes, enquanto Nancy só observa, com uma mão sobre a barriga e a outra segurando a bolsa. Ela enfiou os sapatinhos em um bolso interno, escondendo-os de novo.

Quando o último presente foi levado para dentro, o pai olha para ela. "Parece que você escapou ilesa dessa. Obrigado pelo que fez, besourinha. Deu para notar que sua mãe se divertiu muito."

Ele puxa Nancy em um abraço, que ela retribui sem muita vontade. Quando os dois se separam, a filha olha no rosto dele. "Pai..."

Ele aguarda. "Sim?"

Nancy não sabe o que dizer. Deve perguntar a ele? Confrontá-lo bem ali na calçada? Ele sabia que Frances ia dar os sapatinhos de Margaret a Nancy? Concordou com isso? Se dependesse dele, teria incluído o bilhete?

Ela balança a cabeça, e a constatação de que nunca haverá hora e lugar certo para essa conversa a atinge com tudo. "Nada. Obrigada pela carona. A gente se vê depois."

"Ah. Tudo bem", o pai diz, um pouco confuso. "Até mais."

Nancy segue em direção à porta. Michael se despede do sogro e depois faz o mesmo.

Mais tarde, ele a encontra no quarto do bebê. O barulho do jogo de hóquei estava irritando Nancy, que o deixou sozinho no sofá e foi mexer nas roupinhas. Ela passou uma hora mudando os itens das gavetas da cômoda de lugar. Sua mente está acelerada, e Nancy não consegue acalmá-la. "Tem certeza de que está tudo bem, Nancy?", Michael pergunta de novo. Ele está na porta, vendo-a mexer num macacãozinho. "Você parece meio desligada, desde que chegou. Sua mãe disse alguma coisa que te chateou?"

Nancy olha para o cabelo cor de areia e para os olhos azuis do marido, que refletem a luz suave do abajur da mesa de cabeceira que ela comprou há algumas semanas. Michael é tão bonito e atencioso. Nancy sabe que deu sorte. Se tiverem um menino, espera que seja igualzinho a ele.

Ela olha para o macacãozinho com listras verdes que tem nas mãos, maravilhando-se com quão pequenos são os pezinhos. Mal consegue acreditar que em algumas semanas vai segurar alguém assim pequeno e vulnerável nos braços. Alguém que ela e Michael fizeram juntos, com todo o amor.

"Nancy?"

Michael entrou de vez no quarto e agora anda em sua direção, com a testa franzida. Nancy vai até a cadeira de balanço, para evitá-lo, então se senta com o gemido que ultimamente acompanha qualquer tipo de esforço da parte dela.

"O que tem de errado? O que foi? O bebê está bem?", ele pergunta, ajoelhando-se no tapete aos pés dela.

Nancy sente uma pontada de culpa. "Ah, nossa, o bebê está bem, sim. Chutando e mexendo muito. Não é isso, Mike. Não sei. Estou bem. O chá foi um pouco demais pra mim, só isso."

"Só isso mesmo? Você ficou a noite toda quieta, me evitando. Eu te conheço, Nancy."

Ah, Michael... Conhece mesmo? A mão de Nancy traça círculos sobre a barriga, só para que tenha o que fazer.

Ele parece hesitante. "É que...", Michael começa a dizer, olhando para um ponto no tapete antes de encará-la. "Faz um tempo que sinto que tem algo que você não está me contando. Te conheço bem o bastante para saber que tem alguma coisa que não me contou, se é que isso faz sentido. Mas não sei dizer se as coisas só estão esquisitas por causa da gravidez, porque você não se sente muito bem, ou se tem mais alguma coisa. Você está em dúvida quanto a isso? Ou quanto a mim?"

"Não, Mike, claro que não." Nancy pega a mão dele, que não segura a dela com muita firmeza.

Uma sombra passa pelo rosto de Michael. "Então por que me sinto como se eu fosse um observador externo do nosso relacionamento?"

Nancy engole em seco, sentindo um nó na garganta.

"O que quer que seja, você pode confiar em mim", ele diz. "Me conta o que está acontecendo. Me deixa participar."

Nancy olha para o marido, refletindo. Sente que está prestes a dizer a verdade, mas tem medo. Se contar sobre a adoção, isso vai dar margem a uma série de questões que ela mesma ainda não sabe responder. Michael é um homem prático e direto. Próximo dos pais dela. Nancy sabe que ele vai insistir que ela confronte os dois, que não vão poder manter o segredo pelo resto de suas vidas. No entanto, o plano dela é exatamente esse. Há coisas demais em jogo. É mais fácil guardar tudo para si mesma. É mais fácil negar a verdade quando não há ninguém para lembrá-la disso, de uma verdade que ela prefere ignorar.

Mas Nancy precisa dizer alguma coisa a Michael.

Não pode contar sobre as Janes, o que a deixa com uma única opção. A menos ameaçadora. Não é *a* verdade atrás da qual ele está, mas ainda é um jeito de deixá-lo participar, e, com sorte, de impedir mais perguntas.

Sua boca está seca, mas Nancy olha nos olhos dele e fala mesmo assim. "Eu fiz um aborto, Mike. Antes de te conhecer."

Ele a encara. O quarto fica em silêncio.

"Você... o quê?"

"Eu engravidei e fiz um aborto. Alguns anos antes de te conhecer."

Ela o observa enquanto ele processa a informação, as emoções passando por seu rosto uma depois da outra. Michael se levanta e começa a andar pelo quarto.

"Como você... Por que me contou agora? Por que não me contou antes?"

"Isso muda alguma coisa?"

"Bom... não sei, Nancy! Quanto tempo faz que estamos juntos? Somos casados, vamos ter um filho, e o tempo todo você escondeu uma coisa assim importante de mim?"

"Não é...", ela começa a dizer, mas hesita. "É importante, mas também não é, Mike. Não muda nada entre nós dois."

"Você não confiava em mim o bastante para me contar essa parte da sua vida?"

Nancy hesita por tempo demais.

"Nossa, Nancy! Sou seu marido. Você não confia em mim?"

"Eu confio, eu confio! Não é isso..."

"Me explica como essa não é uma questão de confiança. Sério. Me explica."

O rosto dele está no escuro agora. Nancy quer se levantar para acender a luz. Tudo parece mais dramático na penumbra. Mas o olhar acusatório de Michael a mantém presa à cadeira de balanço.

"Eu nunca contei a *ninguém*, Mike. Nem a meus pais, nem às minhas amigas... ninguém."

"Então não é que você não confie em mim. Você não confia em ninguém. É isso? Que porra é essa, Nancy?"

"Como?"

Os lábios dele estão franzidos em uma careta que não lhe é característica. "Que porra é essa? E esclarece isso pra mim então: você já esteve grávida, já sentiu enjoo, já fez um teste de gravidez positivo, já passou por tudo isso antes, e só estava, sei lá, fingindo que era a primeira vez?"

"Eu não estava fingindo, Mike. Dessa vez foi diferente. Eu *quis* engravidar! Nem consigo explicar como foi diferente."

"Bom, eu achei que fosse a primeira vez para nós dois, mas você estava mentindo. Isso é ótimo, Nancy. Ótimo mesmo." Michael para no lugar, com as mãos na cintura. "Sobre o que mais você andou mentindo?"

As palavras são um tapa na cara dela. Nancy sente uma onda de calor subindo pelo pescoço. Não tem como responder a isso sem mentir mais.

"Eu preciso..." Michael para de falar e passa uma mão pelo cabelo. "Eu preciso sair daqui. A gente se vê depois."

Ele se vira e vai embora. Nancy ouve seus passos no corredor, e a porta da frente sendo batida e trancada pouco depois.

Nancy não tem certeza de quanto tempo se passa enquanto ela fica balançando na cadeira, para a frente e para trás, massageando a barriga e com lágrimas escorrendo pelas bochechas. A confiança entre os dois nunca passou de uma ilusão, e agora até isso se perdeu. Michael não confia nela, e agora Nancy vê que também não pode confiar nele. Como teria reagido se ela tivesse lhe contado seus outros segredos?

Que ideia idiota, Nancy pensa. *Sua vida não é da conta de mais ninguém.* Agora Nancy compreende por que seus pais não lhe contaram sobre a adoção. É muito mais fácil controlar os danos internos ao segredo que os externos. As consequências, como Michael acabou de demonstrar a Nancy, são imprevisíveis. Letais.

Porque, depois que um segredo é revelado, não há como voltar atrás.

PARTE IV

PARTE IV

24

EVELYN

28 DE JANEIRO DE 1988

Está nevando, como muitas vezes acontece no Canadá em janeiro. Faz frio, está um pouco úmido e talvez só haja duas horas de sol no dia. Talvez não haja sol nenhum.

As pessoas cuidam de suas vidas, entrando e saindo de escritórios, farmácias e lojas abafadas. O cotidiano segue. É um dia como todos os outros, a não ser pelo fato de que é o dia em que tudo mudou. Hoje, a Suprema Corte canadense garantiu o direito das mulheres sobre o próprio corpo, com a decisão revolucionária de um processo judicial contra Henry Morgentaler.

O aborto agora é legal.

Evelyn e Alice passaram o dia coladas ao rádio, enquanto atendiam os pacientes. Quando a decisão saiu, Evelyn estava com alguém na sala, mas ouviu o grito de Alice na sala do outro lado do corredor. Ela teve que se esforçar para impedir as mãos de tremer enquanto fazia anotações na ficha e manter a compostura. Quando se viu a sós, Evelyn irrompeu na sala e encontrou Alice em um estado de agitação e êxtase, com lágrimas escorrendo pelo rosto sorridente.

"Legalizaram?", ela perguntou.

"Legalizaram!", Alice gritou, puxando Evelyn em um abraço apertado.

As duas mulheres choraram e comemoraram por dez minutos, até serem forçadas a voltar ao trabalho. Felizmente, tinham poucos pacientes agendados no dia, de modo que Evelyn conseguiu fechar o consultório mais cedo e mandou Alice para casa com a promessa de se encontrarem mais tarde para celebrar. Haveria um comício diante da clínica do dr. Morgentaler, na Harbord Street. Tom disse a Evelyn que iria para lá com Reg quando os dois saíssem do trabalho.

Evelyn está sentada em um café na esquina da rua da clínica do dr. Morgentaler desde que saiu de seu próprio consultório, tomando um raro café quente e olhando pela janela embaçada do lugar. Ela passa os olhos pelo jornal enquanto reflete sobre sua carreira, as Janes e a luta que conduziu até o ponto em que agora se encontravam.

Ela tem dois procedimentos marcados para o dia seguinte, e será a primeira vez que vai fazê-los sem medo de ir para a prisão. Não consegue nem imaginar a sensação de ter esse peso tirado de seus ombros, mas está prestes a descobrir qual é.

Enquanto a neve cai lá fora, Evelyn pensa em onde Paula e as outras mulheres da Caravana do Aborto estarão esta noite. Também comemorando, com certeza, em um pub em algum lugar próximo à Suprema Corte. Evelyn sorri ao pensar nelas, com uma mistura de inveja e alegria pela sorte que têm de estar em Ottawa esta noite, no meio dos acontecimentos, perto da instância de poder que determinou que ela mesma não é mais uma criminosa. Evelyn decidiu ficar em Toronto com as Janes e participar do comício diante da clínica do dr. Morgentaler.

Ela vira uma página do jornal enquanto toma o café e nota um anúncio nos classificados, de uma sobrevivente de uma casa de amparo maternal atrás da filha. Ao longo dos anos, viu esse tipo de anúncio regularmente. É ao mesmo tempo tranquilizador e devastador saber que não está sozinha em sua luta para se reconciliar com o que lhe aconteceu, saber que outras mulheres sofreram tanto quanto ela e passaram a vida buscando um final alternativo para sua história. Não pela primeira vez, Evelyn se pergunta se alguma das mulheres por trás dos anúncios encontrou sua criança perdida. O fato de que tal tipo de anúncio continua sendo publicado ressalta o tamanho da tragédia e o número de vidas impactadas.

Afastando os pensamentos sombrios, Evelyn se concentra na perspectiva de tomar um café lendo o jornal *de amanhã*, cuja manchete em negrito confirmará a vitória sem precedentes para as mulheres. Ela planeja emoldurar a primeira página e pendurá-la em seu consultório, como um lembrete diário de que não precisa mais ter medo.

Sua garganta se fecha quando ela pensa na filha perdida. Porque as ativistas do direito ao aborto não ganharam a luta apenas para si mesmas.

Essa luta e essa vitória foram em nome de suas filhas, e das filhas de suas filhas. Para quebrar um ciclo terrível, para que a próxima geração vivesse melhor que a anterior. Para legar às mulheres um mundo em que ninguém pode lhes dizer que não são donas de seu próprio corpo. Um mundo em que elas não precisam se enforcar ou cortar os pulsos em uma banheira só para saber qual é a sensação de estar no controle. Tudo se resume ao direito de escolher.

Todo filho tem que ser desejado, toda mãe tem que querer ser mãe. Foi o que conquistaram hoje. O que vão deixar para as filhas.

"Quer mais café?"

Evelyn é tirada de seus pensamentos pela chegada da garçonete, uma mulher de vinte e tantos anos com rosto redondo e cabelo loiro comprido. Ela segura um bule fumegante. A médica pigarreia para limpar a voz.

"Sim, por favor. Obrigada."

"Quer creme? Uma sobremesa?"

"Quero creme, mas sobremesa, não. Depois vou comer um brownie no Harbord's."

"Não te culpo nem um pouco. Os brownies de lá são os melhores."

Evelyn se dá conta de que é melhor comer alguma coisa antes do comício. As pessoas vão começar a sair do trabalho às quatro e meia e ir para clínica, e a noite promete ser longa.

"Pensando bem, quero um sanduíche de bacon, alface e tomate com fritas."

"Certo. Já trago pra você."

"Obrigada."

Quando a garçonete volta com o sanduíche, pouco depois, está com a testa franzida.

"Você me parece familiar", ela diz.

Não é a primeira vez que isso acontece com Evelyn. Ela sorri e olha bem na cara da jovem. "Tenho um consultório na Seaton."

A garçonete só precisa de um momento.

"Aaaaaah!"

Evelyn nota a vermelhidão subindo pelo pescoço da jovem, a partir da gola amarela do uniforme.

Jane?, ela faz com a boca, sem produzir som.

Evelyn confirma com a cabeça. Fica esperando que a garçonete saia correndo, mas ela só dá uma olhada por cima do ombro e se senta na cadeira diante de Evelyn, apoiando o bule de café entre as duas, na mesa grudenta.

A garçonete solta o ar e balança a cabeça. "Obrigada."

"De nada."

"Sinceramente, não sei como você faz."

Evelyn pensa a respeito por um momento. "Você quer dizer que não sabe como o procedimento foi feito ou que não sabe como faço do ponto de vista moral?"

A jovem dá de ombros. "Nenhum dos dois. É que é uma coisa horrível. Ninguém deveria ter que passar por isso. Mas, você sabe, *coisas acontecem*, e é impressionante como você e, hã, Jane podem ajudar. Não deve ser fácil pra vocês."

Evelyn enfia duas batatinhas na boca. "Isso não é sobre mim, é sobre as pacientes."

"Gente, você não aceita um elogio?", a garçonete diz, sorrindo.

Evelyn dá uma risada. A sensação é boa. "Entendido. Acho que minha resposta é: faço porque poucas pessoas podem fazer. Estou numa posição privilegiada, de ser capaz de oferecer algo de que as mulheres precisam. É algo que teria mudado minha própria vida muito tempo atrás, quando não era uma opção para mim. É por isso que faço isso. É fácil? Não é. Mas passo as noites em claro por causa disso?" Ela balança a cabeça. "Sinceramente, não."

A garçonete ouve tudo com a expressão impassível, depois assente. "Bom, tenho que voltar ao trabalho", ela diz, ficando em pé e pegando o bule de café. "Mas obrigada, de novo. Não consigo acreditar que trombei com você, e ainda por cima hoje."

"Então você viu a notícia?"

"Ah, sim. Tem uma TV nos fundos. Foi difícil ignorar. Não que eu quisesse ignorar", ela se apressa a deixar claro. "Mas está em toda parte. É um grande dia."

"É verdade."

"E o que você vai fazer agora que é legal?"

Evelyn come outra batata. "O mesmo que vim fazendo todos esses anos."

"Sério?"

"Ah, sim. Só porque é legal não significa que ninguém mais precisa, não é? Vou continuar fazendo enquanto precisarem que eu faça."

A jovem inclina a cabeça para o lado. "Imagino que esteja certa. Mas acha que sempre vão precisar de você?"

A caneca já está a meio caminho de sua boca quando Evelyn para e a devolve à mesa. Ela percebe como a garçonete é jovem. Não lembra se ela lhe disse por que fez um aborto. Evelyn nunca pergunta, claro. Oferece seus serviços de acordo com a necessidade, sem fazer perguntas. Mas muitas mulheres lhe contam seus motivos, ou para lembrar a si mesmas pela décima segunda vez de que é a decisão certa ou para aliviar um sentimento persistente de culpa. Agora, todas as histórias que suas pacientes já lhe contaram passam por sua cabeça, como um filme. Os motivos são numerosos e variados, e dificilmente há dois iguais.

De repente, Evelyn se sente cansada. "Sim. Sempre haverá necessidade."

25

NANCY

INVERNO DE 2010

Nancy abre a porta da frente da casa dos pais e adentra o espaço que ainda cheira à mãe que nunca mais vai ver. Ela olha em volta.

Está tudo em silêncio, a não ser pelo *tique-taque, tique-taque* do relógio do avô no corredor. Ele permanece firme, contando resolutamente os segundos, para ninguém em particular. Nancy sente uma estranha pena do objeto, alheio ao fato de que a dona da casa não precisa mais dele. Já não tem utilidade, e nem sabe disso.

Ninguém disse a Nancy como essa parte seria difícil. Que quando o último deles se vai, seja o pai ou a mãe, todo mundo à sua volta fica focado em te ajudar a lidar com o luto e a planejar os detalhes do funeral. As pessoas mandam comida para as noites em que você não consegue nem tomar banho de tão exausta e triste, quanto mais cozinhar. Flores para ter algo bonito e vivo para ver, antes que murchem, escureçam e apodreçam, deixando você com mais um lembrete de que a morte é inevitável. Como se você ainda não soubesse.

Ninguém disse a Nancy como seria depois que a cerimônia acabasse, como seria a sensação de passar pelos pertences da mãe e de esvaziar a casa. O pai dela, que era uma década mais velho que a mãe, morreu anos antes, mas Nancy não precisou fazer muita coisa, porque Frances não quis se mudar. Ela ajudou a planejar o funeral, claro, e disse algumas palavras sobre ele, mas, por teimosia e porque queria manter uma sensação de normalidade, a mãe não quis que se preocupassem ou que a ajudassem. Planejava seguir em frente como se nada tivesse mudado.

Nancy se deu três dias inteiros depois do funeral da mãe antes de pegar as chaves da casa dela e ir até lá com um monte de caixas de papelão, decidida a lidar com o inevitável. Ela sabia que Michael não ajudaria em nada. Desde o divórcio, os dois eram frios um com o outro, embora civilizados. Ele foi ao funeral, por insistência de Katherine, mas para apoiar apenas a filha, e não Nancy.

Dois anos antes, Michael teve um caso que acabara formalmente com o casamento deles. As coisas já andavam ruins fazia tempo. Quando Nancy o confrontou quanto à infidelidade, ele a acusou de mentir e de guardar segredos. Ela não podia culpá-lo. Seria muita hipocrisia. Michael quis fazer terapia de casal, convencido de que sua infidelidade era um sintoma de tudo o que havia de errado no casamento, de que os dois podiam resolver as coisas. Mas Nancy se recusou, temendo ser obrigada a revelar mais de si mesma do que gostaria. Ela parou de trabalhar para as Janes quando a rede se desfez, com a legalização do aborto, mas ainda assim guardava muitos segredos de Michael. E uma parte dela estava aliviada com o fim do casamento. Durara vinte e cinco anos e fora exaustivo, porque nenhum deles confiava inteiramente no outro depois da confissão de Nancy no quarto do bebê. Os dois tiveram apenas aquela criança, o que também acabou sendo motivo de discussão. Michael queria ter mais, e Nancy não.

Katherine se ofereceu para ajudar com a casa da avó, o que era carinhoso de sua parte, mas Nancy sabia que era algo que precisava fazer sozinha. Embora os sapatinhos estejam com ela, imagina que o baú e o bilhete de Margaret permaneçam escondidos na gaveta, e quer ficar a sós com esse segredo.

Ela sobe a escada. Tanto os degraus quanto seus joelhos rangem um pouco, velhos. Enquanto arrasta um pé por vez, Nancy pensa na noite em que descobriu o segredo envolvendo seu nascimento. Na noite da qual não houve volta. Ela ficou a sós e entrou fundo demais atrás do tesouro escondido, sem conseguir respirar de tanta ansiedade e com a promessa de possibilidades. Depois, quando não foi capaz de reencontrar o caminho, não havia ninguém esperando lá em cima para lhe jogar uma corda.

Ela vira no alto da escada, passando a mão pelo corrimão enquanto avança pelo corredor curto até o quarto dos pais. Está com a cara de sempre. Uma passadeira estampada vermelho-vivo abafa o som de seus passos sobre o piso de madeira. A luz fraca, gelada e acinzentada do inverno é filtrada pela cortina de renda da janela que dá para a rua.

Quando Nancy estica a mão para a maçaneta, consegue ver uma versão mais nova de si mesma sobreposta em uma névoa translúcida, como um fantasma. A pele macia de sua mão jovem toca a maçaneta, imprudentemente determinada a descobrir a verdade. Sua mão mais velha, com veias salientes e pele fina, abre a porta mais lentamente, consciente de que qualquer coisa pode se quebrar de maneira irreparável quando manipulada sem cuidado.

Nancy entra na escuridão e no silêncio do quarto dos pais. Nesse momento, quando os cheiros e as imagens a alcançam, é atingida pela constatação esmagadora de que agora é órfã. Está sozinha.

Ela deixa no chão as caixas ainda desmontadas e os sacos de lixo que estava carregando, depois acende a luz. A cama está feita, mas Nancy encontra uma xícara de chá pela metade na mesa de cabeceira, o leite coalhado, uma mancha circular marrom na borda interna. Está em cima de um livro que Frances nunca vai terminar e que tem um marcador delicado de crochê entre as páginas 364 e 365, perto do fim. Ver isso faz o coração de Nancy doer ainda mais. A ideia de que a mãe deixou algo não acabado não combina com ela, mas, quando o tumor em seu cérebro voltou a crescer, ler se tornou um desafio.

Nancy pega o livro e vai até a pilha de caixas e sacos. Tem que começar por algum lugar, então monta uma caixa — cortando-se no papelão durante o processo — e coloca o livro dentro. Vai ficar com ele e terminar de ler pela mãe. Ela precisa saber o que acontece no fim.

Nancy vai para o guarda-roupa de Frances. Quer se enterrar entre os vestidos e as malhas, sentir o cheiro de Frances enquanto chora no chão do quarto. Ou talvez só ficar ali para sempre, fingir que ainda é uma criança brincando de calçar os sapatos de salto da mãe, porque a ideia de não ter uma é terrível demais para suportar. Em vez disso, ela tira os itens um a um e pesa seu valor emocional em relação ao espaço limitado que tem em seu porão, jogando a maior parte das coisas em sacos de lixo que irão para um brechó. Nancy faz o seu melhor para se recordar de que não é a mãe que está sendo descartada. São só roupas.

Ela chega aos itens pessoais de Frances: as bugigangas e o conteúdo de caixas de lembranças. As *coisas* que constituíam a vida da mãe, que tinham significado para ela, que marcavam suas memórias mais importantes. Nancy reconhece algumas, mas outras permanecerão um mistério após a morte de Frances. Resta-lhe uma caixa de tranqueiras que não lhe são familiares e uma variedade angustiante de perguntas que ficarão para sempre sem resposta.

Não há nada como esvaziar a casa da mãe falecida para fazer qualquer um se perguntar se a conhecia de verdade.

Quando chega a vez da cômoda, é fim de tarde, e o sol caprichoso de inverno já se pôs. Ela deixou a fatídica gaveta para o fim, sem saber se conseguiria finalizar a tarefa de esvaziar o quarto caso começasse por ali. Sabe o que vai encontrar, mas agora tem mais medo de abrir do que anos atrás. Porque agora é mais ameaçadora do que nunca.

Quando a mãe ainda estava viva, Nancy podia se dar ao luxo de escolher; poderia revelar o que sabia, se um dia quisesse, e de alguma forma essa opção aliviava o peso do segredo. Mas a morte de Frances extinguiu essa possibilidade, e agora a finalidade da decisão de Nancy ameaça sufocá-la. Até o fim da vida da mãe, Nancy permaneceu oitenta por cento segura de que havia tomado a decisão certa, mas agora esses vinte por cento pressionam seu cérebro, como uma farpa que nunca mais poderá ser retirada.

Sua respiração está instável enquanto caminha até a cômoda, com uma falsa confiança. O perfume de jasmim da mãe jaz em meio a muitos outros produtos, como cremes para as mãos e para as articulações. Nancy levanta o vidro com cuidado — pode ser o último — e abre a tampinha dourada. Ela o borrifa nos punhos e sente o aroma floral da primavera. Sente que o nariz começa a escorrer.

"Ah, mãe", murmura. "Meu Deus, já estou com saudade."

Nancy fecha o perfume e o coloca na caixa de coisas para guardar, acomodando-o em meio ao cachecol da Burberry que o pai deu para a mãe de Natal no último inverno antes de ele morrer.

Ela sorri diante da pontada agridoce da lembrança. Depois de deixar Frances para fazer as unhas, Nancy havia levado o pai para almoçar e comprar presentes. Eles tinham ido ao centro em um bonde lotado, descido na Queen Street e então parado do lado de fora de uma loja de departamentos. As vitrines estavam decoradas com árvores artificiais de bem mais de um metro de altura, as pontas carregadas com uma substância branca que brilhava como neve de verdade. As árvores estavam cercadas por uma variedade de presentes embrulhados em papel laminado em diferentes cores, cada um deles com um laço prateado cintilante.

"O que é isso?", o pai perguntou.

"É uma vitrine, pai." Nancy enlaçou o braço dele com o seu. O equilíbrio do pai não andava muito bom, e havia gelo na calçada.

"Eu sei que é uma *vitrine*, besourinha. Não estou senil."

Nancy riu. "Do que você estava falando, então?"

"Quis dizer que essa vitrine não tem o menor sentido." Ele apertou os olhos atrás dos óculos enquanto olhava a placa da loja, no alto, e fez uma careta. "Quando a Eaton estava neste lugar, aí sim sabiam fazer vitrines de Natal."

Com dificuldade, Nancy consegue se controlar para não revirar os olhos. O pai costumava ficar nostálgico quanto à loja de departamentos que ficava ali, cujo fechamento para ele representava a sentença de morte da sociedade civil.

"Eu costumava vir aqui quando era pequeno. Meus pais traziam seu tio e a mim para ver os brinquedos que tinham chegado e escolher o que queríamos para o Natal."

Nancy foi guiando o pai para mais perto da vitrine conforme passavam por um grupo grande de adolescentes barulhentos que desceram de um ônibus atrás deles e encheram a calçada, mais parecendo formigas.

"Na época tinha esses brinquedos mecânicos. Elfos que subiam e desciam escadas. Rodas que giravam. Trenzinhos que apitavam." Ele fez uma pausa, sorrindo. "Tinha algo de *real* nisso, na madeira entalhada e pintada, nos trilhos bem dispostos. Era..." A frase morreu no ar.

Nancy ficou olhando para o pai enquanto os anos passavam diante dela, as rugas nos cantos dos olhos dele dando lugar à pele lisa da juventude, o cabelo grisalho voltando a ser castanho. Ela conseguia vê-lo criança, com o rosto colado à vitrine, ao lado do irmão mais velho, sua respiração embaçando o vidro, enquanto os dois decidiam qual brinquedo mais queriam.

"São só caixas vazias, sabe?" Com um gesto da mão enluvada, ele abarcou as pilhas de presentes em papel laminado roxo e azul-petróleo. "Não tem nada aí. Os embrulhos são lindos, como se escondessem um belo segredo. Só querem que a gente fique imaginando o que tem por dentro."

Um arrepio desceu pela coluna de Nancy quando o pai deu as costas para a vitrine e a encarou.

"Mas é como a maioria dos segredos, Nancy. É melhor que a gente fique se perguntando se tem algo dentro da caixa ou se ela está vazia. É melhor que a gente não saiba."

A neve voltou a cair, pontilhando os óculos do pai. Os sons da rua se reduziram a um vago zumbido quando os olhos de Nancy e do pai se encontraram. Ela tinha certeza de que ele estava tentando lhe dizer algo, mas nenhum dos dois queria ou era capaz de mencionar o abismo que havia entre eles.

"Eu te amo, pai", foi o que Nancy disse, puxando-o em um abraço apertado.

Ele a envolveu com os braços. "Também te amo, besourinha."

Agora Nancy enxuga as lágrimas nos cantos dos olhos com um lenço de papel que pegou de cima da cômoda, depois assoa o nariz com força.

"Bom, agora vamos fazer isso", ela diz em voz alta, para o quarto vazio.

Ela abre a gaveta de cima da penteadeira da mãe e dá uma olhada. Está igualzinha a como estava anos antes. Da última vez, Nancy teve que registrar com cuidado onde cada item se encontrava antes de retirá-los da gaveta, mas agora já não é mais necessário, e essa constatação faz suas entranhas se revirarem. Ela tira os envelopes cheios de documentos, incluindo o testamento de cada um dos pais e outros que ignorou antes, mas agora sabe que vai precisar deles.

Nancy abre a caixinha da aliança de noivado da mãe, que tem uma pedra de safira, e a coloca no dedo da mão direita. Serve perfeitamente, e ela nunca mais vai tirá-la. Depois pega as pérolas. Talvez as dê a Katherine, no aniversário de trinta anos dela. Finalmente, chega ao canto no fundo onde fica o bauzinho de couro.

A lembrança da descoberta tantos anos atrás volta com tudo, como um tsunami de mágoa. Nancy engole em seco e coloca sua data de nascimento no segredo do cofre. Aperta o botão e o baú abre. Ela não consegue respirar diante do que vê.

Está vazio.

Nancy fica diante da cômoda, com a mente acelerada. A mãe devia ter se livrado do bilhete de Margaret, sabendo que Nancy teria que ir à sua casa depois de sua morte. Nancy concluiu que não é de surpreender, e não se surpreende. Não de verdade. Depois que Frances lhe deu os sapatinhos em seu chá de bebê, Nancy aceitou que seus pais nunca iam lhe contar a verdade. Ela fechou essa porta em seu coração e seguiu em frente, mas esperava poder guardar o bilhete de Margaret.

Uma década atrás, Nancy finalmente decidiu registrar seu nome em uma das agências sem fins lucrativos que ajudam pais biológicos e filhos a se encontrar. Seu ressentimento é renovado, mas ela logo o deixa de lado. Afinal, nunca teve nenhuma notícia de Margaret Roberts. Suas duas mães a traíram de maneiras diferentes.

Nancy deixa o baú de lado e vai até a cama da mãe, então se senta no chão, apoiada na lateral. Não é a primeira vez que pensa em como as coisas teriam sido diferentes caso Frances tivesse sido honesta, caso Nancy tivesse confrontado os pais a respeito. Caso não tivesse escondido tudo de Michael.

Nancy tentou ser melhor com Katherine do que suas duas mães foram com ela. Pelo menos não guardou segredos da filha, além do principal. Sempre tentou seguir uma política de transparência e de sinceridade, para quebrar o ciclo tóxico. E foi bem-sucedida, na maior parte das vezes. Ela e Katherine são próximas. Sua filha é uma mulher honesta e aberta, mais parecida nesse sentido com o pai que com a mãe.

Nancy puxa um fio solto na costura do jeans enquanto esses pensamentos lhe ocorrem e se resolvem sozinhos. Depois de um tempo, ela se dá conta de que não tem mais sobre o que refletir. Tem um trabalho a fazer ali: esvaziar a casa da mãe, para que possa ser vendida. É a pura verdade, preto no branco, algo laborioso.

Ela se levanta, abre um saco de lixo e começa a descartar o passado.

26

ANGELA

PRIMAVERA DE 2017

É uma tarde úmida de começo de primavera no Antiquário e Sebo Thompson quando Angela recebe uma resposta no Facebook de outra Nancy Birch. Já deu tantos tiros n'água e foi ignorada tantas vezes que está quase desistindo e aceitando, com um sentimento de culpa, que depois de ter se metido na vida de Evelyn Taylor e acenado com a perspectiva de um encontro com a filha de Margaret Roberts, teria que voltar atrás e admitir seu fracasso. Toda vez que via a bolinha vermelha de notificação no aplicativo, sinalizando uma nova mensagem, sua adrenalina disparava com a possibilidade de que podia ser ela, o que sempre terminava em decepção.

Então, pouco antes das cinco da tarde, quando Angela estava prestes a arrumar suas coisas e a deixar a loja com o encarregado da noite, uma mensagem muito diferente chegou.

Oi. Acho que posso ser a pessoa que você está procurando. Eu morava em cima do antiquário. Sempre trocavam nossa correspondência.

"Ai, meu Deus!", Angela grita para a loja vazia. "Ai, meu Deus!"

Na pressa de responder, ela quase derruba o celular, então se segura quando vê três pontinhos cinza surgirem. Nancy Birch está digitando.

Desculpa não ter respondido antes. Quase não uso redes sociais.

Angela espera até que os três pontinhos desapareçam para responder.

Totalmente compreensível! Fiquei muito feliz com a sua resposta. Na verdade, tem mais coisa... Sei que é um pouco estranho, mas você se importa de me ligar para conversamos a respeito?

Angela digita o número de seu celular e envia a mensagem, depois morde os lábios, em parte torcendo para que Nancy diga que não, que ela não quer conversar por telefone.

Claro. Pode ser agora?

"Ai, meu Deus. Tá. Sim", Angela diz em voz alta.

Blz, ela digita, depois sai do Facebook e fica aguardando. Um momento depois, o celular toca. Aparece um número local no identificador de chamadas, sem nome.

"Alô?" O coração de Angela bate forte.

"Oi, Angela? Aqui é Nancy Mitchell. Nancy Birch", ela acrescenta.

"Oi, Nancy! Oi!"

"Oi."

"Então..." Angela tenta organizar os pensamentos. "Encontrei uma carta em uma cômoda antiga da loja, e acho que você vai querer ver. Por isso me esforcei tanto para te encontrar."

"Ah, tá bom. O que é?"

"É, hã, na verdade é uma carta da sua mãe."

Há uma pausa antes que Nancy volte a falar. Sua voz sai ligeiramente rouca quando diz: "Ah. Obrigada. Você abriu?".

As entranhas de Angela se reviram. Tina estava certa. Talvez ela não devesse ter se metido nessa confusão. "Meio que tive que abrir, para conseguir informações de como te encontrar. Desculpa. Já estava entreaberta, porque a cola..." Ela se segura, para que sua mentira não fique ainda maior.

"O que diz a carta?"

"É bem pessoal. E é sobre seus pais."

Nancy suspira. "Diz que eu fui adotada?"

O queixo de Angela cai. "D-diz, sim", ela gagueja. "Como você...?"

"Muito obrigada por ter se esforçado para me encontrar, mas na verdade eu já sabia disso."

Angela sente o coração se despedaçar. *Tanto esforço...* Ela tenta manter o tom leve. "Imagina, não foi nada. É que pareceu uma notícia importante, e eu quis ter certeza de que você a recebesse."

"Muito obrigada."

Distraída, Angela passa um dedão pela beirada do teclado. "Bom, tinha outra coisa no envelope, além da carta de Frances. Um bilhete da sua mãe biológica."

Outro suspiro. "Ah, nossa. Tá. Que bom. Eu não sabia o que tinha acontecido com ele."

Angela faz uma pausa. "Como?"

"Encontrei o bilhete na gaveta da cômoda da minha mãe, nos anos 1980. Foi assim que descobri que eu tinha sido adotada. Mas, quando ela morreu e fui esvaziar o quarto, tinha sumido da gaveta. Sempre achei que ela tivesse jogado fora, pra ser sincera. Ela deve ter mandado antes de ir para o hospital."

"Ela explica isso na carta. Desculpa. Eu não sabia que você sabia."

"Pois é. Fui bisbilhotar o que não deveria, quando era jovem e tola. Você entende."

"Claro." Angela não tem certeza de como elaborar a pergunta que quer fazer a seguir. "Espero que não se importe com o que vou dizer, mas você já tentou encontrar sua mãe biológica?"

Silêncio na linha. Angela sabe que ultrapassou os limites.

"Desculpa, sei que é uma pergunta muito pessoal, mas... Foi mal, estou tentando organizar meus pensamentos aqui. Quando encontrei a carta, pensei em tentar encontrar Margaret, sua mãe biológica. E..." Angela respira fundo. Seu estômago se revolve com uma onda de náusea. "Sinto muito em lhe dizer isso, mas ela morreu pouco depois de você nascer." Angela faz uma pausa, então segue em frente. "Encontrei um obituário com o nome dela, e uma notícia sobre uma casa de amparo maternal... Bom, aí meio que juntei as peças e uma velha amiga dela confirmou a história para mim. Sinto muito mesmo."

Há uma longa pausa, em que nenhuma das duas parece respirar. Então chega um suspiro profundo pelo fone, seguido pelo barulho de um nariz sendo assoado. Angela se arrepende na mesma hora de ter contado, mas o que deveria fazer? Deixar que Nancy Birch fizesse a mesma busca que ela só para terminar com o coração partido?

"Tá bom. Obrigada. Obrigada por me contar", Nancy diz. "Você consegue me mandar a carta da minha mãe e o bilhete de Margaret? Talvez o obituário e a notícia também. Acho que gostaria de ver tudo com meus próprios olhos."

"Claro. Não tem problema."

Angela está aliviada por Nancy não ter gritado com ela e sente que cumpriu o que se propôs a fazer: a filha de Margaret vai ler o bilhete dela e saber que a mãe nunca quis dá-la para adoção.

Como vem acontecendo com frequência, a mão de Angela repousa sobre seu umbigo. Falta-lhe coragem para dizer algo mais a Nancy. Só que ela o faz mesmo assim.

"Nancy, há outro motivo pelo qual preferi falar pelo telefone em vez de mandar uma mensagem. É uma longa história, mas encontrei uma mulher que foi uma boa amiga da sua mãe... Desculpa." Angela se repreende mentalmente pelo deslize. "Da Margaret. Elas ficaram na mesma casa de amparo maternal. Foi ela quem me confirmou a morte de Margaret. Eu a conheci, e, se você estiver interessada, ela gostaria de conversar."

Um longo silêncio se segue às palavras de Angela. Ela volta a morder o lábio, à espera.

"Nancy...?"

"Obrigada, mas acho que não." Ela funga. "Muito obrigada mesmo por ter me encontrado para entregar a carta. Vai ser bom recuperar o bilhete, mas acho que não consigo encontrar essa mulher. É que eu... tento seguir em frente, e acho que me saí muito bem, pra ser sincera. Não quero cutucar a ferida de novo, se é que você me entende."

Angela assente para a loja vazia. "Claro. Claro, eu entendo. Totalmente."

"Bom, vou te mandar meu endereço. Se puder mandar tudo pelo correio, seria ótimo. De novo, muito obrigada pela sua ajuda."

Antes que Angela possa responder, ela desliga.

27

NANCY

PRIMAVERA DE 2017

O pacote acumulou uma leve camada de pó.

Nancy evita abri-lo desde que Angela Creighton o enviou, há algumas semanas. Foi passado do aparador da entrada para a bancada da cozinha, para a mesa do escritório e para a gaveta de cima da cômoda do quarto. Toda vez que ela o muda de lugar durante a faxina da semana, considera abri-lo sem muito entusiasmo, só para acabar logo com aquilo. Ela imaginava que sabia o que havia na carta de Frances, mas não tinha vontade de reabrir voluntariamente uma ferida que tinha tratado com cuidado nos últimos trinta e sete anos. A cicatriz agora estava fina e clara, e Nancy às vezes mal se lembra dela. A menos que verifique de perto demais, o que é exatamente o que o pacote a incita a fazer.

Em uma tarde de sábado quente, Nancy finalmente cria coragem e decide abri-lo. Ela pega uma tesoura da gaveta das bagunças da cozinha, que está lotada, e sobe a escada até o quarto. Senta-se na cama com um suspiro, rasga o envelope branco e esvazia seu conteúdo sobre as pernas.

Ela pega o bilhete de Margaret. Nota que a borda está chamuscada de um lado, embora não houvesse marcas de queimadura no bilhete quando ela o descobriu, anos atrás. Nancy visualiza a mãe riscando um fósforo sobre a pia, segurando a chama perto do bilhete e então mudando de ideia. Nancy sabe que o costume da época era não contar às crianças quando elas haviam sido adotadas, mas sua mãe claramente tinha reservas quanto a isso, muito embora nunca tivesse feito nada a respeito. Nancy se pergunta se Frances guardou o bilhete e os sapatinhos como se fossem relíquias de Margaret, a menina que lhe deu a filha que ela e o marido queriam tão desesperadamente.

Ela desdobra uma impressão do obituário que Angela Creighton encontrou e vê o nome Margaret Roberts em preto e branco. Ela estica o braço para a mesa de cabeceira, abre a gaveta, revira-a e encontra uma bolsinha fechada com cordão, na qual manteve os sapatinhos de Margaret desde que os ganhou de presente de Frances, no chá de bebê.

Ela leva os sapatinhos e o bilhete de Margaret ao coração e os mantém ali por um longo tempo, como se tentasse absorver sua energia há muito esquecida. Pelo menos agora sabe por que Margaret Roberts nunca tentou entrar em contato, nunca tentou encontrá-la. Nancy carregou esse ressentimento consigo por décadas, mas agora pode deixá-lo para trás.

Em seguida, ela lê a notícia sobre o fechamento da casa de amparo maternal e pensa nos horrores que Margaret e as outras meninas podem ter vivido ali. Seu coração é tomado por um tipo diferente de compaixão pela pobre menina. Ela se lembra das confissões da freira a quem fez companhia na casa de repouso, que disse que mentiam para as meninas e vendiam os bebês. Nancy sofre um baque terrível ao constatar que pode ter sido *comprada* pelos pais. Será que a casa de amparo maternal em que nasceu era parecida com a que ficava no prédio da São Sebastião? Ao menos naquele momento, ela deixa isso de lado. Merece uma investigação mais profunda, caso dê conta disso. Nancy também deveria pesquisar mais sobre Margaret, se é que pode descobrir mais a respeito dela.

Enxugando uma lágrima, ela pega o último item do pacote: a carta da mãe. Deixou-a por último de propósito. Foi escrita no papel de gramatura alta que Frances sempre usava, o qual comprava de uma papelaria britânica bastante cara em Rosedale. Assim que Nancy vê a caligrafia da mãe, lágrimas sinceras começam a rolar. Quando Nancy termina de ler, encolhe-se na cama, levando a cabeça às mãos e soluçando.

Por favor, perdoe-me, minha querida.

Ela daria tudo o que tem para ter a oportunidade de dizer à mãe que a perdoa. Que, como mãe também, compreende a potência esmagadora do desejo de um pai ou de uma mãe de proteger os filhos de qualquer dano ou dor.

Ela pensa em 2010, tentando recordar tudo naquele ano e identificar como a carta se perdeu.

Morava no apartamento em cima do antiquário. Depois do caso do marido, foi ela quem saiu de casa. Katherine estava brava com os dois, mas não queria que o pai fosse embora, e uma grande parte de Nancy ficou feliz em ficar sozinha. Ela queria voltar à cidade, percorrer as ruas pelas quais andava quando jovem, antes de conhecer Len, Michael ou de ter as responsabilidades relacionadas a uma carreira e a uma filha. Quando era uma versão mais pura de si mesma e não havia feito tantas concessões ainda. Nem contado tantas mentiras. Ela precisava se reencontrar.

Deveria ser temporário, até o divórcio estar finalizado e os bens do casal serem divididos, mas ela acabara ficando no apartamento por mais tempo que o esperado, quando a saúde de Frances declinou rapidamente. Nancy não encontrou energia para procurar um lugar novo até depois do funeral. Então comprou a casa em Oakville, que tinha um quarto extra para Katherine, que dividia seu tempo entre Nancy e Michael.

Frances morreu em fevereiro de 2010, de modo que a carta provavelmente foi postada pelo advogado naquele mesmo mês. Nancy pensa em todas as vezes em que encontrou folhetos e contas endereçadas ao antiquário em sua caixa de correio. Ela se dirigia à loja imediatamente, e, caso estivesse aberta, entregava a correspondência extraviada para a proprietária, uma mulher bem branca, reservada e muito refinada. Nancy se pergunta qual terá sido o dia em que verificou sua caixa de correio sem saber que a carta mais importante de sua vida estava a poucos centímetros de distância, junto à correspondência do antiquário.

Ela se senta com as pernas cruzadas sobre o edredom creme e relê a carta da mãe. Frances queria que Nancy encontrasse a mãe biológica, o que não é mais possível. Margaret Roberts está morta, e Nancy nunca poderá realizar o último desejo da mãe. Ela acrescenta isso à longa lista de coisas que deveria ter feito na vida, mas não fez.

Lágrimas ainda rolam pelo rosto de Nancy quando Katherine aparece à porta do quarto aberta.

"Mãe? O que foi?"

"Ah, nossa. Desculpa, Katherine", Nancy murmura, tentando enxugar os olhos sem sucesso. Deveria ter trancado a porta. Droga. "Eu..."

"O que foi? O que aconteceu?" A filha entra no quarto e se senta ao lado de Nancy. Katherine tem trinta anos, mas ainda mora com ela, enquanto conclui seu doutorado aparentemente interminável. "Mãe? Você está me assustando."

"Ah, querida, desculpa", Nancy diz, puxando-a em um abraço apertado. "Está tudo bem. Não tem ninguém doente nem nada do tipo. É só que..."

Ela solta Katherine, prende uma mecha de cabelo cor de areia atrás da orelha da filha e olha em volta, à procura de uma desculpa para dar, de alguma mentira inofensiva.

"Mãe, o que quer que seja, bota pra fora."

Nancy absorve as palavras da filha, tão parecidas com as de Michael naquela noite, no quarto do bebê, em que ele implorou para que ela abrisse o jogo. Nancy ainda não esperava aceitar conselhos da filha. Mas Katherine é introvertida e sábia, e Nancy prometeu a si mesma que sempre seria tão sincera quanto possível com ela.

Olhando nos olhos grandes e azuis da filha, idênticos aos de Michael, a exaustão finalmente parece demais para seus ombros. Ela está cansada de fugir disso, de colecionar segredos, de mantê-los trancados no cofre impenetrável dentro de seu coração. É hora de se livrar deles. Nancy vê as palavras da mãe e decide aceitar o conselho dela também, para variar. Dar atenção ao aviso dela.

Se aprendi alguma coisa com tudo isso, é a não guardar segredos. Eles infeccionam como feridas, e levam ainda mais tempo para se curar depois que o estrago foi feito. É algo permanente e incapacitante, e quero mais que isso para você.

Nancy pega as mãos de Katherine nas suas e conta à filha a única coisa que nunca revelou a ninguém.

"Eu fui adotada."

Nancy passa os próximos quinze minutos contando sua história a Katherine. Ela conta da morte de Margaret, conta que seu nome de nascimento é Jane. Que Frances guardou esse segredo até morrer, sem ter ideia de que Nancy já sabia. Katherine segura as mãos da mãe e lhe passa um lencinho quando necessário. É uma boa ouvinte, e ajuda Nancy a se livrar do demônio alojado em seu peito há décadas.

"Sinto muito, mãe. Você nunca contou a *ninguém* sobre isso?", Katherine pergunta. "Nem mesmo ao papai?"

"Não. Não contei. Para ser sincera, tem muita coisa que não contei a ele. Quando encontrar a pessoa certa, Katherine, não cometa o mesmo erro que eu. Por favor."

Katherine franze os lábios, parecendo prestes a dizer alguma coisa.

"O que foi?", Nancy pergunta.

Katherine balança a cabeça, e sua cortina de cabelos balança para a frente e para trás. "Só acho que vocês precisam conversar", ela diz. "Ele continua muito triste, mãe. Desde que vocês se separaram. Sei que não tem a ver com isso." Ela indica a pilha de evidências ao lado da mãe na cama. "Mesmo assim, acho que você deveria contar isso ao papai *e* conversar sobre como ele está se sentindo. Sei que você também sente falta dele. Estou falando sério."

Nancy sente um friozinho na barriga. "Não foi ele que te mandou dizer isso, né?"

"Claro que não. Eu nem deveria ter dito nada. Mas você parece tão triste, e o papai também. Talvez estejam tristes pelos mesmos motivos. Liga pra ele."

Nancy assente, embora não esteja certa disso. "Tá. Talvez eu ligue. Desculpa por isso", ela diz, apontando para o próprio rosto, vermelho e úmido das lágrimas.

"Está tudo bem. Eu te amo, mãe." Katherine dá um beijo na bochecha de Nancy e se dirige à porta.

"Katherine."

Ela se vira, e Nancy vê com mais clareza agora: a filha realmente é sábia para a idade dela. "Sim?"

"Obrigada por estar aqui por mim."

"Claro. Eu te amo."

"Também te amo", Nancy diz.

"Vou preparar um banho pra você, tá?"

Nancy assente. "Obrigada, querida. Vai ser ótimo."

Ela tenta se recompor, enquanto ouve a porta do banheiro e depois a torneira se abrindo, o jorro estrondoso da banheira se enchendo.

Depois que Katherine passa pelo corredor em direção ao próprio quarto, Nancy lê o bilhete de Margaret e a carta da mãe outra vez, então desce para a cozinha e se serve uma bela taça de vinho tinto.

Um minuto depois, ela fecha a torneira, pega a essência de lavanda do armarinho e adiciona algumas gotas à água da banheira. Nancy observa o efeito em cascata, considera a cadeia de eventos de sua própria vida, que começou pequena e saiu de proporção de tal maneira que ela não conseguiria impedi-la nem se tentasse.

E ela nunca tentou de verdade.

Nancy apoia a taça de vinho com um *tlim* na beirada de cerâmica, deixa o celular no chão, tira a roupa e a larga sobre o piso, entrando na banheira e relaxando na água quente, com os olhos inchados.

Com a casa em silêncio de novo, seus pensamentos se tornam audíveis.

Meia hora depois, a água esfriou e os olhos de Nancy secaram. Ela se estica por cima da borda da banheira, derramando água no piso, e pega o celular, então manda uma mensagem para Angela Creighton.

Desculpa por ter sido tão brusca antes. Era muita coisa para absorver. Mudei de ideia quanto a falar com a amiga de Margaret. Pode marcar um encontro?

Quando Nancy liga para Michael para ver se está disposto a falar com ela, acha que ele vai dizer não. Ela não queria ter esperanças de que o que Katherine disse era verdade: que ele estava *mesmo* sozinho e infeliz desde o divórcio. É só quando de fato liga para o número de Michael que ocorre a ela que pode ser uma espécie de *Operação Cupido* por parte da filha, mas, para sua surpresa, não é. Michael concorda em encontrá-la para tomar um café. Os dois combinam dia e hora e desligam.

Depois disso, Nancy desgasta o próprio tapete andando de um lado para o outro e se perguntando o que vai dizer. Não tem muita certeza do que espera, mas sabe que é um passo que precisa dar. Se Michael continua tão infeliz quanto ela, mesmo anos depois da separação, vale a pena tentar fazer as pazes e explicar a ele sua teoria de por que o casamento fracassou. Apesar do caso extraconjugal dele, Nancy acredita que a responsabilidade seja sua. Ela se casou sem lhe contar sobre o segredo envolvendo seu nascimento, os procedimentos clandestinos com que se envolveu como parte da Rede Jane ou mesmo o aborto que havia realizado. A maior parte das coisas que a definiam tinham sido mantidas debaixo do tapete. Não era justo esperar que Michael compreendesse ou confiasse nela.

Nancy chega cedo ao café, torcendo para que passar um tempo sentada, tomando uma xícara de chá de ervas, ajude a acalmar os nervos. Quando vê Michael se aproximando, através da janela do café, ela sente um friozinho na barriga, ao mesmo tempo que nota como os fios em suas têmporas e sua barba estão grisalhos. O que a faz perder o ar, no entanto, é pensar em como vai ficar arrasada se ele não estiver disposto a dar outra chance ao casamento dos dois. Isso a pega de guarda baixa, de modo que não está preparada quando, depois de um momento de hesitação, Michael se aproxima para abraçá-la.

"É bom te ver, Nancy", ele diz, um pouco formal, como se fossem velhos colegas de trabalho e nada mais. De certa forma, são mesmo. Entre monitorar as finanças, programar atividades extracurriculares e o fluxo interminável de planejamento logístico relacionado ao presente e ao futuro, uma boa parte de um casamento é a administração dos negócios.

"Você também, Mike." Nancy se senta e pigarreia. "Pedi um café pra você. Deve estar chegando. Você ainda toma com creme?"

Michael sorri, sem mostrar os dentes. "Isso. Obrigado."

Um atendente traz o café um momento depois, então vai embora.

Nancy se força para fazer contato visual com o ex-marido. Faz um bom tempo que não ficam a sós.

"Bom, obrigada por ter vindo", ela começa. "Katherine sugeriu que eu falasse com você. Disse que você fez alguns comentários que a fizeram achar que talvez a gente devesse... conversar."

Michael se ajeita na cadeira e desvia os olhos em direção à porta do café. Ela espera que não esteja pensando em ir embora.

"É. Eu não deveria ter dito nada. Era Natal, e você sabe... *Natal*. Só lembranças. Minha mãe tinha acabado de morrer, e no processo comecei a pensar no passado. A rever as coisas, sabe?"

Nancy assente, pensando em sua avó.

O Passado, minha querida.

Ele passa uma mão pela mesa, livrando a superfície de migalhas. Nancy resiste à vontade de pegar sua mão. "Ter Katherine comigo, mas sem você, meio que... fez parecer que tinha algo faltando. Ela perguntou se eu estava bem. É bem intuitiva."

Nancy sorri. "Ela é mesmo."

"E acho que disse a ela..." Ele mexe na asa da caneca, depois olha para Nancy. "Eu disse a ela que vinha pensando em você e, não sei, talvez desejando que as coisas fossem mais parecidas como antes."

Nancy toma um gole de chá, refletindo. "Hum... Ela não é muito boa em guardar segredos, né? Boa garota", ela acrescenta, a meia voz.

Michael solta o ar com uma risadinha. "Não."

"Muito diferente da mãe", Nancy diz. Ela não pretendia soltar assim. Mas foi por isso que quis se encontrar com Michael, então talvez seja melhor botar tudo para fora mesmo. "Olha, Michael, acho que você nunca me conheceu de verdade", ela diz, com a voz pegando na garganta. "E a culpa é minha. Eu reconheço."

Michael suspira pesado, e seus olhos desviam para suas mãos segurando a caneca de vidro. As lembranças de outros suspiros, de amor, prazer e adoração mútua pela filha, ecoam nela, do outro lado da mesa.

"Mike..."

"Sinto muita saudade sua, Nancy."

Os dois prendem o ar e absorvem o que ele acabou de admitir. O que pode significar para ambos. O vento da primavera sussurra por entre as árvores do parque próximo ao café. Árvores que, em alguns meses, vão ficar vermelhas e douradas, em um último suspiro espetacular, antes que o inverno amargo as deixe nuas.

É tudo passageiro, o vento diz. *Não há tempo a perder...*

Nancy está em uma semana imprudente: concordou em se encontrar com a amiga da mãe biológica, o que talvez represente uma espécie de desfecho, e agora está tentando uma reconciliação desesperada com o ex-marido. É melhor lhe dizer o que realmente sente. Nancy umedece os lábios e olha para Michael, então vê Katherine em seus olhos azuis. A filha que os une, independentemente de qualquer coisa.

"Ah, Mike. Também sinto saudade. Muita."

Ela estende o braço por cima da mesa e aperta as mãos dele. Lembra-se dos dois assim, de mãos dadas, tantos anos atrás, quando colocaram alianças douradas um no dedo do outro e juraram ser sempre sinceros e verdadeiros.

O que Nancy não foi.

Ela o encara e se força para não desviar os olhos dos dele.

"Preciso te contar sobre a Jane."

28

ANGELA

PRIMAVERA DE 2017

"Brownies do Harbord's!"

Angela mostra a caixinha branca assim que Evelyn abre a porta. A médica a pega nas mãos. "Ah, você é maravilhosa! Com nozes?"

"Claro que não. Me sinto insultada só de você ter sugerido um sacrilégio desses. Nenhum brownie que se respeite permitiria que seu esplendor amanteigado fosse destruído por nozes." Angela ergue uma sobrancelha, sarcástica.

"Eu sabia que podia confiar em você." Evelyn acena para que Angela entre, depois fecha a porta da rua.

O cheiro do Harbord's quase fez Angela vomitar, mas ela aguentou firme, determinada a compensar o que em retrospecto lhe pareceu um primeiro encontro um tanto desastroso algumas semanas atrás.

Elas sobem a escada, que range, até o apartamento no andar de cima, e Evelyn fecha a porta. "Vou pôr a água para ferver, para fazer um café." Ela sorri para Angela. "Pode sentar."

Angela se acomoda no confortável sofá creme próximo à janela. As cortinas estão abertas hoje, permitindo que o ar fresco da primavera entre. O cheiro de um buquê de lilases de um tom profundo de roxo em um vaso no parapeito se espalha pela sala, como se para destacar o fato de que o inverno finalmente acabou, e as flores terão seu momento agora.

"Onde conseguiu os lilases?", Angela pergunta. "Não vi nenhuma árvore florida por aqui." Evelyn lhe entrega um prato, e ela diz: "Obrigada". Vai comer o que conseguir do brownie, muito embora doces não andem lhe caindo bem.

Evelyn se senta ao lado de Angela no sofá e cruza delicadamente os tornozelos, como uma dama. "Eu roubei."

"Haha! Como assim?"

"Tecnicamente. Tem um monte de flores no campus. Ontem cortei alguns lilases. Eram só alguns ramos floridos, mas não resisti."

"Você carrega uma tesoura de poda na bolsa?"

Evelyn levanta uma garfada de brownie com um olhar reverente e a enfia na boca. "Hum... Está perfeito, Angela." Ela engole em seco. "Tenho um canivete suíço, que meu irmão me deu no Natal. Você não tem? É útil de vez em quando. Principalmente o saca-rolhas."

Angela ri, quase se engasgando com o próprio brownie. A chaleira apita, impaciente, e Evelyn se levanta na hora, com os reflexos de uma mulher muito mais jovem. Pouco depois, volta com o café.

"Bom, e o que você tinha pra me contar?" Darwin vê o café nas mãos dela e mia, impaciente, à espera do brownie.

Angela deixa sua caneca na mesa de centro, para esfriar. "Encontrei a filha de Margaret."

"Meu Deus..."

"Eu estava procurando pelo nome errado. Ela é divorciada, mas continua usando o nome de casada. Ironicamente, acho que é para ser encontrada mais facilmente nas redes sociais, pois usou o nome de casada por muito tempo. Expliquei a ela quem eu era e disse que tinha uma carta que deveria ter sido entregue em seu antigo apartamento, mas de alguma forma foi parar numa gaveta da loja."

Angela tira os olhos do brownie e os volta para Evelyn, cujo rosto está tão branco que se confunde com o tecido creme do sofá em que está sentada.

"Ai, meu Deus. Você está bem, Evelyn?" Angela pega a mão da outra, que está gelada e tremendo. "Evelyn?!"

Evelyn aperta a mão dela, o que a deixa um pouco mais tranquila. De repente, Angela toma ciência da idade de Evelyn e do fato de que não possui nenhum treinamento de primeiros-socorros.

"O que aconteceu? Quer que eu chame alguém?"

O rosto de Evelyn fica vermelho, com manchas irregulares em meio à palidez. Então ela começa a chorar. Confusa e assustada, Angela a abraça, sem saber o que mais fazer. Evelyn é magra e parece frágil ao toque, como se um pouco mais de pressão pudesse estilhaçá-la. *O que está acontecendo?*

A mente de Angela está a toda, mas não consegue entender. Depois de um ou dois minutos, a respiração de Evelyn desacelera e o choro diminui. Evelyn se endireita no sofá, enquanto Darwin se esgueira por baixo dos cotovelos delas, acomodando-se no colo da dona e fazendo o seu melhor para mantê-la aterrada com o peso de seu corpo, macio e quente.

Funciona. Evelyn se recosta e descansa a cabeça na almofada do sofá, enquanto acaricia as costas do gato. Angela vê uma caixa de papelão florido de lencinhos de papel na mesa lateral. Ela pega três e dá alguns tapinhas no ombro de Evelyn. "Pega aqui."

"Obrigada, querida", Evelyn murmura, com a voz pouco mais alta que um sussurro. Ela enxuga o rosto e assoa o nariz, com força. "Eu também estive no Santa Inês, Angela."

A outra assente. "Eu sei."

Evelyn se vira para encará-la. Lágrimas rolam depressa por seu rosto em formato de coração. Só agora Angela realmente nota as rugas em volta dos olhos e da boca de Evelyn, sua pele envelhecida que lembra couro, os olhos que já não são límpidos e claros. Olhos cansados e carregados de dor, cuja luz começa a fraquejar.

"Dei à luz uma menina ali, que arrancaram dos meus braços depois de alguns dias."

Angela sente as entranhas congelarem antes que Evelyn volte a falar. Ela observa a mulher correr as mãos pelos braços, como se embalasse a bebê que no passado a segurou. Sua mão direita vai para o pulso esquerdo. Ela passa o dedo do meio por uma cicatriz longa, mas clara.

"Meu nome era Maggie na época. E dei o nome de Jane à minha filha."

29

MAGGIE

MAIO DE 1961

Maggie acorda com o barulho do vidro quebrando.

Ou pelo menos é o que acha que acontece. Quando começa a voltar a si e vê o cômodo entrando em foco sob a luz turva e azulada do amanhecer, não tem mais certeza. Talvez tenha sido só um sonho, no fim das contas. Ela tem sonhos muito estranhos desde que chegou na casa de amparo, e só na ala pós-parto já acordou duas vezes em uma névoa confusa, como se alguém a tivesse tirado da cama no meio da noite e a deixado em algum lugar estranho e incomum.

Maggie esfrega os olhos e se vira de lado. Quando faz isso, ouve um farfalhar e sente algo debaixo do braço.

Ela se senta e pisca para os dois envelopes brancos em seu travesseiro. Dá uma olhada e vê que a cama de Evelyn está vazia e sem os lençóis. Maggie pega os envelopes e sente um estranho formigamento no topo da cabeça.

Maggie, está escrito no primeiro envelope. E no segundo: *Mamãe e papai*.

O coração de Maggie bate acelerado enquanto ela abre o envelope com seu nome. Há duas cartas dentro. Uma para ela e outra para o Departamento de Polícia de Toronto. A carta para Maggie é a de cima. Ela começa a ler, com o coração martelando na garganta.

Querida Maggie,

Dói muito escrever estar palavras, porque de alguma forma confirmam a verdade. Mas ontem Agatha me contou que minha filha morreu. Fui pedir ajuda a ela, achando que poderia fornecer um nome ou um endereço. Qualquer coisa. Algo que pudesse me ajudar a encontrá-la. E essa foi a notícia que ela me deu. Minha bebê foi vendida e depois morreu.

Já é terrível o bastante ter sido separada dela, mas agora não posso nem me reconfortar com a ideia de que ela será a filha muito amada de uma mulher infértil. Ela está morta, e é o fim para mim também.

Para ser sincera, é até empoderador. Estamos todas aqui porque nunca tivemos escolha. Nunca estivemos no controle. E isso é algo que posso fazer para assumir o controle. Posso escolher como e quando morrer. Não tenho medo do que vai acontecer com a minha alma. Sei que estará livre e em paz, reunida com meu pobre Leo e com nossa linda menininha.

Se o único jeito de ficar com eles é na morte, que seja assim.

Antes de ir, preciso lhe pedir um favor.

Deixei duas outras cartas com você: uma endereçada aos meus pais e outra para a polícia, esta junto com a sua. Mantenha ambas seguras debaixo do colchão ou onde quer que consiga escondê-las, depois as leve com você, quando for embora. Por favor, envie-as assim que puder. É minha despedida dos meus pais e do meu irmão, e no meu relato à polícia explico em detalhes as atrocidades praticadas neste lugar, os abusos da Cão de Guarda e a venda dos bebês. Espero que seja o bastante para acabar com o Santa Inês, no mínimo. Seria demais esperar que a Cão de Guarda recebesse a devida punição, mas talvez eu possa assombrá-la. Afinal, quem sabe o que nos aguarda do outro lado?

Isso pode parecer estranho, mas, pela primeira vez em muito tempo, tenho esperança.

Eu te amo, Maggie. Desde que chegamos a este lugar horrível, você foi como uma irmã para mim, e sua presença representou um bálsamo para o meu coração. Sinto muito por te deixar, mas sei que em breve você vai embora, para fazer grandes coisas. Imploro para que tenha uma vida plena, por nós duas. E nunca, nunca deixe de procurar Jane. Sei que vai encontrá-la.

Com amor, da sempre sua,

Evelyn Taylor

As mãos de Maggie estão tremendo.

Tum.

Ela pula ao ouvir o barulho lá embaixo, desorientada e com medo. Tira as pernas da cama, pega as cartas e segue em silêncio até a porta do quarto. Olha para o corredor, mas não tem ninguém ali. O brilho azulado da manhã tinge as paradas e o piso de madeira. A casa está em silêncio.

Ela segue em direção à escada, rumo ao som que a comprime por dentro e faz o ar deixar seus pulmões.

Enquanto desce a escada, Maggie toma o cuidado de evitar o degrau que range, bem no meio. Ao chegar lá embaixo, ela vira para a sala e quase desmaia com o que vê.

Evelyn está pendurada na viga da entrada, a cabeça em um laço improvisado, feito de lençóis amarrados. Suas pernas pendem flácidas sob a barra da camisola cinza. Seus olhos estão fechados, o que é uma bênção, mas seus lábios se destacam no rosto cor de cimento. Seu cabelo loiro cai solto sobre os ombros. Sob os pés balançando, há uma cadeira pertencente à mesa de jantar.

Maggie não nota quando seu corpo escorrega para o chão, mas se vê lá um momento depois. Ela segura as cartas na mão enquanto tenta puxar o ar. Quer desviar o olhar, mas não consegue. Não consegue apagar a imagem da mente. Vai vê-la sempre que fechar os olhos.

Depois de um minuto que poderia ser uma hora, Maggie consegue se levantar, apoiando-se no corrimão. Ela se põe em pé e cambaleia até Evelyn, seus lábios tremendo sob a camada de suor frio e lágrimas, então sente uma dor aguda no pé.

Ela arqueja e estremece quando vê o caco de vidro fincado em sua pele. Quando olha para baixo, vê que o chão está polvilhado de uma camada cintilante de fragmentos do vitral que antes ficava acima da entrada. Evelyn deve tê-lo quebrado para passar os lençóis por cima da viga. Maggie arranca o caco do pé, depois vai pulando até a porta da frente e calça um par das galochas compartilhadas. O vidro parece cascalho sob seus pés, enquanto ela retorna ao corpo.

"Ah, *Evelyn*", ela sussurra, pegando na mão da amiga. Ela a segura brevemente, notando que ainda não esfriou. A alma de Evelyn acabou de partir. Maggie chegou alguns minutos atrasada. A ideia a fere como arame farpado. Ela passa uma mão pelo braço de Evelyn com delicadeza. Mas não é Evelyn, diz a si mesma. Evelyn se foi.

Maggie solta o braço.

Fica olhando para a amiga por um longo momento, pensando no conteúdo da carta que permanece em sua mão, recordando o sorriso de Evelyn próximo a seu rosto, enquanto cochichavam tarde da noite e se mantinham quentes de manhã cedinho. Maggie grava a cena na memória, absorvendo cada detalhe do corpo débil de Evelyn, como ela foi parar no Santa Inês, todos os motivos que a levaram a se enforcar na sala, à luz fria de uma manhã de maio.

Porque agora a raiva vem. Não a raiva. A *fúria*. Uma fúria selvagem e incandescente, que contamina as veias de Maggie como veneno.

Evelyn está morta. A bebê de Maggie, Jane, se foi há tempos. Ela pensa em Joe, o amigo do pai. Pensa na Cão de Guarda, nos pais e padres das meninas que foram mandadas embora, instadas a "fazer a coisa certa". Maggie tem agora uma ideia do que é certo e do que é errado muito diferente da que tinha antes do Santa Inês. E precisa dar um jeito naquilo.

Quando os primeiros tordos de peito vermelho começam a piar docemente uns para os outros, na sebe do outro lado da janela, Maggie toma uma decisão.

"Adeus, minha amiga querida", ela sussurra, passando os dedos compridos pela manga da camisola de Evelyn pela última vez.

É hora de ir.

Ela dobra as cartas ao meio e as enfia na bota. Com passos confiantes, segue pelo corredor, em direção à cozinha. Um rato corre na bancada, sumindo de vista para evitar confusão. Maggie vai direto para a gaveta das facas. Ela a abre e escolhe sua preferida, uma de legumes de comprimento médio, com fio excelente e cabo largo.

Maggie volta para a sala. Depois de uma última olhada para o corpo de Evelyn, ela se esgueira escada acima, quase pisando no degrau que range, no meio do caminho. Mas não vai precisar ficar em silêncio por muito mais tempo. Ao chegar lá em cima, vira à direita. Conhece bem cada uma das tábuas barulhentas lá de cima, e as visualiza num mapa mental enquanto escolhe seu caminho pelo corredor, evitando com cuidado as que podem traí-la.

Segurando a faca com tanta força que seus nós dos dedos ficam brancos contra o cabo preto, Maggie gira a maçaneta do quarto da Cão de Guarda. Ela sente um friozinho na barriga, animada com a ideia de que está prestes a fazer justiça. Conhece bem a Bíblia. Foi-lhe imposta desde o nascimento e agressivamente reforçada ao longo de seu tempo no Santa Inês.

O mau não ficará impune.

Ela segura a faca com ainda mais força e fecha os olhos por um momento, em preparação. Sente as cartas dentro da bota e o aço frio do cabo da faca, enquanto a caligrafia de Evelyn dança em sua mente.

Nunca estivemos no controle. E isso é algo que posso fazer para assumir o controle.

Maggie ainda sente o cheiro do hálito de seu agressor na nuca, tarde da noite. Ainda consegue sentir a força das mãos de Joe segurando as suas.

Ela deixa a fúria fluir livremente, deixa que preencha seu coração e sua mente, que permeie cada célula de seu corpo, enquanto abre a porta para o silêncio e para a escuridão do quarto da Cão de Guarda. A janela grande está coberta por cortinas pesadas, e os olhos de Maggie precisam de um momento para se ajustar à falta de luz. Ela pisca várias vezes, então identifica a silhueta de uma cômoda ornamentada, a cabeceira da cama, o volume sob os cobertores. Maggie vai para dentro no quarto. A Cão de Guarda está deitada de costas, dormindo profundamente, com os braços dobrados sobre a cabeça, como uma criança tranquila.

Por um momento, Maggie se pergunta com o que está sonhando. Então os cantos de sua própria boca se erguem, diante da ideia de que está prestes a interromper qualquer sonho doce que a Cão de Guarda possa estar tendo no momento. De que está totalmente no controle, prestes a mudar a vida daquela mulher para sempre, assim como ela mudou a sua.

Esta noite, a Cão de Guarda é todo mundo que Maggie precisa que ela seja.

O relógio na cornija da lareira bate os segundos, numa contagem regressiva, enquanto Maggie hesita em agir. A Cão de Guarda se move, primeiro um braço, depois a cabeça. Devagar, ela acorda, com os olhos ainda pesados de sono. Eles focam em Maggie, cujo coração para na garganta. É agora ou nunca.

Ela firma a pegada na faca ao lado do corpo e avança, enfiando a lâmina na Cão de Guarda com toda a força que lhe resta.

O sangue floresce nos lençóis de linho branco, enquanto o grito agonizante da freira preenche o quarto. Maggie ergue a faca e a finca de novo, enquanto a mulher usa o braço contra ela, em meio ao pânico e à fúria.

A Cão de Guarda solta outro grito penetrante, tentando pressionar os lençóis contra as feridas na perna e no quadril. Ela sai da cama, arfando, e cai de joelhos.

Quando Maggie sai correndo do quarto, deixando a Cão de Guarda ajoelhada em uma poça de sangue, quase tromba com a irmã Agatha, no alto da escada. A freira está de roupão e usa um gorro na cabeça. Seus olhos arregalados parecem temerosos. Portas se abrem ao longo do corredor. Maggie registra vagamente o som das vozes das outras meninas, fazendo perguntas.

"O que está acontecendo?"

"Meu Deus, Maggie", diz a irmã Agatha, notando as manchas de sangue nas mãos da menina. Ela olha por cima do ombro da outra, para a porta da Cão de Guarda, de onde vem um grito angustiado por ajuda.

"Venha comigo", a irmã Agatha murmura "Depressa."

Ela atravessa o corredor com uma rapidez que Maggie nem sabia que a outra tinha. A menina segue em seu encalço, enquanto a jovem freira desce pela antiga escada de serviço, na parte de trás da casa, saindo na cozinha. Agatha se dirige à porta do jardim, que está sempre trancada à chave.

Agatha pega um molho de chaves do bolso, mas se atrapalha com a fechadura, por causa das mãos trêmulas. Maggie ouve as meninas gritando lá em cima. Sente o sangue gelar ao ouvir a voz do padre Leclerc, que finalmente saiu de seu quarto. Ele grita para que as meninas fiquem quietas e exige respostas.

"Suas mãos!", Agatha arfa.

Maggie corre para a pia, abre a torneira, enfia as mãos debaixo d'água e fica assistindo ao sangue desaparecer, com o coração batendo acelerado na garganta.

Os gritos no andar de cima ficam mais altos. A irmã Agatha gira a maçaneta e abre a porta para o jardim.

"Vá, Maggie, vá!", ela diz, sem fôlego. "Corra e não pare. Vá!"

Os olhos das duas se encontram apenas por um segundo, mas Maggie vê tudo o que se passou nos últimos meses refletido nos olhos arregalados da outra.

O estalo do chicote da Cão de Guarda.

As velas de Natal e o cheiro de Pinho Sol.

Agatha com Jane nos braços, saindo pela porta da Sala da Despedida.

O corpo de Evelyn dependurado na entrada. O vidro estilhaçado no chão.

Sangue em suas mãos, a faca, água fria.

"Obrigada, Agatha", ela sussurra.

"Vá!", a jovem freira insiste, empurrando-a. Maggie passa pelo portão do jardim bem quando o grito de uma menina na entrada da casa perfura o silêncio do crepúsculo.

Maggie empurra o portão de ferro da casa de seu irmão, registrando vagamente o ranger familiar das dobradiças, então segue cambaleando pelo caminho de cascalho. Jack nunca respondeu a nenhuma de suas cartas, de modo que ela acabou desistindo de escrevê-las, mas é a sua única opção. Maggie não sabe o que vai fazer se ele não aceitá-la.

Ela bate na porta da frente, depois estica um braço fraco para se apoiar na parede de tijolinhos marrons. Já sente o corpo cedendo. Por um momento, fica preocupada que não haja ninguém em casa, e se pergunta se vai ter que ficar recostada à balaustrada da varanda enquanto espera que eles cheguem. Então ouve a voz aguda da cunhada respondendo lá dentro. Ela enxerga um movimento do outro lado do vidro antes de ouvir a fechadura deslizando e a porta se abrindo.

"Maggie! Meu Deus do céu!"

"Preciso de um banho", Maggie diz apenas, colocando ainda mais peso no braço fraquejando, a pele fina pressionando a superfície áspera do tijolo.

"Jack! Venha rápido!", Lorna grita por cima do ombro, enquanto Maggie vai ao chão.

Maggie entra no banheiro e fecha a porta. A cunhada colocou toalhinhas de renda cheias de fru-frus sobre a caixa acoplada da privada. Também há uma série de cremes para o rosto e para as mãos na bancada, ao lado da pia. E toalhas de mão macias cor-de-rosa enroladas com um capricho pouco natural em uma prateleira sobre a privada.

Ela gira a chave de latão na fechadura e a ouve se encaixar com um clique agradável. Não quer ser incomodada. Faz meses que não tem um momento sozinha. Quer paz, silêncio, solidão e o fim de todo o caos. O irmão lhe disse para ir tomar um banho e depois tirar uma soneca. Eles conversariam depois que ela tivesse descansado um pouco.

As mãos de Maggie agarram a borda da bancada, sustentando seu corpo fraco enquanto ela se olha no espelho. No Santa Inês, elas não podiam se olhar no espelho, mas só agora Maggie se pergunta por quê. Mal suporta olhar para o seu reflexo, olhar em seus olhos, pesados devido à exaustão indescritível da qual sente que nunca vai se recuperar. Seu rosto está pálido e encovado. Suas maçãs do rosto estão mais pronunciadas do que nunca.

Maggie olha para baixo, para uma pilha de revistas femininas no revisteiro ao lado da privada. Uma morena estampa a capa, com sobrancelhas preenchidas, lábios vermelhos e carnudos e ruge nas bochechas. Bonita, imaculada e jovem. Ela vai ensinar você a fazer o bolo perfeito para o chá do domingo à tarde e a tranquilizar as crianças. A lavar as camisas do marido até ficarem perfeitamente brancas, a engomar e passar, para que estejam prontas para ele todas as manhãs. Maggie se pergunta se a menina sorridente na capa também ensina a tirar do corpo o suor e o sangue do passado, as manchas incriminadoras das transgressões e do azar. A tirar batom de uma cor que você não tem do colarinho do marido.

Maggie se debruça sobre a banheira e liga a água quente no máximo, mal temperando com um pouco de água fria. Passou meses se sentindo gelada por dentro e por fora, e agora quer que sua pele queime. Quando a banheira está cheia, ela começa a se despir, os músculos doendo ao tirar a camisola e a calcinha. Ela entra na água, com uma careta. O corte de vidro no pé arde com o calor. Ela se ajeita e deixa o corpo flutuar, e sua mente vai junto.

A casa, situada numa ruazinha tranquila, é silenciosa, mas ela consegue ouvir o zumbido abafado do tráfego em vias maiores, a um quarteirão de distância. Há um sabonete cor-de-rosa e com aroma floral da cunhada sobre um pratinho em forma de concha, na beirada da banheira. Maggie o leva ao nariz e inspira profundamente. O perfume de rosas e cítricos a lembra das roseiras que são o orgulho e a alegria da mãe. Todo verão, a mãe colhia botões cor-de-rosa e brancos do jardim e os colocava em vasos de cerâmica, espalhados por todos os cantos da casa. Maggie fecha os olhos e visualiza as janelas abertas para receber a brisa, seu vestido de ir à igreja aos domingos e que fazia seu corpo coçar no calor. A mãe usando luvas brancas e chapéu. Limonada fresca e o cheiro da grama recém-cortada.

Maggie sente as lágrimas escorrendo até o maxilar. Como tudo deu tão errado? Bastou uma noite. Um evento que separou sua vida em Antes e Depois. Um momento que definiu sua vida para sempre.

Seus pais a renegaram. Seu irmão vai permitir que ela fique, no momento. Mas o que vai acontecer quando não for mais bem-vinda? Quanto tempo vão conseguir manter sua presença escondida dos pais? A polícia vai vir atrás dela?

Maggie pisca. Seus olhos estão tão cansados que mal conseguem focar. Ela volta a fechá-los, e vê tudo preto. Um futuro preto sem nada nele, sem nenhum marco ou ponto de referência que a guie. Apenas uma escuridão sem fim. Maggie está mais exausta que nunca. Não há como voltar atrás. Não há como seguir em frente.

Ela passa o sabonete pelos braços, subindo e descendo, devagar. Não tem energia para desperdiçar. Seus olhos se perdem à meia distância e aterrissam na bancada ao lado da pia. Estão focados na caixa de lâminas de barbear. Maggie fixa o olhar ali por um momento. Sua mente está estranhamente vazia. Ela nem sabe ao certo no que está pensando. Mas se sente atraída pela caixa.

Já a consideram uma mulher desgraçada. Quanto mais pode piorar? Ela pode usar um pecado para apagar todos os outros. Então não terá mais que se importar. Seu coração não vai parecer um peso de chumbo no peito. Seu corpo esquelético não vai precisar se recuperar. Sua mente finalmente se esvaziará. É o que ela quer agora. Escuridão e silêncio.

Maggie sai da banheira, e o ar frio faz com que seu corpo estremeça um pouco. Ela abre uma caixinha com o dedo molhado, deixando marcas de água no papelão amarelo. Pega uma lâmina e a segura com cuidado na palma da mão enrugada. Há uma quietude no ar, o vapor pesado da água quente embaçou a vidraça e se condensou nos potes e nas garrafas de vidro que estão na bancada. Ela ouve uma buzina à distância, que está muito além desse sonho.

Maggie engole o medo que subiu pela garganta e volta para a banheira. Olha para os próprios pulsos. Sua pele ainda está macia por causa do banho. Ela não tem mais gordura no corpo. Isso vai facilitar o ato.

O ato.

A ideia paira no ar, como um beija-flor, acima da cabeça de Maggie. Ela passa o dedão pela borda da lâmina. Pode até ser fácil. Talvez indolor. E depois nada. Ela não vai precisar se preocupar com mais nada. A ideia se instala no fundo de Maggie, quentinha e reconfortante.

Ela não sabe o que está fazendo, mas parece intuitivo. Solta o ar uma última vez, depois passa a lâmina pelo pulso, fazendo tanta pressão quanto consegue, seu rosto se contorcendo diante da dor bem-vinda. Não para nem mesmo quando seu estômago parece se revirar. Nem mesmo quando o sangue se espalha pela água da banheira, como fumaça vermelha, abaixo da superfície. Muito embora todos os seus instintos lhe gritem para que pare.

Pare!, Maggie ouve.

Logo.

Maggie!

Agora está feito.

Ela deixa a lâmina cair dos dedos escorregadios, enquanto a água fica cada vez mais vermelha. Então se recosta na cerâmica dura.

Agora está flutuando. É criança de novo, e sente o cheiro de rosas. Sente o gosto da limonada e ouve o farfalhar das folhas dos plátanos. Seu irmão a chama, do outro lado do jardim. Ela arranca uma rosa. Um espinho fura seu dedo, e ela vê uma pérola vermelha florescer na pele. Uma voz de mulher, provavelmente da mãe, lhe pergunta o que ela está fazendo. Pega-a pela mão, exigindo uma resposta, como sempre.

Maggie, você prometeu.

Estou morrendo, mãe. E você não pode me impedir.

Maggie sorri e escapa da pegada da mãe, que desaparece na névoa do passado. A banheira permanece se enchendo de sangue, conforme espirais rubras saem de seu pulso. A lâmina afundou na água escura. Maggie fecha os olhos e sua cabeça pende para o lado, derrubando a saboneteira da beirada da banheira. Ela cai no ladrilho e quebra.

"Maggie?", Jack chama lá de baixo.

Silêncio.

Momentos depois, a chave chacoalha na fechadura. Jack está do outro lado da porta, gritando para alguém.

A porta se abre, e um suspiro atravessa o vapor do banheiro.

Em um segundo, Jack está à beira da banheira.

"Lorna! Lorna, pega minha maleta!", ele grita por cima do ombro.

Jack segura firme o pulso de Maggie em uma mão, pressionando a ferida com o dedão. Ele enfia a outra mão na água e ouve-se o *plunc* inconfundível do ralo sendo destampado, o ruído profundo de sucção da água descendo em espiral.

"Maggie!" Jack arfa. "Maggie. Ah, meu Deus. Maggie, por favor, não..."

Lorna irrompe no banheiro com uma maleta preta nos braços. "Desculpa, demorei pra encontrar! Não estava no armário, e precisei procurar." Ela arfa também. "Ah, meu Deus. Jack, ela está...?"

"Ainda tem pulso, mas fraco. Rápido, Lorna. Preciso fazer uma transfusão."

Ela revira a maleta e começa a tirar instrumentos dela: um tubo comprido, agulhas e outras coisas. "Vou chamar uma ambulância."

"Não!"

Lorna olha para ele, surpresa. "Está falando *sério*, Jack? Ela está morrendo! Talvez já esteja morta!"

"Ela *não* está morta, Lorna, e preciso de você. Desinfete as agulhas com álcool, depois venha suturar o pulso. Não posso fazer isso com uma agulha no meu próprio braço, e ela precisa de uma transfusão."

Lorna hesita. "Vai dar certo?"

O marido funga e enxuga o nariz com as costas da mão. "Não sei. Mas precisamos tentar."

Os olhos de Maggie se abrem devagar, seus cílios ainda grudados uns nos outros pelo sono. Ela esfrega os cantos internos dos olhos com os nós dos dedos, tirando as remelas. Seus olhos secos coçam em sua tentativa de focar na parede diante da cama. Tem um quadro com dois gatinhos brancos aconchegados em uma poltrona ali.

Onde estou?

Ela precisa de um momento. Ouve a voz baixa do irmão, à distância, que ecoa escada acima. A mesma voz que a instruía severamente a segurar sua mão quando os dois eram crianças, para atravessar a rua a caminho da escola. A voz que a ajudou a botar para fora o segredo que ela vinha carregando no coração e na barriga, que a encorajou a contar aos pais, que iam entender, claro. A voz que ia e vinha, que disse seu nome repetidas vezes, suplicante — *fica comigo, Maggie, fica comigo* —, enquanto enchia as veias dela com seu próprio sangue.

Jack volta a repetir o nome dela, agora do lado de fora da porta. "Maggie?"

Ela enterra o rosto no travesseiro que cheira a pó e lavanda. Está no quarto de hóspedes de Jack e Lorna, ao final do corredor do andar de cima, decorado esparsamente com uma estranha coleção de móveis antiquados, abajures e quadros.

"Maggie? Está acordada?" Há uma leve batida na porta.

"Estou", ela responde, arrependendo-se imediatamente.

A maçaneta gira, com um leve rangido, e o nariz de Jack surge na fresta da porta. "Está vestida?"

"Está tentando fazer graça?"

Jack abre a porta de vez, empurrando-a com a bandeja que traz nas mãos, com um café da manhã completo, incluindo ovos, linguiça, torrada com uma geleia de cassis feita por Lorna, tomates fritos e chá. Maggie se endireita, recostando-se à cabeceira de madeira dura da cama, e olha com ceticismo para a bandeja.

"Você perdeu duas refeições, porque estava dormindo. Precisa comer." Jack coloca a bandeja sobre as pernas da irmã, depois se senta na beirada da cama. Está de frente para a porta, como se planejasse uma fuga rápida. Maggie sente um nó se formar na garganta quando nota as olheiras escuras e os ombros caídos dele.

"Jack..."

"Por quê, Maggie? Por que você faria isso?"

Ela desvia os olhos do rosto angustiado do irmão. Ouve os pássaros cantando lá fora, e percebe como está desesperada por um pouco de ar fresco.

"Maggie", Jack insiste. "Olha para mim."

Ela olha nos olhos do irmão, com os cílios úmidos.

"Por quê?" Ele aguarda, com as mãos cruzadas sobre a pernas.

Maggie pega o chá e toma um gole, devagar. O barulho dos pratos e dos copos batendo enquanto Lorna lava a louça lá embaixo, na cozinha, sobe a escada e chega pelo corredor. Ela sabe que precisa contar a verdade a eles.

"Vocês nunca receberam minhas cartas?"

"Não, não recebemos nenhuma. Quantas você mandou?"

"Mais ou menos uma por mês. Mais, no começo. Devem ter sido umas dez ou doze." Como se aquilo importasse no momento. "A Cão de Guarda deve ter jogado fora. Eram elas que postavam nossas cartas. Ou pelo menos era o que achávamos."

"Quem é a Cão de Guarda?", Jack pergunta.

"A chefona do Santa Inês. A madre superior. Ela..." Maggie deixa a frase morrer no ar.

Jack pigarreia. "Não tem problema. Não importa agora." Há uma longa pausa, então ele pergunta, baixo: "Onde está o bebê?".

Maggie resiste brevemente, mas seus olhos se fecham e ela sente como se suas entranhas estivessem sendo perfuradas.

"Eles a levaram, Jack", Maggie consegue dizer, com a voz pegando na garganta. "Ela foi adotada."

Maggie pega o guardanapo de pano da bandeja do café da manhã e enxuga o rosto. Nunca chorou tanto na frente de outra pessoa. Nunca chorou tanto e ponto final. Odeia se sentir assim fraca.

Jack fica em silêncio por um momento. Ele assente para si mesmo antes de falar, como se confirmasse um pensamento. "Mas você ia dar — *a bebê* — para adoção de qualquer maneira, certo? Não era o plano, Meg?"

"Era. Eu queria dar. Mas, depois do parto, depois de pegar a bebê no colo, fiquei em dúvida. Depois que vi o rosto dela. Só..." Maggie engasga com o choro.

Jack tira a bandeja das pernas dela e a coloca sobre a cômoda, enquanto Maggie se recompõe. Ele lhe devolve o chá, e ela toma um pouco, grata.

"Em uma das cartas..." Maggie faz uma pausa. "Eu perguntei se você... se você e Lorna não estariam dispostos a adotar a bebê. Porque, bom..."

"Ah." Jack solta um suspiro silencioso. "Entendi. Talvez fizesse sentido. Eu entendo. Lorna tocou no assunto uma vez, mas acho que ficou com medo de sugerir. Eu nunca disse a ela o que aconteceu com você, Maggie, mas achava de verdade que, considerando como a bebê foi concebida... Achei que você não fosse querer qualquer relação com ela. Achei que estivesse satisfeita com a ideia da adoção."

Jack foi a primeira pessoa para quem Maggie contou. Ele ficou ao lado da irmã, segurando sua mão, enquanto ela contava aos pais o que havia acontecido. Eles acreditaram na gravidez, mas não em como tinha acontecido.

"Também achei que estivesse", Maggie diz. "Mas as coisas mudaram depois que senti que ela era minha. Se vocês tivessem ficado com ela... Lorna me contou sobre os abortos espontâneos que sofreu no ano passado. Achei que poderia ser uma solução razoável, que beneficiaria a todos."

"Mas, Maggie, eu..."

"Eu sei. Eu *sei*, Jack."

Ela se dá conta de que seu irmão agora é a única pessoa que ela tem no mundo.

"O que...", Jack começa a dizer, mas para. "O que aconteceu lá? Como você acabou cortando o pulso na minha banheira, Maggie? Preciso entender isso."

Ela respira fundo, depois revive o pesadelo com coragem, contando todos os detalhes para o irmão: o trabalho compulsório, as condições em que viviam, o padre Leclerc, a Cão de Guarda e a morte de Evelyn. Jack se ajeita na cama, mas Maggie não para de falar.

"Eles vendem bebês. *Vendem*, Jack."

Logo abaixo da linha do cabelo cor de areia, a testa de Jack está franzida. "Mas como podem ter entregado a criança contra sua vontade?"

"Eles me fizeram assinar um termo de consentimento em troca de analgésicos", ela diz.

O queixo de Jack cai. "Mas, Maggie, você não pode ser obrigada a assinar um contrato nessas condições. É ilegal, não tem validade nenhuma. Podemos ir à justiça!"

Um silêncio denso se segue às palavras de Jack. Os olhos dos dois se encontram, o castanho espelhando o castanho. No fundo do peito, Maggie sente a sensação, pouco familiar, de uma esperança surgindo.

"Mas quem vai acreditar em mim, Jack? Muitas meninas que vão para lá entregam seus bebês por vontade própria. São convencidas, coagidas a concordar. Eles dizem que a criança vai ter uma vida melhor com uma família afetiva, que elas não têm como se sustentar, que vão viver desonradas e acabar se prostituindo pelas ruas. Eles assustam as meninas para que assinem os documentos da adoção. É a Igreja, Jack. Quem vai acreditar na gente? Mesmo se acreditarem em mim, provavelmente ainda achariam que a adoção é o melhor para a bebê. Tendo sido forçada ou não. A gente não teria chance."

Jack morde o lábio, de maneira semelhante a Maggie. "Imagino que você não tenha visto os nomes nos documentos da adoção... Dos pais, digo."

Maggie faz que não com a cabeça. "Mal me lembro de ter assinado o papel."

Ela sabe que o irmão tem boas intenções, mas não adianta discutir como tudo *poderia ter sido*. Não é mais possível agora. Não há nada a ser feito. Acabou. Jane foi levada. "Tem mais uma coisa", Maggie diz.

Jack aguarda.

"Eu, hã, ataquei a irmã Teresa. A diretora."

Jack levanta da cama na hora. "Quê?!"

"Ela merecia, Jack, eu juro."

"O quê? Como assim, ela merecia?"

Maggie sente o calor da vergonha subindo por seu pescoço. "Ela bate na gente. *Vende* nossos filhos. Ela é má, Jack."

Ele abre e fecha a boca, então volta a se sentar na cama. "O que você fez?"

"Esfaqueei a diretora."

"Meu Deus, Maggie." Jack enterra a cabeça nas mãos por um momento, depois passa os dedos pelo cabelo liso. "Vão vir atrás de você. A polícia pode chegar a qualquer momento! Por que não disse isso assim que chegou aqui?"

Maggie fica tensa e se encolhe toda quando Jack levanta a voz. Ele percebe e pede perdão na mesma hora.

"Desculpe, Maggie. Onde foi a facada?", ele pergunta, com uma careta. "Ela pode ter morrido?"

Maggie balança a cabeça. "Acho difícil."

302

"Você acha difícil?"

"Não posso afirmar com certeza. Não sei. Foi logo depois que encontrei Evelyn morta. Eu não aguentava mais. Perdi o controle. Tinha o rosto de Joe em mente. Dei uma facada nela e corri. A irmã Agatha destrancou a porta para mim e me disse para fugir. Eu não sabia aonde mais ir, por isso vim para cá. Achei que fossem atrás de mim no mesmo instante, como você disse." Maggie cutuca as cutículas. "As lâminas estavam bem ali. Pensei em apagar e... Acordei aqui hoje de manhã. Se estou viva é por sua causa." Ela estende um braço e acaricia o dele, tentando evitar olhar para a gaze em seu próprio pulso. "Se a polícia ainda não apareceu, tenho certeza de que a Cão de Guarda não morreu. Mamãe tentou falar com você?"

Jack nega com a cabeça.

"Então eles não estão atrás de mim, tenho certeza", Maggie diz. "Olha, tenho uma carta de Evelyn para a polícia. O último pedido dela foi de que eu a colocasse no correio. Estou torcendo para que a carta faça com que a polícia vá atrás da Cão de Guarda. Eles não vão me querer. O próprio Santa Inês tem que lidar com o corpo de... de uma menina morta, e com a diretora esfaqueada. O lugar deve estar um caos agora. Ninguém vai vir atrás de mim. A carta é minha apólice de seguro."

Jack pensa a respeito, depois estica os braços e puxa Maggie em um abraço que quase esmaga o corpo famélico da irmã. Ele solta o ar demoradamente no ombro dela. Seu corpo é quente, sólido e cheira à loção pós-barba de cedro que Maggie lhe deu de aniversário, no ano passado. Ela sorri em meio às lágrimas.

"Desculpa, Maggie", ele sussurra no ouvido dela. "Eu devia ter tirado você de lá. Sinto muito."

"Você não sabia, Jack."

"Eu te amo, Maggie."

"Também te amo."

O quarto fica em silêncio. Maggie ouve o tique-taque ritmado do relógio na mesa de cabeceira. Ela conta vinte e um. Os dois se abraçam por vinte e um segundos, até que a respiração de Maggie se acalma e acompanha a dele. Vinte e um segundos que curam a distância temporária e voltam a uni-los. Vinte e um segundos até que eles se separem e Jack faça uma pergunta impossível:

"E agora, o que vai acontecer?"

30

EVELYN

PRIMAVERA DE 2017

Evelyn olha para a própria mão, que há uma hora acaricia Darwin enquanto ela conta a Angela sua história. Poucas vezes na vida experimentou tamanho alívio. Parte da dor se dissipou quando ela contou seu segredo a Tom, mas agora, com Angela, parece diferente, como se Evelyn conseguisse enxergar um caminho à frente. Depois de décadas de esperança, finalmente — provavelmente — encontrou Jane.

Há um monte de lencinhos amassados e espalhados pela mesa de centro branca. Os olhos de Angela estão focados neles, mas parecem turvos. Evelyn percebe que ela não sabe o que dizer. Ainda está se recuperando da revelação e da exposição dos horrores da casa de amparo maternal, do começo ao fim, até a fuga de Evelyn e sua tentativa de suicídio.

"Então", Angela começa a dizer, "o que aconteceu quando você voltou a Toronto? Você e seu irmão ainda se veem? Você chegou a se casar ou teve outros filhos? Desculpa, tenho tantas perguntas."

"Sim, eu e Jack ainda nos vemos. Somos muito próximos." Um sorriso surge lentamente no rosto de Evelyn, como que incerto da legitimidade de sua presença. "Eu fui casada por um longo tempo. Com um homem."

Angela ergue as sobrancelhas. "Conta mais."

"O nome dele é Tom O'Reilly, e ainda somos melhores amigos. Faz pouco mais de dez anos que nos divorciamos, para que Tom pudesse se casar com Reg, com quem estava fazia muito tempo. Quando o casamento gay finalmente foi legalizado."

"Por que você se casou com um homem gay?"

O olhar de Evelyn é de pena. "Para proteger a nós dois, minha querida."

Angela inclina a cabeça para o lado, convidando a outra a prosseguir.

"Tom era médico também. Nos conhecemos quando estudávamos em Montreal, e logo ficamos amigos. Ele precisava de uma esposa inteligente para os jantares finos entre os cirurgiões. Caso se mantivesse solteiro por muito tempo, despertaria suspeitas. E, por mais que médicas fossem relativamente incomuns na época, ser uma médica *solteira* não seria bom para os negócios. Por isso, nos casamos e vivemos juntos, como melhores amigos. Usávamos aliança e exibíamos o outro em público quando necessário. Fora isso, cada um tinha a própria vida. Sempre vejo Tom e Reg. Ainda passamos as festas de fim de ano juntos. Moro aqui desde o divórcio. Gosto da cidade, de estar em meio ao agito. Quando as coisas ficam tranquilas demais, minha mente começa a viajar. Penso demais. Sobre..."

Ela descansa a testa na mão que não está acariciando Darwin. Angela lhe passa outro lenço.

"Meu Deus. Odeio perder o controle assim", Evelyn diz, revirando os olhos. "Não cheguei assim longe na vida me desfazendo em lágrimas a cada lembrança triste."

"Acho que você pode pegar mais leve consigo mesma, considerando as circunstâncias."

Evelyn deixa escapar alto um som entre uma gargalhada e uma risadinha irônica. "Você tem razão. Os jovens muitas vezes são mais sábios do que nós, velhotes, queremos reconhecer."

O sorriso de Angela é sombrio. Ela faz a pergunta que a está incomodando logo em seguida. "A Cão de Guarda morreu?"

Evelyn balança a cabeça. "Não. Quer dizer, uma hora morreu, mas não por minha culpa. Jack e eu revirávamos o jornal depois da minha fuga, mas nunca encontramos nada sobre o Santa Inês até que o fechamento foi anunciado, ainda naquele verão, depois que eu já tinha enviado a carta de Evelyn à polícia. No fim dos anos 1990, Jack me disse que tinha ouvido falar na igreja que ela havia morrido. Graças a Deus."

Angela suspira. "Se importa se eu perguntar se você chegou a fazer as pazes com os seus pais? Eles pediram desculpas por não terem feito nada quanto ao abuso do amigo do seu pai ou...?"

Evelyn olha para a caneca vazia em suas mãos. "Eles deixaram claro para Jack que não queriam ter nada a ver comigo se eu continuasse a insistir que o amigo deles havia me estuprado. Não acreditavam em mim. Ou, pelo menos, fingiram que não acreditavam em mim. O poder da negação pode ser incrivelmente forte. E eu não tinha como perdoar os dois, com tudo o que aconteceu. Eles achavam que eu tinha morrido, e meu irmão e eu mantivemos essa ilusão até o fim da vida dos dois."

"Ah."

"Mas Jack dividiu a herança deles comigo quando minha mãe morreu. Foi alguns anos depois da morte do meu pai. Fui ao funeral e me sentei no fundo. Usei o dinheiro para criar a Bolsa de Medicina Evelyn Taylor." Ela sorri. "É uma bolsa modesta para mães solteiras que estudam medicina."

"Quando fui atrás de Margaret Roberts, para ver se ela... se *você* continuava viva, encontrei um obituário que foi publicado no *Star*, nos anos 1960", Angela diz.

"Meu irmão que publicou, como parte do ardil. Tenho uma cópia dele também."

"Mas como se consegue publicar um obituário sem nenhuma prova?"

"Na época era fácil", Evelyn diz, dando de ombros. "Não havia registros detalhados, o governo não tinha o mesmo controle de agora. Especialmente no caso das mulheres. Evelyn e eu éramos jovens. Nunca tínhamos votado, não estávamos mais matriculadas na escola. Não tínhamos carteira de motorista ou qualquer outra identificação. Não existia assistência governamental à saúde, de modo que não tínhamos registro de paciente. Não havia cartão de crédito. Mudar de nome e desaparecer era muito mais fácil. Eu disse a Jack que precisava de um recomeço. Conversamos muito, e finalmente decidimos que ele precisava registrar meu desaparecimento. Depois sugeri o obituário: uma prova impressa de que Margaret Roberts estava morta. Era a melhor solução."

Evelyn continua a acariciar Darwin, que arqueia as costas sob sua mão. "Jack disse a meus pais que eu havia fugido do Santa Inês. Algumas semanas depois, escrevi um bilhete de suicídio, dizendo que estava escondida na cidade e planejava me matar, quando na verdade continuava no quarto de hóspedes dele. Jack mostrou o bilhete aos meus pais e publicou o obituário. A vergonha do suicídio significou que não houve funeral. Ninguém quis mais saber. E por que ia querer? Eu era uma menina 'desgraçada'. Sinceramente, foi bem fácil. Pra mim, pelo menos", ela acrescenta, passando o dedão pela borda da caneca. "Mas meu irmão teve que fazer muitos sacrifícios para me ajudar a recomeçar. Ele me amava muito. Ainda ama."

Ela respira fundo. "Bom, eu queria ir para a faculdade, e depois da carta de Evelyn pensei em cursar medicina. Como Jack e Lorna infelizmente não tinham filhos, apesar de terem tentado muito, ele possuía algum dinheiro reservado que podia me emprestar para pagar a mensalidade. Eu sempre tirava notas ótimas na escola. Me inscrevi na McGill, com o nome Evelyn Taylor, e fui aceita.

"Por que escolheu esse nome?"

Ela pensa a respeito por um momento, lembra-se de estar deitada na cama com a amiga, naquela manhã fria de inverno, discutindo os planos de Evelyn para o futuro — um futuro que seria interrompido meses depois. Suas próprias palavras voltam à mente, um eco percorrendo a superfície de um lago profundo.

"Dra. Evelyn Taylor soa bem, não acha?"

Angela se ajeita em uma posição mais confortável. "Então você assumiu a identidade da verdadeira Evelyn quando entrou na faculdade em Montreal?"

Evelyn franze a testa. "Não assumi a identidade dela. Não éramos muito parecidas. É mais como se eu tivesse assumido seus sonhos, seu futuro. Fiz isso por nós duas, já que ela não podia fazer mais. Em sua carta de despedida, Evelyn me pediu para viver por mim e por ela, e passei todos os dias tentando realizar seu último desejo." Ela faz uma pausa. "Àquela altura, não restava muito mais de minha própria identidade. Eu era apenas o que restava de uma essência prévia. Começou com uma mentira, e acho que simplesmente permaneci mentindo." Seus olhos voltam a brilhar. "Quanto mais você guarda um segredo, Angela, maior ele se torna. Mais poder ele tem sobre você."

As duas mulheres se perdem em seus próprios pensamentos. Angela é a primeira a voltar.

"Parece meio macabro que você ainda guarde seu obituário", ela diz.

"Guardei o da Evelyn de verdade também."

"Nossa."

"Acho que uma parte de mim também sofria com a perda de Maggie Roberts. Tive que me tornar Evelyn Taylor tão rápido que não tive a chance de me despedir de Maggie." Evelyn abre um sorriso pálido para Angela. "É uma mistura de emoções bem complicada."

"Não consigo nem imaginar."

Evelyn estica o braço e passa o dedão pela bochecha de Angela. "Que bom que não precisa, minha querida."

Angela suspira. "Temos mais opções agora, com certeza. Obrigada por isso."

"Haha! Bom, de nada. Fizemos isso pelas nossas filhas, pelas nossas netas e pelas netas delas. Fizemos por todas nós. Por todas vocês."

Do outro lado da janela, o sol brilha laranja. É fim de tarde.

Angela passa o dedo pela borda da caneca de café. "Você chegou a procurar por Jane? Seu bilhete... desculpa por ter lido. Parece uma invasão de privacidade agora, mas eu precisava ler. Bom, o bilhete dizia que você nunca ia parar de procurar por ela."

Evelyn assente. "É. Procurei o máximo que pude. Foi difícil, porque as redes de hoje não existiam, nem a internet. Apareceram algumas agências nos anos 1980, mas tanto o pai ou a mãe quanto o filho ou a filha precisavam se registrar para que a relação pudesse ser feita. Por anos, coloquei anúncios nos classificados, mas não podia usar o meu nome verdadeiro, o único nome que Jane teria, caso tivesse lido meu bilhete, o que, sinceramente, eu imaginava que não tivesse acontecido. Eu achava que os pais que a adotaram teriam jogado o bilhete fora. Tom diz que recebeu uma ligação de uma jovem que hesitou ao telefone, depois falou que tinha se enganado e desligou. Isso faz décadas. Fiquei esperançosa, mas provavelmente ligaram para o número errado."

Seus olhos se fecham. Ela cruza os braços e se inclina para a frente. "Eu ainda a *sinto*. A princípio, não a queria, por causa de como foi concebida. Mas quando comecei a sentir que se mexia... tudo mudou nesse momento. Ela se tornou minha."

Angela engole em seco e acaricia o ombro de Evelyn.

"Qual é o nome dela agora?", Evelyn pergunta.

"Nancy Mitchell. Mas na internet ela aparece como Birch. Foi por isso que..."

"Nancy *Mitchell*?"

"Isso. Eu falei com ela." Angela se posiciona na borda do assento, como se estivesse louca para contar aquilo. "Ela quer te encontrar. Você gostaria de conhecer sua filha?"

Evelyn repete o nome. "Nancy Mitchell?"

Angela confirma com a cabeça. "É."

Nancy Mitchell, na mesa de exame.

Nancy Mitchell, segurando a porta para ela na saída do Santa Inês, depois de Evelyn ter se despedido de Chester Braithwaite, abraçando-a na rua, ao entardecer.

Nancy Mitchell, que se juntou às Janes e se tornou parte do movimento, junto com Evelyn.

Nancy Mitchell, cuja coragem brilhou como um raio quando uma traidora apontou uma arma para a sua cabeça.

Nancy.

Jane.

Sua filha.

"Quer conhecer sua filha?", Angela pergunta de novo.

"Angela..." O peso do que ela está prestes a dizer a sobrecarrega. "Acho que já a conheço."

31

EVELYN

PRIMAVERA DE 2017

Meio-dia e trinta e cinco.

Está quase na hora.

Evelyn se encontra em um estado de profunda agitação. Ela fez o possível para se manter ocupada pela manhã. Lavou e dobrou três levas de roupa desde que acordou, às quatro da manhã, depois de uma noite praticamente insone. A terceira leva era de toalhas que ela começou a usar há dois dias, e ainda não precisavam ir para a máquina. Por volta das cinco, Evelyn preparou uma xícara de café comum bem forte, depois passou para o descafeinado. Ela não precisa de nenhum estimulante que a deixe ainda mais à flor da pele do que já está.

Nancy vai chegar à uma da tarde. Através de Angela, Evelyn a convidou para tomar um chá em seu apartamento. Nos dois dias que se passaram desde que Nancy aceitou o convite, Evelyn teve bastante tempo para pensar em como o convite era ridículo. Toma-se um chá com uma velha amiga, para contar as novidades depois de alguns meses de distância, para discutir a política por trás de uma lista de convidados de um casamento ou para planejar um fim de semana no campo. Não se "toma um chá" para reencontrar a filha há muito perdida.

Mas, em uma situação tão absurda e extraordinária, de que outra maneira deveria ocorrer o reencontro oficial? O que esperar? Não há um jeito normal de fazer isso. Não há um manual. O que Evelyn poderia oferecer a Nancy, além de um chá?

Angela falou com Nancy e confirmou que ela era mesmo a Nancy Mitchell que havia trabalhado com a Rede Jane, depois explicou quem Evelyn realmente era. De acordo com Angela, Nancy precisou de um momento para absorver aquilo, para acreditar naquilo. As duas conversaram por mais de uma hora. Agora ela sabe, e ainda assim quer se encontrar com Evelyn.

Depois de mudar de roupa quatro vezes, Evelyn finalmente se decide por jeans e uma blusa do mesmo tom de amarelo que os sapatinhos que tricotou para a filha tantos anos atrás. Ela se pergunta se Nancy chegou a vê-los, e decide que vai lhe perguntar.

Evelyn ajeitou o cabelo grisalho e até passou batom, o que raramente faz. Ontem, limpou a casa toda, de cima a baixo, e trocou os lilases do vaso à janela. O perfume das flores preenche a sala, e ela entreabre a janela para deixar um pouco da brisa fresca entrar. O cheiro da cidade na primavera — de barro, escapamento de carro e árvores floridas — entra por suas narinas, e a familiaridade acalma seus nervos, ainda que só um pouco.

Evelyn volta a olhar para o relógio.

Meio-dia e quarenta.

Ela solta o ar pelos lábios contraídos, como faz na ioga, procurando mandar o nervosismo embora junto com a expiração, depois se dirige até a porta. O barulho do tráfego e o som das conversas aumenta quando Evelyn sai na calçada. A luz do sol incide sobre ela, que faz uma careta, mas logo sorri. A primavera e a volta do sol são sempre um alívio, e hoje trazem alegria ao rosto em geral sério de Evelyn.

Ela não se dá ao trabalho de trancar a porta: vai demorar só um minuto para buscar Angela no antiquário. É sábado à tarde, de modo que tem alguém mais trabalhando na loja, e a pessoa concordou em cobri-la por um tempo, enquanto, a pedido de Evelyn, ela serve de meio de campo entre Evelyn e a filha durante o reencontro. Angela disse que poderia encontrá-la em casa, mas Evelyn falou que queria dar uma olhada nas caixas de correio. Ela precisa ver o que lhe custou tanto tempo sem Nancy.

Ela para diante das duas caixas de correio do lado de fora do antiquário, embutidas na parede de tijolos ao lado da porta. O burburinho dos pedestres mais atrás, na calçada, a buzina dos carros e o som do bonde funcionam como pano de fundo. Evelyn visualiza a aba de metal enferrujado se recolhendo com um rangido quando Nancy enfia a mão na caixa de correio para pegar folhetos publicitários e a conta de água, sem saber que deveria haver outra carta ali para ela. Evelyn sente uma pontada no coração só de olhar.

Embora tenha boa saúde para sua idade, Evelyn chegou à fase final da vida, e não tem tempo para cometer erros. Ou para consertar tais erros, o que é ainda pior.

Quando se é jovem, o tempo parece algo visto com um telescópio invertido, a partir do extremo generoso que faz tudo parecer muito distante, o qual dá a impressão de que há anos-luz entre você e aqueles outros objetos magicamente afastados. Então, sem aviso, o telescópio é invertido de novo, e de repente você olha pelo lado certo, o lado pelo qual sempre teria olhado caso tivesse prestado mais atenção. O extremo que faz tudo parecer maior e perigosamente próximo. O extremo que aproxima sem misericórdia e o força a ver os detalhes nos quais deveria estar focando o tempo todo.

Embora Evelyn e Nancy tenham sido próximas por anos, desconheciam a verdadeira identidade uma da outra. Evelyn tentou reimaginar essas lembranças como tempo passado com a filha, mas não é a mesma coisa.

Ela volta a olhar para as caixas de correio, refletindo sobre como as coisas se deram. Mesmo que a carta de Frances Mitchell tivesse sido entregue corretamente, Nancy poderia ter levado o mesmo tempo para localizá-la, ou talvez nem conseguisse fazê-lo, levando em conta a mudança de nome de Maggie. De certa forma, talvez a carta ter sido entregue errado tenha sido o que tornou possível a reunião de mãe e filha. Se Angela não a tivesse encontrado e ligado os pontos, talvez Evelyn não estivesse prestes a encontrar Nancy hoje. Talvez ela tivesse morrido sem saber que Nancy Mitchell era sua filha Jane.

Há décadas, Evelyn não acredita em nenhum tipo de deus, tampouco é afeita ao conceito de destino. A vida é cruel demais para que tais coisas existam. Mas, como muitas pessoas, de tempos em tempos ela fica intrigada com o modo estranho e fortuito como as coisas às vezes parecem se resolver sozinhas.

O barulho da rua volta ao seu foco enquanto Evelyn gira a maçaneta e entra na loja, fazendo o sino soar mais acima. Angela está em uma banqueta, atrás do caixa. Tamborila a uma velocidade alucinante com uma caneta, seus olhos brilhando sob a franja escura. Ela olha para Evelyn, depois para o relógio da parede. Os olhos da outra a seguem.

Meio-dia e quarenta e oito.

"Já está na hora?"

"Já está na hora", Evelyn confirma.

Angela dá a volta no caixa para abraçá-la. Evelyn fica surpresa com o afeto que agora sente pela jovem.

"Como você está, Eve?"

Ela não consegue falar, mas assente e, com Angela em seu encalço, segue em direção à porta da loja, que tilinta. As duas caminham em silêncio por alguns minutos até o apartamento de Evelyn. Depois que fecha a porta, ela finalmente solta o ar.

"Estou tão nervosa, Angela. Não estou me aguentando."

"É completamente compreensível. Mas lembre-se que Nancy quer te ver. E não é a primeira vez que vocês se veem, por mais estranho e maravilhoso que pareça. Ela te conhece. A mãe que a Nancy a *encorajou* a ir atrás de você. Vai ficar tudo bem. De verdade. É só outro obstáculo absurdo que você precisa transpor. A pior parte provavelmente foi a espera. Quando ela chegar... a sensação vai ser outra."

Evelyn tenta considerar de verdade o que Angela disse, mas sua mente está acelerada. "Antes de saber que Nancy era Jane, eu sonhava em me encontrar com ela, ficava pensando como seria. Mas isso é muito pior do que eu imaginava. Parece tão real agora. Digo, e se ela não... Quando eu contar que... Sobre o que vamos conversar? Acho que vou vomitar. Ou ter um ataque cardíaco." Evelyn está entrando em pânico.

Angela dá um passo em direção a ela, com os olhos brilhando. "Eu fui adotada, Evelyn." As palavras distraem a outra o bastante para que ela as ouça.

"Verdade?"

"É. Quando conheci minha mãe biológica, também estava nervosa. Me lembro perfeitamente da ansiedade. Mas eu *precisava* me encontrar com ela, e minha mãe me apoiou muito." Com o rosto corado, ela leva uma mão à barriga, e Evelyn nota um volume que não estava ali algumas semanas antes. Ela sente um friozinho na própria barriga, recordando a sensação, toda uma vida atrás. "Sei que minha situação não é igual à de Nancy, e que minha mãe biológica não é igual a você, mas posso garantir que as coisas vão correr muito melhor do que você imagina. Vai ser bom, eu prometo. Agora senta um pouco. Vou pegar uma água pra você."

Angela desaparece na cozinha, depois volta com um copo. As duas ficam juntas no sofá aconchegante, e Angela pega a mão de Evelyn. Seus dedos se entrelaçam sobre o assento entre as duas.

"Obrigada, Angela", Evelyn murmura, tomando um gole de água. "Por tudo."

"De nada." Angela sorri e aperta os dedos da outra.

Por alguns minutos, elas ficam ali, lado a lado, olhando para a janela à frente enquanto o relógio na parede marca os segundos até a chegada de Nancy. A espera é de tirar o fôlego.

Então a campainha toca.

Um arquejo escapa da boca de Evelyn.

"Eu atendo", Angela diz, soltando a mão da outra.

Evelyn sabe que deveria atender ela mesma a porta, mas criou raízes no lugar. "Obrigada", ela sussurra.

Angela se levanta do sofá e vai até a porta. Um momento depois, Evelyn ouve a porta no térreo se abrindo e os sons da cidade entrando.

Depois a voz da filha.

A voz de Jane.

"Oi! Você deve ser a Angela!"

"Isso! Oi, Nancy. É muito bom finalmente relacionar um rosto ao nome. Entra. Evelyn está lá em cima."

A voz de Nancy ecoa pela escada.

"Obrigada por se esforçar tanto para me encontrar, de verdade", Nancy diz. "Essa é a melhor surpresa que consigo imaginar. Sei que fiquei meio sem fala quando você ligou."

Elas estão do lado de fora da porta.

"De nada. É que... bom, eu *precisava* fazer isso."

Evelyn se levanta do assento com dificuldade. Suas pernas parecem feitas de cola. Ela fica em pé no meio da sala, parada. Angela está virando a maçaneta. Volta ao apartamento. Nancy a segue de perto, e tudo parece embaçado e mudo para Evelyn, como se ela estivesse prestes a desmaiar. Tudo o que consegue ver é o rosto de Nancy. O rosto da filha.

O rosto de Jane.

Ela envelheceu desde a última vez que Evelyn a viu, na noite fria de janeiro em que as Janes comemoraram juntas a legalização do aborto, brindando ao fato de que operar na clandestinidade não seria mais necessário. Os fios castanhos nas têmporas de Nancy estão ficando brancos, seu rosto está um pouco mais magro, com rugas em volta dos olhos e marcas de expressão nas bochechas. Deve ter cinquenta e tantos anos. Evelyn nota como fica feliz com o fato de que a filha passou a vida sorrindo tanto que agora tenha rugas generosas. São lembranças preciosas de uma vida bem vivida.

Angela se retira, fechando a porta do apartamento sem fazer barulho e deixando Evelyn e Nancy a sós.

Nancy pigarreia e deixa a bolsa de lado. Ela retorce as mãos ao lado do corpo, enquanto dá um passo em direção a Evelyn.

Em direção a Maggie.

Em direção à mãe.

"Nancy...", Maggie começa a falar.

"Não consigo acreditar que é você", Nancy diz, e sua voz falha.

"Eu sei." Maggie assente. "Eu sei. Fiquei com medo de que não acreditasse mesmo."

Nancy balança a cabeça, e Maggie nota as lágrimas se acumulando nos olhos da filha. "Tenho tantas perguntas", ela diz. "Como você... *Como?*"

Um nó do tamanho de uma bola de golfe sobe pela garganta de Maggie. "Nancy, eu..."

"Pode... pode me chamar de Jane, se quiser."

Lágrimas começam a rolar dos cantos dos olhos da filha, mas Maggie continua lutando contra as suas, preocupada com a possibilidade de não conseguir parar de chorar depois de começar. Ela precisa se controlar.

Então, em um instante, Maggie compreende que não há mais necessidade de controle. Esse momento só vai acontecer uma vez, e é um dos momentos mais importantes de sua vida. Maggie não vai passar por ele de novo. Ela não consegue segurar a onda de sentimentos que assolam seu coração; se tentasse, certamente se arrependeria depois. E já houve arrependimento demais.

Assim, ela se deixa levar pelo momento, permite que as lágrimas rolem por seu rosto. Com alguns passos rápidos, Jane está de volta aos seus braços, os braços que sentiam sua falta desde o dia em que a entregaram a Agatha, partindo o coração de Maggie em dois. Um coração que ela achou que nunca poderia se refazer.

Mas estava errada.

"Jane", Maggie sussurra no cabelo da filha, traçando círculos suaves com as mãos nas costas dela, a dor de uma comprimindo a dor da outra, as duas se abraçando apesar da gravidade de todos os anos perdidos. Maggie se lembra do corpinho de Jane, bem aninhado na dobra de seu cotovelo, na Sala da Despedida, enquanto enfiava os sapatinhos amarelos e um bilhete no meio do cobertorzinho. Agora, ao abraçar a filha cresci-da, ela ainda sente a bebê ali.

"Jane", Maggie repete, e a filha tira a cabeça do ombro da mãe, com o rosto brilhando em meio a lágrimas e alegria. A mãe olha no fundo dos olhos dela e se encontra nos tons de marrom e dourado.

"Eu estava procurando por você."

Nota da autora

Querida leitora,

Quando as pessoas me perguntam sobre o que é o meu livro, de início tendo a responder: "Sobre aborto". Mas não é isso. *Procurando Jane* é sobre maternidade. Sobre querer ser mãe e não querer ser mãe e todas as áreas cinzentas entre os dois extremos. É sobre até onde as mulheres estão dispostas a ir para dar fim a uma gravidez ou para ficarem grávidas. E, como Nancy diz, sobre caminhar no fio da navalha, como acontece com muitas mulheres em algum momento da vida, que oscilam entre o medo de engravidar por acidente e o medo de não conseguir engravidar quando quiser. E o mais importante: é sobre mulheres se apoiando em suas escolhas individuais e sobre as consequências dessas escolhas.

Enquanto escrevo esta nota, estou na minha primeira gravidez. Escrevi a primeira versão de *Procurando Jane* antes que meu marido e eu sequer tivéssemos começado a tentar ter filhos. Estarei grávida durante todo o processo de edição e serei a mãe de um bebezinho quando o livro sair. Fiz muita pesquisa e realizei entrevistas relacionadas a experiências individuais femininas com gravidez e parto, para garantir que esta história soasse verdadeira, mas o fato de que estarei grávida durante o processo de edição acabou sendo ótimo, porque deixou o livro melhor do que era antes.

A gravidez também me deu uma perspectiva menos preto no branco em relação ao aborto. Ainda estou no primeiro trimestre, que é o momento em que a maioria dos abortos acontece. Racionalmente, sei que o ser crescendo no meu útero é um aglomerado de células, um feto, mas o chamo de "bebê". Meu marido e eu até demos um apelido a ele. Seus órgãos estão se formando. No momento, tem dedos das mãos e dos pés e lábio superior. Ouvi seu coraçãozinho batendo pela primeira vez com seis semanas de gestação. Hoje entendo mais do que nunca por que o aborto é uma questão profundamente emocional, que causa divisões sociopolíticas graves e muitas vezes inconciliáveis. Entendo por que algumas pessoas veem o feto como uma vida. Mas, embora o bebê tenha dedos dos pés e das mãos, lábio superior e um coração batendo, ainda está dentro do meu corpo.

Meu. Corpo.

Eu tive a sorte de me encontrar em uma posição em que engravidar foi uma escolha meticulosamente planejada, mas, ainda assim, sou grata por morar em um país onde tenho o direito garantido pela lei de todos os dias escolher *permanecer* grávida, porque a Justiça determinou que meu corpo — e tudo o que acontece dentro dele — pertence a mim e apenas a mim.

Como acontece com muitas mulheres, meu primeiro trimestre vem sendo um pouco difícil, em termos de sintomas, e comentei algumas vezes com pessoas próximas que nem sempre me sinto no controle do meu corpo agora, o que é um pouco irritante, muito embora eu e meu marido consideremos essa gravidez uma coisa maravilhosa e desejemos muito esse bebê. Nem consigo imaginar como seria estar grávida contra minha vontade, não ter controle legal sobre o meu próprio corpo e o direito de encerrar esta gravidez se assim quisesse. É uma perspectiva terrível. E me parece igualmente terrível a ideia de me dizerem — como aconteceu com as meninas que foram abrigadas em casas de amparo maternal no pós-guerra — que não tenho o direito de ficar com o meu próprio filho, que meus pais, o Estado e a Igreja decidiram juntos, no meu lugar, que devo entregar um bebê com quem quero ficar, independentemente da minha vontade.

E é por isso que engravidar pela primeira vez me deu uma compreensão mais profunda do poder e da importância da autonomia corporal, e talvez também seja por isso que agora tenho uma opinião mais firme do que nunca em relação a escolhas reprodutivas e acesso ao aborto. Agora consigo me colocar no lugar de uma mulher grávida que não quer estar grávida. Consigo imaginar quão terrível isso deve ser para ela. Este livro e suas mensagens agora são mais reais do que nunca para mim.

Tendo dito isso, agora vou contar um pouco sobre como *Procurando Jane* e esta história ganharam vida.

A REDE JANE

A Rede Jane deste romance é uma combinação das muitas redes de aborto clandestinas que existiram nas maiores cidades do mundo antes da legalização do aborto em suas respectivas jurisdições. Sem dúvida, muitas dessas redes permanecem existindo em localidades onde o aborto continua sendo ilegal ou inacessível.

Quando comecei a fazer a pesquisa preliminar para um romance sobre uma rede de abortos clandestinos e a história do acesso aos direitos reprodutivos no meu país natal, o Canadá, descobri muitas coisas interessantes. Entre elas, uma referência a uma organização cujo apelido não oficial era "Jane" e que operou em Chicago no fim dos anos 1960 e começo dos 1970, antes do caso *Roe contra Wade*, de 1973, que culminou na legalização do aborto nos Estados Unidos. As redes de aborto canadenses não tinham um nome em particular e quase certamente não deixavam nada registrado por motivos de segurança, de modo que foi mais difícil descobrir detalhes a seu respeito. No entanto, enquanto eu escrevia a versão inicial deste romance, o nome "Jane" se tornou bastante representativo da natureza anônima de todas essas redes, que envolviam a mulher comum, e pareceu o mais apropriado para uma história que procura representar a amplitude e a profundidade dessas iniciativas notáveis. Ainda que eu certamente tenha prestado uma homenagem deliberada às Janes de Chicago por meio da ficcionalização de um evento real (suas voluntárias de fato comeram os registros das pacientes na traseira de um camburão para esconder da polícia a identidade daquelas mulheres, o que merece aplausos), o restante é fruto da licença poética baseada em fatos que reuni sobre as redes de abortos clandestinos por meio de muita pesquisa e diversas entrevistas.

A legalização do aborto no Canadá veio em 1988, com a decisão pioneira do caso *R. contra Morgentaler* na Suprema Corte, depois de anos de luta do dr. Henry Morgentaler em instâncias menores, e acredito que a legalização não teria ocorrido tão cedo sem a determinação dele e os esforços das pessoas mais próximas com quem trabalhava. Voltarei a mencioná-la mais uma vez nos meus agradecimentos, mas preciso expressar minha gratidão aqui à infame e famosa ativista feminista e também autora Judy Rebick, por ter concordado em me conceder uma entrevista. Suas lembranças de Henry Morgentaler e seu envolvimento no movimento canadense pelo direito ao aborto ao longo dos anos 1970 e 1980 me ajudaram a estabelecer as bases das histórias das Janes. Apesar disso, a cena em que Evelyn interage com o dr. Morgentaler em Montreal é totalmente ficcional.

A Caravana do Aborto foi uma série de eventos que de fato ocorreram em 1971. Depois de um grande protesto no gramado da Colina do Parlamento, em Ottawa, as manifestantes entregaram um caixão simbólico na casa do primeiro-ministro Trudeau (pai) e se acorrentaram à balaustrada da Câmara dos Comuns para interromper os procedimentos e atrair a atenção da imprensa para a questão do acesso ao aborto. Os detalhes desses eventos como retratados no romance são criações minhas, muito embora eu tenha me inspirado no livro *Ten Thousand Roses: The Making of a Feminist Revolution*, de Judy Rebick.

A todas as "Janes", próximas e distantes, do passado e do presente, que fizeram e permanecem fazendo incríveis sacrifícios, arriscando-se a ser presas e a sofrer agressões físicas para ajudar as mulheres a ter acesso a um aborto seguro, agradeço do fundo do meu coração feminista, que sangra. A ilegalidade dessas organizações implica que a verdadeira identidade da vasta maioria dessas mulheres permanece desconhecida, mas espero que, por meio deste romance, eu tenha ajudado a lhes dar voz e a honrá-las por sua contribuição notável à história dos direitos das mulheres e à história dos direitos humanos.

O SISTEMA DE CASAS DE AMPARO MATERNAL

O Lar Santa Inês para Mães Solteiras é fruto da minha imaginação (santa Inês é a santa padroeira das virgens, das moças e da castidade, de modo que me pareceu adequado). Assim como a Rede Jane, também foi pensado para ser uma combinação, representando as inúmeras casas de amparo maternal que existiram em muitos países — incluindo o Canadá — no pós-guerra. Elas foram fundadas pelo governo e em geral eram administradas pela Igreja, embora algumas fossem seculares ou não confessionais. Nos anos que se seguiram à Segunda Guerra, houve um intenso esforço social para a expansão da família nuclear, e a Igreja encorajava ativamente seus membros nesse sentido. Àqueles que não podiam ter filhos biológicos, a adoção era uma boa opção, o que gerou uma grande demanda por bebês brancos. Mães racializadas não costumavam ser mandadas a essas casas de amparo maternal, porque bebês racializados eram considerados menos desejáveis ou mesmo impróprios para a adoção.

Durante a minha pesquisa sobre essas instituições no Canadá e nos Estados Unidos, descobri fatos muito chocantes por meio de relatos em primeira mão de pessoas que foram acolhidas nessas casas quando adolescentes ou jovens adultas. Poucas mulheres relataram haver tido uma experiência positiva (além das amizades proibidas que às vezes faziam ali), e a maioria descreveu o período passado nessas instituições em um espectro que vai de moderadamente desagradável a terrivelmente abusivo, inclusive com abuso físico, psicológico e sexual sistemático.

Lamento informar que não foi exagero da minha parte fazer com que a administração chamasse as moças de "internas", coagisse-as a assinar os documentos da adoção antes mesmo de poder pegar o recém-nascido no colo (ou antes de receberem analgésicos) e lhes dissesse que a criança havia morrido. Essas são verdades chocantes, tiradas de relatos de testemunhas oculares que encontrei em minha pesquisa. As jovens muitas vezes eram mantidas no escuro quanto aos fatos envolvendo sua própria gravidez ou quanto ao que esperar durante o parto em si, e muitas eram deixadas sozinhas em trabalho de parto, no hospital ou em camas de dormitório, durante horas e sem qualquer apoio. Garanto que tomei a decisão muito deliberada de não exagerar o que as jovens poderiam ter pensado, sentido e vivido em um lugar como o Santa Inês durante os anos 1960.

As descrições que essas mulheres fizeram de seus sentimentos em relação à adoção, como ela impactou sua saúde mental na época e nas décadas que se seguiram — incluindo depressão incapacitante, transtorno de estresse pós-traumático, incapacidade de formar relacionamentos significativos, medo de ter outros filhos e tentativas de suicídio —, e seu desespero por localizar as crianças perdidas em anos posteriores são alguns dos relatos mais impactantes que já ouvi como estudante de história. Tentei incluir muitos deles nos pensamentos e nas emoções de Maggie/Evelyn sobre ser forçada a se separar de Jane/Nancy.

Minha sincera gratidão (e minhas mais profundas condolências) às mulheres que, com o tempo, compartilharam suas experiências comoventes com pesquisadores interessados. Eu não poderia ter dado vida a essa história sem sua coragem de reviver o trauma e disposição para tal.

Mas agora, querida leitora, querido leitor, pedirei que segure minha cerveja (sem álcool) enquanto subo no palanque, porque essas mulheres merecem mais que meus agradecimentos.

Elas merecem justiça.

Estatísticas apontam que, entre 1945 e 1971, quase 600 mil bebês nasceram de mães solo no Canadá e tiveram o nascimento registrado como "ilegítimo". A pesquisadora Valerie Andrews estimou que mais de 300 mil mães no Canadá foram forçadas ou coagidas a entregar seus filhos para adoção durante o sistema de casas de amparo maternal do pós--guerra, no que ela chamou de "mandato da adoção branca". Esses programas foram fundados pelos governos federal e local.

No fim de 2017, a Comissão Permanente do Senado para o Bem--Estar Social, a Ciência e a Tecnologia conduziu um estudo sobre o programa de casas de amparo maternal do pós-guerra. A comissão ouviu testemunhas que depuseram sobre os danos psicológicos e emocionais irreparáveis que sofreram como resultado desse sistema. Das muitas igrejas (incluindo a católica, a anglicana, a presbiteriana, a Igreja Unida do Canadá e o Exército da Salvação) que conduziam esses programas em nome do governo, só a Igreja Unida do Canadá concordou em participar do estudo do Senado e admitir quaisquer responsabilidades devidas.

Com base nos resultados do estudo, em julho de 2018, a comissão apresentou uma recomendação ao governo canadense de que reconhecesse publicamente a prática e afirmou de maneira inequívoca que o governo deveria dirigir um pedido de desculpas formal às mulheres e às crianças que foram profundamente traumatizadas e cuja vida mudou para sempre devido ao sistema de casas de amparo maternal e ao mandato de adoção forçada. O governo federal australiano emitiu um pedido de desculpas incondicional aos sobreviventes de suas casas de amparo maternal em 2013, e o governo irlandês fez o mesmo no início de 2021.

No momento em que escrevo, nenhum pedido de desculpas e nenhuma proposta de indenização haviam sido oferecidos pelo governo canadense. E esse é um governo que emitiu (como deveria) pedidos de desculpas formais a vários grupos que sofreram tratamento pavoroso nas mãos — ou diante dos olhos deliberadamente fechados — do governo canadense, ao longo de sua história bastante imperfeita. No entanto, inexplicavelmente, esse governo ignorou as recomendações bastante diretas de sua própria comissão no Senado de emitir um pedido de desculpas àqueles impactados pelo sistema de casas de amparo maternal.

O QUE VOCÊ PODE FAZER

Se você for canadense e a história de Maggie e Evelyn tiver despertado um sentimento de pesar ou de indignação em você, sugiro que entre em contato com seu representante local e exija que ações sejam tomadas imediatamente. Trabalhei com política por sete anos e sei por experiência própria que se manifestar pode fazer diferença. Por isso, use as redes sociais, mande um e-mail para seu representante local, entre em contato com o escritório do primeiro-ministro e expresse seu ultraje com a falta de ação dessa administração.

Incentivo você a juntar sua voz à das 300 mil mulheres que foram enganadas pelo nosso próprio governo. Muitas dessas vozes foram silenciadas para sempre, uma vez que muitas dessas mulheres já não estão mais entre nós. A comissão do Senado deixou claro em seu relatório de quatro anos atrás que o tempo de fazer algum tipo de justiça em relação às sobreviventes idosas está se esgotando. No entanto, até agora, o governo não tomou nenhuma medida.

Você pode acessar meu site para mais informações sobre o relatório da comissão do Senado e para saber como ajudar a trazer justiça para essas mulheres e suas famílias: www.heathermarshallauthor.com/justice.

UM COMENTÁRIO SOBRE REPRESENTATIVIDADE

Procurando Jane é uma obra de ficção, mas este livro está solidamente fundamentado em fatos históricos relacionados às redes de abortos clandestinos e ao sistema de casas de amparo maternal/mandato de adoção forçada do pós-guerra no Canadá. Dito isso, minha cobertura de instituições sancionadas pelo governo e administradas pela igreja que separavam mães de seus filhos não se esgota em si mesma de forma alguma. *Procurando Jane* se concentra especificamente no sistema de casas de amparo maternal do pós-guerra, mas o governo canadense — em conjunto sobretudo com a Igreja católica — tem um histórico tenebroso de separar famílias à força. Em outro mandato, que ficou conhecido como Sixties Scoop, o governo canadense separou de modo sistemático crianças indígenas de suas famílias. Elas foram colocadas em orfanatos e adotadas por pessoas não indígenas ou enviadas para instituições sobre o pretexto de serem "educadas", quando na verdade eram abusadas e, em muitos casos, até mortas. Não cabe a mim contar essas histórias, mas gostaria de reconhecê-las aqui e encorajar meus leitores com veemência a procurarem saber mais a respeito.

Agradecimentos

Esta é provavelmente a parte do processo de publicação pela qual eu estava mais ansiosa, na qual posso me gabar das pessoas maravilhosas que me ajudaram a dar vida a *Jane*.

Em primeiro lugar, obrigada à minha agente Hayley Steed, fenomenalmente talentosa, dedicada e cheia de energia. Você mereceria uma página inteira nos meus agradecimentos, sério. Tenho muita sorte em contar com você. Também agradeço a toda a equipe da Madeleine Milburn Agency, por ter acreditado em mim desde o começo e reconhecido o potencial deste livro. A equipe da MM Agency sem dúvida mudou minha vida para sempre e tornou meu sonho realidade. Nunca poderei agradecer o bastante a todos vocês.

Obrigada a Sarah St. Pierre e Sara Nisha Adams, minhas editoras na Simon and Schuster Canada e no Hodder Studio, por seu entusiasmo imediato e inabalável em relação a este livro e tudo o que ele representa. Vocês são maravilhosas, e seu talento editorial e seu olho incrível para desenvolvimento de personagens ajudaram a tornar este romance tudo o que ele devia ser. É uma alegria poder trabalhar com vocês duas. Agradeço ao restante da "equipe Jane" na Simon and Schuster (Dave Cole, Rita Silva, Melanie Pedersen e Adria Iwasutiak) e no Hodder Studio (TBD).

Obrigada a minhas queridas primeiras leitoras, Denise, Kim, Marilyn, Angela, Laurie, Jenn, Mallory, Cara Beth, Sarah, Lauren D., Lauren F., Katie, Lindsay, Yoda e Alli, que me deram um feedback inestimável do rascunho inicial deste romance. Vocês leram *Jane* em sua primeira versão (de muitas!), por isso ocupam um lugar especial no meu coração.

Agradeço às minhas "consultoras" jurídica e médica e amigas incríveis Sarah Donohue e Cara Beth Lee, que responderam graciosamente a todas as minhas perguntas sobre as peculiaridades da justiça criminal dos anos 1970 e do processo de aborto, respectivamente. Obrigada também a Jen e Andrea Dunn, por ter compartilhado comigo detalhes e a realidade de sua jornada de inseminação artificial: vocês me ajudaram a dar vida à história de Angela e Tina. Por favor, mandem um coração para C. e C., seus coraçõezinhos batendo.

À incomparável Judy Rebick, pelo tempo de que dispôs, pela cerveja e pelas lembranças do movimento pelo direito ao aborto no Canadá. Você deu vida a todas as mulheres e a todos os aliados homens que assumiram riscos extraordinários e fizeram sacrifícios impressionantes para ajudar a garantir os direitos reprodutivos da minha geração e das gerações futuras de mulheres canadenses. Estaremos para sempre em dívida com vocês.

Agradeço às mulheres de todas as idades que tiveram a coragem de confrontar seu trauma passado e falar comigo sobre sua experiência individual com aborto cirúrgico ou médico, assim como àquelas que compartilharam o que pensam sobre todos os cantos escuros, trechos iluminados e áreas cinzentas quando o assunto é parto e maternidade.

Obrigada aos meus colegas de oficina e ao corpo docente da Humber School for Writers, em Toronto, que vislumbraram algo na amostra que enviei para sua consideração muito antes de concluir a primeira versão deste livro. Agradeço a Reed, Julia e Stephanie, que sempre me encorajaram a escrever mais e mais, e a não me intimidar na hora de abordar temas grandiosos e assustadores. Obrigada também a Margaret, por me dizer para não temer.

No meu casamento, não consegui agradecer a meus pais sem chorar de maneira totalmente descontrolada, por isso é bom que eu esteja escrevendo isto onde ninguém vai me ver soluçando. Meus pais me criaram desde que nasci para ser feminista e foram meus maiores apoiadores e defensores durante toda a minha vida. Mãe e pai, vocês são os pais mais confiáveis e solidários que alguém poderia querer (e também serão os melhores avós de todos os tempos), e sou grata todos os dias por serem meus pais. Também agradeço a meu irmão, pelas conversas antiestresse e cheias de risos, e por ficar muito empolgado por mim quando embarquei nessa aventura maluca. Você teve sem dúvida a MELHOR reação quando te liguei para contar sobre meu primeiro contrato para escrever um livro.

Por último, mas certamente não menos importante, agradeço a meu marido Jim, por seu amor, sua fé em mim e seu apoio constante à minha escrita. Você me subornou com chocolate para que eu alcançasse minha meta diária de páginas, fez xícaras e xícaras de chá e de café, ouviu todas as minhas grandes e não tão grandes ideias, e garantiu que eu me mantivesse alimentada e hidratada quando eu estava embalada e não podia parar de escrever por nada nesse mundo. Você também me deu o menininho mais lindo com que eu poderia sonhar. Você é a melhor coisa que já aconteceu comigo. Eu estaria perdida sem você.

TIPOGRAFIA Adriane por Marconi Lima
DIAGRAMAÇÃO Osmane Garcia Filho
PAPEL Pólen Soft, Suzano S.A.
IMPRESSÃO Gráfica Bartira, março de 2022

A marca FSC® é a garantia de que a madeira utilizada na fabricação do papel deste livro provém de florestas que foram gerenciadas de maneira ambientalmente correta, socialmente justa e economicamente viável, além de outras fontes de origem controlada.